국보 国宝

하 ❖ 화도편

국보

国宝

춤 하나로 세상의
보물이 된 남자

하 ✦ 화도편

요시다 슈이치
장편소설

김진환
옮김

하빌리스

차례

악의
꽃

오사카의 고故 하나이 백호의 저택 안에서 목소리가 낮게 울려 퍼졌습니다. 바로 사치코가 심취한 세이호西方 신교의 '사람은 흙으로 돌아가서 어쩌고저쩌고, 조상의 죄와 더러움을 흙으로 씻어내고 어쩌고저쩌고' 하는 기도문이었습니다. 오늘 오후에도 마치 자기 집인 양 거침없이 걸어 들어온 고다와 신자 몇 명이 사치코와 함께 안쪽 교습장에 틀어박혀 있었습니다.

부엌에서 감을 깎아 아들 카즈토요에게 먹여주던 하루에가 옆에서 같이 감을 먹던 오세이에게 묻습니다.

"오늘도 저 사람들 늦게까지 있을까요?"

"또 자고 가겠다고 하면 귀찮은데."

오세이가 한숨을 쉽니다.

"……지난번에 작은 사모님이, 고다 씨가 같이 기도문을 외자고 하니까 '전 신치新地에서 장사할 때부터 종교, 강매, 단속하는 사람하고는 상종도 안 했거든요'라고 거침없이 말했을 때는 정말 나까지 속이 시원해지더라니까."

오세이의 말에 따르면 백호가 죽은 뒤에 고다는 교묘한 말로 사치코를 구슬려 재산을 빼앗으려 한 것 같다고 합니다. 다만 막상 뚜껑을 열어보니 저택은 미츠토모의 명의로 되어 있고 자유롭게 쓸 수 있는 현금도 많지 않아서 당초의 목적이 어긋났다는 걸 안 고다는 한때 실망해서 사치코에게 쌀쌀맞게 대하기도 했습니다. 하지만 사치코도 적은 인원이긴 해도 제자를 거느린 전통무용의 계승자고 집 안을 잘 찾아보니 한때 백호가 후원자들에게 선물 받은 골동품 같은 것도 있었기에 그것들을 온갖 수를 써서 돈으로 바꾸게 해 헌금을 받고, 또 이 넓은 저택도 쓸모가 많았기에 자유롭게 사용해 왔다고 합니다.

감을 먹다 질린 카즈토요가 의자에서 툭 내려오며 갑자기 달려갔기에…….

"카즈도령, 안쪽 방에는 가면 안 돼."

오세이가 바로 막으려 하지만, 하루에는 오히려 그런 오세이를 제지하며 카즈토요의 엉덩이를 툭 칩니다.

"안쪽 방까지 경주하자!"

그 기세 그대로 복도를 가로지른 카즈토요가 '기도 중이므로 출입 금지'라고 고다의 글씨로 안내문이 적힌 교습장으로 주저 없이 뛰어 들어가자, 갑자기 장지문이 열린 것에 놀란 사치코와 신자들이 당황하는 목소리를 냅니다.

"아줌마들 여기서 기도 중이잖니!"

고다가 눈썹을 찡그리며 언성을 높였지만…….

"아— 할머니. 깜짝이야."

카즈토요를 붙잡은 사치코가 그 작은 몸을 꼬옥 끌어안습니다.

"하루에 씨! 몇 번을 말해야 알아듣겠어요. 소중한 기도 시간에는 조용히 좀 해달라니까. 그러지 않으면 사치코 씨의 잡념을 떨쳐 낼 수 없다고요."

고다의 엄한 질책에도…….

"죄송합니다. 아이가 워낙 극성맞아서요."

사과하면서도 몰래 고개를 돌려 카즈토요를 향해 메롱 하고 혀를 내미는 하루에입니다.

"아, 그것보다도 어머님, 감 깎아놨는데 가져다드릴까요?"

"아니, 그러니까 하루에 씨. 우리는 지금…….'

바로 고다가 끼어들지만…….

"자, 자, 고다 씨도 다른 분들도 잠깐 쉬었다 하도록 해요. 자, 카즈도령. 할머니랑 같이 놀이터 갈까?"

사치코가 같이 있으면 제일 높은 미끄럼틀에서 놀아도 된다는 규칙이 있었기에 카즈토요도 뛸 듯이 기뻐했고, 그 모습에 험악한 분위기도 자연스레 흐지부지됩니다.

성격 급한 카즈토요에게 이끌려 사치코가 가버리자, 고다와 다른 신자 세 명이 하루에 쪽으로 다가앉으며 말합니다.

"모처럼 이렇게 왔으니까, 하루에 씨하고 잠깐 이야기를 좀 하고 싶은데."

하루에는 순진한 얼굴로 알았다고 말하면서도 마치 나쁜 기운이라도 씻어내려는 듯 교습장의 창문을 다 열어버립니다.

"······우리를 무슨 나쁜 사람들로 착각하는 것 같은데. 하루에 씨, 애초에 자기가 여기 대를 이을 아들을 꼬드겨서 가출한 것 때문에 사치코 씨가 얼마나 힘들어한 줄 알아요?"

자꾸 그런 식으로 나오면 저주라도 걸어버리겠다는 듯 고다의 표정이 살벌하지만, 하루에는 고다의 위협에 전혀 주눅 들지 않습니다.

"그럼 그 잘못을 만회하기 위해서라도 이제부터 제가 어머님을 성심성의껏 모셔야겠네요."

그 말에 발끈한 고다가 그 뚱뚱한 살집을 부르르 떨자, 두꺼운 귓불에서 무거워 보이는 루비 귀걸이가 흔들립니다.

하루에는 이제 이야기는 끝났다는 듯이 현관 쪽으로 소리칩니다.

"카즈토요! 저녁 되면 추워지니까 잠바 가져가!"

"내가 이미 챙겼다!"

즐거운 듯한 사치코의 목소리.

"엄마, 다녀오겠습니다!"

"그래, 재밌게 놀다 와! 할머니한테서 떨어지지 말고!"

그런 대화를 과시하듯 들려준 하루에는 '자, 이쪽으로 나가시면 돼요'라는 듯이 장지문을 활짝 열고 말없이 고다 일행에게 몸짓합니다.

"뭐, 오늘은 이만하면 됐겠죠. 하루에 씨하고는 상관없는 일이니까. 저하고 사치코 씨 사이의 관계가 중요한 거니까요."

고다가 어지간히 분했는지 뒤끝을 부리지만…….

"어머님이 저렇게 기운을 되찾으신 것도, 전부 고다 씨 덕분이에요."

하루에 역시 한마디도 지지 않습니다.

고다 일행을 내쫓자 부엌에서 오세이가 달려옵니다.

"작은 사모님도 참 대단하다. 난 사모님이 기도문 외울 때 교습장에는 거의 들어가지도 않았는데."

"저도 혼자였으면 그렇게 못하죠. 아이가 있으면 뻔뻔해질 수 있다는 게 신기해요."

그렇게 화기애애한 대화를 나누며 부엌으로 돌아옵니다.

"뜨거운 차라도 끓일까요?"

"그럼 김 전병 있는 거 꺼내야겠네."

식탁에 느긋하게 앉아 뜨거운 차를 홀짝거리기 시작한 오세이가 진지하게 묻습니다.

"저기, 작은 사모님. 이런 걸 내가 물어봐도 되는 건진 모르겠는데, 슌도령하고 둘이서 지금까지 어디서 뭘 했던 거야?"

하루에가 슌스케의 본가에서 크게 눈치 보지 않고 생활할 수 있는 건 물론 사치코가 첫 손자를 무척 아낀다는 게 가장 큰 이유겠지만, 오세이와 성격이 잘 맞았던 것도 중요하게 작용했습니다. 일단 시어머니 사치코에게 어떤 아픔이 있고 그녀에게 무엇이 필요한지 가장 잘 아는 사람이었기에 얼마나 큰 도움을 받았는지 모릅니다.

어쨌든 그렇게 편한 사이였기에 "슌도령과 둘이서 지금까지 어디서 뭘 했던 거야?"라고 물을 수 있겠지요.

"……저기, 내가 작은 사모님이니까 솔직하게 말하는 건데. 사실 난 다신 못 돌아올지도 모른다고 생각했거든. 난 슌도령을 진짜 어릴 때부터 잘 알았잖아. 그래서 역시 안 좋은 의미로 '도련님' 같은 구석이 있다는 걸 알았으니까. 아니, 물론 그게 슌도령의 다정한 구석이기도 하지만. 그래도 역시 미덥지 않았다고 할까? 설마 이 탄바야丹波屋를 떠나서 자립할 수 있을 거라고 생각한 사람은 아무도 없었을걸?"

말이 심하다면 심하다고 할 수 있지만, 그것도 오세이가 슌스케를 아끼기 때문이라는 걸 하루에도 잘 알고 있었습니다.

"남자들은 어리광을 받아주기 시작하면 끝도 없잖아요."

"그치? 슌도령이 딱 가장 좋은 예라니까."

오세이의 말에 쓴웃음을 지으면서도 하루에의 머릿속에 떠올랐던 것은, 10년 전의 어느 날 밤, 당시 세 들어 살던 기타신치北新地의 아파트 현관 앞에 쪼그려 앉아 있던 슌스케의 모습이었습니다.

"슌짱, 거기서 뭐 해?"

그렇게 말을 건네면서도, 하루에는 슌스케가 왜 거기 있는지 잘 알고 있었습니다. 그의 옆에는 커다란 여행용 가방도 놓여 있었으니까요.

"난 도망치는 게 아냐."

그때 슌스케는 그런 말을 꺼냈습니다. 지독하게 지친 얼굴이면서도 그렇게 말하는 것이었습니다.

"……난 도망치는 게 아냐."

12

"······응. 알아."

"난 말이지, 도망치는 게 아냐. ······진짜 배우가 되고 싶어."

"하루에, 잠깐 시간 되니?"

카즈토요를 겨우 재우고 도쿄에 있는 슌스케에게 보낼 짐을 골판지 상자에 넣고 있을 때 사치코의 목소리가 들렸습니다.

"네, 어머님. 무슨 일이세요?"

황급히 장지문을 열자······.

"지금 잠깐 얘기할 수 있어?"

방금 씻고 나왔는지 젖은 머리카락을 수건으로 감싼 사치코가 그렇게 말하며 골판지 상자 앞에 앉습니다.

"······저기, 하루에. 슌도령이 돌아온 뒤로 내 나름대로 많이 생각해 봤는데. 이번 기회에 이 저택을 정리하고 도쿄로 가는 게 어떨까?"

갑작스럽다면 갑작스러운 이야기지만, 사치코의 표정에서는 오랫동안 고민한 흔적이 엿보였습니다.

"······이번에 메이지좌明治座 극장에서 슌도령도 드디어 무대에 복귀하잖니. 그렇게 되면 하루에는 물론이고 나도 도쿄에 가서 도울 수 있는 일은 도와야 한다고 생각해. 그래서 말인데, 지금은 옛날하고 다르게 오사카에서는 가부키 공연이 거의 없으니까 슌도령이 앞으로 활약할 무대는 도쿄가 될 거야. 그런데 오사카하고 도쿄로 멀리 떨어져 있으면 괜히 서로 걱정만 되잖니. 이제는 나도 마음 단단히 먹고 슌도령을 지원해 줘야겠다는 생각이 들어. 물론 내가 슌도령을 지원한다는 건, 하루에 너를 어디 내놔도 부끄럽지 않을 만한 가부키 배우의 아내로 가르치겠다는 뜻이기도 해."

그렇게 말하면서도 사치코의 손은 쉬지 않았고, 하루에가 상자에 담으려던 슌스케의 속옷 등을 전부 집어넣고 '빨리 줘'라고 하는 듯이 하루에의 손에서 점착테이프까지 빼앗습니다.

"어머님이 그렇게 말씀해 주시니까, 정말 안심이 되네요."

하루에는 진심으로 우러나온 대답을 했습니다.

"그러니. 너만 괜찮다면, 시끄럽게 잔소리하는 가부키 가문의 시어머니 역할을 열심히 해보마."

"저도 할 수 있는 일은 뭐든 할게요."

"아니, 할 수 없는 일까지도 해야 해."

엄하게 말하면서도 사치코의 눈빛은 왠지 모르게 기뻐 보입니다.

"……그렇게 결정됐으니까, 이제 해야 할 일이 산더미네."

마치 지금 당장 도쿄로 향할 기세로 자리에서 일어선 사치코가 방을 나가려다 말고 문득 멈춰 섭니다.

"아, 맞다. 하루에. ……이번이 처음이자 마지막이야. 딱 한 번만 물을게."

하루에도 바로 의도를 알아채고 무릎을 단정히 모읍니다.

"……너, 키쿠도령하고는 이제 아무 사이도 아닌 거지?"

그런 사치코의 말에, 하루에가 분명하고 또렷하게 "네"라고 대답하며 고개를 끄덕입니다.

그리고 계단을 내려가는 사치코의 발소리가 더는 들리지 않게 되자, 갑자기 몸에서 힘이 빠지며 정좌하던 다리를 풀고 엉덩이를 바닥에 대며 안도의 한숨을 쉬는 하루에였습니다.

물론 지금까지도 이 집이 불편하게 느껴진 적은 없지만, 바로 지금에 와서야 처음으로 사치코에게 카즈토요의 어머니로서가 아닌, 탄바야의 며느리로 인정받은 기분이 들었습니다.

떠올려보면 지난 10년, 결코 편한 생활은 아니었습니다. 진짜 배우라는, 누구에게 물어도 대답을 듣지 못할 정체 모를 것에 사로잡힌 슌스케의 모습은 아무것도 보이지 않는 어둠 속에서 자기 모습을 찾아내려 발버둥 치는 거나 마찬가지였습니다. 하루에가 도와주고 싶어도 그럴 방법이 없어 그저 가만히 무언가를 기다릴 수밖에 없는 나날이었던 겁니다.

그렇게 하루에 나름대로 기다렸던 것이 방금 사치코가 들려준 말이었는지는 확실히 알 수 없지만, 그래도 그들이 한참을 헤매면서도 필사적으로 걸어왔던 길이, 이제부터 걸어가야 할 앞길과 제대로 연결되어 있다는 안도감만은 느껴졌습니다.

다음 날 아침이 되자마자 사치코는 탄바야의 도쿄 진출을 향해 움직이기 시작했고, 그 첫 단계로 지금까지 오로지 혼자서 탄바야를 책임져준 키쿠오에게 하루에가 탄바야의 안사람으로서 그동안의 감사를 전하고 앞으로의 계획에 관해 설명할 것을 지시합니다. 그래서 하루에는 키쿠오에게 보낼 장문의 편지를 하루에 걸쳐 적었습니다.

그 후, 쇠뿔도 단김에 빼듯이 일단 생활에 필요한 물건만 챙겨 도쿄로 떠난 그들이 정착한 곳은 슌스케가 빌린 요요기代々木의 셋집이었습니다. 오사카 고급 주택가 안에서도 그 위용을 자랑했던 기존 자택과 비교하면 소박하기 그지없는 단독주택이었지만, 다행히 요요기 하치만구八幡宮의 숲을 등진 고지대에 세워져 있어서 바람이 시원하게 부는 좋은 집이었습니다.

그곳에 슌스케를 필두로 하루에와 카즈토요, 그리고 사치코가 살기 시작했고, 오사카에서 불러들인 오세이와 겐키치는 근처 아파트를 빌리면서 신생 탄바야가 첫걸음을 내딛게 되었습니다.

다만 다음 달로 다가온 메이지좌 공연의 부활 무대를 위해 슌스케는 매일같이 연습하느라 집을 거의 비워야 했고, 오사카 저택을 미츠토모에게 넘기는 절차는 전부 하루에와 사치코가 처리했습니다. 그 틈틈이 많은 관계자와 후원자에게 인사를 다닐 때는 그야말로 기모노 입는 법부터 인사 방법까지 사치코가 철저히 가르쳤습니다.

방문한 곳마다 듣게 되는 이야기는, 대배우였던 백호 사후 탄바야가 영 힘을 못 쓰는 것에 대한 불만입니다. 물론 3대손 한지로를 계승한 키쿠오가 좀처럼 좋은 배역을 받지 못한 탓도 있지만, 후원자들은 이 말만은 꼭 해야겠다는 듯이 역시 탄바야의 정통은 슌스케라고 힘주어 말했습니다. 게다가 성격이 급한 사람들은 그다음 세대인 카즈토요의 첫 무대까지 기대했고, 그러니 다음 달 메이지좌 공연 첫날에는 무슨 일이 있어도 달려가겠다며 열렬한 지지를 표명했습니다.

키쿠오의 답장이 돌아온 것은 바로 그런 무렵이었습니다. 무척 짧은 글로 오사카 저택을 미츠토모로 반환하는 것에 동의하고 빚을 슌스케에게 이양하는 논의 등에 대해서도 응하겠다는 뜻이 적혀 있었습니다. 그리고 마지막에 이런 말을 덧붙였습니다.

"지금의 제가 존재하는 건 탄바야 덕분입니다. 그저 감사하는 마음밖에는 없습니다."

한편 이 시기가 되자 타케노가 배후에서 준비하던 슌스케 부활극의 막이 드디어 오르려 하고 있었습니다.

다만 타케노가 처음에 구상했던 것은 '서커스 광대로까지 몰락했던 탄바야 도련님의 멋진 부활'이라는 줄거리였지만, 막상 뚜껑을 열고 보니 가부키 팬이라면 몰라도 대중의 대다수를 차지하는 가부키 문외한들은 애초에 탄바야가 무엇을 지칭하는 말인지도 잘 모르고, 당연히 그곳의 도련님이라고 하는 게 어느 정도의 지위인지도 모른 채 그저 막연한 인상밖에는 받지 못한다는 걸 금세 알게 되었습니다.

그러자 당황한 타케노는 바로 작전을 바꾸었고, 대중의 이목을 크게 끌 방법으로 프로레슬링의 선악 구도를 도입해 일찌감치 악역을 등장시키기로 했습니다. 물론 그 악역은 원래 줄거리대로 3대손 한지로의 이름을 빼앗은 키쿠오입니다. 그리고 이 키쿠오를 어떤 식으로 등장시켜야 대중이 좋아할지 고민하다가 문득 떠올린 것이 교토의 게이샤가 낳은 키쿠오의 혼외자였습니다.

그래서 관계자들에게 상의해 봤지만 비웃음만 당할 뿐입니다.

"배우한테 숨겨진 자식이 있다는 말에 놀랄 사람이 어딨냐?"

하지만 지금 세상은 주부층을 대상으로 한 정보 프로그램의 전성기. 타케노가 근무하는 '대국大國 티비'도 예외는 아니라서 연예계 정보부터 요리 방법까지 알찬 내용으로 구성되는데, 이 프로그램 담당 피디의 말에 따르면 시청자들의 반응이 가장 좋은 건 바로 못된 시어머니 이야기와 남편의 불륜담으로, 특히 불륜녀가 아이까지 낳았다는 이야기가 나오면 이 남편에 대한 항의 전화가 빗발치면서 그게 그대로 높은 시청률로 이어진다고 알려주었습니다.

그래서 일단 '인기 가부키 배우의 혼외자 논란'이라는 특종부터 발표하고 싶었던 타케노가 상층부와 상의한 결과, 키쿠오의 양아버지나 다름없는 우메키 사장은 눈살을 찌푸리면서도 가부키 배우에게 사생아의 존재가 큰 타격이 되진 않을 거라는 생각으로 일단 슌스케의 부활극은 타케노에게 일임하기로 했습니다.

이때쯤 되자 잠적했던 가부키 가문의 후계자가 서커스 무대에서 발견되었다는 이야기만큼은 대중에게도 어렴풋이 알려졌었습니다.

다만 이 무명에 가까운 후계자가 이번 메이지좌 극장에서 부활할 거라는 말을 해도 그게 왜 중요하냐고 묻는 반응이 훨씬 많았습니다.

하지만 예나 지금이나 대중이란 집안싸움에 열광하는 법입니다. 견습생으로 들어온 키쿠오가 백호의 대역 자리를 빼앗고, 심지어 지금은 3대손 한지로라는 가문의 대표적인 이름까지 이어받았다는 사실을 타케노가 교묘하게 잡지와 텔레비전에서 퍼트린 결과, 가부키를 잘 모르는 사람들도 막연히 슌스케가 착한 사람이고 키쿠오는 나쁜 사람이라는 이미지를 갖기 시작한 겁니다.

이제 때가 되었다고 판단한 타케노가 키쿠오의 혼외자 특종을 몰래 넘겨준 곳이 당시 창간 직후였던, 흔히 말하는 사진 주간지였습니다.

물론 처음엔 그 사진 주간지의 담당자도 별로 내키지 않아 했습니다.

"배우의 숨겨진 자식 같은 건 기삿거리도 못 돼요. 그렇게 따지면 동네 공원에서 찾아낸 네 잎 클로버도 기삿감이죠."

하지만 타케노는 강하게 밀어붙입니다.

"속는 셈 치고 실어주시죠. 세상의 상식이 확 바뀌는 순간을 목격하게 될 테니까요. 대중은 이제 옛날처럼 특권계급에 관대하지 않습니다. 당신들의 잡지는 그런 걸 증명하고 싶어 하는 게 아닌가요?"

그 부추김에 넘어간 담당자는 결국 기사를 싣기로 합니다.

그 결과, 타케노의 직감은 제대로 적중합니다. 이 보도는 오랜 일본 연예계 역사 중에 배우의 혼외자를 악의적으로, 또 대대적으로 보도한 최초의 기사가 됩니다.

전국 서점에 진열된 잡지에는 해수욕장에서 아야노를 끌어안은 키쿠오의 사진이 실렸습니다. 그리고 깜찍한 아야노의 눈가에만 마치 범죄자를 다루듯 까만 띠로 가려져 있었지요.

한편, 타케노가 다음으로 준비한 것은 슌스케의 텔레비전 출연이었습니다.

원래는 자사인 대국 티브이를 통한 복귀가 계획되어 있었지만, 이 파란만장한 도련님의 부활극에 무려 NHK가 관심을 보이며 토크 프로그램에 꼭 출연해달라는 제의가 들어왔습니다.

앞으로의 파급효과를 생각하면 당연히 자사 방송국보다는 전국에 방송되는 NHK가 우선입니다. 타케노는 바로 승낙하면서 그 조건으로 슌스케뿐만 아니라 아내인 하루에, 그리고 미래에 탄바야를 짊어지게 될 카즈토요까지 화면에 나란히 내보내 줄 것을 제안합니다.

타케노의 그런 조치 역시 제대로 먹혀들었습니다.

이때 전국 텔레비전에서 흘러나온 영상은 다음과 같습니다.

우선 사회자는 대단한 가부키 애호가로 알려진 베테랑 아나운서 사도 타케시. 가을 하늘처럼 새파란 배경 앞에 놓인 소파에는 잔뜩 멋을 부린 카즈토요의 좌우로 의젓한 예복용 기모노 차림의 슌스케와 교토식 무늬가 들어간 연보라색 기모노를 걸친 하루에가 나란히 앉아 있습니다.

"역시 탄바야의 장손 부부답습니다. 나란히 앉아 계신 것만으로도 너무 아름다워 한숨이 나오는군요."

사도 아나운서가 노골적으로 세 사람을 띄워주면서 시작합니다.

"……지금으로부터 30년 전쯤 될까요? 사실 탄바야의 2대손 한지로 씨와 그 아내인 사치코 씨가 딱 지금의 카즈토요 군만 한 나이였던 한야 씨를 데리고 이 프로그램에 출연하신 적이 있습니다. 그때도 저는 뭐랄까요, 장엄하게까지 느껴지는 아름다움에 한숨이 나왔던 걸 기억하는데, 바로 지금 그 감동이 선명히 되살아나는 느낌이군요."

그런 소개말로 시작된 토크 프로그램은 그야말로 탄바야의 역사를 재조명하는 듯한 구성이었고, 초대와 2대손 한지로가 가부키 무대에 선 귀중한 영상 자료, 조부인 초대 한지로가 어린 슌스케를 안은 모습을 8밀리미터 캠코더로 촬영한 영상 등이 흘러나왔습니다. 시청자들은 무의식중에 이런 역사 속에서 3대손 한지로를 물려받지 못한 슌스케를 측은하게 느끼고, 반대로 뻔뻔하게 그 이름을 빼앗은 데다 숨겨진 자식까지 있다는 키쿠오를 미워하게 되는 겁니다.

프로그램에서는 당연히 사도 아나운서를 통해 10년에 걸친 실종에 관한 질문도 나왔습니다. 방송 내내 말을 아끼듯 짧게 대답하던 슌스케가 그 질문에는 입이 더욱 무거워집니다. 그러자 하루에가 "난 도망치는 게 아냐. 진짜 배우가 되고 싶어"라는 말로 그 가출이 시작되었음을 대신 설명합니다.

"떠돌이 극단에 계셨다고 들었는데, 지난 10년 동안 쭉 거기에 계셨던 건가요? 역시 탄바야의 도련님이라는 걸 알아보는 사람도 있었겠죠?"

사도 아나운서의 질문에 슌스케도 이번엔 그 무거운 입을 열었습니다.

"아니요. 그 극단에서 신세를 진 건 최근 3년 정도였습니다. 오사카를 떠나 한동안은 전통 예술계를 떠나 있었으니까 배우, 그것도 가부키 배우의 얼굴 같은 건 순식간에 잊히더라고요."

"그럼 떠돌이 극단에 들어가기 전에는 어디서 뭘 하셨습니까?"

"그때까지는……."

먼 과거를 회상하는 슌스케의 무릎 위로 어른들의 대화에 지루해하는 카즈토요가 올라오자 가볍게 안아 들며 말을 이어 나갑니다.

"……정말 지난 10년 동안, 다양한 장소에서, 많은 분들의 도움을 받았습니다. 미나카미 온천 호텔에서 보일러 관리하는 일을 하면서 밤에는 연회의 여흥으로 잠깐 춤을 보여드리기도 하고…….

아무튼 뭘 어떻게 해야 연기를 잘할 수 있게 되고 춤의 품격이 커지는지, 그걸 전혀 알 수 없었고 선생님이나 교과서 같은 것도 없었습니다. 그래서 객석에 계신 관객 한 분 한 분이 저의 선생님이었습니다. 어디서 어떤 무대에 서든 일단 눈앞에 보이는 관객들의 눈빛을 바꾸게 만들면 합격이라는 생각으로, 하루하루 필사적으로 노력했습니다."

그 프로그램 마지막에 사도 아나운서는 다음과 같은 질문을 합니다.

"지난 10년 동안 어떤 생각을 하셨습니까?"

그러자 슌스케는 이렇게 대답했습니다.

"왜 저는 탄바야의 후계자로 태어난 건지, 그것만 생각했습니다."

타케노의 의도대로 전혀 자만하지 않는 도련님 슌스케와 예술의 길에 정진하는 남편을 내조하는 하루에의 모습은 텔레비전을 통해 전국 시청자들에게 호감을 주는 이미지로 받아들여졌습니다.

그 뒤로도 정보 프로그램에서는 매일같이 키쿠오의 혼외자 논란을 다뤘고 여성의 자립이라는 관점에서, 또 연예계의 나쁜 관행에 관해 전문가들이 이 문제를 언급하면 할수록, 무척 알기 쉬운 구도로 키쿠오는 비난의 대상이 되었지만 슌스케의 평판은 좋아졌습니다.

실제로 그다음 주에는 메이지좌 극장의 표도 25일의 주야 공연이 각각 거의 매진. 지난 몇 년간 가부키계를 잠식했던 흥행 부진

추세에 잠깐의 희망이 보였던 겁니다.

"하루에, 급하게 인사하면 상대방에게 진심이 전해지지 않아. 횟수만 채우면 된다는 생각은 버리고, 한 명 한 명 정성 들여서 해. 알겠니?"

관객들의 입장이 뜸해진 틈을 타서 옆에 선 사치코에게 주의를 받은 하루에가 "네" 하고 대답합니다. 두 사람은 지금 슌스케가 오노가와 만기쿠와 함께 〈도죠지의 두 사람〉을 공연하는 메이지좌 극장의 현관홀에 와 있었습니다.

극장 문이 열린 뒤로 속속 찾아오는 후원자와 관계자의 얼굴이 보일 때마다 사치코와 분담해서 인사하러 돌아다녔습니다. 물론 그중에는 이런 노골적인 말을 꺼내는 사람도 있습니다.

"복귀 무대를 하필 만기쿠와 함께한다니. 아무리 탄바야의 장손이라도 주목받긴 힘들겠군."

그러면 다음과 같이 대답할 뿐입니다.

"이번 공연을 위해 최선을 다할 거예요."

공연 시작 5분 전을 알리는 버저가 울린 것은 바로 그때였고, 사치코와 하루에가 다급히 객석으로 들어가려는데 사람이 뜸해진 현관홀을 쓱 가로지르는 키쿠오의 모습이 보였습니다. 무심결에 말을 건네려는데 키쿠오가 먼저 시선을 내리깔며 무대 뒤로 이어지는 문으로 들어가 버립니다.

"키쿠도령도 왔구나."

사치코도 발견했는지 미안한 표정을 짓습니다. 전부 슌스케를 위한 일이라면서 타케노가 강하게 설득하긴 했지만, 최근에 키쿠오가 과도한 비난을 받는 것을 보며 역시 마음이 편하진 않았던 겁니다.

한편 사람들 눈을 피하듯 무대 뒤쪽으로 들어간 키쿠오는 문득 걸음을 멈추고 고개를 돌려 하루에와 사치코가 종종걸음으로 객석 쪽으로 들어가는 모습을 닫히는 문틈으로 바라봅니다. 그 두 사람의 옆모습을 보며 자신이 무엇을 생각하는지, 자신도 잘 모르는 채로 문은 닫히고 말았습니다.

무대에서는 이미 막이 올랐는지…….

꿈 이제 곧 달이 뜨고 밀물이 차면

샤미센 연주와 함께 이야기꾼의 목소리가 들려옵니다. 키쿠오는 서둘러 나락으로 내려가 그대로 꽃길의 출입구인 대기실로 향합니다.

이 대기실에서 무희 하나코로 분장한 오노가와 만기쿠가 우레와 같은 박수를 받으며 꽃길로 나간 직후였습니다.

"어라? 3대손. 여긴 어쩐 일이세요?"

갑자기 나타난 키쿠오를 보며 놀라는 만기쿠의 제자에게…….

"잠깐 볼게."

그렇게 말을 걸며 무대가 한눈에 보이는 작은 창문으로 얼굴을 가까이 댔습니다.

〽 흐트러진 이 모습, 아아, 부끄러워라
〽 하지만, 하지만

만기쿠를 향한 박수가 그치지 않는 가운데, 꽃길에서는 똑같이 무희 하나코로 분장한 슌스케를 태운 승강장치가 올라오고 있습니다. 탄바야 적통의 등장을 10년 동안 기다렸던 사람들의 박수와 환호성이 만기쿠에 대한 반응을 그대로 집어삼킵니다.

〽 사랑에 빠진 나는 물가의 물떼새
　밤마다 소매를 눈물로 적시네

만기쿠와 나란히 선 슌스케의 아름다움, 부채를 입에 문 천진난만함, 또 펼친 종이를 거울처럼 들여다보며 머리를 정돈하는 요염함까지. 그 모든 게 10년 전에 슌스케와 공연했을 때와는 눈에 띄게 달랐습니다.

"슌도령……."

자기도 모르게 창문에 뺨을 밀착시키며 숨을 멈춘 키쿠오의 마음이 객석에도 전해졌는지, 객석은 환호성에 찬물을 끼얹은 것처럼 갑자기 조용해지며 긴장감에 휩싸입니다.

그 엄청난 긴장감의 원천은 틀림없이 슌스케였고, 상상할 수 없을 만큼 위험한 무언가가 그곳에서 춤추고 있다는 사실이 피부로 전해져옵니다.

비유하자면 관객 중 누군가가 작은 소음이라도 내면 갑자기 춤을 멈춘 슌스케가 무대에서 내려와 그 관객에게 따지러 갈 것만 같은……. 그와 동시에, 조금이라도 관객이 무대에서 시선을 돌리면 그 순간 슌스케가 그 자리에서 녹아 없어져 버릴 것 같은……. 그런 양극단적인 위태로움이 무대를 가득 채우고 있었습니다.

물론 관객이 소음을 냈다고 해서 배우가 그걸 혼내러 올 리는 없습니다. 그리고 집중력을 잃은 관객의 눈앞에서 배우가 사라져 버릴 리도 없고요.

머리로는 그걸 알고 있지만, 무대에서 일심불란하게 춤추는 슌스케의 모습에서는 그렇게 범접할 수 없을 만큼의 무서움과 당장 사라져 버릴 듯한 업보와 가련함이 뒤섞여 있었습니다.

게다가 함께 공연하는 사람은 희대의 여장 배우인 오노가와 만기쿠. 젊은 슌스케가 자유롭게 춤추도록 내버려두는 것처럼 보이면서도, 중요한 장면에서는 일부러 흐름을 끊는 듯한 움직임을 보여 관객들의 시선을 전부 자신 쪽으로 집중시킵니다.

또 그런 살짝 흐트러진 형태가 얼마나 아름답고 뇌쇄적인지…….

그걸 눈앞에서 바라보는 슌스케의 움직임에서도 역시 초조함이 엿보였지만, 그 초조함을 질투에 빠진 가련한 처녀 같은 손끝 떨림으로 바꾸어낸다는 게 훌륭합니다.

감옥에 갇힌 사람처럼 창문으로 무대를 응시하던 키쿠오가 퍼뜩 정신을 차렸을 때는 이미 작품의 대단원인 '입종入鐘의 단락'에 이르러 있었습니다. 그리고 극장을 뒤흔들 만큼의 박수를 예감한 순간, 키쿠오는 어째서인지 도망치듯 대기실을 빠져나갔습니다.

그의 뒤를 따라오는 건 아까 환청으로 들었던 박수 소리를 족히

능가할 만한 엄청난 갈채뿐.

어두운 나락에서 계단을 뛰어 올라가 밝은 로비로 나오자마자, 무서울 정도였던 슌스케의 발전에 뒤늦게 온몸에 소름이 돋았습니다.

박수 소리가 너무 커서 로비에서 일하던 스태프들까지 무슨 일인가 놀라며 객석 쪽을 들여다보는 가운데, 키쿠오가 지하 주차장으로 내려가 차를 타려고 하자 눈부신 플래시가 그를 비춥니다.

눈을 가늘게 뜬 키쿠오가 하얀빛이 난 쪽을 노려보자, 전에도 만났던 카메라맨과 기자의 모습이 보입니다.

무시하고 차에 올라타려는 키쿠오를 카메라 플래시가 또 집요하게 비추었습니다.

"한지로 씨, 한 가지만 대답해 주시죠!"

어둑어둑한 주차장에서 메아리치는 기자의 목소리가 키쿠오의 귀에 남아 있던 샤미센과 박수 소리를 지워버립니다.

"……오사카의 저택이 매물로 나왔다고 들었는데요! 백호 씨가 남기신 저택을 당신이 멋대로 팔아버렸다는 게 사실입니까?! 당신이 독단적으로 탄바야 사람들을 그 저택에서 쫓아냈다는 게 사실입니까?!"

차 안으로 팔을 집어넣는 카메라맨을 밀쳐내고 간신히 문을 닫으려던 키쿠오도 기자들의 질문에 너무 화가 나서 순간 손을 멈춥니다.

하지만…….

'그럴 리가 없잖아!'

27

그렇게 대답하려는 자기 목소리가 방금 주차장에서 메아리친 기자의 목소리와 똑같을 거라는 걸 직감합니다.

'난 배우야. 이런 데서 그런 목소리를 낼 수는 없어.'

즉시 입을 다물어버린 키쿠오는 카메라를 노려보고는 그대로 문을 닫고 액셀을 밟았습니다.

자동차가 낮은 엔진음을 내며 긴 경사로를 올라가는 모습이 그대로 텔레비전에 방송된 것이, 바로 그다음 날이었습니다.

"한야 씨의 무대를 몰래 보러 온 것 같은데, 중간에 돌아갔나 보군요. 강렬한 복귀 무대였다고 하니까 생각이 많아지지 않았을까요?"

"그렇다 해도 오사카에 있던 탄바야의 저택을 3대손 한지로 씨가 멋대로 팔아버렸다는 게 사실이라면, 이제 탄바야는 분열되었다고 봐야겠지요."

텔레비전에서 부추기면 부추길수록 시청자들은 탄바야의 그런 갈등이 더욱 과격해지기를 몰래 바라고 있었습니다.

이번 달 메이지좌 공연의 핵심인 〈도죠지의 두 사람〉에서는 무희 하나코를 당대 최고의 여장 배우 만기쿠와 10년의 공백에서 복귀한 하나이 한야가 함께 맡는다. 원래 혼자 맡는 역할을 두 사람이 연기함으로써 시각적인 화려함은 물론이고 두 배우의 개성을 마음껏 감상할 수 있다.

게다가 생각지 못한 발견도 있다. 기존에 볼 수 있었던 만기쿠의 〈처녀 도죠지〉에 어떤 의미에선 반칙이라고까지 할 수 있는 한야가 더해지면서 그 매력이 반감되기는커녕 더욱 밝게 빛난다. 만기쿠의 엇박자, 몸짓으로 모든 것을 표현하는 춤동작 등, 마치 혼자 춤추고 있는 듯한 존재감을 뿜낸다.

물론 한야 역시 깜짝 놀랄 만큼 환상적이다. 그의 개성은 친아버지인 2대손 한지로는 물론이고 초대 한지로까지 떠올리게 하는데, 그러면서도 선조들과는 전혀 다른 생생함이 있고 짙은 안개가 내린 깊은 숲속으로 관객들을 끌어들이는 듯한 관능이 엿보였다.

그에 이은 〈카가 미야마의 옛 목판화加賀見山旧錦絵〉에서의 두 사람에게는 다소 낮은 평가를 할 수밖에 없다.

질투와 음모가 소용돌이치는 궁중을 배경으로 한 작품이며 만기쿠가 조연으로 물러나서 권력자 이와후지를 연기하면서 한야가 맡은 오노에 상궁을 괴롭히는데, 근래 텔레비전 정보 프로그램에서 화제인 탄바야의 집안싸움이 어쩔 수 없이 뇌리에 떠올라 관람하는 기분이 별로 좋진 않았다.

물론 두 사람의 연기에 부족함이 있는 건 아니므로 다소 핀트가 어긋난 평가일지도 모른다. 하지만 연출 자체가 원래의 가부키 전통을 따르는 대신 현대적인 감성으로 접근하고 있다 보니, 과연 이것이 만기쿠라는 대배우의 정통 연기인가 하는 의문점이 남는다. 가부키 작품에 현대성을 도입하는 게 나쁘다고 말하려는 건 아니다. 단지 이번 〈카가 미야마의 옛 목판화〉에서는 그런 식의 현대적 접근이 가부키라는 것을 크게 뒤흔들 수준까지는 되지 못한 채, 한 배역을 새롭게 해석해 보는 영역에만 그치고 있다는 게 아쉽다.

다만 이번 달, 만기쿠라는 대배우의 도움으로 무대에서 부활한 한야가 다음 세대를 짊어질 많은 가부키 배우 중에서 한 걸음 앞 서가고 있다는 것만은 분명하다.

이상, 첫날 공연을 관람한 와세다대학 교수 겸 극 평론가 후지카 와 씨가 〈아사히 신문〉에 기고한 비평이었습니다.

석간신문을 다 읽은 사치코는 돋보기안경을 벗고는, 부엌에서 오세이와 함께 저녁 식사 준비를 하는 하루에에게 급히 달려갑니다.
"여기 나왔어, 이번 달 비평. 슌도령을 잔뜩 칭찬해 줬더라."
기쁜 나머지 석간신문을 펼쳐 보이자, 하루에가 앞치마에 손을 닦으며 들여다봅니다.
"슌도령은 읽었으려나? 지금 막 저녁 공연이 시작됐으니까 아직 이겠지?"
혼자 안절부절못하는 사치코.
"겐키치 씨가 사다 줬을 거예요. 이번 달은 이 와세다의 후지카 와 선생님이라는 분이 비평을 써주신다고 했으니까요."
하루에가 그렇게 대답하자…….
"정말 보통 인연이 아니네. 이 후지카와 선생님은 슌도령하고 기쿠도령을 누구보다 먼저 알아보고 미츠토모의 우메키 사장에게 소개해 준 분이었거든."
그리운 추억을 떠올리는 사치코 앞에서, 그제야 기사를 다 읽은 하루에가 안도감 때문인지 무심결에 주저앉으며 아직 축축한 손으로 테이블 모서리를 붙잡습니다.

"……그렇지? 한 걸음 앞서갔다고 쓰여 있잖니? ……잠깐 극장에 있는 겐키치한테 전화해서 신문을 읽었는지 확인해야겠다."

전화기로 향하는 사치코 등 뒤에서, 오세이가 하루에의 등을 쓰다듬어줍니다.

"작은 사모님, 정말 잘됐어. 슌도령도 그동안 노력한 보람이 있었네."

그때, 수화기를 갖다 댄 사치코의 귀에는 분장실에 있는 켄키치의 목소리가 들려왔습니다.

"……슌도령은 이미 읽었단다. 읽고 나서 저녁 공연에 나갔대. 〈카가 미야마〉 쪽 평가는 안 좋았으니까 '이런 건 칭찬이라고 할 수도 없지'라고 하면서 무대로 향했다는구나."

겐키치의 말을 그대로 하루에와 오세이에게 전합니다.

"오늘 밤 슌도령은 집에 바로 들어오려나?"

전화를 끊은 사치코가 좋은 날이니 반찬이라도 하나 더 만들까 하는 생각으로 냉장고를 들여다보는데…….

"뭐라더라…… 누구를 데려오겠다고, 누가 집에 올 거라고 하긴 했는데요."

하루에의 말이 끝나자마자 현관 쪽에서 남자 목소리가 들립니다.

오세이가 바로 마중 나가더니…….

"미츠토모의 타케노 씨라는 분이 오셨어요. 도련님이 초대하셨다고……."

"뭐야, 타케노 씨였어?"

하루에와 함께 사치코도 현관으로 향하자 커다란 골판지 상자를 끌어안은 타케노가 서 있습니다.

"죄송합니다, 제가 너무 일찍 도착했네요. 근처 찻집에서 시간을 보내려고 했는데 하필 오늘 쉬는 날이더라고요? 짐이 좀 있어서⋯⋯."

타케노가 장황하게 변명합니다.

"어서 들어오세요. 약속하고 오신 거니까 남편도 무대가 끝나자마자 곧 오겠죠."

하루에가 골판지 상자를 받아들려 하자 타케노가 사양합니다.

"아니요, 이거 꽤 무겁습니다."

그리고 장황하게 변명한 것 치고는 기다렸다는 듯이 신발을 벗더니⋯⋯.

"오, 맛있는 냄새가 나는군요."

얼굴이 꽤 두꺼운 남자입니다.

"그 상자는 뭐예요?"

사치코가 묻습니다.

"가정용 비디오VCR입니다. 한야 씨에게 드릴 선물이에요."

"비디오면, 텔레비전을 녹화해서 언제든 보고 싶을 때 볼 수 있다는 그거지? 비싸지 않아?"

사치코가 놀라든 말든, 자기 집인 양 복도를 성큼성큼 걸어간 타케노가 거실 텔레비전 앞에 상자를 내려놓으며 소매를 걷어붙입니다.

"자, 한야 씨가 돌아오시기 전에 연결해 둬야겠네요. 이것만 있으면 옛날 명배우들의 무대를 마음껏 볼 수 있으니까요."

현관 벨 소리가 한 번 더 울린 건 바로 그때였습니다.

"누구지? 이런 시간에……."

사치코가 고개를 갸웃거리자 또다시 현관으로 나간 오세이가 돌아오더니…….

"저기…… 작은 사모님. 노다 씨라는 분이 찾아오셨는데……."

어째서인지 오세이까지 고개를 갸웃거립니다.

"……노다 씨요?"

몸을 일으킨 하루에가 마음의 동요를 숨기려 한다는 게 사치코에게도 선명히 전해져옵니다. 사치코는 문득 불길한 예감을 느끼며 무심결에 화제를 바꿉니다.

"타케노 씨. 이 테이프에 몇 시간 정도 녹화할 수 있는 거야?"

그사이, 특별한 설명도 없이 하루에가 현관으로 향합니다.

"누구였어?"

사치코가 오세이에게 눈짓합니다.

"글쎄요. 추레해 보이는 할아버지던데요."

오세이가 배려 없는 말투로 속삭입니다.

아무래도 궁금해져서 복도로 나간 사치코의 시선 너머로 그 추레한 할아버지의 등을 떠밀며 하루에가 밖으로 나가려는 게 보입니다.

사람을 겉모습으로 판단하면 안 될 테지만, 사치코가 지금껏 살아온 세계와는 접점이 없는 유형의 노인이었습니다. 그렇다면 하루에가 지금껏 살아온 세계에서 온 사람인가 생각한 순간, '그럼 두 사람이 가출했을 때 알게 된 사람이겠네'라는 결론에 도달합니다.

다만 일단 타케노에게 돌아오긴 했어도 집 밖으로 나간 두 사람이 계속 신경이 쓰였던 사치코는 화장실에 가는 척하며 몰래 뒷문으로 나갔습니다. 그러자 집 앞 골목으로 내려가는 어둑어둑한 계단 쪽에서 하루에의 목소리가 들려옵니다.

"……갑자기 찾아오시면 곤란하잖아요."

잔뜩 숨죽인 목소리의 하루에는 초조함을 숨기려고도 하지 않았고, 거기에 소곤소곤 대답하는 상대방의 목소리는 면목이 없는 듯합니다.

등 뒤에서 소리가 난 건 바로 그때였고, 흠칫하며 돌아보자 타케노가 걱정스러운 표정으로 뒷문에서 얼굴을 내밀고 있습니다.

사치코는 너무 당황한 나머지…….

"방문 판매하러 온 사람인가 봐."

급히 얼버무리며 타케노의 어깨를 떠밀어 안으로 들어가 버렸습니다.

"아키코, 16분에 출발하는 버스에 탄다며. 이러다 늦겠어."

아래층에서 들려온 어머니 케이코의 목소리에…….

"지금 내려가!"

드라이기로 머리에 웨이브를 넣으며 대답한 사람은 아즈마 센고로의 둘째 딸 아키코였습니다.

겨우 모양새를 갖춘 웨이브에 만족하며 계단을 뛰어 내려갑니다.

"우유라도 마시고 가."

부엌에서 어머니 케이코가 우유병을 들고 왔기에 그대로 마시려 하자…….

"어머, 얘 좀 봐. 잔에 따라 마셔야지."

부엌에서 유리잔을 가져온 것까지는 좋았지만, 그 유리잔을 하필 거꾸로 내려놓고는 그 위에 우유를 따릅니다.

"어머, 다 쏟아졌네! 아키코, 행주, 행주!"

혼자 난리를 피웁니다.

"아, 엄마…… 나 시간 없는데."

아키코가 다급히 부엌으로 달려가자 정원에서 골프채를 휘두르던 센고로가 거실에 얼굴을 내밉니다.

"적당히 좀 해라! 아침 댓바람부터 소란스럽게……."

익숙한 광경이긴 해도 역시 어이없다는 목소리입니다.

그대로 안으로 돌아온 센고로는 테이블에 넘쳐흐른 우유를 닦는 아키코에게 묻습니다.

"그러고 보니 말인데, 너 요새 타츠오 씨하고는 만나고 있냐?"

"어? ……응, 뭐 그냥……."

"뭐 그냥? 너……."

그러자 바닥에 쏟아진 우유를 닦던 어머니 케이코가 옹호해 줍니다.

"이미 약혼까지 했는데, 우리가 이것저것 참견하는 것도 경우가 아니죠. 나머진 그쪽 집에 다 맡겨야지."

"그야 그런데, 그쪽이야 그냥 평범한 집안이라 상관없겠지만 우리는 딸이긴 해도 후지미야富士見屋의 혼사잖아. 하루이틀 준비로 끝날 일이 아니라고."

"평범한 집안은 무슨. 큰 증권회사의 후계자잖아요. 우리 집안보다 챙길 사람이 훨씬 많죠."

"아니, 그건 그렇지만……."

느긋한 척 말하면서도 미묘한 뉘앙스로 어느 집안이 더 위인지를 따지는 부모님의 대화에서 도망치듯, 아키코는 병에 남은 우유를 전부 들이마시고는…….

"다녀오겠습니다—."

버스 정류장으로 달려갑니다.

생각해 보면 아주 어릴 때부터 아버지 센고로는 "결혼할 거면 일반인 남자와 해야 한다" "내 딸은 절대 배우한테 안 줄 거다"라고 귀에 못 박히게 말했습니다.

물론 배우, 특히 가부키 세계로 시집간 여자가 얼마나 큰 고생을 해야 하는지를 잘 알아서 하는 말일 테지만, "그런 것치고 우리 엄마는 행복해 보이는데"라는 게 아키코의 의견이었습니다. 그럴 때마다 센고로는 "그야 인마, 그렇게 안 되도록 아빠가 엄마를 지켜 줬으니까 그런 거지"라며 자기 자랑을 늘어놓곤 합니다.

하지만 그게 전혀 틀린 말은 아니었기에 20세기 초중반을 살았던 센고로의 어머니, 즉 아키코의 할머니가 얼마나 힘든 인생을 살았는지는 파란만장한 시대에 남겨진 몇 권의 수기에 잘 기록되어 있을 정도입니다.

그런 아키코가 부모님의 추천으로 쿠스미 타츠오와 맞선을 본 게 1년 전쯤입니다. 그의 온후한 성격에 아키코도 호감을 느꼈지만, 무엇보다 유치원부터 초중고까지 명문 게이오대 부속 학교에 다니다가 대학은 도쿄대 경제학과를 졸업한 그의 이력을 최종 학력이 중졸인 센고로가 매우 마음에 들어 하면서 혼사는 일사천리로 진행되었습니다.

물론 아직 젊은 아키코는 결혼하고 싶은 마음이 절실하지 않았지만, 그녀가 다니는 부잣집 아가씨 학교의 동기들한테도 슬슬 결혼 이야기가 나오기 시작할 무렵인 데다 쿠스미 가문이라면 그런 동기들도 부러워할 만한 집안이었기에 그 혼사를 거절할 이유도 없었습니다.

전철을 갈아타는 타이밍이 좋았던 덕분에 히로오広尾에 있는 학교에 도착하자 수업 시작 20분 전이었습니다. 아키코는 캠퍼스의 공중전화로 달려가 익숙한 손놀림으로 다이얼을 돌렸고, 방금 잠에서 깬 키쿠오의 목소리가 수화기를 통해 들려옵니다.

"아― 아직도 자고 있었어? 무대에 늦겠다. 어차피 어제도 또 늦게까지 술 마신 거잖아?"

아키코의 애교 넘치는 목소리에 숙취의 짜증이 살짝 가신 키쿠오가 전화기를 통째로 들고 부엌으로 가서 수도꼭지로 물을 벌컥벌컥 마십니다. 마치 그런 키쿠오의 모습이 눈에 훤히 보이는 듯이, 물을 다 마시자마자 아키코가 말합니다.

"아, 베란다에 있는 꽃에도 꼭 물 줘."

"아, 맞네. ……물뿌리개가 어딨지?"

"거기 있지 않아? 냉장고 옆에."

돌아보니 확실히 작은 플라스틱 물뿌리개가 벽에 걸려 있습니다.

"……저기, 키쿠오 오빠."

"이제 오빠라고 하지 말랬잖아."

"아, 그랬지."

아키코의 웃음소리를 들으며 키쿠오가 커튼을 걷자, 아키코가 놓아둔 화분이 가을 햇볕을 쬐고 있습니다.

"……그럼 키쿠오 씨. 지난번 얘기 말인데, 역시 하루라도 빠른 편이 나을 것 같아. 오늘 아침에도 또 타츠오 씨 이야기가 나왔거든."

아키코가 갑자기 목소리를 낮춥니다.

"그래. 알겠어."

키쿠오가 대답하고는 방금 자기가 일어나면서 흐트러진 침대를 돌아봅니다.

"우리 아빠, 이번 달은 쭉 쉬셔. 무대에 서는 기간보다는 기분도 훨씬 괜찮을 거야."

"저기, 아키코."

"왜?"

"난 이미 각오하고 있어. 만약 후지미야 삼촌이 우릴 허락해 주시지 않고, 설령 가부키계에서 추방당한다고 해도……."

"설마 우리 아빠가 그러실 리가 없잖아. 게다가 나도 각오는 됐어. 난 누가 반대하더라도 꼭 키쿠오 오빠의 부인이 될 거야!"

아키코가 먼저 전화를 끊자 욕실로 들어간 키쿠오는 거울에 비친 자기 얼굴을 물끄러미 노려보며 중얼거립니다.

"네가 결정한 일이잖아. 해!"

만기쿠의 도움을 받은 슌스케의 부활 무대가 대호평 속에서 마무리된 뒤에도 그 열기는 사그라들 줄을 몰랐고, 슌스케는 계속 만기쿠의 후광 속에서 다음 달의 가부키 극장, 그다음 국립극장에서 연이어 큰 역할을 맡아 무대에 서고 있었습니다.

반면 키쿠오는 어느 무대에 발탁되든 여전히 단역뿐. 게다가 후견인인 츠루와카는 이때라는 듯이 키쿠오를 더욱 몰아붙입니다.

"가부키 배우가 그런 식으로 사생활이 노출되면, 무대에서 어떤 역할을 맡든 관객들은 몰입을 못 한다고요."

키쿠오 본인은 정보 프로그램에서 아무리 부당한 보도를 당해도 배우가 있을 곳은 무대라는 생각으로 예전보다 더욱 열심히 노력했지만, 마치 고장 난 악기처럼 아무리 열심히 두드려도 그 누구의 귀에도 닿지 못합니다.

아키코가 이미 약혼 중이라는 걸 키쿠오는 알고 있었습니다. 단순히 알고 있었을 뿐만 아니라 축하 선물까지 보낼 만큼 친한 사이였습니다.

계획적으로 여자와 잤던 것도 키쿠오는 생전 처음이었습니다. 자신이 이 여자를 속이고 있다는 사실에 대해, 훨씬 불쾌한 기분이 들 줄 알았지만……. 그리고 자기가 속은 줄도 모른 채 신음하는 여자의 목소리에 지금까지 경험해 본 적 없는 음란한 기분을 느끼는 자신을, 키쿠오는 냉정히 바라보고 있었습니다.

결국 전부 아즈마 센고로라는 후광을 얻기 위한 것. 사랑하진 않지만, 가부키를 위해서라면 아키코를 사랑할 수 있다.

세면대 거울에 비친 자기 얼굴을 가만히 노려보던 키쿠오는 손에 든 치약 튜브를 꽉 움켜쥐고는…….

"……하라고. ……하라니까."

그렇게 중얼거리며 손등에 묻은 하얀 치약을 얼굴에 덕지덕지 바르는 것이었습니다.

집 밖에서 짜증이 담긴 경적 소리가 들려옵니다. 빵, 빵, 빵, 빵, 빵, 빵, 빵, 빵. 그 짜증은 좀처럼 가라앉지 않는 건지, 잠깐 멈췄나 싶다가도 금세 빵, 빵, 빵, 빵, 빵, 하고 불쾌한 소리가 세타가야世田谷의 고급 주택가에 울려 퍼집니다. 아마 좁은 길에 주차된 키쿠오의 차 때문에 꼼짝할 수 없게 된 트럭의 경적 소리일 테지만, 아즈마 센고로의 발밑에서 가만히 무릎 꿇은 채 고개를 숙인 키쿠오 역시 꼼짝도 할 수 없습니다.

"무, 무슨 소릴 하는 거야, 이 자식아! 젠장, 갑자기 딸을 달라니! 지금 장난하자는 것도 아니고!"

숨이 넘어갈 듯한 센고로의 분노한 목소리가 여전히 끊임없이 울리는 경적 소리와 겹쳐집니다.

"아빠! 그만해! 아빠, 제발!"

엎드린 키쿠오의 어깨를 걷어차는 센고로의 다리에, 계속 어쩔 줄 몰라 하던 아키코가 반사적으로 매달립니다.

"이거 놔. 야, 이거 놓으라니까!"

눈에 보일 정도로 몸을 떨고 있는 어머니 케이코는 바닥에 내동댕이쳐진 아키코를 다급히 부축하러 다가갔습니다.

"이 자식이, 내 딸한테 무슨 짓을 한 거야!"

키쿠오의 머리카락을 움켜쥔 센고로가 바닥에 엎드린 얼굴을 억지로 들게 합니다.

"그 눈빛만 봐도 알아! 네 녀석의 그 썩어빠진 눈빛만 봐도 안다고! 내가 모를 줄 아냐! 네 녀석의 그 썩어빠진 근성을 내가 못 알아볼 줄 알았던 거냐고!"

머리카락을 움켜쥔 채 키쿠오를 잡아끄는 센고로의 숨은 당장이라도 끊어질 듯하고, 격렬하게 들썩이는 어깨가 마치 통곡하는 것처럼 보입니다.

집 밖에서는 아직도 들려오는 경적 소리. 빵빵빵빵빵빵빵빵, 하고 진퇴양난에 빠진 운전사의 짜증이 폭발합니다.

"개소리 집어치워! 개소리 집어치워……. 집어치우라고……."

키쿠오의 멱살을 움켜쥔 채 바닥에 엉덩방아를 찧는 센고로. 어깨를 크게 들썩이면서도 마지막 힘을 쥐어 짜내듯 그렇게 되뇝니다.

"아빠…… 제발. 제발 부탁이야……."

어린애처럼 흐느끼는 아키코가 어머니의 품에서 벗어나 기어간 곳은, 힘들어 보이는 센고로가 아닌, 아직도 무릎을 꿇은 키쿠오 쪽이었습니다.

"허락 못 해, 난 절대로 허락 못 해……. 넌 지금 속고 있는 거야. 그걸 왜 모르냐? 이 자식은, 이 쓰레기 새끼는 널 이용하는 거라고. 그 간단한 걸 왜 몰라……."

거의 신음하는 듯한 센고로 앞에서, 아키코가 감싸는 키쿠오의 얼굴에서는 하얀 카펫 위로 코피가 뚝뚝 떨어집니다.

"……아키코, 대체 왜 그러니? 왜 이 아빠 말을 못 믿는 거야. 넌

41

타츠오 씨랑 결혼해야 행복할 수 있어. 틀림없다고. 하필 배우에다 이따위 인간하고 결혼해서 네가 행복해질 리가 없잖나. 평생 고생만 할 거라고. 아침에 눈뜰 때부터 밤에 잠들 때까지, 이 녀석 머릿속엔 무대에 관한 것밖에 없어. 네가 병에 걸려도, 아무리 힘들어해도, 아무리 울고불고하면서 매달려도 이 자식은 무대에 오를 거야. 너 같은 건……."

거의 울먹이는 센고로 앞에서, 마치 서로를 감싸듯 몸을 움츠리는 아키코와 키쿠오. 집 밖에서는 또 빵빵빵빵, 하는 경적 소리. 그리고…….

"후지미야 씨, 계세요? 이거 그 댁 차입니까?"

이쯤 되자 이웃 사람들도 길가로 나왔는지, 집 울타리 밖에서 진절머리 난 목소리가 들려옵니다.

"난 허락 못 한다. 절대로 허락 못 한다고. 그런데도 이런 녀석이랑 결혼하고 싶다면, 이 집에서 당장 나가!"

그렇게 다그치며 방에서 나가버리는 센고로의 기분을 더욱 건드리듯이 또 빵빵빵, 하는 경적 소리가 울려 퍼집니다.

"아키코, 이, 일단…… 오늘은 이만 돌아가시는 게 좋겠다."

그렇게 간신히 말을 꺼내는 어머니에게…….

"아니, 키쿠오 오빠 혼자 보낼 수는 없어. 그럴 거면 나도 같이 나갈 거야."

그렇게 대답하는 아키코의 진지한 눈빛을 보고, 무심결에 시선을 돌리는 키쿠오였습니다.

제
12
장

반혼향
(反魂香)

젠키치에게 업혀 분장실에 도착한 카즈토요는 책가방을 던져놓고는 마치 숙련된 배우처럼 바로 화장대 앞에 앉아 화장을 시작합니다. 하지만 이제 막 초등학교에 입학한 꼬마라 혼자서는 당연히 아무것도 못 하므로 그 귀여운 교복을 벗기고 얼굴에 분칠해 주는 건 숨차서 어깨까지 들썩이는 젠키치의 역할입니다.

"카즈 군, 먼저 화장부터 하면 과자 줄게."

아버지 슌스케가 마사오카를 연기하는 〈명문가의 집안 소동伽羅先代萩〉에서 어린 후계자 츠루치요 역으로 무대에 선 공연 기간도 어느새 중반, 이젠 젠키치가 굳이 과자로 꾈 필요도 없습니다. 어린 나이에도 자기 등장과 퇴장 흐름을 이제 완전히 외우고 있으니까요.

카즈토요가 차가운 분칠을 가만히 견뎌내며 앉아 있자…….

"카즈 군, 왔어? 오늘 학교에선 어땠니?"

다음 달 무대의 포스터를 찍으러 다녀온 슌스케가 분장실 안으로 뛰어 들어옵니다. 일단 목욕하고 왔는지 깨끗이 민 눈썹이 푸르스름합니다.

"줄넘기에서 1등 했어."

무의식중에 뜰 뻔한 카즈토요의 눈을 겐키치가 화장 붓으로 부드럽게 누릅니다.

"와, 1등? 마유였나, 잘하는 애가 있다며?"

"오늘 학교 안 왔어."

카즈토요의 대답에 웃으면서 슌스케도 옆에서 바로 준비를 시작하자 공연 중간일 인사를 돌던 나들이 예복 기모노 차림의 하루에가 돌아옵니다.

"아, 잘됐다. 카즈 군은 이미 화장 시작했네?"

"엄마, 책가방에 가정통신문 있어. 이번 소풍 설명하는 거."

"소풍은…… 미안하지만 카즈 군은 못 가."

"응, 알아. 그래도 알림장에 붙여놓으래."

하루에가 책가방을 열자 먹다 남은 빵 등과 함께 그 가정통신문이 나왔습니다.

"저기―."

그때, 분장실 밖에서 조심스러운 남자 목소리가 들렸습니다.

"또 노다 씨겠지?"

카즈토요의 분칠을 끝낸 겐키치가 귀찮다는 듯 입구 쪽으로 몸을 뻗자, 예상대로 그 노다가 포럼 밑으로 얼굴을 내밉니다.

44

"뭐 필요하신 거 없으신가요?"

이 노다라는 남자는 이미 환갑도 지난 나이지만 앙상하게 마른 탓인지 얼굴은 나이에 비해 깊은 주름이 도드라졌고, 마치 막대기가 헐렁한 바지를 입고 있는 것만 같습니다.

"지금은 부탁드릴 일이 없어요."

하루에가 무표정하게 대답하자 그 짧은 대화를 슌스케가 대신 이어받습니다.

"노다 씨, 도시락 남았으니까 가져가요. 자, 여기 두세 개 있거든요."

포스터를 찍으러 가느라 먹지 못한 자기들의 맞춤 도시락을 다다미 바닥 위로 쓱 미끄러뜨리자, 노다가 이때만큼은 기민하게 움직입니다.

"그럼 감사히 받겠습니다."

아시다시피 노다는 슌스케가 메이지좌 극장에서 복귀 무대에 서고 있을 때 요요기 셋집에 불쑥 나타난 남자입니다.

"뭐, 예전에 신세를 진 사람이야."

슌스케의 그런 애매한 소개 이후에도 계속 요요기 자택에 드나들더니, 어느새 신생 탄바야에 눌러앉아 버렸습니다.

물론 사치코는 정체를 알 수 없는 노다에게 경계심을 품었지만, 어떤 사정이 있든지 간에 노다 본인은 무척 양전했기에 "슌도령이 괜찮다고 하면 괜찮겠지"라며 이젠 간단한 심부름 같은 것도 부탁하게 되었습니다.

도시락을 소중히 끌어안은 노다가 밖으로 나가자, 하루에는 우선 소풍 안내가 적힌 가정통신문에 서명하고 알림장에 붙인 다음 카즈토요가 입을 츠루치요의 의상을 펼칩니다.

"그러고 보니 이번에 키쿠도령이 야에가키히메八重垣姫를 맡는다고 하던데."

카즈토요의 작은 입술에 약지로 연지를 바른 겐키치가 문득 입을 열었습니다.

"응?"

슌스케가 반사적으로 고개를 돌립니다.

"……야에가키히메라니, 그게 무슨 소리예요?"

똑같이 놀란 하루에가 겐키치에게 묻습니다.

"그러니까, 11월에 가부키좌 극장에서는 슌도령이 야에가키히메를 맡은 〈일본 이십사효本朝廿四孝〉를 공연하기로 했잖아? 그런데 그달에 신바시新橋 연무장에서는 신파(新派: 전통 가부키에서 갈라져 나온 계파로 서양 연극의 요소를 적극적으로 도입했다-옮긴이)에서 키쿠도령을 야에가키히메로 캐스팅해서 똑같은 〈일본 이십사효〉를 공연하기로 했다더라."

"가부키좌 극장하고 연무장이라니, 엎어지면 코 닿을 거리잖아."

"미츠토모의 타케노 씨는 관객들이 양쪽을 모두 보고 '난 한야가 더 좋았어' '아니, 난 신파의 3대손 한지로가 더 좋아'라고 각자 평가하면서 논쟁하라는 의도겠지. 정말이지 그 사람은 여기가 보통이 아니라니까."

겐키치가 연지 묻은 손가락으로 자기 머리를 가리킵니다.

한편 슌스케는, 그렇다면 대결을 피하지 않겠다는 듯이 거울을 노려보며 야에가키히메가 되어 무대에 선 자기 모습을 상상하고 있습니다.

키쿠오가 가부키계가 아닌 극단 신파의 무대에 서게 된 지난 몇 년 동안의 경위에 관해 설명하기에 앞서, 슌스케와 키쿠오가 같은 달에 같은 배역으로 맞대결하게 될 〈일본 이십사효〉의 야에가키히메라는 역할에 관해 잠깐 소개하도록 하겠습니다.

이 야에가키히메는 지방 영주의 딸로서 고귀한 기품을 자아내야 하는 것은 물론이고, 가슴에 숨긴 연심戀心까지 표현해야만 합니다. 또한 '안뜰 도깨비불 장면'의 후반에서는 '인형 몸짓'이라는 움직임이 들어가는데, 인형 몸짓이란 인형극의 인형처럼 무기질적인 움직임으로 인간의 고양된 감정을 표현하는 연출 방법입니다. 얼굴에는 아무 표정도 없이 눈조차 깜빡이면 안 되고, 팔은 팔꿈치 밑으로만 움직일 수 있으며 손끝을 모아 살짝 구부려서 그야말로 인형이 되어 야에가키히메의 연심을 표현해야만 하는 매우 어려운 역할입니다.

"그쪽은 현대극 같은 느낌으로 가겠지?"

눈썹을 그리며 묻는 슌스케에게…….

"그야 신파니까 여배우도 나오긴 하겠지만, 연출은 일부러 그대로 간다던데."

졸음기에 꾸벅거리는 카즈토요의 머리를 받쳐주며 겐키치가 대답합니다.

그리고 키쿠오가 야에가키히메를 연기하는 11월 신바시 연무장에서 신파 공연 〈일본 이십사효〉의 홍보를 겸한 제작발표회가 열린 것은 그로부터 며칠 뒤였습니다.

금색 병풍 앞에 서서 눈부신 플래시 세례를 받는 두 사람은 바로 신파의 간판 배우 소네 마츠코와 1년 전에 정식으로 신파로 이적한 키쿠오입니다. 기자들의 뻔한 질문에도 소네 마츠코가 유창한 말솜씨로 답변하고 있었지만, 질의응답의 마지막 질문 기회가 주어졌을 때…….

"얼마 전 가부키좌 쪽의 야에가키히메와도 인터뷰를 했는데, '연무장의 야에가키히메에게 한 수 배운다는 마음가짐으로 최선을 다해 연기하겠습니다'라고 하시더군요. 3대손도 가부키좌의 야에가키히메에게 뭔가 하실 말씀은 없으신가요?"

그런 질문이 들어오자 어쩔 수 없이 마이크를 들게 된 키쿠오가 조용히 대답했습니다.

"저도 똑같은 심정입니다. 한야 씨에게 한 수 배운다는 생각으로 열심히 연기하겠습니다."

시간을 조금 되돌리자면, 키쿠오가 아키코의 사랑을 이용해 아즈마 센고로의 후광을 얻으려다가 오히려 그 센고로의 역정을 산 게 4년 전쯤이었습니다. 처음엔 센고로도 딸을 아끼는 마음에 두 사람의 관계를 결국 허락하지 않겠느냐는 예상이 우세했지만, 센고로의 분노는 가라앉을 줄을 몰랐고, 멋대로 키쿠오와 동거를 시작한 아키코와 의절하겠다는 말까지 꺼냈습니다. 그것만은 아내인 케이코가 간신히 말렸지만, 미츠토모로서도 센고로가 서는 무대에 키쿠오를 부를 수도 없는 노릇이라 일단은 상황을 지켜보자고 하는 사이 순식간에 반년이 흘렀습니다. 물론 그동안 키쿠오도 아키코를 데리고 몇 번이나 센고로에게 사과하러 갔지만 바로 문전박대를 당했고, 세상의 비난은 여전히 키쿠오에게 집중된 상황. 탄바야에 슌스케가 돌아온 데다 아즈마 센고로에게까지 버림받으면서 키쿠오도 배우 은퇴 직전까지 몰린 상황이었습니다. 하지만 하늘이 무너져도 솟아날 구멍은 있다는 말처럼, 아키코의 어머니인 케이코의 먼 친척이자 신파의 간판 배우 소네 마츠코가 구원의 손길을 내밀어준 겁니다.

당연히 가부키계를 쉽게 떠날 수 없었던 키쿠오는 처음엔 소네 마츠코의 제의를 거절하려 했지만, 역시 몇 달이나 무대에 서지 못한다는 건 배우에게 너무 가혹한 일이었기에 일단 시험 삼아 딱 한 번만 출연해 보라는 소네 마츠코의 친절한 말에 넘어가 객원 출연한 작품이 〈유녀 유기리遊女夕霧〉였습니다.

이 박복한 유녀를 연기한 키쿠오의 모습이 세상에 버림받은 현실 모습과 겹쳐 보였던 것도 있고, 무엇보다 무대에서 주인공을 맡지 못했던 오랜 울분을 쏟아내듯이 키쿠오가 원래 갖고 있던 주인공으로서의 카리스마를 마음껏 발휘하면서 무대는 첫날부터 엄청난 열기를 띠었고, 그게 곧 호평으로 이어졌습니다.

이때 이미 신생 탄바야를 떠난 키쿠오의 뒷바라지를 그야말로 체면도 신경 쓰지 않고 해준 사람이 바로 아키코였습니다.

그리고 센고로의 분노를 산 뒤에 초조함과 당황스러움 속에서 길을 잃고 다음 수단을 고민하던 키쿠오를 찾아온 사람이 토쿠지였습니다. 물론 계속 키쿠오의 곁을 지켜왔지만, 설마 천하의 키쿠오가 여자의 마음을 이용하는 비겁한 방법으로 성공하려 할 줄은 상상도 못 했기에 본인이 먼저 그 사실을 고백하자 분하기도 하고 한심하기도 해서…….

"지금 이렇게 하지 않으면, 난 평생 후회할 거야."

그렇게 먼저 중얼거리고는 자포자기한 키쿠오를 붙잡고, 그런 마음가짐으로 살 거면 배우 따윈 그만둬버리라며 얼굴이고 몸이고 가차 없이 마구 때렸습니다.

물론 키쿠오도 반격하려 했지만…….

"정말 실망이다! 내가 알던 도련님은 그런 남자가 아니었다고!"

거의 울먹이며 때리는 토쿠지의 주먹을, 키쿠오는 얼굴이나 몸이 아닌 마음으로 맞는 기분이었습니다.

아키코가 먼 친척 소네 마츠코에게 도움을 요청하러 간 것도 여자로서의 자존심 때문이었겠죠. 토쿠지와 대판 싸운 뒤, 얼굴이 잔뜩 부은 채 돌아온 키쿠오가 모든 사실을 고백하자 아키코는 이렇게 소리쳤던 겁니다.

"어중간한 게 제일 나빠! 속이기로 했으면 죽을 때까지 속여야 할 거 아냐!"

신파에서 주인공으로 객원 출연을 거듭하면서 자신이 아닌 누군가가 되어 무대에 섬으로써 키쿠오가 그리워하던 그 향기를 맡을 수 있게 된 건 말할 것도 없습니다.

물론 신파 무대에서 맡을 수 있는 냄새는 키쿠오가 사랑하는 가부키와는 조금 다릅니다. 형식보다는 사실이 우선되고, 아름다운 형태보다는 생생한 감정을 요구하는 곳이니까요. 그래도 〈초롱불

노래歌行燈〉,〈꿈의 여자夢の女〉,〈폭포의 하얀 실滝の白糸〉 등의 신파 명작에 연이어 출연하는 사이, 열일곱 살 무렵에 교토 미야코좌 극장에서 하나이 토이치로서 첫 무대를 밟았을 때 맡았던 감미로운 향냄새나 마치 몽정을 하는 것처럼 사람들의 시선이 부끄러워지는 황홀감이 되살아났던 겁니다.

게다가 키쿠오도 어느새 30대 중반에 접어들면서 왠지 모를 그늘이 느껴진달지, 타고난 나쁜 남자의 냄새가 나기 시작했습니다. 아름다운 외모에 그런 분위기가 더해지자 그야말로 완숙함의 경지에 이르렀고, 거부할 수 없는 남성적인 섹시함은 유녀를 연기하든 여자 협객을 연기하든 감출 수가 없을 정도라 그 매력을 접한 관객들은 그야말로 뺨이 잔뜩 달아오른 채로 극장을 나섭니다. 그렇게 되니 텔레비전 정보 프로그램이나 잡지에서 열심히 떠들어댄 키쿠오의 악행마저도 그의 매력으로 반전되기까지는 그리 긴 시간이 걸리지 않았습니다.

그렇게 되자 텔레비전 예능 프로그램 등에 출연해 시청자에게 아양을 떠는 배우들이 늘어나는 상황 속에서도 키쿠오의 타고난 무뚝뚝함은 이른바 전통적인 미남 배우로서의 품격으로 받아들여졌습니다. 대중매체에 노출되는 횟수가 적을수록 신파 무대에 선 키쿠오를 향한 열기는 더욱 뜨거워질 수밖에 없었던 겁니다.

하지만 아직 센고로의 허락도 받지 못해 가부키계로 복귀할 가능성은 절망적인 상태였고, 키쿠오가 소네 마츠코에게 다시 제안받은 신파 이적을 정식으로 받아들인 것이 바로 이 무렵이었는데, 실은 중대한 문제가 있었습니다. 그때까지 가부키계에서 신파로 이적한 배우가 적지 않았지만, 그때마다 반드시 이름을 바꾸는 게 관례였던 겁니다.

하지만 키쿠오는 이름을 바꾸는 관례에 정면으로 맞섰습니다.

"이 하나이 한지로라는 이름은 돌아가신 하나이 백호에게 물려받은 소중한 칭호입니다. 저 따위에게는 과분하다는 비판은 저도 잘 알고 있지만, 그래서 오히려 이 칭호를 십자가로 짊어지고 앞으로의 배우 인생에 목숨을 걸고 싶습니다."

최종적으로 키쿠오의 이런 고집이 주위에 받아들여지도록 설득해 준 사람은 오사카 대국 티브이에서 정년을 맞이해 미츠토모에 고문으로 복귀한 우메키였습니다.

지금까지 키쿠오를 위해 결정한 일들이 결국 그를 괴롭히는 결과를 낳았기에 그 사과의 의미로 미츠토모의 간부는 물론이고, 아즈마 센고로에게는 그야말로 사정사정해서 승낙을 받아낸 겁니다.

키쿠오가 정식으로 신파로 옮겨감으로써 형세는 크게 바뀌기 시작합니다. 먼저 신파가 키쿠오를 영입하면서 가부키 작품을 적극적으로 공연할 수 있게 된 게 그중 하나였습니다. 그러자 전에 타케노가 슌스케 부활극에서 활용한 프로레슬링의 구도와는 조금 다르지만, 이번엔 말 그대로 새로운 바람을 일으키는 신파와 기존의 전통을 지키는 가부키라는 대중이 좋아할 만한 양자 대결이 펼쳐집니다. 관객들도 신파 팬과 가부키 팬으로 나뉘었고, 어느새 신파의 '한지로半二郎'와 가부키의 '한야半弥'에서 따온 '한한半半족'으로 불리는 연극 팬들까지 생겨날 정도였습니다.

그리고 이런 상황에서 신파의 키쿠오는 신바시 연무장에서, 슌스케는 가부키좌 극장에서 〈일본 이십사효〉를 같은 달에 공연하게 되었습니다. 전에도 엎어지면 코 닿을 거리인 연무장과 가부키좌에서 두 사람이 같은 달에 무대에 선 적은 있었지만, 역시 같은 작품의 같은 역할을 연기하는 건 처음입니다. 이 기획을 신파에 제의한 사람은 현재 대국 티브이에서 영전하여 미츠토모 본사 기획부로 옮겨온 타케노였는데, 제안을 받은 소네 마츠코 역시 도박사의 피를 물려받은 여걸답게 기꺼이 승낙했습니다.

한편 이때 키쿠오와 슌스케의 인생에서도 큰 전환점이 되는 사건이 일어납니다. 그게 무엇이냐 하면, 슌스케의 복귀를 돕고 그 후로도 후견인이 되어준 오노가와 만기쿠가 같은 달에 같은 작품으로 대결한다는 타케노의 〈일본 이십사효〉 기획을 듣고는 재미있어 하며 이렇게 대답한 겁니다.

"호오, 꽤 좋은 생각이네요. 그렇다면 한쪽이 너무 강하면 싸움이 재미없어지니까, 이번엔 제가 두 사람을 동시에 가르쳐서 마음껏 대결할 수 있게 해줘야겠어요."

그리고 지금 이곳은 두 사람을 가르치겠다고 선언한 만기쿠가 사는 맨션의 입구였습니다. 자동 잠금문 앞에서 벨을 누르는 사람은 바로 슌스케입니다.

바로 가정부의 목소리가 들렸고, 엘리베이터로 위층에 올라가서 복도 가장 안쪽에 있는 호실이 만기쿠의 집입니다. 몇 년 전에 혼자 살기엔 너무 불편하다며 세타가야의 저택을 팔아치우고 황거皇居의 숲이 내려다보이는 이 맨션으로 이사 왔던 겁니다.

처음엔 당대 제일의 가부키 배우가 맨션에 사는 건 격식에 안 맞는다며 싫어하는 후원자도 있었지만, 원래 새로운 것을 좋아하는 만기쿠는 이사를 결정하자 바로 유명한 인테리어 전문가에게 의뢰해 내장을 자기 취향으로 바꾸고, 핀란드의 건축가 알바르 알토의 가구와 조명을 구입해 순식간에 살기 좋은 자택을 만들어냈습니다.

이 200평 남짓한 자택에는 나무 바닥이 깔린 교습장도 있어서, 역시 몸을 날리거나 뛰어다니면 아래층 주민에게 피해가 갈 테지만 필요한 교습은 얼마든지 할 수 있었습니다.

한편, 이 교습장에 들어선 슌스케가 유카타로 갈아입고 기다리자 입가에 가루 설탕을 묻힌 만기쿠가 들어옵니다.

"역시 인형 몸짓이란 건 인형과의 차이점이 분명히 드러나지 않으면 할 의미가 없으니까 말이야."

바로 수업을 시작하려다가, 스스로 생각해도 성급하다는 걸 깨달은 것 같습니다.

"아니, 아까까지 여기서 키쿠오 씨한테도 그렇게 가르쳤거든."

그때 잠깐 쉬러 갔던 연주자도 돌아와서 샤미센 준비를 끝마치자 교습이 시작됩니다.

오늘 배울 것은 '안뜰 도깨비불 장면'에서 보여줄 인형 몸짓으로, 즉시 슌스케가 나름대로 연습을 거듭한 춤동작을 샤미센에 맞춰 선보이자 만기쿠가 바로 중지시킵니다.

"아직은 제대로 못 하는 게 당연해. 그래도 자기, 그렇게 움직이면 인형 창극의 인형이 아니라 꼭두각시 인형 같잖아."

"죄송합니다."

바로 한쪽 무릎을 꿇으며 이야기를 들으려 하는 슌스케의 팔을 만기쿠가 잡아당겨 일으킵니다.

"그게 왜 그렇게 되냐면, 자기는 지금 고개가 계속 흔들려서 그래. 잘 봐, 이렇게 일어섰을 때 자기는 이렇게 돼. 고개가 흔들흔들. 그게 아니라, 이렇게."

확실히 만기쿠가 스윽 몸을 일으켜 보이자, 팔다리는 흔들려도 고개만큼은 단단히 고정되어 있습니다.

슌스케도 바로 따라 해보지만 스스로 인형이 되려고 할수록 어째서인지 고개가 자꾸만 흔들립니다.

"자기, 인형을 흉내 내려고 하면 안 돼. 흉내를 내는 게 아니라 인형이 되어야지."

물론 머리로는 알고 있지만, 그게 잘 안 돼서 문제입니다.

"인형 몸짓만큼은 키쿠오 씨 쪽이 한두 수는 위네."

교습 중에 일부러인지 무의식중에 그러는 건지, 만기쿠는 키쿠오의 이름을 자꾸 언급하고 있습니다.

"……그 키쿠오 씨로 말하자면, 좋은 의미로든 나쁜 의미로든 본인이 인형극의 인형 같은 사람이니까. 어떻게 보면 이 배역에는 안성맞춤이야. 하지만 얼굴만 아름다운 배우로 계속 남는다는 건 비극이거든. 생각해 봐, 화려한 무대가 끝나고 어둑어둑한 창고 구석에 처박혔는데도 얼굴은 계속 아름다운 거잖아. 뭐든 웃어넘겨야 하는 지금 같은 시대에, 그건 너무나도 비극적이지."

슌스케는 커다란 거울에 비친 자기 모습에서 어째서인지 키쿠오의 모습을 겹쳐 보고 있었습니다.

도쿄 아카사카에 있는 방송국 복도를 걷고 있을 때였습니다.

"하루짱?"

자길 부르는 목소리에 멈춰 선 하루에가 사람들을 잔뜩 거느린 벤텐과 오랜만에 재회합니다.

"역시 하루짱 맞지? 오랜만이네. 무슨 일이야? 이런 데서 뭐 해?"

반가운 마음을 그대로 드러내는 벤텐. 자세히 보니 요새 유행하는 고급 브랜드 옷으로 온몸을 치장하고 있습니다. 그게 어울리는지 어떤지는 잘 모르겠지만, 어쨌든 새까만 천으로 온몸을 빙빙 두른 듯한 그 모습에서는 옛날 슌스케, 키쿠오와 함께 오사카의 기타신치 클럽에 자주 놀러 오던 시절의 흔적은 찾아볼 수 없습니다.

"……뭐랄까, 하루짱도 이젠 가부키 가문의 사모님이 다 됐군."

제자와 매니저들을 먼저 분장실로 들여보낸 벤텐이 더욱 반갑다는 듯 하루에를 바라보았기에…….

"오랜만이네. 벤짱이 활약하는 모습은 나도 텔레비전으로 자주 보고 있어."

"하루짱은 하나도 안 변했다."

"그런 입에 발린 소리를 누가 믿을까 봐?"

"진짜라고. 솔직히 말하자면, 난 옛날에 하루짱을 좀 좋아했거든."

"퍽이나."

"아, 하루짱이 니시나리西成의 낡은 아파트에 살 때 내가 냉장고를 가져다준 적도 있었잖아?"

"그랬지. 그거 장물 아니었어?"

"바보. 내가 그랬겠어?"

신기하게도 벤텐과 잠깐 대화하는 것만으로 나가사키에서 오사카에 처음 올라왔던 당시가 생생히 떠오릅니다.

"그래서? 방송국 같은 곳엔 무슨 일인데?"

벤텐이 문득 생각난 듯 묻습니다.

"사업부 사람들한테 인사하러."

"후원자들 만나러 돌아다니나 보지?"

"뭐, 그런 셈이야."

"그건 그렇고 뭔가 신기하네. 이렇게 이야기하는데도 하루짱의 남편이 아직 키쿠짱인 느낌이 들어."

복도에는 지나다니는 사람도 많았기에 하루에는 대답하기 곤란해졌고, 벤텐도 그걸 금세 알아채고 화제를 돌립니다.

"그러고 보니 지금 그 둘이 하는 무대, 꽤 반응이 좋은 것 같더라. 가부키좌하고 연무장에서 같은 배역을 맡았잖아? 나도 한번 보러 가야겠다는 생각은 하는데, 어차피 가봐야 바로 잠들어버릴 게 뻔해서. 그래서 토쿠지가 '그런 좋은 좌석에서 크게 입 벌리고 잘 거면 안 와도 돼'라고 하더라."

겉모습은 바뀌었어도 대화를 나누면 나눌수록 벤텐은 옛날 그대로였습니다.

"⋯⋯하루짱, 잠깐 시간 돼?"

"난 괜찮은데, 벤짱은 이제부터 녹화 있는 거 아냐?"

"잠깐 아래층 카페에 가자."

그렇게 말하며 하루에의 손을 억지로 잡아끌고 엘리베이터로 향하는 벤텐은, 아주 오래전에 나가사키에서 갓 올라와 오사카역 앞에 서 있던 하루에에게 "아가씨, 어디서 왔어? 오사카는 처음이지? 얼굴에 그렇게 쓰여 있는걸"이라고 껄렁하게 말을 걸던 시절과 똑같았습니다.

카페에 들어가자 역시 대활약 중인 인기 연예인답게 손님들이 술렁거리고 유리창 밖의 큰길에서는 벌써 구경꾼들이 서 있습니다.

"뭐야, 느긋하게 얘기하러 온 건데 오히려 소란스럽네."

벤텐이 과일 파르페를 주문하자…….

"맞다. 벤짱은 단것을 좋아했지."

추억에 잠기는 하루에.

"옛날에 하루짱이 자주 만들어주던 갓 튀긴 도넛, 참 맛있었는데."

"콩가루랑 벌꿀 같은 걸 듬뿍 발라서 먹었잖아."

먼 과거를 추억하는 하루에의 얼굴을 물끄러미 바라보던 벤텐의 표정이 갑자기 진지해집니다.

"그런데 하루짱은 참 대단해. 슌도령하고 같이 사라진 동안 무슨 일을 겪었는지는 모르지만, 슌도령도 이제는 이렇게 당당히 무대에 서고 있고."

"그러게. 그 낡은 아파트의 공동 부엌에서 도넛을 튀기던 시절엔 상상도 못 했어. ……그보다도 벤짱이야말로 대단하던걸. 〈벤텐의 웃음 방송국〉, 〈벤텐의 부숴버려!〉, 이렇게 네 이름을 붙인 프로그램만 지금 몇 개야?"

하루에가 진심으로 감탄하자…….

"나도 꽤 열심히 살았지?"

벤텐이 장난스럽게 대답하지만, 하루에의 반응이 전혀 싫은 눈치는 아닙니다.

"텔레비전에 안 나오는 날이 없잖아. 늘 생각하는 게, 벤짱은 정말 꿈을 이룬 것 같아. 옛날에 취할 때마다 이런 말을 했잖아. '난 잘난 인간들이 정말 싫어. 이 세상에서 잘났다는 말을 듣는 인간들이 정말 싫어'라고. '그러니까 그 인간들의 본성을 까발리고 싶어. 잘난 듯이 서 있는 자리에서 끌어내리고 싶어'라고도 했고."

그때를 그리워하는 하루에의 말에 벤텐은 쑥스러워하지만, 부모에게 버림받고 텐노지촌의 광대 골목에서 자라난 과거를 잘 아는 그녀 앞에 서자 감회가 새로워집니다.

마침 그때 그의 제자들이 우르르 몰려와 "이제 슬슬 가셔야 합니다" 하고 재촉합니다.

"그래, 알았어."

"뭔가 이젠 벤짱이 그 잘난 인간이 된 것 같은데."

하루에가 놀리자…….

"어? 내가 잘난 인간이라고?"

벤텐이 놀라며 마치 모욕적인 말이라도 들은 것처럼 얼굴을 붉힙니다.

"……나 같은 건 아직 멀었지. 게다가 만약 정말로 그렇게 되면, 연예인 같은 건 바로 그만둬버릴 거야."

"또 마음에도 없는 소릴."

"아니, 진짜라고. 만에 하나라도 내가 높은 사람이 되어버리면, 그때는 꼭 '천하의 벤텐, 절도죄로 체포'라든가 '천하의 벤텐, 치한 현행범'처럼 가장 추한 꼴을 드러내고 이 세상에서 당당히 몰락해

주겠어."

"벤짱은 정말 변한 게 없네."

"아니, 진짜라니까. 임금님을 웃게 하는 게 광대의 유일한 특권이야. 그런데 그런 광대가 임금님이 되면 뭘 할 수 있겠어."

벤텐의 시원시원한 목소리를 듣고 있는 것만으로 하루에의 머릿속에 그리운 오사카 풍경이 떠오릅니다. 문득 옆을 돌아보면 거기에 어린 슌스케와 키쿠오까지 있는 것만 같습니다.

벤텐은 녹화 시간이 코앞까지 다가왔는지…….

"모처럼 오랜만에 만났는데 내 얘기만 해서 뭔가 미안하네. 그런데 옛날부터 하루짱하고 있으면 나도 토쿠지도, 슌도령하고 키쿠짱도 자기 얘기만 해댔잖아. 가출한 동안 슌도령이 하루짱한테 얼마나 어리광을 부렸을지, 쉽게 상상이 가네."

벤텐의 말에 하루에가 쓴웃음을 짓습니다.

"벤짱, 또 봐."

그렇게 말하며 손을 흔들었지만, 벤텐의 모습이 보이지 않게 된 뒤에도 어째서인지 그 말이 귓가를 떠나지 않습니다.

"슌도령이 하루짱한테 얼마나 어리광을 부렸을지, 쉽게 상상이 가네."

오사카에서 슌스케와 도망쳐서 두 사람이 정착한 곳은 나고야였습니다. 물론 연고가 있는 것도 아니었고, 오사카를 떠나 여름에서 가을로 계절이 바뀔 만큼 긴 시간 동안 기노사키城崎 온천부터 시작해 아리마有馬, 가이케皆生. 시코쿠四国로 건너간 뒤로는 도고道後, 니부카와鈍川. 그리고 규슈의 구로카와黑川, 기리시마霧島까지 되는

60

대로 떠도는 방랑 생활 끝에 다다른 곳이 나고야였던 겁니다.

지금 떠올려보면 이 소꿉놀이 같았던 방랑 생활 동안 슌스케와 어떤 대화를 나누었는지, 신기하게도 거의 기억이 나지 않습니다. 그저 강렬히 기억하는 건, 단둘이 지내면서도 어째서인지 그곳에 키쿠오도 함께 있는 듯한 기묘한 감각을 느꼈다는 사실입니다.

예를 들자면 아침에 씻으러 간 슌스케를 여관 객실에서 기다리다 보면 슌스케와 함께 키쿠오도 함께 돌아올 것만 같은 기묘한 느낌이었는데, 아마 당시의 슌스케 역시 비슷한 감각을 공유했을 거라고 하루에는 생각했습니다.

그 방랑 생활 동안 어느 한쪽이 먼저 죽자는 말을 꺼낸 적은 단한 번도 없었습니다. 밤이 되어도 숙소로 돌아오지 않는 슌스케를 걱정한 적은 몇 번 있었지만, 이때도 슌스케의 곁에 키쿠오가 있는 듯한 든든함도 느꼈습니다.

"난 최대한 뭐든 직접 하고 싶어."

이건 이 무렵 슌스케가 자주 하던 말이었는데, "가부키 명가에서 나고 자란 탓에 원래 스스로 해야 하는 일을 전부 누군가가 해줬어. 특별히 거창한 걸 말하는 건 아냐. 예를 들어 생활할 때의 사소한 정리라든가 교습에 다니기 위한 절차들, 그리고 무엇보다 자기 다리로 직접 걷는 걸 난 지금까지 전혀 안 하면서 살았어. 그런건 귀찮은 시간 낭비일 뿐이라고 부모님이 못 하게 하셨던 거야." 가난하게 자란 하루에가 그 말을 듣자, 고작 그런 생각으로 오사카를 떠난 건가 해서 그 유치함에 어이가 없었습니다. 하지만 한편으로는 아무것도 배우지 못한 상태로 비행기의 조종간을 잡아야 하는 공포심에 휩싸였을 슌스케가 측은하게 느껴지기도 했습니다.

아마 규슈의 이부스키指宿 근처까지 내려갔을 때의 일이었을 겁니다. 어느 날 밤, 평소처럼 한 침대에 누워 있을 때…….

"이걸 보고 있어도, 이젠 키쿠짱의 얼굴이 떠오르지 않게 됐어."

슌스케가 그렇게 말하며 하루에의 등에 새겨진 문신을 손가락으로 어루만집니다.

"……저기, 하루에. 왜 이걸 새기겠다는 생각을 한 거야? 기쿠짱이 그렇게 좋았어?"

키쿠오를 좋아했던 건 틀림없습니다. 다만 이 문신을 새기며 바늘 한 땀 한 땀의 고통에 견디던 열다섯 살의 자신이 마음속으로 중얼거렸던 말은…….

'절대 지지 않아. 누구한테도 지지 않을 거야.'

앞으로 자신을 무시할 사람들에게, 이 문신을 손가락질하며 비웃을 사람들에게 절대 지지 않겠다고 다짐한 겁니다.

"이제 슬슬 어디서든 일자리를 찾아야겠어."

그때 슌스케가 그렇게 중얼거렸고, 창밖의 단풍도 이미 붉게 물들어 규슈에서도 가을이 깊어가던 무렵이었습니다.

나고야로 향한 이유는, 오랫동안 시골 온천지를 돌아다니다 보면 젊은 남녀가 오래 투숙하는 걸 이상한 시선으로 바라본다는 걸 알고 있었고, "가부키 배우 맞지?" 하고 말을 거는 경우도 극히 드물지만 있어서 한동안 몸을 숨기려면 도시가 편했기 때문이었습니다.

일단 나고야에 정착하자 슌스케가 바로 시작한 일은 이른바 일용직이었습니다. 일단 가부키라는 것에서 멀리 떨어지고 싶었던 것 같습니다.

다만 이때 하루에는 결국 슌스케도 건실한 직업을 갖고 살 사람은 아니라는 걸 알게 됩니다. 왜냐하면 일반인과 야쿠자의 차이는 일반적인 인식과 조금 다른 부분이 있어서, 성실한 이미지의 일반인 쪽이 실은 군데군데 대충 살아가는 구석이 있습니다. 반면에 건실하지 않은 인간은 어째서인지 대충 살아가지 못하기 때문에 결과적으로 무슨 일을 하든 자멸하기 마련입니다.

이렇게 단언해 버리면 반론하는 사람도 많을 테지만 작은 요령을 부리는 게 일반인이라면, 작은 요령은 못 피워서 결국 큰 게으름을 피우게 되는 게 야쿠자 같은 부류가 아닐까요?

나고야에서 일용직 노동자로 일하기 시작한 슌스케가 바로 그랬습니다. 처음엔 누구보다 일찍 현장에 나가 누구보다 열심히 땀 흘려 일했지만, 사흘이 지나자 익숙지 않은 육체노동에 몸살이 나서 아침에 이부자리에서 일어나지도 못하는 상황. 이때 건실한 인간이라면 사정을 말하고 며칠 쉬겠다고 할 테지만 천성적으로 건실하지 못한 인간은 그러지 못하기 때문에, 무조건 모 아니면 도인 것이지요. 쉰다는 선택지가 패배처럼 느껴지고, 그런 자신에게 진절머리가 나서 쉴 바엔 그만두는 게 낫다는 결론을 내리며 그 자리에서 도망쳐버리는 겁니다.

그날 밤, 자다가 다리를 걷어차인 하루에가 눈을 뜨자 악몽에 괴로워하는 슌스케가 자기 몸을 마구 긁어대고 있습니다.

그 기이한 모습은 마치 태어날 때부터 자기 몸에 스며든 무언가가 아무리 해도 지워지지 않아서 필사적으로 뜯어내려고 하는 것처럼 보였습니다.

결국 일하러 나선 건 하루에였습니다. 나고야 번화가 술집에서 이삼일 손님을 상대하다 보니 신치에서 쌓아온 경험이 그대로 발휘되었고, 반년도 지나지 않아 작은 가게를 맡게 되었습니다.

전에 오세이가 슌스케를 어린 시절부터 잘 알고 있어서 하는 말이라면서 그에게는 역시 나쁜 의미로 도련님 같은 구석이 있고 어리광을 받아주기 시작하면 끝도 없다고 분석한 적이 있었는데, 실제로 나고야에서 하루에가 일을 나가게 되자 그런 본성이 바로 드러나면서 세 들어 사는 싸구려 아파트에서 전형적인 기둥서방 생활을 시작했습니다. 가끔 외출했다 하면 대낮부터 파친코에 몰두하고, 참지 못한 하루에가 잔소리를 하지만 자신의 한심함을 가장 잘 아는 건 본인입니다. 지금까지 모든 것을 남에게 맡겨온 인생, 막상 자기 힘으로 일을 하려 해도 어디서 뭘 어떻게 시작할지 모르는 자신에게 깊이 실망한 것이지요. 슌스케가 차마 눈 뜨고 보기 힘들 만큼 망연자실하는 걸 보면, 자기 발로 집을 뛰쳐나왔으면서도 마음속 어딘가에선 한두 해쯤 수행한 뒤에 원래 자리로 돌아가려는 생각이 있었던 것 같습니다. 도련님으로 자라난 자신에게 가장 필요한 건 자기 다리로 일어서는 생활이라고 믿었기에 아침부터 밤까지 땀 흘려 일함으로써 그걸 실현하는 수행을 하려고 했을 테지만, 전술한 대로 그 첫걸음부터 고꾸라지는 바람에 도련님이 안일하게 생각할 법한 인생의 고생마저도 현실은 그에게 허락하지 않았습니다. 이렇게도 하고 싶고 저렇게도 하고 싶지만, 이렇게도 할 수 없고 저렇게도 할 수 없어 순식간에 마음은 길을 잃고 맙니다.

그래도 이때 세 들어 살던 싸구려 아파트의 집주인이 풍류를 아는 사람이라 우연한 계기로 슌스케와 연극이나 역사에 관한 이야기를 하게 되었는데, 슌스케의 특기 분야기도 해서 대화는 금세 무르익었습니다. 그렇게 친하게 지내던 어느 날, 젊은 남자가 대낮부터 집 안에서만 빈둥거려서야 되겠느냐, 차라리 내가 경영하는 츠루마鶴舞의 고서점에서 일해보는 게 어떠냐고 제안한 것이 슌스케의 전환점이 되었습니다. 바로 일을 시작하자 익숙지 않은 육체노동보다는 체질에 잘 맞았는지 처음으로 오래 버틴 일자리가 되었습니다. 게다가 이 고서점에서 전문적으로 취급하는 책은 우연히도 가면극, 가부키, 인형극부터 국악, 무용에 이르는 온갖 전통 예술 전문서였습니다.

이 시기에는 근무 중일 때나 집에서나 슌스케는 이 가게에 있는 책을 닥치는 대로 읽었습니다. 문외한인 하루에에겐 알쏭달쏭하게 느껴지는 내용인데도 깊이 탐독하는 슌스케의 얼굴은 충만감으로 가득했습니다.

"뭔가 신기한 기분이야. 어릴 때부터 하나씩 받았던 퍼즐 조각이 이제야 조금씩 맞춰지는 느낌이 들어."

쉽게 말해 아주 어릴 때부터 들어온 가부키에 관한 이야기가 점점 이해되고, 그것들이 하나로 연결되면서 전체적인 무언가가 보이기 시작하는 기분이었겠지요.

하루에가 아이를 가진 것은 오사카를 떠난 지 거의 1년이 되어

가던 무렵이었습니다. 임신 사실을 알게 된 슌스케는 하루에가 예상한 것보다 훨씬 크게 기뻐했고, 아이가 태어나면 다시 처음부터 시작하는 마음으로 집으로 돌아가 결혼이나 호적 등을 정식으로 정리해야겠다는 성급한 이야기도 나오기 시작했습니다. 하루에는 슌스케가 고작 이 정도 각오로 가출했다는 게 조금 어이가 없기도 했지만, 그래도 태어날 아이를 생각하면 여기서 아무리 체면을 차려봐야 도움이 될 게 없었기에 동의했습니다.

당시는 슌스케가 가출한 뒤에 미츠토모 우메키의 주도하에 키쿠오를 띄우기 위해 기획된 도톤보리좌道頓堀座 극장의 석 달 연속 공연이 실패하고, 그 후 부진에 빠진 키쿠오가 〈안개의 순례가〉라는 사회파 미스터리 영화에 출연하여 괜찮은 평가를 받았던 시기였습니다. 키쿠오가 그대로 영화계로 진출한다면 자신이 탄바야로 돌아가는 건 더욱 당연한 일이 될 거라고 가볍게 생각했던 게 아닐까요.

이듬해에 사내아이가 태어났습니다. 이름은 토요키豊生라고 지었습니다. 조산이라 2천 그램밖에 되지 않는 작은 갓난아이였지만, 그 울음소리만큼은 그 어떤 아기에게도 지지 않았습니다.

토요키에게 배내옷을 입히고 오사카로 향하는 신칸센에 세 식구가 탔던 순간을 하루에는 지금도 선명히 기억합니다. 어지간히 긴장됐는지, 슌스케는 토요키를 안은 채 손을 벌벌 떨고 있었습니다.

그들이 향한 곳은 오사카의 본가가 아니라 그달에 아버지 2대손 한지로가 출연하던 나니와좌 극장이었습니다. 슌스케가 우선 아버지에게 용서부터 빌고 싶어 했기 때문이었지요.

무대가 끝나는 시간에 맞춰 붐비는 미도스지御堂筋 거리에서 골목으로 들어간 극장의 분장실 입구에서 둘이 몸을 숨기듯 기다리고 있자 왠지 발걸음이 불안해 보이는 아버지 한지로가 나왔습니다. 모시고 나온 겐키치가 택시에 탈 때까지 따라가려 했지만…….

"괜찮아. 직접 하지 않으면 더 안 보이게 된다."

그런 말로 뿌리쳤으면서도 겐키치가 사라지자 극장 벽과 자동판매기를 손으로 짚으며 겨우겨우 걸어갑니다.

한지로의 눈이 당뇨병 악화로 결국 보이지 않게 되어 무대로 나가는 것도 키쿠오의 안내가 필요해진 건 이때보다 조금 뒤의 일이었지만, 그래도 1년 반 만에 보는 아버지의 측은한 모습에 할 말을 잃은 슌스케의 옆얼굴은 지켜보는 하루에도 괴로울 정도였습니다.

토요키를 안은 채 다가간 슌스케가 말을 걸자, 한지로는 먼저 슌스케의 얼굴을 보고 다음으로 그의 품에 안긴 토요키를 바라보았지만, 그 과정에서 표정은 조금도 변하지 않았습니다.

"아버지. 슌스케입니다."

고개를 깊이 숙이는 슌스케를 전봇대를 짚고 선 한지로가 바라봅니다.

"……오랫동안 연락도 못 드려서 정말 죄송합니다."

얼마나 긴 침묵이 흘렀을까요. 미도스지 쪽에서 취객 무리가 두 사람을 집어삼키듯 지나간 뒤에…….

"네 자식이냐?"

그렇게 묻는 한지로가 순간적으로 토요키의 이마로 뻗으려던 손을 억지로 참는 게 보였습니다.

"아들인 토요키입니다."

안아보라고 내민 아기한테서 시선을 돌린 한지로가…….

"이제 와 무슨 일로 온 게냐?"

다시 벽과 가게 간판을 짚으며 불안불안하게 걷기 시작합니다.

"잠깐이라도 좋으니 제 이야기를 들어주시겠어요?"

슌스케의 말에 하루에도 무심결에 두 사람에게 다가오자 문득 걸음을 멈춘 한지로가 하루에를 그야말로 뚫어질 듯 바라봅니다.

"네가 낳은 거냐?"

"정말 죄송합니다. 저는…….."

자기소개를 하려는 하루에를 이번엔 손짓으로 제지한 한지로가 잠든 토요키의 얼굴을 바라보며 고개를 숙입니다.

"슌스케가 신세를 많이 졌겠구나. 고맙다."

"아니에요. 저야말로…….."

"잠깐 아들하고 단둘이 있게 해주겠니?"

지나칠 만큼 정중히 부탁하자 하루에가 황급히 입을 다뭅니다.

"슌스케, 잠깐 한잔하러 가자."

그렇게 말하며 슌스케만 데리고 택시에 올라탔습니다.

그 뒤에 두 사람이 향한 곳은 슌스케도 어린 시절부터 자주 드나들었던 하나미자쿠라花見桜라는 요정이었고, 그곳의 여사장은 오랜만에 한지로 부자가 방문한 것을 무척 기뻐해서 늦은 시간이었는데도 요리는 물론이고 게이샤 연주자를 불러달라는 한지로의 부탁까지 들어주었습니다.

"그래서? 이제 와 무슨 일로 온 거냐?"

여사장이 방을 나가자 한지로가 차갑게 묻습니다.

"다시 처음부터 시작하고 싶은 마음으로 돌아왔습니다."

"비겁하게 도망쳤던 네가 전혀 다른 사람이 되어서 돌아온 거겠지?"

"제 나름대로 연습도 했습니다. 일단 가부키라는 것을 다시 한번 공부했다는 것만은 자신 있습니다."

그때 고참 게이샤가 땀까지 흘리며 뛰어 들어옵니다.

"뭐야, 키미츠루 누님이 와준 거야?"

놀라면서도 기뻐하는 한지로.

"슌도령이 돌아왔다는 말을 듣고 바로 뛰어왔어."

키미츠루는 이미 울먹이는 목소리입니다.

"유카타도 가져왔겠지?"

한지로가 묻자 키미츠루가 보따리를 펼칩니다.

"자, 슌스케. 이걸로 갈아입고 와."

"네?"

"다 알면서 '네'는 무슨. 시험이잖아. 너도 그렇게 쉽게 원래 자리로 돌아올 수 있다는 생각은 안 했을 거 아니냐."

단호하게 말하는 한지로에게 슌스케도 반박할 말이 없어서 옆방으로 옷을 갈아입으러 가자…….

"누님, 지난번 게이샤 춤 공연 때 〈일본 이십사효〉를 했었지? 그거 중에서 '안뜰 도깨비불 장면'을 잠깐 연주해 줘. ……야, 슌스케. 너도 그거라면 출 수 있지?"

장지문 너머로 한지로의 목소리가 들리자 슌스케는 다급해짐니다.

"그걸 어떻게 갑자기……."

"인형 몸짓이 나오는 장면이다. 굳이 정확히 추지 못해도 괜찮아. 가닥만 잠깐 봐도 네 마음가짐이 바뀌었는지 안 바뀌었는지 바로 알 수 있으니까."

슌스케가 유카타로 갈아입고 방으로 돌아오자 이미 키미츠루도 샤미센을 앞에 놓고 있습니다.

"그럼 준비됐지?"

한지로의 신호에 키미츠루가 "핫" 하는 구령을 넣었고, 슌스케도 책으로만 익힌 이론적인 성장이나마 일단 보여주려고 춤을 추기 시작했습니다.

아시다시피 〈일본 이십사효〉의 야에가키히메는 매우 어려운 역할인 데다 한지로가 요구한 것은 하필 인형 몸짓. 가진 힘을 전부 쥐어 짜내며 필사적으로 춤추는 슌스케를 키미츠루의 샤미센이 응원해 주지만, 다급하면 다급할수록 마음이 배역에서 멀어지고 맙니다. 다음 순간, 문득 눈에 들어온 키미츠루의 뺨에서 한 줄기의 눈물이 흐릅니다. 제발 잘하라는 마음으로 강하게 튕기는 손놀림과는 달리, 마음은 이미 체념하고 있었습니다.

이미 시선을 돌린 한지로 앞에서 슌스케가 일단 춤을 끝내자, 키미츠루가 조용히 코를 훌쩍입니다.

"앞으로 1년만 더 기다려주마. 그래도 안 된다면 너한테는 정말로 가망이 없는 거다. 여기서 분명히 말해두는데, 1년을 더 해도 안 된다 싶으면 한지로라는 이름은 키쿠오에게 물려줄 거다. 잘 들어.

꼭 명심해라. 이게 네게 주어진 마지막 기회다."

마시던 술잔을 조용히 내려놓은 한지로가 기둥에서 장지문으로 벽을 더듬으며 나가버리자 키미츠루도 당황하며 일어섭니다.

"잠깐만. 혼자 가면 계단이 위험할 텐데⋯⋯."

하지만 뒤쫓으려다 말고 말을 잃은 채 다다미 바닥을 내려다보는 슌스케에게 빠르게 말합니다.

"네 아버지, 말은 저렇게 해도 슌도령을 진심으로 기다리고 있는 거야. 그건 알고 있지?"

이 요정에서 있었던 일을 슌스케가 하루에에게 털어놓은 것은 그로부터 상당한 시간이 흐른 뒤였고, 그날 밤 호텔에서 기다리던 하루에에게 돌아간 슌스케는⋯⋯.

"불합격이었어. 하지만 포기는 안 해."

그 말만을 하고는 잠든 토요키를 안아 들었습니다.

이때 아마 슌스케는 지금보다 더욱 노력하는 것이 전제되어야겠지만, 아버지의 말대로 앞으로 1년만 지나면 탄바야로 돌아갈 수 있다고 생각했던 것 같습니다.

일단 나고야로 돌아오자 슌스케는 가부키 연구에 더욱 열의를 쏟았습니다. 책만으로는 부족하다는 걸 깨닫고 흔히 '마을 연극'이라 불리는 에도시대부터 각지 농촌에 전해 내려온 가부키에도 흥미를 갖고, 북쪽으로는 야마가타현 사카타酒田시의 구로모리黒森 가부키, 후쿠시마현 미나미아이즈南会津의 히노에마타檜枝岐, 사이타마의 오가노小鹿野, 나가노 오시카大鹿, 가가와 쇼도시마小豆島 등으로 휴일을 이용해 일본 각지로 가부키의 원류를 찾아다니기 시작했습니다.

스스로 선택한 일이긴 해도 가난한 생활 속에서도 토요키는 건강히 자라났고, 한편으로 지금까지는 애증이 뒤섞여 있던 가부키에 대한 조예도 깊어지던 시기. 이때만큼 슌스케가 하루하루를 충실히 보낸 시간은 없었을지도 모릅니다.

언제나처럼 새근새근 잠들어 있던 토요키의 숨소리가 거칠어진 것을 슌스케가 문득 발견한 것은 그러던 어느 날 밤이었습니다. 읽던 책을 덮고 토요키의 작은 머리를 쓰다듬은 순간, 뜨겁게 타오르는 듯한 열이 손바닥으로 전해졌고, 황급히 이불을 들추자 하얗고 아름답던 살갗에는 빨간 습진이 퍼져 있습니다.

하루에가 아직 퇴근하지 않은 심야였기에 다급해진 슌스케는 괴로워하는 토요키를 끌어안고 싸구려 아파트의 계단을 뛰어 내려갔습니다.

"병원, 병원……."

허둥대며 1층에 있는 전화 수화기를 잡고 구급차를 부르려 하지만, 전화선을 쥐가 갉아 먹어서 내일까지 사용할 수 없다고 집주인이 말했던 것을 떠올립니다. 그렇다면 가까운 진료소가 더 빠를 거라고 뛰쳐나간 게 성급한 판단이었습니다. 중간에 샌들도 벗고 맨발로 달려간 진료소 문을 아무리 두드려도 유리문 안쪽에서는 불이 켜지지 않았고, 이번에는 공중전화를 찾기 위해 다시 달려가 보지만 싸구려 아파트가 늘어선 한적한 동네에서 공중전화를 찾기란 쉽지 않습니다. 그러다가 우연히 지나가는 택시를 보고…….

"이봐! 이봐—!"

목소리를 높여 뒤쫓지만 알아차리지 못했는지 그냥 가버립니다. 더욱 초조해져서 끌어안은 토요키를 살피니 그 얼굴에서는 이미 핏기가 사라져 아까까지 힘겹던 호흡에서 힘까지 빠진 모습입니다. 게다가 누가 무슨 원한으로 이러는 건지 차가운 빗줄기까지 내리기 시작했습니다.

"토요키, 힘내. 토요키, 조금만 버텨."

강하게 끌어안으며 큰길의 차도로 뛰쳐나간 슌스케. 옆 동네의 종합병원을 향해 달려가면서 택시든 일반 차량이든 상관없으니 제발 멈춰달라고 애원하며 자동차 불빛이 보일 때마다 팔을 뻗지만, 비 내리는 심야에 차도에서 어슬렁거리는 남자를 좋게 볼 리가 없어 돌아오는 건 짜증 섞인 경적 소리뿐입니다.

"누가 좀, 누가 좀 도와주세요!"

그래도 그렇게 소리치며 지나쳐 가는 차에 매달리려 하는 슌스케의 품속에서, 어떤 마음이었을지, 얼마나 괴로웠을지, 토요키는 그 짧은 생애를 마감하고 말았습니다.

흠뻑 젖은 꼴로 종합병원에 도착한 슌스케는…….

"누가! 누가 좀 도와줘! 탄바야의 후계자라고! 이 아이는 탄바야의 중요한 후계자란 말이야!"

그렇게 계속 외쳐댔습니다.

굳이 병명을 붙이자면 영유아 돌연사증후군. 그때까지 눈에 띄는 병치레도 없이 건강히 자라던 아기가 잠든 사이 돌연사한다는 원인 불명에 전조 증상도 없는 병이었습니다.

세상에서 가장 아끼던 자식을 품속에서 잃은 슌스케의 슬픔은

차마 글로 설명하기 힘들 정도였고, 그 절망감은 탄바야의 도련님으로 부족함 없이 자라난 자신과 달리 이런 싸구려 아파트의 얇은 이불에 누워 있다가 차가운 빗속에서 숨을 거둔 토요키에 대한 측은함으로 이어졌습니다.

"내가 탄바야에서 그냥 참고 살았으면 이 아이는 많은 사람에게 돌봄을 받으면서 행복한 인생을 보냈을 거야. 아니, 행복한 인생까진 보내지 못했더라도, 좀 더…… 좀 더 나은 죽음을 맞을 수는 있었을 거야."

그 끊어낼 수 없는 슬픔 속에서 눈물이 말라도 계속 울어댔고, 그야말로 며칠 만에 머리카락이 새하얗게 세어버렸습니다. 그래도 옆에서 이를 악물며 장례를 준비하던 하루에는 슌스케에게 애원합니다.

"아버님이랑 오사카 식구들에게도 알리자. 와서 향이라도 하나씩 피워달라고 하자. 토요키가 여기서 웃고 있었다는 걸, 귀여운 얼굴로 자고 있었다는 걸 아버님뿐만 아니라 세상 모든 사람이 기억해 줬으면 좋겠어."

"싫어, 싫어, 싫어. 토요키가 이런 비참한 꼴을 겪게 만든 건 바로 나야. ……바로 그 탄바야야. ……바로 그 가부키라고!"

아직 젊고 미숙한 아버지는 분노를 엉뚱한 곳으로 터뜨리며 토요키의 차갑게 식어버린 작은 몸을 언제까지고 계속 끌어안고 있었습니다.

"토요키는 분명, 그 작은 목숨을 걸고 날 진짜 배우로 만들어주려고 한 걸 거야."

이건 후에 떠돌이 배우가 된 슌스케가 가끔 입버릇처럼 하게 된 말이었지만, 그 경지에 도달하기까지는 토요키를 잃은 후 몇 년에 걸친 황량한 생활이 기다리고 있었습니다.

하루에가 오세이와 함께 저녁 준비를 하고 있는데 현관문 열리는 소리가 들렸습니다.

"그이 왔나 보네. 제가 나갈게요."

앞치마에 손을 닦고 복도로 나가자 역시 슌스케가 현관으로 들어오는 게 보입니다.

"……오늘 밤 토아東亞 유리 사장이랑 약속 있다고 하지 않았어?"

슬리퍼를 꺼내며 물어도 슌스케는 고개만 끄덕거리고 복도 안쪽으로 걸어갔기에 뒤를 따라갔더니, 불단 앞에서 양손을 모은 채 무언가를 중얼거리기 시작합니다.

"무슨 일 있어?"

하루에도 일단 안으로 들어가 불단의 등불을 켜고 백호의 사진과 나란히 놓인 토요키의 작은 사진을 불빛 밑으로 살짝 옮깁니다.

"당신, 무슨 일 있었어?"

다시 묻자, 불단 앞에서 뭔가 보고를 마친 듯한 슌스케가 토요키의 사진을 손에 들며 대답합니다.

"아까 연락을 받았어. 〈일본 이십사효〉의 야에가키히메로 예술선장(芸術選奨: 일본 문부과학성이 각 분야에서 뛰어난 업적을 이룩한 예술가에게 주는 상-옮긴이)을 수상했다고."

"뭐?!"

75

"그렇게 놀랄 것 없어. 그러니까, 지난번에 공연한 야에가키히메로 예술선장을 수상한 거야."

"진짜?"

무심결에 주저앉는 하루에.

"그런 걸로 거짓말을 왜 하겠어?"

웃으며 대답하는 슌스케의 표정이 얼마나 밝은지요.

"아니, 진짜라고? 정말로 당신이 그런 엄청난 상을 받은 거야? 토요키, 아빠가 상 받았대."

하루에가 슌스케의 손에서 사진을 빼앗습니다.

"……그러면 만세 해야지, 만세. 토요키, 자, 당신도 같이 만세 하자!"

마음껏 기뻐하는 하루에의 목소리가 들렸는지, 2층에 있던 카즈토요와 사치코, 그리고 오세이까지 내려왔습니다. 하루에가 수상 사실을 전하자 사치코는 다리에 힘이 풀린 듯이 쪼그려 앉았고, 카즈토요는 그게 무슨 의미인지 모르는 눈치였고, 오세이는 손에 국자를 들고 있습니다.

"그러면 정말로 만세 해야겠네."

그렇게 슌스케를 둘러싸고 만세삼창이 시작되었습니다.

"……잠깐 전화하고 올게."

슌스케가 복도의 전화기로 향했기에 하루에도 자연스레 귀를 기울이자…….

"……여보세요. 키쿠오 있어요?"

키쿠오의 이름이 나오자 사치코도 무슨 일인가 하며 황급히 복도로 얼굴을 내밉니다.

"……일단 축하 인사를 하고 싶어서. 키쿠짱, 축하해. ……응, 그러네. 고맙다. 서로 축하할 일이지. ……어? 응, 그러네. 그럼 끊을게."

짧은 통화를 끝낸 슌스케가 복도를 엿보는 식구들의 모습에 쓴 웃음을 짓습니다.

"키쿠짱도 같은 상을 받았어. 난 가부키로, 그쪽은 신파로 동시에 같은 역을 맡아서 똑같이 좋은 평가를 받은 거야. 그쪽에서도 만세를 외치는 소리가 들리는 것 같던데. 아마 틀림없이 토쿠지 목소리겠지. 전화를 받은 아키코도 목소리가 조금 울먹이는 것 같았고."

"그러면 둘이 나란히 서는 거지? 그 수상식에서 둘이 나란히 서는 거지?"

무심결에 말한 하루에가, 이제부터 약속된 회식 장소에 간다는 슌스케를 현관에서 배웅하면서…….

"……저기, 여보. 그동안 키쿠짱하고 서로 연락하고 지냈던 거야?"

"아니, 벌써 몇 년 만인지 모르겠네. 오랜만에 제대로 들었어. 키쿠짱의 목소리."

아마 지난 4년 동안 슌스케는 그 나름대로 이 가부키계에서 부활하기 위해 자신이 연기해야 할 역할, 설령 그게 타케노가 준비한 역할이었다고 해도 필사적으로 연기해 왔던 것이겠지요.

"키쿠짱은 전화로 뭐래?"

택시에 올라타는 슌스케에게 하루에가 묻습니다.

"'슌도령도 축하해'라고 해줬어. 그래도 이제 전화는 필요 없대.

'우리는 숙적이니까'라나? 언제나 서로 으르렁대고 있어야 그걸 재미있어 하는 관객들이 각자가 서는 무대에 찾아와줄 거래."

결국 키쿠오 역시 자신이 연기해야 하는 역할을 이 세계에서 살아남기 위해 연기하기로 결심한 사람이었던 거겠죠.

제
13
장

백로
아가씨

　ﾍ 망집의 구름 걷히지 않는 으스름달밤
　 사랑에 헤매는 내 마음이여

　소복소복 내리는 눈 속에서 백로의 화신인 젊은 처녀가 새하얀 예복 차림으로 우산을 들고 서 있으면, 비애 담긴 노랫소리가 들려옵니다.

　그런 환상적인 장면으로 시작되는 작품이 〈백로 아가씨鷺娘〉입니다.

　도입부에선 사랑에 빠진 여자의 한을 표현한 다음, 의상을 벗어 던지고 마을 처녀로 변신. 도입부와는 완전히 달라진 분위기로 젊은 처녀의 연심을 춤으로 표현하고 나서, 분위기가 한 번 더 바뀌는 후반부에선 흰 천에 백로의 깃털을 이어 붙인 기모노 차림으로 지옥의 괴로움을 표현하면서 차츰 힘을 잃고 생명이 다해 가는, 마치 목판화 같은 느낌의 무용극입니다.

먼저 이 〈백로 아가씨〉로 세간의 갈채를 받은 것은 예술선장을 받은 직후에 국립극장 무대에서 공연한 슌스케였습니다. 이 〈백로 아가씨〉라는 작품은 그 기원을 크게 나누면 세 종류가 있으며 이 중에서 가장 많이 공연된 형태가 1762년에 2대손 세가와 키쿠노죠瀨川菊之丞가 이치무라좌市村座 극장에서 선보인 〈버드나무에 병아리, 온갖 새들의 지저귐柳雛諸鳥囀〉 중 하나였는데, 이때 슌스케가 부활시킨 것은 오랫동안 단절되었던 1813년의 〈사계의 노래 미츠다이四季詠寄三大字〉에서 유래된 것으로 오래된 문헌을 직접 연구하고 거기에 새로운 해석을 추가한 것이었습니다.

이 고전적이고 장엄한 〈백로 아가씨〉에서 슌스케가 선보인 백로의 화신은 백로의 가냘픔과 아름다움은 물론이거니와 화신의 부분인 짐승의 야성까지 훌륭히 표현해냈고, 일반 관객은 물론이고 까다로운 가부키 팬들의 감탄까지 자아냈습니다.

바로 그때 움직인 사람이 이 무렵엔 미츠토모의 사원이라기보다 잘나가는 프리랜서 기획자처럼 연예계에서 종횡무진 활약하던 타케노였고, 센고로의 인정은 아직 못 받은 채로 키쿠오의 개인 소속사 사장을 맡은 아키코에게 이런 제안을 했습니다.

"3대손은 좀 더 참신한 형태로 〈백로 아가씨〉를 해줄 수 없을까요?"

아키코가 바로 키쿠오와 상의하자, 슌스케가 〈백로 아가씨〉로 좋은 평가를 받았다는 말을 듣고 배우로서의 승부욕을 불태우던 키쿠오는…….

"나한테 좋은 아이디어가 있어."

마치 기다렸다는 듯 털어놓는 구상은 놀랍게도 오페라와의 협연. 여성 소프라노 가수의 아리아에 맞춰 〈백로 아가씨〉를 춤추고 싶다는 것이었습니다.

하지만 가부키 가문에서 나고 자라 그런 새로운 도전이 얼마나 쉽지 않은지를 잘 아는 아키코는 그 의견에 바로 반대했지만, 반론하던 도중 문득 생각을 바꿉니다.

"국내에서 소박하게 하는 게 아니라, 세계적으로 유명한 가수하고 협업하면 가능성은 있을지도 몰라."

이렇게 겁 없는 구석이야말로 부잣집에서 자라난 장점이자 단점이기도 한데, 애초에 아키코는 세상 물정 모르는 느긋한 어머니와 예술의 길밖에 모르는 아버지 사이를 중재해 온 덕분인지 부족함 없이 성장한 것치고는 은근히 생각도 깊고 수완도 좋아서 배우의 매니저로서 그 능력을 유감없이 발휘하고 있었습니다. 이때도 방침이 결정되자마자 빠르게 움직였고, 부잣집 친구들 아버지 중에 베를린필하모닉과 연줄이 있는 사람을 찾아내서 이리저리 움직이다가 평소 일본 문화에 흥미가 있던 세계적인 디바, 리리아나 토치가 관심을 보였다는 정보를 얻습니다. 그러자 바로 그녀가 사는 파리로 혼자 날아가, 놀랍게도 그 자리에서 모든 이야기를 결정짓고 돌아옵니다. 물론 리리아나는 이미 50대라 전성기만큼의 인기는 아니었지만 그래도 세계적으로 유명한 가수였으므로, 아키코는 귀국하자마자 타케노를 찾아가 키쿠오와 리리아나의 협연 무대를 착착 준비해 나갔습니다.

자, 이 무대는 원래 겨우 7일 동안의 도쿄 공연으로 계획되었는데 모든 언론이 대대적으로 보도해 주었고, 무엇보다 비애로 가득한 리리아나의 음색과 키쿠오가 연기하는 백로의 화신의 독창적인 아름다움이 공명하면서, 압도적인 야성으로 대호평을 받았던 슌스케의 〈백로 아가씨〉에 대한 화제성까지 전부 빼앗아 갔습니다.

그렇게 되자 파리의 극장에서 꼭 공연해달라는 요청이 오는 데는 그리 오랜 시간이 걸리지 않았습니다.

"어라, 토쿠짱은 어디 갔어?"

자, 이곳은 그 파리의 오페라 극장입니다.

이 극장의 분장실에 있는 화장대는 테두리가 금색의 호화로운 장식으로 꾸며져 있고, 올려다봐야 할 만큼 높은 천장 탓인지 분칠하는 키쿠오의 목소리가 메아리칩니다. 등 뒤에는 〈르 몽드〉의 기자와 카메라맨이 자리 잡고 유카타 차림의 키쿠오를, 그리고 그의 얼굴에 칠하는 하얀 분을 마치 동양의 심연이라도 엿보는 듯한 표정으로 지켜보고 있습니다.

"토쿠지 씨라면 조금 전까지 저기에 있었는데요."

그렇게 말하며 홍차용 주전자로 엽차를 끓이는 사람은 하나이 쵸키치라는 키쿠오의 제자로 불과 몇 달 전에 입문한 열일곱 살 소년이지만, 이곳 파리 오페라 극장에서 첫 작업을 경험하게 된 행운아입니다.

익숙지 않은 해외 공연이라 여유 시간을 넉넉하게 잡고 준비하고 있지만, 의상을 입을 때 토쿠지가 없으면 아무래도 곤란합니다.

"어쩌면 토쿠짱은 또 천장의 샤갈을 올려다보고 있을지도 몰라. 쵸키치, 잠깐 보고 와줘."

키쿠오의 명을 받은 쵸키치가 서둘러 밖으로 나가자, 그와 부딪칠 뻔하며 들어온 사람은 아키코였습니다.

"어머님 일행이 방금 호텔에서 나왔대. 조금 일찍 와서 극장 안을 견학하고 싶으신가 봐."

멀리 나가사키에서 키쿠오의 멋진 무대를 보기 위해 날아온 마츠와 그 친구들에 관해 보고합니다.

"호텔을 나왔다니, 시골 아줌마들끼리 괜찮은 거야?"

키쿠오가 걱정하지만…….

"안내하러 가드린다고 했는데, 걸어서 금방이니까 괜찮으시대. 중간에 다 같이 카페도 들른다고 하시고."

어머니의 느긋함에 맥이 빠질 때, 역시 아무도 없는 홀에서 샤갈의 천장화를 보고 있었다는 토쿠지가 돌아왔는데…….

"이야, 정말 빨려 들어가는 것 같아. 몇 번을 봐도 질리지가 않네. 그림에 대해 아무것도 모르는 내가 이 정도니까, 잘 아는 사람들은 아주 껌뻑 죽겠는데?"

이쪽 역시 느긋하기 그지없습니다.

"토쿠짱, 샤갈의 천장화를 보면 어떤 기분이 든댔지?"

키쿠오도 그쪽으로 화제를 돌리자…….

"그러니까, 뭐냐, '라라란, 라, 라~안' 하는 멜로디가 들려오면서 내 등에도 날개가 돋아나서 붕붕 날고 있는 것처럼 기분이 좋아진다고."

프랑스 기자가 토쿠지의 감상을 통역에게서 전해 듣고 웃더니 인터뷰의 다음 질문을 꺼냅니다.

"무대에 올라가기 전에 정해진 의식 같은 건 있습니까?"

그러자 눈썹을 그리던 손을 문득 멈춘 키쿠오.

"무대에 올라간다는 건 전혀 특별한 일이 아닙니다. 열일곱 살 무렵부터 계속하고 있으니까요. 매일매일, 아침에 일어나 극장에 들어가 화장하고 무대에 서죠. 하루 대부분을 이렇게 분장실에서 보내죠. 하루 대부분이라는 건, 인생의 대부분이라는 소리잖아요."

외국에 있는 탓인지 웬일로 수다스러워진 키쿠오의 대답에, 기자는 의미심장한 미소로 분장실을 둘러보며 토쿠지와 아키코, 그리고 쵸키치와 시선을 마주칩니다.

"여기가 여러분의 집인 거군요. 쉬기도 하고 웃기도 하고, 싸우기도 하고, 축하하기도 하고. 저희가 집에서 하는 일들을 여기서 해오셨군요."

"그중에선 싸울 때가 제일 많겠죠."

토쿠지가 그렇게 대답합니다.

'화장하다 보면 배역이 점점 내 몸 안으로 들어옵니다. 분장실이란 그런 신성한 장소지요' 같은 그럴듯한 말은 얼마든지 할 수 있지만, 무대라는 건 한 달에 25일 동안 주말도 없이 열리는 곳이고, 나머지 5일은 다음 달을 위한 연습에 쓰입니다. 그런 생활을 거의 1년 내내 하는 거니까 웃거나 싸우는 것뿐만 아니라 밥을 먹는 것도, 손톱을 깎는 것도, 치과 의사에게 진료받는 것도 이 분장실 안에서 이루어지지요. 바로 그렇기에 배우에게는 남들보다 뛰어난 집중력이 필요하며 어떤 배우는 분장실을 나온 직후, 어떤 배우는 무대 옆에 선 순간, 그리고 아즈마 센고로 정도의 대배우가 되면 무대 옆에서 등장 직전까지 스모 이야기를 하다가도 앉아 있던 의자에서 일어서는 순간에는 완벽히 가부키 속 등장인물이 되는 겁니다.

샤갈의 천장화를 비추던 거대 샹들리에 불빛이 천천히 꺼집니다. 1875년에 네오바로크 양식으로 완성된 오페라 가르니에의 현란한 무대를 둘러싼 것은 금색으로 반짝이는 장식으로 꾸며진 발코니와 베누아Baignoire, 로주Loges라는 명칭으로 불리는 박스석. 객석에는 동양에서 건너온 한 마리 백로를 보기 위해 많은 관객이 몰려들었고, 깜깜해진 무대 위에서는 얇은 막 너머로 쭉 늘어선 무사 예복 차림의 소리꾼들 모습이 희미하게 드러납니다. 그 모습은 그야말로 설원에 희미하게 떠오른 옛 일본의 환영 같습니다.

　　망집의 구름 걷히지 않는 으스름달밤
　　사랑에 헤매는 내 마음이여

노래가 시작되자마자 오페라 가르니에에 들어찬 관객들에게서 성대한 박수가 쏟아져 나옵니다. 무대에 내리기 시작한 흰 눈 속에서 중앙의 승강장치를 통해 새하얀 예복 차림의 키쿠오가 천천히 등장하자, 쏟아지던 박수 소리가 순식간에 멈추며 이곳 오페라 가르니에에 내려선 아름다운 백로의 모습에 모두가 그저 숨을 멈출 뿐입니다.

흰 눈 속에서 하얀 옷자락 아래로 살짝 내밀어지는 하얀 버선, 맨 위층에 자리한 관객에게도 손에 잡힐 듯 느껴지는 키쿠오의 손끝에 관객들은 금세 마음을 빼앗깁니다. 이 백로의 곁으로 슬픈 아리아를 노래하며 다가오는 사람이 바로, 이 땅에서 모르는 이가 없는 리리아나 토치. 관객들은 마치 자기가 무대 위로 올라 백로에게 손을 뻗는 듯한 기분이 됩니다.

처음에는 불가능하다고 여겨졌던 일본식 창가唱歌와 아리아의 협연도 막상 뚜껑을 열자 인간의 감정이라는 한 지점에서 공명했고, 말 못하는 백로의 목소리가 아리아로 바뀌고, 날지 못하는 가수의 마음이 춤으로 바뀌어 하나의 세계 안에서 훌륭히 융합되었던 겁니다.

자, 이 오페라 가르니에에서 열린 7일 동안의 공연은 예상을 훨씬 뛰어넘는 대성공을 거둡니다. 마지막 공연일에 열린 파티에서는 주불 일본대사는 물론이고 프랑스의 유명 여배우와 세계적인 디자이너도 참석했고, 가르니에궁宮 벽에는 조명 효과로 한지로의 이름 영문 글자가 반짝거리며 그야말로 파리의 하룻밤이 '3대손 하나이 한지로' 일색으로 물든 듯했습니다.

프랑스에서 개선 귀국한 뒤에도 그 열기는 가라앉을 줄을 몰랐고, 서점에 가면 오페라 가르니에 무대에 선 키쿠오의 모습이 표지를 장식한 잡지가 진열되고 텔레비전을 켜면 벤텐 같은 코미디언들이 우스꽝스럽게 키쿠오의 백로 아가씨를 흉내 냈습니다. 가부키에 관심이 없는 젊은이들조차 당대에 가장 아름다운 여장 배우로 하나이 한지로를 꼽고, 예를 들어 같은 반에 예쁜 여자애가 있으면 '○○는 2반의 한지로'라는 식으로 부르는 표현까지 정착할 정도였습니다.

한편, 이 무렵에 슌스케의 인기가 저조했느냐면 그렇지도 않았고, 굳이 따지자면 외면적으로도 수수하고 아름다움보다도 생생함을 무기로 삼는 슌스케의 예술은 키쿠오가 아름답고 화려하게 활약하면 할수록 오히려 숨겨진 빛을 내는 장인의 예술로 주목받고 있었습니다.

규슈의 츠지무라가 키쿠오에게 직접 전화를 건 것은 바로 그런 무렵이었습니다.

먼저 분장실의 전화를 받은 건 토쿠지였고…….

"별일이네. 츠지무라 삼촌이야."

건네받은 수화기에서 들려오는 츠지무라의 목소리에선 옛날의 위세는 찾아볼 수 없습니다.

"어, 키쿠오냐? 활약이 아주 대단하던데?"

"삼촌, 파리 선물로 보내드린 와인은 어땠어요?"

"의사가 술을 끊으라고 하는데, 하룻밤 만에 다 마셔버렸다."

"그런데 무슨 일이에요? 직접 전화를 다 주시고."

"아니 그게, 너한테 부탁할 게 좀 있어서 말이다. 벌써 내가 아이코회를 이어받은 지 올해로 20년이 되잖니."

"20년이요? 축하드립니다."

그렇게 대답하며 떠올린 것은 그 20년 전, 야쿠자의 세력 다툼

속에서 흉탄에 쓰러진 아버지 곤고로였고, 또 토쿠지와 침대 열차를 타고 오사카로 떠난 무렵의 일들이었습니다.

"네게 부탁하고 싶은 건 다름이 아니라, 이번에 츠지무라 흥산興産의 창업 20주년 파티를 성대하게 열려고 하는데, 거기서 네가 지금 화제가 된 〈백로 아가씨〉를 춰주면 좋을 것 같아서 말이다."

이 당시의 폭력단을 둘러싼 상황을 설명하자면, 경찰청이 주도한 이른바 범죄 소탕 작전의 성과가 전국 구석구석까지 침투하고 있었습니다. 특히 강한 영향력을 가진 전국구 조직 폭력단의 우두머리와 간부가 복역 중이거나 재판 중인 자를 포함해 검거 대상자로 지정되어 사회에서 격리되고 있었던 것이지요.

규슈에서 세력을 떨치던 츠지무라 역시 일찌감치 그 검거 대상자로 지목된 인물 중 한 명이었는데, 젊은 시절부터 지역 유력 정치가 등을 빈틈없이 포섭한 연줄은 물론이고 아이코회와는 완전히 분리된 조직으로 금융, 토목 사업을 하는 '츠지무라 흥산'을 크게 키워놓은 덕분에 법의 온갖 빈틈으로 빠져나올 수 있었습니다. 하지만⋯⋯.

"곤고로 형님 시절에 비하면 나 같은 건 의리도 인정도 없고 비겁한 야쿠자였던 것 같다. 그건 인정하지만, 지금은 그런 나보다도 비겁한 놈들이 설치고 다닌다. 이 세계에선 비겁하고 비열한 놈들만 살아남아."

츠지무라의 말처럼 이 무렵엔 규슈의 세력 구도에도 변화가 생겼는데, 지금까지는 무슨 위기가 와도 뒷공작으로 완벽히 해결하던 츠지무라가 총기도검법 위반으로 기소되면서 정세가 바뀌었던 겁니다.

이런 시점에 츠지무라가 성대히 개최하려는 츠지무라 흥산 창립 20주년 축하회였던 만큼, 쉽게 말해 츠지무라가 자신의 힘을 과시하여 한 번 더 반격을 꾀할 마지막 기회였습니다.

"삼촌, 그 20주년 파티에서 최선을 다해 춤출게요."

거의 틈을 두지 않고 키쿠오가 대답하자, 츠지무라의 목소리가 진심으로 기뻐합니다.

"너라면 그렇게 말해줄 줄 알았다. 네가 와준다면 나도 체면이 서지."

하지만 그 전화를 끊자마자…….

"도련님. 난 반대야."

토쿠지가 끼어들었습니다.

"……지금까지 츠지무라 삼촌한테 많이 신세 진 건 사실이야. 하지만 지금 시점에서 그런 부탁을 들어주면 도련님한테 하나도 좋을 게 없어."

이때 토쿠지가 이렇게 말하는 데는 당연히 이유가 있었습니다.

"……도련님이 이 얘기를 들으면 기분 나빠 할지도 모르겠지만……."

그렇게 시작된 이야기에 따르면 원래 이 파티에 출연해달라는 의뢰는 키쿠오보다 벤텐이 먼저 받았다고 합니다.

"……그야 그럴 만하지. 아무리 인기가 있어도, 요즘 세상에 가부키 배우보다는 매일 텔레비전에 나오는 벤텐 같은 인기 연예인을 부르는 게 더 대단해 보일 테니까."

이어지는 토쿠지의 말을 들어보니 벤텐은 이 의뢰를 이미 거절했다는데, 그 이유는 그쪽 사정에 밝은 벤텐이 그 파티에서 대규모 체포극이 벌어질 거라는 소문을 들었기 때문이었습니다. 폭력단 근절을 위한 경찰청의 노력을 세상에 알리고 다른 폭력단에 대한 본보기로 삼을 거라는 그럴듯한 이야기가 떠돌았던 것이죠.

분칠한 손에 바른 알코올에 숨을 불어 증발시키면서, 그런 토쿠지의 설명을 다 들은 키쿠오는…….

"20년이라는 세월은 역시 길구나. 그렇게 야쿠자스럽던 토쿠짱한테 이런 말을 듣게 될 줄이야."

그렇게 웃어넘기려 했습니다.

"농담할 때가 아냐. 그 체포 작전에 휘말리기라도 해봐. 모처럼 이것저것 잘 되기 시작했는데, 또 전부 물거품이 될 거라고."

"……토쿠짱."

침까지 튀겨가며 말하는 토쿠지를 키쿠오가 제지합니다.

"……츠지무라 삼촌이 어떤 사람인지는 나도 잘 알아. 나보다 먼저 벤텐한테 제안할 만큼 빈틈없는 사람이지. 하지만 우린 그런 삼촌에 대해 잘 알면서도 지금까지 몇 번이고 도움을 받았잖아."

"아니, 그래도, 도련님……."

"아니, 토쿠짱, 그런 게 아냐. 난 이렇게 생각해. 만약 여기서 삼촌의 부탁을 들어주지 못하면, 난 지금까지 살아온 보람이 없을 거라고."

"뭐가 그렇게 극단적이야."

토쿠지가 목소리를 낮추지만, 키쿠오가 한번 마음먹은 일을 절대 바꾸지 않는 건 어릴 때부터 그랬습니다.

"……어쩔 수 없지. 무슨 일 생기면 이 토쿠지가 이 한 몸 던져서라도 지켜줄게."

한편 그런 토쿠지에게 교토의 후지코마에게서 전화가 걸려 온 것은 마침 그 무렵입니다. 게이샤로 손님을 상대하면서 기온 거리에 작은 바를 개업해 번창시키느라 후지코마도 바쁜 나날을 보내고 있었고, 키쿠오는 물론이고 토쿠지 역시 전국 각지의 무대부터 파리 오페라 극장까지 돌아다니느라 좀처럼 교토에 들를 짬이 나지 않았는데, 후지코마가 전화로 꺼낸 이야기는 한동안 아야노가 집에 돌아오지 않는다는 것이었습니다.

아야노도 이제 열세 살. 여자 친구들 집에서 자고 오는 거라면 다행이겠지만, 사태는 그렇게 귀여운 것과는 거리가 멀었습니다.

"중학교에 올라간 뒤로 조금 불량한 애들하고 어울리기 시작했거든. 지난 여름방학 무렵에는 아무렇지 않게 외박을 하더라니까."

실은 그렇게 토쿠지에게 털어놓았던 것이 반년 전 일입니다. 그때마다 후지코마가 아야노를 혼내고 때로는 손을 대기도 했다는데, 때리면 때릴수록 집에 더 정을 붙이지 못하는 것 같아 원래라면 아빠인 키쿠오와 상의해야 하는 상황이었는데…….

"……그 아빠가 너무 싫어서 못 견디는 애잖아. 그렇다고 나 혼자서는 도저히 어떻게 안 되고. 부끄럽지만 토쿠짱한테 도와달라고 할 수밖에 없어."

생각해 보면 그렇게 사랑스럽고 지나칠 만큼 활발했던 아야노 상태가 눈에 띄게 바뀐 건 정확히 혼외자 소동으로 키쿠오가 세간의 비난을 받을 무렵입니다. 와카사 해수욕장에서 키쿠오에게 안긴 자기 얼굴이 마치 범죄자처럼 모자이크된 사진이 텔레비전에 거듭 나올 때마다 아야노는 거기 비친 자기 모습을 그저 물끄러미 바라보았다고 합니다.

"학교에서 친구들이 뭐라고 하진 않니?"

후지코마가 걱정하며 묻자…….

"나쁜 말 하는 애가 있으면, 내가 몇 배로 갚아줄 거야."

실제로 학교에서 괴롭힘을 당하는 낌새도 없었고, 어머니는 기온 거리의 인기 게이샤.

"잘 들어. 우리는 기온 거리의 여자들이야. 여러 면에서 보통 사람들과는 달라. 다르니까 특별한 거란다."

틈만 나면 그렇게 말했는데, 그 덕분인지 당시 아야노에게 걱정할 만한 변화는 없었습니다. 오히려 그때까지는 남자애들보다도 더 극성스러운 아이였기에 '조금은 여성스러워졌네'라고 사람들이 놀릴 정도였지만, 사실은 어린 나이에도 필사적으로 참고 있었던 것이겠지요. 그 여파가 한꺼번에 밀려온 것이 중학교에 들어간 직후였고, 우선 변화가 나타났던 건 머리 모양과 복장이었습니다. 때는 바야흐로 불량 학생의 전성기. 중1의 나이에 빨갛게 물들인 머리카락에 치렁치렁한 파마를 하고 귀신 같은 화장에 긴 치마를 끌고 다니는 아야노의 모습은 금세 선배나 다른 학교의 불량 학생들의 눈에 들었고, 어제는 어디선가 난투극을 벌였다가 오늘은 어디선가 폭주족과 어울리는 식이라 후지코마조차 경찰서로 가는 택시 안에서 흐느껴 울 수밖에 없는 나날이 이어졌던 겁니다.

그래도 배가 고파지면 아직 집에는 돌아왔기에, 바를 개업한 직후라 본인도 바빴던 후지코마는 걱정하면서도 반항기겠거니 하며 이 지옥 같은 시기가 끝나기만 기다렸습니다. 그러나 날이 갈수록 아야노의 행동은 더욱 악화되었고, 어쩔 수 없이 키쿠오에게 부탁해 겨우 짬을 내어 집에 와서 아야노를 훈계했을 때는 머리를 풀어 헤치고 욕을 하며 온 집 안의 그릇을 깨뜨렸습니다. 그런 딸을 보며 키쿠오는 어쩔 줄을 몰랐고, 결국 맨발로 집을 뛰쳐나간 아야노를 간신히 데려온 사람이 토쿠지였습니다.

그 후로 토쿠지도 아야노가 걱정됐지만 키쿠오와 함께 하루하루가 워낙 바빴고, 다음 주부터 한동안 쉴 수 있었기에 아야노를 보러 가려고 생각하던 와중에 후지코마의 전화를 받은 것입니다.

"내일 신칸센 첫차로 갈게."

아무것도 따지지 않는 토쿠지의 대답에 후지코마는 이미 울먹이는 목소리입니다.

"뭔가 이번만큼은 안 좋은 예감이 들어. 토쿠짱, 정말 고마워."

물론 키쿠오도 자기가 가야 한다는 건 충분히 알고 있지만, 내일 무대에 펑크를 낼 수도 없는 노릇이라 비통한 심정으로 토쿠지를 보냅니다.

"잘 부탁할게, 토쿠짱."

겐키치에게 모든 것을 인수인계한 토쿠지는 교토로 향했습니다.

다음 날 오카자키 집에 도착하자 밤새 혼자 딸을 찾아 돌아다니느라 초췌해진 후지코마가 맞이합니다.

"미안해. 계속 토쿠짱한테만 부탁해서."

"그런 것보다 뭐 짚이는 건 없어?"

토쿠지가 묻자 아무래도 최근에 사귀기 시작한 폭주족 남자가 아야노를 데리고 다니는 것 같다는 것이었습니다.

"아침이라도 먹고 가."

후지코마가 붙잡았지만…….

"이런 일은 1초라도 빠른 게 좋아. 양아치가 갈 만한 곳은 양아치가 잘 아는 거니까."

여행 가방을 들고 집을 뛰쳐나온 토쿠지가 향한 곳은 교토의 범죄 세계에도 조금 인맥이 있는 벤텐이 "교토 사정은 이 녀석이 제일 잘 알아"라며 어젯밤 소개해 준 젊은 양아치의 집이었고, 실제로 방문하자 이미 벤텐에게서 연락을 받은 것 같았습니다.

"형님이 찾는 아이는 아마 매드스톤이라는 폭주족의 타카시라는 남자가 데리고 다니는 여자애일 겁니다."

벤텐이 소개해 준 이 양아치는 아직 젊은데 앞니도 없고 바지에는 소변을 지린 자국까지 남아 있지만, 벤텐의 말에 따르면 조직에서 빠져나온 것만으로도 대단하다는 이야기였습니다.

"고맙다. 그런데 형씨도 잘생긴 얼굴이 아깝네. 이걸로 앞니라도 해."

토쿠지가 지갑에서 3만 엔을 꺼내 건네자…….

"앞니는 보험이 안 되어서 말이죠."

남자가 웃으며 받아 듭니다.

"……형님도 일반인은 아닌 것 같으니까 잘 아실 테지만, 그 여자애를 빼내는 건 간단한 일이 아닐 겁니다."

"그렇겠지……."

남자의 말에 토쿠지는 조용히 고개를 끄덕이면서도…….

"앞니는 보험이 안 된다는 거, 헛소문이야."

웃으며 말하고는 그곳을 나왔습니다.

타카시라는 남자의 집은 카츠라桂에서 작은 가게를 하고 있었고, 점포 계산대에서 도시락을 먹는 타카시의 부모에게 아야노의 소재를 묻자…….

"우린 이제 아들한테 신경 껐어요. 뒤에 집이 있으니까 마음대로 하시든지요."

눈에 생기가 없는 어머니가 말했습니다.

알려준 대로 가게 뒤쪽에 있는 집의 현관으로 들어가니 아무렇게나 벗어놓은 소년 소녀의 신발로 발 디딜 틈도 없을 정도였고, 타카시의 부모는 점포 2층에서 생활하는 건지 몰라도 이 집은 명백하게 아들 패거리에게 점령된 것처럼 보였습니다.

신발이 많은 것치고 실내는 쥐 죽은 듯이 조용해서 불길한 느낌이 들었지만, 토쿠지는 그 신발을 밟으며 흙먼지 피어오르는 복도로 신발을 신은 채 들어갔습니다. 부엌에는 먹다 남은 과자와 인스턴트 수프 봉지, 도시락 잔해들이 방치되어 고기 썩는 냄새가 근처 화장실 냄새와 뒤섞입니다.

문득 타치바나파에 들어가기 전에 자주 드나들었던 친구 집을 떠올렸고, 그가 도망쳐 나온 장소로 이번에는 아야노가 끌려 들어갔다고 생각하니 불쌍해서 견딜 수가 없었습니다. 좁은 계단을 올라가자 이번에 코에 느껴진 것은 시너 냄새. 문이 활짝 열린 방 안에 놓인 코타츠 주위로 젊은 남녀가 아무렇게나 잠들어 있었고, 그 중에는 반라 상태인 여자가 있는가 하면 눈이 뒤집힌 채 침을 흘리는 남자도 보입니다.

방 안을 가득 채운 것은 시너 냄새와 아직 어린 소년 소녀의 침 냄새.

돌아보니 코타츠에 혼자서만 들어가지 않고 장지문에 기댄 채 잠들어 있는 교복 차림의 여자아이가 바로 아야노였습니다.

'아가씨, 미안. 내가 너무 늦게 왔지.'

무심결에 마음속으로 중얼거린 토쿠지가 다른 아이들의 몸을 밟지 않도록 주의하며 안으로 들어가 아야노를 부드럽게 흔들어 깨우자, 그 요란한 화장 밑으로 떠오른 것은 어린 시절의 건방진 꼬마 소녀의 얼굴.

"백로 아가씨랑 똑같군……."

토쿠지 목소리에 눈을 뜬 아야노가 순간 놀라면서도…….

"……아, 텐구네."

공허한 눈빛으로 중얼거리는 것은 재회할 때의 정해진 인사.

"아가씨, 돌아가자."

"……응. 그런데 나 너무 지쳐서 제대로 일어서질 못하겠어."

혼자 일어나지 못하는 아야노를 토쿠지가 안아 들고 병원으로 향했지만, 안타깝게도 이 이야기는 여기서 끝이 아니었습니다.

시너 흡입에 의한 두통, 어지럼증, 호흡곤란, 이명, 환각 등의 심각한 증상을 호소하는 아야노를 입원시키고 산소흡입 등의 치료를 하던 도중에 아야노를 다시 데려가려고 타카시라는 소년 일행이 병원으로 쳐들어온 것입니다.

다행히 병실을 지키고 있던 게 토쿠지라서 복도를 막아서고는 그대로 타카시의 머리카락을 잡아 주차장으로 끌고 갔고, 앞으로 만약 아야노에게 접근하면 이 토쿠지가 널 죽여버리겠다고 살벌하게 말하지만…….

"아저씨가 무슨 상관인데."

다시 병실로 돌아가려는 타카시의 얼굴을 눈에서 출혈이 생길 만큼 심하게 때려 쫓아냈지만 그걸로 끝날 리가 없습니다. 사람이 잘못된 길로 벗어나긴 쉬워도 올바른 길로 다시 돌아오는 건 그보다 훨씬 힘드니까요.

타카시 일행이 소속된 폭주족을 하부 조직으로 거느린 미나미파라는 폭력단의 조직원들이 얼굴 전체에 붕대를 두른 타카시를 데리고 병원에 찾아온 것은 그로부터 며칠 뒤. 조용한 노크 소리에 문을 연 토쿠지는 한눈에 상황을 파악하고…….

"다른 환자분들한테 피해 주지 말고 잠깐 밖으로 나가지."

병동 밖의 흡연장으로 가서 벤치에 걸터앉아, 그를 둘러싸듯 선 세 남자에게도 담배를 권합니다.

그들 중 리더로 보이는 남자가 담배를 받아 들며 말했습니다.

"그 여자애는 우리가 관리하는 애야. 그렇게 쉽게 넘어가려고 하면 안 되지, 형씨."

"하나이 한지로의 딸이라는 걸 알면서 그러는 거냐? ……아니, 알고 있으니까 그런 거겠지. 그게 아니면 고작 가출한 중학생 한 명 때문에 형씨들까지 나설 리가 없었을 테니."

입원 환자들이 토쿠지와 남자들을 멀찍이서 지켜보고 있습니다.

"사무소로 안내해 줬으면 하는데."

손끝으로 담배를 비벼끈 토쿠지가 중얼거린 것은 그때였습니다.

리더로 보이는 남자가 입가만 히죽거리며 웃습니다.

사무소로 향하는 벤츠의 핸들을 잡은 건 아직 중학생 정도인 소년이었습니다.

이 차 안에서 토쿠지가 츠지무라의 얼굴을 떠올리지 않았다면 거짓말입니다. 하지만 그의 힘을 빌리지 않기로 결심한 이유는 최근에 그 츠지무라가 연 파티에 나가지 말라고 키쿠오에게 충고했던 것이 첫 번째이고, 또 무엇보다 키쿠오가 지금까지 츠지무라가 가진 폭력의 힘을 이용한 적은 단 한 번도 없었기 때문입니다. 생각해 보면 부당한 괴롭힘을 멈추지 않던 츠루와카나 있는 사실 없는 사실을 악의적으로 써대던 기자들도 키쿠오가 마음만 먹으면 당시 절대적이던 츠지무라의 힘을 이용해 마음대로 다룰 수 있었을 겁니다. 츠루와카의 생살여탈권을 쥐고, 은밀한 경로를 통해 연예 뉴스를 입맛대로 바꿀 수도 있었겠지요. 하지만 키쿠오는 그러지 않았습니다. 그래서 토쿠지는 야쿠자 출신이라는 자신의 피에 대한 긍정적인 의미의 자부심을 키쿠오에게서 발견했던 겁니다.

교토 번화가에 있는 미나미파 사무소는 기묘한 외관이었습니다. 오래된 건물 위에 새 조립식 주택을 올려놓은 듯한 구조였고, 현관에는 문패는 물론이고 전기나 가스 스티커도 붙어 있지 않습니다.

남자들의 안내를 받아 토쿠지가 들어간 곳은 커다란 가죽 소파만이 눈에 띄는 담배 냄새가 지독한 사무소였고, 달마 그림이 그려진 족자 앞에, 그 달마와 똑같이 생긴 미나미파 두목이 앉아 있었습니다.

두목이 그 동글동글한 눈으로 토쿠지를 노려봅니다.

"……심부름꾼한텐 볼일 없다. 아버지인 한지로 씨를 데려와."

그걸로 이야기는 끝났다는 듯이 밖으로 나가려는 두목을 불러세우는 토쿠지.

"그 한지로의 대리인으로 온 겁니다. 무시하지 말아 주시죠."

문득 멈춰 선 두목은 당장이라도 튀어나올 듯한 눈알이 충혈된 채 토쿠지를 바라보며…….

"당신, 뭐 하는 사람이지?"

"한지로의 매니저입니다."

"호오, 가부키 배우의 매니저는 다들 당신처럼 배짱이 두둑한 건가?"

그 순간, 두목의 눈에서 힘이 쓱 풀리며 웃음을 터뜨립니다.

"뭐야, 당신. 죽을 각오로 온 거구면? 요즘 시대에 야쿠자 부하들도 그렇겐 안 하는데."

두목의 말을 듣고서야 자신이 정말 죽을 생각으로 여기에 서 있다는 걸 뒤늦게 깨달은 토쿠지가 무심결에 쓴웃음을 짓습니다.

"……그 여자애 아버지가 그 유명한 한지로 씨지. 이제부터 마음껏 뜯어내려던 참인데, 꼭 그럴 때마다 당신 같은 인간이 나타나는 법이더군."

갑자기 솔직해진 태도의 두목을 보며…….

"열일곱 살 때부터 계속 그 한지로의 뒤치다꺼리만 하면서 살았습니다."

토쿠지가 웃으며 대답합니다.

"난 말이지 이래 보여도 가부키라는 게 싫진 않아. '충의로는 버리지 못하는 목숨을……'이라고 하던가?"

이때 두목이 언급한 것은 〈가나데혼 츄신구라〉의 아홉 번째 단락, 카코가와 혼조라는 사무라이의 대사였고 토쿠지가 그런 두목을 바라보며 다음 구절을 대신 말합니다.

"……'자식을 위해 버리는 부모의 마음'."

신하가 충의를 위해 죽는 일이 당연시되는 가부키 작품 속에서, 나는 자식을 위해 목숨을 버리겠다고 선언하는 특이한 대사입니다.

"……당신이 왠지 마음에 드는군. 당신의 그 충성심인지 부모의 마음인지를 봐서 그 여자애는 포기하지. 손가락 하나만 내놓고 돌아가."

두목의 입에서 아무렇지 않게 흘러나온 말에 당황한 것은 조직원들이었고, 정작 토쿠지는 '자식을 위해 버리는 부모의 마음'이라고 말할 때부터 이미 각오가 된 듯 태연했습니다. 어쩌면 사무소로 안내해달라고 말했을 때부터, 아니, 야쿠자와 엮인 폭주족에게서 아야노를 데려오기로 마음먹었을 때부터 이미 각오했던 건지도 모릅니다.

그 뒤에 토쿠지 앞에 준비된 것은 하얀 나무 도마와 날이 잘 갈린 조각칼입니다.

소매를 걷고 술을 입에 머금으며 담담히 준비를 진행하는 토쿠지를 보며 두목이 말합니다.

"당신, 배우의 매니저로 썩기엔 아깝군."

"형제의 술잔을 나눈 게 하필 그 미남이라. 어쩌겠습니까."

대답하면서 약지 관절에 날카로운 조각칼을 댄 토쿠지는 그 작은 조각칼 위로 자기 몸을 내놓았습니다.

후쿠오카 제일의 번화가 텐진天神에서 쭉 뻗은 넓은 대로변에 심긴 단풍나무도 이때라는 듯이 붉게 물들어 그 새빨간 잎이 행인들의 어깨 위로 하늘하늘 춤추듯 떨어집니다.

이 대로변에 세워진 그랜드 호텔 앞에서는 아까부터 차례차례 검정 승용차가 도착하고 있었습니다. 일본 모더니즘 건축의 흐름을 이어받은 중후한 디자인의 입구에서는 아이코회와 츠지무라 흥산의 젊은이들이 쭉 늘어서서 차에서 예식용 기모노나 까만 코트를 입고 내리는 초대객들을 "오시느라 수고하셨습니다!" 하고 공손하게 맞이하는데, 그 목소리가 좀처럼 일치되지 않는 건 필요 이상으로 파티를 성대하게 벌이느라 손님들을 맞이하는 데까지는 일손이 부족해서 근처의 폭주족들을 급하게 불러들여 임시로 고용했기 때문입니다.

자, 이 호텔에서 가장 큰 연회장에 모여 있는 사람들은 종전 이후 아이코회와 인연을 맺어온 규슈` 각지 조직의 보스들은 물론이고 그 후 츠지무라가 손을 댄 토목업, 금융업 관계자들, 그리고 역시 본인들이 참석하진 않지만, 그 정식 사업체에서 고문 등으로 취임한 지역 정치가들의 비서 등으로 각 테이블에 앉은 남자들 차림도 제각각입니다. 연회 자리를 빛내기 위해 잔뜩 꾸미고 나온 그 아내들이나 일류라곤 할 수 없어도 세상에 조금은 얼굴이 알려진 엔카演歌 가수와 배우들, 거기에 파견 업체에서 보낸 젊은 여자들도 있었고, 벽 쪽에는 기록 영화용 카메라와 조명까지 있어서 연회장 분위기는 뜨겁게 달아올랐습니다.

츠지무라가 조강지처를 데리고 연회장에 들어온 것은 바로 그때였고, 쌍여닫이를 통해 등장한 두 사람이 강한 조명 아래 모습을 보이자 연회장 안은 박수에 휩싸입니다.

단상으로 안내받은 츠지무라가 강한 조명에 눈을 찡그리면서도 넓은 연회장 안을 천천히 둘러보는 모습은 이런 자리에 매우 익숙하다는 걸 보여줍니다.

"여러분, 오늘은 이렇게 모여주셔서 진심으로 감사드립니다. 여기 오는 차 안에서 거리에 새빨갛게 물든 단풍잎을 보니까 왠지 지금까지 겪어온 많은 일이 떠올라서, 저 같은 놈도 추억에 잠길 때가 있다는 사실에 놀란 참입니다."

조금 감상적인 츠지무라의 인사말로 시작된 연회는 내객들의 축사가 이어지는 가운데, 차츰 술도 들어가고 자리도 무르익으면서 피어오르는 담배 연기 사이로 여기서 명함 교환, 저기서는 기념 촬영으로 화기애애한 분위기입니다.

그토록 탄탄하던 츠지무라의 입지에 균열이 생기기 시작한 건, 오랫동안 가깝게 지냈던 츠다 이치로라는 국회의원이 급격히 힘을 잃은 탓입니다. 그도 그럴 것이, 아이코회의 젊은 조직원을 츠다 이치로의 비서로 파견할 만큼 밀접한 사이였습니다. 그런데 몇 년 전 츠다의 선거구가 통합된 곳이 하필 메이지 시대부터 제철업으로 부를 쌓은 이른바 일본의 특권계급 일족이 확고한 지반을 가진 지역이었고, 당연히 그쪽에는 아이코회와는 비교도 안 되는 전국구 조직 호시노파가 붙어 있습니다. 츠다 이치로는 파벌에서 밀려나며 바로 은퇴, 그 영향을 받듯이 아이코회 세력 범위도 호시노파 산하의 지역 조직에 의해 침범당하고 있었던 겁니다.

하지만 츠지무라가 한물갔다는 소문도 창립 20주년 축하회의 이 성대함을 보면 믿기지 않을 정도였고, 츠지무라 본인도 언제 끊어져도 이상할 게 없는 외줄 위를 걸어가면서도 아직 버틸 수 있을 거라는 막연한 낙관과 설령 떨어지더라도 혼자서 죽진 않겠다는 듯한 집념을 불태웠습니다.

"환담을 나누시는 중에 송구합니다. 지금부터 무대 연출을 위해 연회장 안의 조명을 꺼야 하니, 일어서 계신 분들은 부디 자리로 돌아가 주시길 부탁드립니다."

그런 안내 방송에 손님들이 각자의 테이블로 돌아가자 연회장은 맴도는 담배 연기만 남기듯 깜깜해졌고, 그와는 반대로 희미한 조명 속에 떠오른 얇은 막 너머에서 들려오는 것은 쭉 늘어선 타령꾼들 목소리와 샤미센의 음색입니다.

자세히 보니 무대 위에선 하얀 눈이 하늘하늘 떨어지고 있습니다.

　　망집의 구름 걷히지 않는 으스름달밤
　　사랑에 헤매는 내 마음이여

얇은 막 너머에선 설원으로 변한 무대 위로 새하얀 예복 차림의 키쿠오가 한 걸음마다 무언가를 웅변하듯 걸어 나옵니다.

그 아름다움에 숨을 멈춘 채 박수조차 잊은 손님들은 말 없는 백로의 눈빛이나 날갯짓을 보며 자기들도 말하는 법을 잊어버린 듯한 모습이었고, 이 설원 풍경 속에서 무대에 선 백로의 체온만이 손끝으로 전해져오는 것만 같습니다.

츠지무라 역시 그런 희미한 체온을 느끼며 무대를 바라보는 한 사람이었고, 어째서인지 그의 눈앞에서는 하얀 눈 대신 거리에서 흩날리던 단풍이 하늘하늘 떨어져 내리고 있습니다.

문득 떠오른 친엄마의 등은 화상으로 붉게 짓물러 있어 어린 츠지무라가 그 작은 손으로 아무리 털어내도 까만 파리들이 달라붙습니다.

8월의 나가사키, 바람도 통하지 않아 엄청난 악취가 맴도는 교회 강당 바닥에는 발 디딜 틈도 없이 많은 열상 환자가 누워 있습니다. 어린 츠지무라가 아무리 "우리 엄마 좀 살려주세요"라고 소리쳐도 어린애의 목소리 따윈 심한 화상에 몸부림치는 사람들의 단말마 신음이나 가족을 찾아 돌아다니는 어른들의 목소리에 지워졌고, 계속 곁에 붙어 있던 츠지무라가 딱 한 번 밖으로 소변을 보러 나온 짧은 사이에, 희미하게 이어지던 어머니의 숨이 끊어지고 말았던 겁니다.

유일한 희망이던 아버지는 전쟁터에서 돌아오지 않았고, 원폭으로 초토화된 나가사키에는 돌아갈 집도 없습니다. 그 뒤에 자신이 어디서 어떻게 살아왔는지, 츠지무라는 기억하지 못합니다. 다만,

암시장에서 키쿠오의 아버지인 곤고로와 처음 만난 그 순간을 경계로 츠지무라에게도 종전 이후의 기억이 선명한 색으로 되살아났고, 행복했던 어린 시절의 기억과 그대로 연결되었습니다.

배가 고팠던 어린 츠지무라는 암시장에서 중국인이 파는 찐빵을 맛있게 먹는 귀향 병사의 모습을 들개처럼 바라보고 있었습니다.

"배고프냐?"

그때 젊은 귀향 병사가 먼저 말을 걸어왔고, 기어가듯이 다가가자…….

"야, 꼬마! 굶어 죽고 싶지 않으면 내 목덜미를 물어뜯어서 빼앗아 봐!"

남자는 츠지무라의 머리를 움켜쥐더니 자신의 땀내 나는 목으로 얼굴을 밀어붙였습니다. 그 순간, 처음으로 풍경에 선명한 색이 돌아오면서, 츠지무라는 찐빵을 먹기 위해 남자의 목을 깨물었습니다. 진심으로 이 남자, 곤고로의 목을 물어뜯으려 했던 겁니다.

문득 정신이 들자 무대에서는 최종장, 사랑 때문에 떨어진 지옥에서 백로가 몸부림치며 괴로워하는 장면입니다. 곡조가 격렬해지고 새의 모습으로 돌아온 처녀의 상처 입은 어깨에서 피가 배어 나오고, 계속 내리는 흰 눈 속에서 숨이 끊어질 듯하면서도 다시 날아오르려 필사적으로 날갯짓하는 그 모습이 관객들의 동정심을 자극합니다.

하지만 이윽고 힘이 다하자…….

연회장의 흥을 깨뜨리듯 싸구려 조명이 켜진 것은 바로 그 순간. 백로가 이번 생의 작별이라는 듯 희미하게 날갯짓하려고 했을 때입니다.

순간 특이한 무대 연출인지, 아니면 사고인지 알 수 없어 연회장이 술렁이는 와중에 들려온 것은…….

"여러분, 움직이지 마세요! 조용히 해주십시오!"

누군가가 확성기를 통해 말하는 목소리였습니다.

무슨 일인가 돌아보는 사람이 있는가 하면 감이 좋은 사람은 이미 자리에서 일어나 연회장을 빠져나가려다가 문을 막아선 경찰관에게 가로막힙니다.

다음 순간, 일제히 술렁이는 연회장에서 다시 "조용히 해주십시오!" 하는 확성기의 목소리.

숨겨진 민낯이라도 파헤치는 듯한 환한 조명 속에서 연회장 안으로 경찰관들이 들이닥치고, 사람들의 시선이 아직 혼자서만 백로 아가씨의 세계에 빠져 있는 듯한 츠지무라에게 집중됩니다.

그런 츠지무라에게 다가간 형사의 입이 마약, 노동기준법, 총기도검법 등의 수많은 체포 혐의를 통지하는 모습을 키쿠오는 무대에서 몸을 일으켜 멍하니 바라보고 있었습니다.

쓸데없이 강한 조명은 힘이 다한 백로가 아름다우면 아름다울수록 마법이 풀린 비참한 모습을 여실히 비출 뿐입니다.

형사들이 츠지무라와 그 간부들을 연행하려 했을 때입니다. 키쿠오가 거의 무의식중에 무대에서 내려와 츠지무라에게 달려가자 손님들은 물론이고 경찰들의 시선도 일제히 백로에게 집중됩니다.

"……삼촌."

키쿠오의 목소리에 고개를 돌린 츠지무라는 아무 말도 하지 말라는 듯이 고개를 가로저었습니다.

후쿠오카에서 벌어진 츠지무라 체포극은 그 후 경찰청의 폭력단 박멸 운동을 선전하기 위해 대대적으로 보도되었고, 그 보도의 중심에 서 있는 것이 절정의 인기를 누리던 키쿠오였습니다. 그 자리에는 이름이 조금 알려진 가수와 배우들도 있긴 했지만, 세간의 관심은 오로지 키쿠오에게만 집중되었던 겁니다. 먼저 키쿠오의 후원회와 츠지무라 사이의 관계가 밝혀지고, 다음으로 키쿠오와 아이코회의 오랜 인연이 드러나자 보도 경쟁이 과열되기 시작합니다. 그도 그럴 것이 지금까지의 매스컴, 특히 연예 매스컴에서 존재하던 상부상조의 관계가 이 시기 폭력단 근절의 여론 속에선 악습으로만 여겨졌고, 드디어 드러나기 시작한 것이 키쿠오의 출신에 관한 이야기였습니다.

열다섯 살 무렵부터 가부키 세계에 몸담았던 키쿠오 본인은 그동안 아무것도 숨기지 않았고, 아버지가 타치바나 곤고로라는 폭력배 출신 협객이었다는 것도, 자기 등에 새긴 문신에 관한 것도 주지의 사실이었습니다. 지금까지는 기자가 프로필을 애매하게 적어주거나 촬영 때는 카메라맨이 등의 문신이 드러나지 않도록 배려해 주는 식으로 지켜주었지만, 이번 사건으로 그 제한이 단번에 사라지면서 제일 먼저 공개된 것이 분장실에서 촬영된 등 문신 사진으로, 유카타 차림으로 손에는 단도까지 들고 있었습니다. 그 사진과 함께 적힌 기사는 이른바 종전 후의 '나가사키 항쟁'으로 불린 일련의 폭력 사건들. 그중에서도 나가사키 본선의 히젠야마구치역에서 벌어진 조직 간의 난투 소동으로 그 자리에 있던 당시 신혼이던 차장이 옆구리를 찔려 신장이 손상되고 유탄을 맞은 주부가 오른쪽 귀를 잃은 사건은, 마침 이 시기에 오사카에서 비슷한 사건이 벌어졌기에 그 살벌한 이미지가 그대로 키쿠오에게 씌워지고 말았습니다.

이것을 계기로 NHK를 비롯한 민영방송국, 또 여론을 신경 쓰는 일반 기업들도 키쿠오와의 관계는 물론이고 그가 소속된 신파에 대한 협찬까지 취소하겠다는 커다란 흐름이 만들어지면서, 자금 면에서 윤택하지 못한 신파로서는 사활이 걸린 문제가 되고 맙니다.

결국 어쩔 수 없이 극단장인 소네 마츠코도 당분간은 공연에서 키쿠오를 제외하는 것을 고려해야만 했고, 일단 논란이 사그라들 때까지만이라며 키쿠오에게 '근신'이라는 무척 애매한 처분을 내립니다. 혈통이 없다는 이유만으로 가부키계에서 쫓겨난 키쿠오가 간신히 자리 잡은 신파에서도 원래의 혈통 때문에 또 쫓겨나는 얄궂은 운명에 처하게 된 겁니다.

그리고 근신 중에 친분이 있는 기자의 의뢰로 딱 한 번 인터뷰에 응한 키쿠오는 자신의 출신에 대해 이렇게만 언급했습니다.

"거기서 나고 자랐으니까 나쁘게 말하고 싶지 않은 마음은 있습니다. 다만 거기서 나고 자랐기 때문에 말할 수 있는 건, 그곳이 결코 아름다운 세계는 아니라는 사실입니다."

한편 이 인터뷰에 응했을 무렵, 토쿠지가 구해낸 아야노도 아직 회복 중이었습니다. 퇴원 후 일단은 토쿠지를 따라 후지코마에게 돌아왔지만, 2주 정도 지나자 시너 중독 때문인지, 아니면 좋아하는 남자를 보고 싶어서인지 또 집을 나갔다고 합니다. 하지만 막상 만나러 가도 그 남자는 미나미파에게 아야노와 만나는 것을 엄격히 금지당했기에 아야노를 쫓아냈고, 왜 그러는지 영문을 모르는 아야노는 혼란스러워할 뿐. 혼자 밤거리를 배회하다 더욱 질 나쁜 인종들과 어울리다가 돌이킬 수 없는 약물에 손을 대려던 차에 경찰에 계도 조치됩니다.

어찌할 바를 모르는 후지코마의 연락을 받고 키쿠오도 토쿠지를 데리고 바로 교토로 달려갔지만, 아야노가 틀어박힌 방으로 억지로 문을 열고 들어가 보니, 아직 중학생인 딸이 마치 중년 여성처럼 보일 만큼 초췌해져 있습니다.

"누가 이랬어……. 대체 누가 너한테 무슨 짓을 한 거야!"

무심결에 소리치는 키쿠오에게…….

"당신이 날 버렸잖아!"

미친 듯이 악을 쓰는 친딸의 모습이, 마치 네가 나고 자란 야쿠자의 세계에서, 그 혈통에서 벗어날 수 없다고 말하는 듯했습니다.

이대로 아야노를 교토에 놔둔다면 또 똑같은 일이 벌어질 게 뻔했기에 토쿠지와 둘이서 도쿄로 데려올 결심을 했습니다. 만약 혼외자 소동 때 아직 초등학생이던 아야노를 이렇게 끌어안아 주고 한 번이라도 도쿄로 데려왔더라면, 어쩌면 무언가가 달라졌을지도 모릅니다. 하지만 이미 그 시기를 놓쳤다는 건 누가 봐도 명백했고, 도쿄로 향하는 신칸센 안에서 마음을 걸어 잠근 채 도시락엔 손도 대지 않는 딸의 모습을 보니 마치 태어났을 때부터 딸에게 쭉 미움을 받았던 것만 같은 진실에 직면하게 되는 키쿠오였습니다.

지금까지 가부키만 생각하고 사느라 딸에 대한 건 아무것도 몰랐기에, 일단 아키코와 사는 맨션에 아야노의 방을 만들어줬어도 부녀가 처음으로 함께 지낸다는 느낌보다는 딸을 감금하고 사는 듯한 살벌한 분위기밖에 나지 않았습니다.

할 이야기가 있으니까 만나줄 수 없겠냐는 하루에의 전화가 걸려 온 건 그로부터 얼마 뒤였고, 키쿠오는 순간 슌스케에게 무슨 일이 생긴 건가 싶었지만, 약속 장소인 호텔 라운지에 아키코와 함께 나가자…….

"우리 집에 한동안 아야노를 맡겨주면 안 될까?"

갑작스러운 제안을 듣고 일단 그 이유를 묻자…….

"키쿠짱, 우리 어렸을 때를 생각해 봐. 열셋, 열넷이면 이미 어엿한 어른이야. 어린애 취급하면 될 일도 안 된다고."

아키코를 배려하면서 그렇게 서두를 꺼낸 하루에는…….

"약물은 지옥이야. 지금 철저히 잡아두지 않으면 걷잡을 수 없게 돼. 난 말이지, 소중한 사람이 그것 때문에 괴로워하는 걸 보면서 필사적으로 싸운 경험이 있거든."

굳이 언급하지 않아도 그 소중한 사람이 슌스케라는 건 명백했고, 실종되었던 10년 동안 얼마나 고생했을지 생각하며 하루에를 바라봅니다.

"……아야노는 우리가 맡을게."

그렇게 단호히 말하는 하루에의 눈동자 안에서 키쿠오와 처음 만난 시절의 그녀가 보이는 것 같았습니다.

한편 당사자인 아야노로 말씀드릴 것 같으면, 얼마 후 데리러 온 하루에를 힐끗 보고는 '난 어디서 살든 상관없어'라고 말하듯 짐을 싸서 홀연히 집을 나갔습니다.

역시 아빠 노릇을 제대로 못 했다는 생각에 자괴감이 든 키쿠오는 그날부터 매일같이 하루에에게 전화를 걸어 아야노의 상태가 어떤지 물었지만……

"미안하지만 실컷 부려 먹고 있어."

웃으며 말하는 하루에의 이야기처럼, 아야노는 아침 일찍부터 청소, 빨래, 취사 등의 집안일을 맡느라 바쁜 것 같았고, 처음엔 반항하기도 했지만 하루에가 끈질기게 닦달한 끝에 아침에도 일찍 일어나게 되어 한번은 키쿠오가 든 수화기 너머에서……

"하루에 숙모, 이 백합 뿌리는 얼마나 삶으면 돼?"

그런 밝은 목소리가 들려오게 되었던 겁니다.

아무튼 상황이 어떻든 간에 키쿠오가 할 수 있는 일은 무대에 서는 것뿐이었고, 신파가 안 된다면 직접 작은 공연장을 빌려서라도 계속 춤추기 위해 직접 움직였습니다.

하지만 이런 시국에 폭력단과 엮여 근신 중인 배우에게, 아무리 그게 3대손 하나이 한지로라 해도 무대를 빌려주는 극장은 없었고, 공영으로 운영되는 곳은 당연히 문전박대, 다음으로 작은 공연홀을 알아보지만, 그곳에선 이용료에 바가지를 씌우려 합니다. 결국 그를 받아주겠다고 말하는 곳은 이른바 아마추어 극단이 서는 소극장이나 지방의 온천 여관 정도였습니다.

"여기서 고민해 봐야 소용없어. 일단은 이 아타미 호텔에서 시작해 보자. 연회 자리에서 공연하는 것도 아니고, 제대로 된 소규모

흉도 있잖아."

어두운 표정의 아키코와 토쿠지에게 선언하듯이 키쿠오가 자리에서 일어섰을 때, 복도에서 울리는 전화를 쵸키치가 받았습니다.

"저기, 사모님. 웬 거만한 아저씨가 '아키코 바꿔'라는데요."

"거만한 아저씨?"

고개를 갸웃거리면서도 아키코는 그게 아버지 센고로라는 걸 바로 알았는지, 황급히 복도로 달려 나갑니다. 드디어 궁지에 몰린 키쿠오에게서 딸만큼은 건져내려는 거겠지요.

그 뒤에 짧은 통화를 마친 아키코가 돌아오더니 말합니다.

"아빤데, 오늘 저녁에 둘이서 집에 오라셔."

역시나 싫어 키쿠오가 고개를 숙입니다.

"……헤어지라는 이야기라면 안 간다고 했는데, 일단 와서 얘기하재."

아버지 뒤에서 걱정하고 있을 어머니의 모습도 떠올랐는지, 아키코도 조금 떨떠름한 표정입니다.

"알았어. 가자."

키쿠오자 그렇게 대답하자…….

"괜찮겠어? 험한 꼴을 당할지도 모르는데."

"그렇겠지."

억지로나마 괜찮다는 듯 웃어넘기는 키쿠오의 모습에 아키코와 토쿠지는 물론이고 쵸키치마저 무심결에 웃고 맙니다.

자, 각오를 단단히 하고 센고로의 집으로 가서 여전히 무뚝뚝한 표정의 센고로 앞에 둘이 나란히 앉자, 그가 꺼낸 말은 다음과 같

있습니다.

"너, 여기로 들어와라."

당연히 아키코는 반박합니다.

"그러니까, 아빠…… 난 이미 결심했어."

"너 말고. 난 이 녀석한테 말하는 거다."

센고로가 그렇게 말하며 어리둥절한 키쿠오를 노려봅니다.

"……소네 마츠코 처형한테는 이미 얘기했어. 신파를 그만두고 이쪽으로 돌아와."

거듭 말하는 센고로.

"무, 무슨 뜻으로 받아들여야 할까요?"

키쿠오가 무심결에 묻자…….

"너, 대단하더라. 자기가 신세를 졌던 삼촌의 체면을 제대로 세 워줬다면서? 낭패를 볼 걸 각오하고 그 파티에 나간 거잖아? 난 말이지, 그런 녀석은 높이 산다. 이 세상은 자기 이해득실로만 움직이는 녀석들투성이니까."

거기까지 말하고는 이야기는 이제 끝났다는 듯이 방에서 나갑니다.

"아빠!"

아키코가 무심결에 부르자…….

"너도 네 언니 노리코처럼 은행원한테라도 시집갔으면 이런 고생은 안 하잖냐."

그런 말만 남기고 가버리는 뒷모습을 보며 고개를 숙일 수밖에 없는 아키코입니다.

키쿠오에 대한 센고로의 허락이 떨어졌다는 소문은 순식간에 미츠토모는 물론이고 가부키계에 쫙 퍼졌는데, 그렇다 해도 키쿠오에 대한 여론이 워낙 안 좋은 상황이라 그리 쉽게 복귀하진 못할 거라는 추측이 대세였습니다. 그런 와중에 놀랍게도 센고로가 직접 미츠토모 간부들과 만나 담판을 지으려 했습니다.

"우리 사위가 한 일을 비난할 수 있는 사람이 이 세상에 있습니까? 그 녀석을 비난하는 건 자기 자신을 비난하는 거나 마찬가지예요. 자기 예술을 더럽히는 일이란 말입니다. 아니, 배우가 고결한 척해서 어쩌자는 겁니까? 잘 들으세요. 고결한 인간이 아니라서 오히려 고결해지는 경우도 있는 겁니다."

힘주어 말하는 센고로에게 이의를 제기할 수 있는 사람은 없었지만, 키쿠오를 쉽게 가부키계에 복귀시키는 건 시대의 흐름을 역행하는 일이라는 의견 역시 무시할 수는 없었습니다. 그래서 고육지책으로 나온 이야기가, 키쿠오가 기자회견을 열어 자신이 태어난 타치바나파는 이미 해산되었으며 앞으로 절대 폭력단과 엮이지 않겠다고 선언하는 것이었습니다.

결국 키쿠오는 창피한 마음을 참고 이 제안을 받아들입니다.

"열다섯 살 무렵부터 그저 예술의 길만 걸어오느라 세상 물정을 몰랐고, 앞으로도 그저 예술의 길만 걸어가고 싶습니다."

얼마 후 많은 카메라 앞에서 그렇게 말하는 키쿠오의 모습은 여론의 용서를 이끌어냈고, 결과적으로 예술의 길이 얼마나 험난한지도 세상에 전달되었습니다.

이 회견으로부터 1년이 지나 미츠토모의 타케노가 때가 무르익었다는 판단하에 발표한 것이 놀랍게도 키쿠오와 슌스케가 함께 출연하는 〈겐지 이야기源氏物語〉였습니다. 그 각본은 1951년에 처음 공연된 후나하시 세이치가 각색하고 타니자키 준이치로가 감수한 희곡을 토대로 한 장대한 대하 서사였고, 무엇보다 세상을 놀라게 한 것이 히카루 겐지에 다른 남자 주연배우를 기용해서 키쿠오와 슌스케가 후지츠보 중궁이나 우츠세미 등의 여자 역할을 맡는 종래의 방식이 아니라, 놀랍게도 배역을 날마다 바꾸어 먼저 히카리 겐지를 키쿠오가 맡으면 여자 배역들을 슌스케가 맡고, 다음 날은 또 슌스케가 히카리 겐지를, 키쿠오가 여자 역할을 연기하는 전대미문의 구성이었습니다.

거품의
시대

무대 뒤라는 곳에는 묘한 생생함이 있습니다. 조명도 닿지 않는 이곳은 흐릿한 어둠 속에서 여장 배우들에게선 아직 남자의 냄새가 나는 반면 하얀 분을 바른 남자 주연은 왠지 여성스러워 보이고, 바쁘게 돌아다니는 무대 담당이나 쿠로고들의 버선발이나 나막신 발소리가 마치 눈길에서 그렇듯 노송나무 바닥에 빨려 들어갑니다. 그곳은 마치 남자와 여자의, 소리와 무음의, 현실과 환상의, 그리고 산 자와 죽은 자의 흐릿한 경계 같은 장소인 거겠지요.

이 무대 옆에서 가만히 등장을 기다리는 것은 연보라색 헤이안 시대 복장으로 몸을 감싼 히카루 겐지, 키쿠오였고 희미하게 스며드는 조명에 투명할 만큼 하얀 얼굴이 드러나면 그 아름다움은 옆에 선 토쿠지조차…….

"히카루 겐지를 연기하는 도련님을 보고 있으면 왠지 기분이 이

상해진다니까."

그런 말을 하게 할 만큼 요염한 매력을 뿜냅니다.

자, 무대에선 어린 히카루 겐지가 죽은 어머니와 꼭 닮은 후지츠보 중궁과 만나는 제1막이 끝나고, 열일곱 살이 된 히카루 겐지가 유부녀인 우츠세미와 밀회를 거듭하는 제2막으로 접어들었습니다.

이렇게 슬픈 신세가 아니라
아직 자유롭던 시절에
그 마음을 접했더라면……

무대에서 들려오는 건 독신일 때 이렇게 히카루 겐지와 만났더라면, 하고 괴로워하는 우츠세미의 진심.

"도련님, 물 마실래?"

토쿠지가 내민 물을 한 모금 마신 키쿠오는 나무통에서 손거울을 꺼내 살짝 붉은색을 가미한 눈썹을 확인하고는 "좋아" 하고 작게 중얼거리며 가슴을 펴고 천천히 무대로 나갑니다. 그 순간, 탄성 같기도 하고 술렁임 같기도 한 숨소리가 들렸다가 이내 우레와 같은 박수가 터져 나옵니다.

"……그때 그대는 나의 무모함을 용서해 주었소. 한 번 거절했어도 허락한 사람은 두 번 거절하지 않을 거라 믿고 몰래 거처를 빠져나왔거늘……. 어찌하여 그렇게까지 나를 미워하고 성가셔하는 것이오."

그 간절한 사랑에 죽을 듯 괴로워하는 히카루 겐지의 대사에 수많은 관객이 숨을 멈추었고, 바짓단이 스치는 소리가 맨 위층 좌석까지 들릴 정도의 정적이 흘렀습니다.

"이런 유부녀 신세가 아니던 옛날, 자유롭던 처녀 시절이었다면 저도 주제 모르고 우쭐하여 설령 잠깐의 장난이라 해도 그 안에 진짜 연모가 있을 거라 저 자신을 설득했겠지요. 하오나 이름도 없는 수령의 처가 된 지금으로서는 잠시 정을 나눈 변덕을 어찌 진심이라 믿겠사옵니까. 게다가 지난번의 하룻밤이 만약 이요노스케의 귀에 들어가기라도 하면 저는 물론이고 히카루 님께 화가 미칠 것이온데, 그러면 저도 살아갈 수 없사옵니다."

그렇게 대답하는 슌스케의 우츠세미. 그 자애로 가득한 말투와 사랑하기 때문에 거절하는 표정에서 관객들은 여자의 기구한 운명을 실감합니다.

"우츠세미, 잘 알겠소. 나는 아직 나이도 어리고 전후 사정을 헤아릴 능력이 부족했소. 지난밤은 키이노카미를 비롯해 많은 분의 대접에 들떠 나도 모르게 한 잔, 또 한 잔 마시면서 취기도 돌았소. 게다가 우츠세미, 그대의 춤에 마음을 빼앗겨 취한 와중에 헤어나올 수 없는 사랑의 늪에 빠졌소이다. 그대에게 무리한 요구를 했던 건지도 모르겠구려."

그때 이 밀회를 주선해 준 우츠세미의 남동생 코기미를 불러들인 히카루 겐지가 벼루를 가져와 달라고 부탁합니다.

매미가 허물만 남기고 간 나무 밑에서, 여전히 그 사람을 그리

워하네

매미가 허물을 벗고 가듯이 겉옷만 남기고 가는 당신이지만 여전히 그렇게 느껴진다는 시입니다.

거기 담긴 히카루 겐지의 마음을 보고, "황공하옵니다" 하고 우는 우츠세미.

"그 대신 당신이 입고 있는 겉옷을 정표로 주시오."

"하오나 여인의 옷 따위 더럽사온데……."

그때 남동생이 무심결에 끼어들며…….

"누님, 그러지 마시고 모처럼 히카루 님의 소원이니 드리는 것이 어떻습니까."

"그럴까요."

그리고 겉옷을 벗는 우츠세미.

> 매미 허물의 날개에 맺힌 이슬이 나무에 가려지듯이, 몰래몰래 눈물로 소매를 적시네

매미 허물 날개에 맺힌 이슬이 나무 그림자에 가려진 것처럼, 당신을 생각하며 넋 나간 매미 허물처럼 남들 눈을 피해 눈물짓는다는 의미입니다.

자, 키쿠오와 슌스케가 16년 만에 함께 공연한 이 〈겐지 이야기〉를 후에 극 평론가 후지카와 교수는 다음과 같이 평했습니다.

히카루 겐지와 우츠세미 등의 여자 등장인물들을 한지로와 한야라는 당대 인기 여장 배우 두 명이 날마다 바꾸어 연기하는 구성은 일단 성공을 거두었다고 할 수 있다. 원작의 대담한 재해석도 흥행 면에서 대성공이라 할 수 있을 테고, 게다가 두 사람이 각자 연기하는 히카루 겐지를 본 관객이라면 배역이라는 것이 배우에 의해 얼마나 달라지는지도 일목요연했다고 할 수 있다. 이건 작금의 와이어 액션 유행으로 인해 그것만으로 열연을 판단하는 잘못된 가부키 팬들에 대한 좋은 교육이 되었을 것이다.

자, 우선 3대손 한지로의 히카루 겐지에 대해 언급하자면 이 압도적인 아름다움은 천부적인 재능을 넘어서서 무언가가 씌었다고밖에 표현할 도리가 없다. 아무튼 한지로의 히카루 겐지에서는 특유의 요염함이 배어 나왔다. 다만 그렇다고 한야가 뒤떨어지느냐고 하면 전혀 그렇지도 않으며, 이쪽의 히카루 겐지에서는 성의 냄새, 청년의 색욕이 풍겨 나오는 듯했다. 여담이지만 개인적으로는 한야가 연기하는 토노츄조(頭中将: 주인공 히카루 겐지의 벗이자 라이벌-옮긴이)도 보고 싶다. 또한 한지로가 연기하는 여자들은 아카시노키미(明石の君: 히카루 겐지의 딸-옮긴이)조차 고귀함 그 자체인 반면, 한야가 연기하면 아오이노우에(葵の上: 히카루 겐지의 정실부인-옮긴이)에게서도 여자의 한이 묻어났다. 아무튼 나는 인정하지 않을 수 없다. 지금으로부터 20여 년 전에 산골 소극장에서 내가 처음 본 두 소년은 각자의 방식을 통해 필사적으로 가부키에 파고들었고, 지금은 그 가부키에 홀리고 말았다는 것을.

분장실에 인사하러 온 신바시의 게이샤들과 이야기가 길어지면서 그날 씻고 나온 키쿠오는 가부키좌 극장의 분장실로 향하는 시간이 평소보다 조금 늦어지고 말았는데, 신발 담당이 신발을 꺼내주기를 기다릴 때 옆으로 다가온 사람은 슌스케였습니다.

"별일이네. 이런 시간까지."

"손님들하고 이야기가 좀 길어져서."

함께 신발을 신고 지하 주차장으로 향하려 했을 때입니다.

"가끔은 술이라도 한잔할래?"

먼저 말을 건 것은 슌스케였습니다.

물론 공동 출연자였기에 연습 때마다 계속 얼굴을 마주쳤고 대화도 나누지만 둘이 따로 술을 마시러 간 건 꽤 오래되었습니다.

"그럼 닭꼬치라도 먹을까?"

그렇게 말하며 키쿠오가 슌스케를 데려간 곳은 가부키좌에서 가까운 '타케짱'이라는 가게였는데, 숯불 연기가 피어오르는 실내에서 손님들끼리 어깨를 맞댄 카운터석 구석에 자리를 잡고 일단 맥주부터 시켜서 각자 알아서 잔에 따릅니다.

"건배 정도는 하는 게 나은가?"

한 번 입에 댄 술잔을 다시 뗀 슌스케가 묻자…….

"뭘 위해서?"

키쿠오가 되묻습니다.

"뭘 위해서긴, 공연의 성공을 위해서지."

"아."

"'아'는 무슨……. 뭐야, 대화할 때 리듬감이 없는 건 여전하네.

규슈에서 처음 올라왔을 때랑 변한 게 없어."

오랜만에 놀리는 슌스케를 보며 쓴웃음을 짓는 키쿠오. 건배하
려고 뻗던 손이 문득 멈춥니다.

"그전에. 아야노를 맡아준 거, 정말로 고마워. 제수씨한테는 몇
번이나 전화로 고맙다고 하긴 했는데, 슌도령한테는 아직 제대로
인사를 못 했네. 덕분에 아야노도 많이 좋아졌잖아."

"아야노가 얼마나 노력하는지 몰라. 아, 그런데 하루에는 그냥
하루에라고 불러도 되지 않냐? 키쿠오가 '제수씨'라고 부르면 본인
도 엄청 낯간지러워할걸?"

떠올려보면 서로 처음 수염이 날 무렵, 지금은 그립기만 한 오사
카 저택에서…….

"뭐야. 이번에 들어온 하인들은 엄청 어리네."

그런 슌스케의 시비로 시작된 두 사람의 첫 만남. 그 투명할 만
큼 하얀 피부에 시골 출신인 키쿠오는 넋을 잃었고, 토쿠지를 벤케
이(弁慶: 미나모토노 요시츠네의 호위무사-옮긴이)처럼 거느린 키쿠오의
품격에 실은 슌스케도 주눅이 들어 괜한 시비를 건 것이었습니다.
그러자 자연스레 떠오르는 것은, 그때 싸움이 일어나기 직전에 사
치코가 한 말입니다.

"아, 성가시게 뭐 하는 거니, 너희들. 어차피 금세 친해질 거면서
뭘 그렇게 센 척인데? 그래도 에휴, 어쩌겠니. 꼭 싸우고 싶으면 오
늘이나 내일까지 빨리 끝내라."

그로부터 어느새 20여 년. 그 싸움은 오늘내일로 끝났던 건지,
아직도 이어지고 있는 건지……. 어쨌든 거기 있던 온실 속 도련님

은 자식을 품 안에서 잃은 처절한 슬픔을 짊어진 채 여기 있었고, 또 거기 있던 야쿠자 출신의 어린 요시츠네(義経: 일본 최초의 무가 정권을 세운 미나모토노 요리토모의 동생으로, 형을 도와 수많은 전공을 세우지만 모함을 받아 억울하게 죽은 비운의 영웅-옮긴이) 역시 지금의 위치까지 결코 순조롭게 도달한 것은 아닙니다.

닭다리살, 고기 경단 등을 두 사람은 말없이 입에 넣고 있었지만, "그때가 좋았는데"라고 어느 한쪽이 말만 꺼내면 그리운 추억들이 끝도 없이 쏟아져 나올 것만 같습니다. 하지만 그것을 무언가가 가로막고 있는 건 양쪽 모두 똑같습니다. 일단 추억에 잠기면, 그 안에 담긴 누군가와의 슬픈 이별도 떠올려야 하니까요.

"저기."

긴 침묵을 먼저 깬 것은 키쿠오 쪽이었습니다.

"……이번 〈겐지〉의 전국 공연이 끝나면 다음엔 신작 말고 제대로 된 고전으로 같이 공연해 보고 싶네."

"……〈츄신구라〉의 아홉 번째 단락 같은 거 말이지."

바로 작품명이 나오는 걸 보면 슌스케 역시 차기작을 생각해 두었던 거겠지요.

"아홉 번째 단락……. 그래, 우리도 이제 30대 중반이잖아. 이젠 그걸 해도 이상하지 않을 나이지."

시원한 술을 맛있게 들이켜는 키쿠오입니다.

자, 이 〈가나데혼 츄신구라〉란 그 유명한 아코 낭인들의 습격 사건을 소재로 총 열한 단락으로 만들어진 가부키 작품으로, 그중에서도 이 아홉 번째 단락은 '여자들의 츄신구라'로도 불립니다.

눈 내린 아침, 야마시나山科에 있는 유라노스케의 허름한 거처에 도착한 토나세와 코나미. 의붓딸인 코나미를 유라노스케의 아들 리키야에게 시집보내려는 토나세와 그것을 거절하는 유라노스케의 아내 오이시의 대결이 볼거리 중 하나로, 며느리로 받아주지 않으면 자결하겠다는 토나세와 코나미 앞에서, 오이시는 주군께서 궐 안에서 모로나오를 죽이지 못한 건 토나세의 남편 혼조가 말렸기 때문이라며 두 사람을 비난하고, 시집을 오고 싶으면 혼조의 목을 내놓으라 다그칩니다.

"이봐, 키쿠짱. 조만간 같이 타케노 씨한테 얘기하러 가지 않을래?"

송이버섯과 오리 꼬치를 맛있게 먹으며 말하는 슌스케를 보며 키쿠오가 고개를 갸웃거리자…….

"……그러니까 내 말은, 〈츄신구라〉의 아홉 번째 단락을 우리 둘이 하고 싶다고 말하러 가는 게 어떻겠냐고."

어이없다는 듯 웃는 슌스케를 키쿠오가 어째서인지 물끄러미 바라봅니다.

"……왜? 내 얼굴에 뭐라도 묻었어?"

당황하며 자기 얼굴을 털어내는 슌스케.

"아니, 감회가 새로워서. 한번 생각해 봐. 지금 우리 둘이 타케노한테 가서 아홉 번째 단락을 하고 싶다고 말하면 틀림없이 하게 해 줄 거 아냐."

"그렇겠지."

슌스케도 키쿠오의 생각을 바로 알아챘는지…….

"……지금 나하고 키쿠짱이 그 가부키좌 극장에서 공연할 작품을 정하려고 한 거구나."

그야말로 감개무량한 심정입니다.

"설마 이런 날이 올 줄은 꿈에도 몰랐는데."

"그러네."

"저기, 선생님이 도톤보리좌 극장에서 토나세를 연기했던 무대, 기억해?"

"만기쿠 씨가 오이시를 맡았었지?"

"그럽네."

아까까지는 회상하는 게 망설여지던 추억조차, 그게 무대에 관한 것이라면 이야기가 달라지는 것이었습니다.

자, 키쿠오와 슌스케의 공동 출연으로 대호평을 받은 〈겐지 이야기〉가 가부키좌 극장에서 첫 공연을 시작한 것이 1986년의 12월. 이듬해에는 오사카, 교토, 나고야에서 각각 공연을 이어 나갔지만 '한한 콤비의 겐지 붐'은 사그라들 줄을 몰랐고, 타케노를 비롯한 미츠토모 측은 다급하게 규슈를 향하는 서쪽 순회와 홋카이도까지 이르는 동쪽 순회를 추가로 기획합니다. 1년에 걸친 이 전국 공연이 끝났을 때는 놀랍게도 총관객 동원 수 50만 명이라는 획기적인 숫자를 기록했습니다.

이 〈겐지 이야기〉가 일단락되자 다음으로 기획된 작품이 그 〈가나데혼 츄신구라〉의 아홉 번째 단락이었는데, 도호쿠 순회공연에서 돌아오자마자 두 사람은 바로 연습에 돌입하여 이때부터 몇 년 동안, 그야말로 파죽지세로 한한 콤비 최고의 무대가 전국 각지에서 공연됩니다.

이미 말했듯 두 사람이 함께 공연한 〈겐지 이야기〉의 첫 공연
이 1986년 12월인데, 후에 버블 경제기로 불리게 되는 시기가 이
1986년 12월부터 1991년 2월까지의 4년 3개월의 기간입니다.

이 4년여의 열광 속 첫해를, 두 사람은 〈겐지 이야기〉 속에서 살
아가고, 그로부터 3년여의 세월도 휴식하는 달도 거의 없는 상태
로 〈가나데혼 츄신구라〉의 아홉 번째 단락을 함께 공연한 다음, 키
쿠오는 아즈마 센고로 극단으로 불려가 〈요시츠네 천본앵〉의 시
즈카 고젠, 〈카고츠루베 유곽 취성〉의 유녀 야츠하시, 〈칼 맞은 요
사切られ与三〉의 오토미 등, 센고로의 상대역으로 젊은 여장 배우의
지위를 굳힙니다. 한편 만기쿠와 함께하는 슌스케 역시 두 번째 비
중이긴 해도 〈안주인 살해 기름 지옥女殺油地獄〉, 〈명문가의 집안 소
동伽羅先代萩〉, 〈요츠야 괴담四谷怪談〉 등으로 만기쿠의 예술을 가까
이서 배우고 때로는 그 대배우 만기쿠를 압도했다고 극찬받는 연
기를 선보여 나갔습니다.

이 당시 어느 곳보다 버블 경제기를 만끽했던 텔레비전 업계에
서 가부키 배우에 대한 출연 제의도 당연히 많을 수밖에 없었고,
실제로 고액의 출연료에 넘어간 배우들도 많았지만…….

"그 두 사람만큼은 계속 무대에 설 수 있게 해주자."

그렇게 말하며 경제적으로도 여러모로 도왔던 사람이 타케노였
습니다.

하지만 시대의 분위기란 그것이 뜨거우면 뜨거울수록 어떤 빈틈
이든 파고드는 법입니다.

실제로 이 당시 키쿠오가 유흥을 즐기는 방식은 화끈했는데, 일본 전체가 들뜬 거리의 양상은 1년 내내 극장과 자택을 왕복할 뿐인 차 안에서 조금만 내다봐도 알 수 있을 정도였습니다. 무엇보다 '첫날 공연 축하합니다' '첫 역할 축하합니다' 하고 보내주는 후원자들의 축의금 액수의 단위부터 달라지기 시작했습니다.

아무리 돈에는 무신경한 키쿠오라도 이렇게 두툼한 돈봉투를 들고 집에 돌아갈 때는 기분도 좋아져서…….

"토쿠짱, 차 바꾸고 싶댔지? 이걸로 사."

그렇게 말하며 봉투째로 건넵니다.

"요새 도련님이 잘나가는 거 아니까, 사양하지 않고 받을게."

웃으며 받아 드는 토쿠지.

"……그런데 도련님도 잘나가는 이야기를 할 때만큼은 오사카 억양으로 돌아오는구나."

"잘나가든 못 나가든 돈 얘기만큼은 오사카 억양이 확 와닿잖아."

따라 웃고 마는 키쿠오입니다.

덧붙이자면 이 당시 나가사키에서 유유자적하게 생활하던 어머니 마츠를 위해 키쿠오는 하와이 와이키키에 콘도를 구입했는데, 본인은 바빠서 가지 못했지만, 마츠가 보내주는 편지와 해변 사진을 늘 기대하고 있었습니다.

실제로 키쿠오가 이 콘도에 갔던 건 단 한 번뿐이었는데, 힘들게 얻은 1주의 휴가가 당시 하루에의 집에서 고등학교에 다니던 아야노의 봄방학과 겹쳐서 반쯤 강제로 데려와 4박 6일의 강행군으로 두 사람만의 여행을 떠났던 겁니다.

안타깝게도 고등학생이 된 아야노가 예전의 밝은 모습으로 돌아왔다고 하기는 힘들었고, 학교에서 제대로 공부하기보다는 친구들과 결성한 록밴드 연습이 우선이었지만, 그래도 하루에가 당부하는 대로 매일 통금인 8시까지는 집에 돌아와서 카즈토요의 숙제를 봐주기도 하고 하루에의 집안일을 돕기도 했습니다.

물론 4박 6일 동안의 여행에서 부녀 사이의 앙금이 다 사라졌다고는 할 수 없지만, 그래도 렌트한 오픈카로 밤중에 섬 안을 달리는 것은 키쿠오와 똑같이 아야노도 기분이 좋았는지, 다른 일정은 지루해하면서도 드라이브하자는 제안은 반드시 따랐습니다. 키쿠오는 액셀을 밟으며 하와이의 밤바람을 쐬고, 아야노는 좋아하는 음악을 큰 소리로 틀어놓으면서, 서로 아무 대화 없이도 틀림없는 부녀간의 시간을 보냈던 겁니다.

한편 이 무렵의 슌스케는 전에 만기쿠가 지인에게 팔았던 자택 토지의 절반이 매물로 나왔다는 말을 듣고, 이것도 무언가의 인연이라는 생각에 구입하기로 마음먹습니다. 그러려면 미츠토모에서 큰돈을 빌려야만 하므로 백호가 빚 때문에 고생한 것을 잘 아는 사치코가 크게 반대했지만, 웬일로 이때만큼은 하루에가 그런 사치코 앞에서 반론을 펼쳤습니다.

"어머님의 심정은 잘 알아요. 하지만 그 땅을 산다는 건 그 사람의 각오를 나타내는 거라고 생각하거든요. 아마 돌아가신 아버님한테 보여드리고 싶은 걸 거예요. 그 사람의 그런 마음을 무슨 일이 있어도, 무슨 수를 써서라도 제가 돕고 싶어요."

자, 이 시기에 두 사람이 함께 섰던 수많은 무대 중에서 최고를 하나 꼽으라면, 헤이세이平成로 연호가 바뀐 1990년의 텐노 즉위 축하 무대에서 선보인 〈춘흥경사자春興鏡獅子〉라고 할 수 있을 겁니다.

이 작품은 가련하게 춤추는 어린 시녀에게 사자의 정령이 씌어 호쾌한 사자로 변신해 재등장하는, 요컨대 여자 역할과 남자 역할 양쪽을 훌륭하게 소화하지 못하면 연기할 수 없는 배역입니다. 당시의 활기로 가득한 시대에 딱 맞는 화려함이 있는 것은 물론이고, 평소엔 혼자 춤추는 이 작품을 키쿠오와 슌스케가 나란히 서서 연기하여 클라이맥스인 꽃길 장막으로 들어가는 장면의 경우 메인 꽃길과 임시 꽃길을 두 사람이 동시에 달려 그야말로 거울에 비친 듯한 현란한 세계관을 선보였습니다. 기립박수의 관습이 없는 가부키 관객들이 저도 모르게 자리에서 일어나 아낌없는 박수를 보낼 정도였습니다.

자, 이곳은 그 〈춘흥경사자〉의 무대, 에도성의 큰 알현실입니다. 시녀 야요이가 떡돌리기의 여흥으로 춤을 선보이게 되어 중신들이 기대하며 바라봅니다.

　ᄀ 화려한 동쪽 궁궐 시녀 생활
　　그리운 이의 편지도 긴 복도에

그때 상궁들의 손에 이끌려 억지로 끌려 나오는 두 사람의 야요이는 키쿠오와 슌스케였고, 부끄러움에 일단 도망치려 하지만 다시 끌려오자 체념하고 춤을 추기 시작합니다.

두 사람이 몸에 걸친 병풍 문양을 자수로 표현한 연보랏빛 기모노는 에도시대 무가 여성들의 기모노에서 흔히 볼 수 있는 격조 높은 의장이었고, 머리카락은 분킨타카시마다(文金高島田: 일본의 전통 여자 머리 모양 중에서 가장 높고 화려한 형태-옮긴이)로 묶고 일단 품격 있게 춤을 추기 시작하지만, 같은 춤을 선보여도 그게 전혀 달라 보이는 게 이 두 사람의 신기한 점입니다. 부채 두 장을 들고 춤을 추면 키쿠오의 야요이는 넋을 놓고 볼 만큼 아름답고, 한편 슌스케 쪽은 신음이 나올 만큼 정취가 있습니다.

처음엔 쑥스러워하던 두 야요이도 차츰 흥이 오르는 것이 이 작품의 재미있는 점인데, 춤에 빠져들어 제단에 장식된 사자 머리를 손에 들고 다시 춤을 추기 시작할 때 바로 그 일이 벌어집니다. 그 작은 사자 머리를 두 사람이 손에 들고 앙증맞게 코와 코를 맞댄 순간, 놀랍게도 이 사자 머리가 혼자 멋대로 움직이기 시작하면서 우연히 그곳에 날아든 나비를 뒤쫓기 시작하는 것입니다.

사실 이 사자 머리는 문수보살의 영몽靈夢으로 사자의 정령이 씐 것입니다. 사자 머리는 계속 나비를 뒤쫓고, 두 야요이는 그 힘에 끌려갑니다.

자, 여기가 바로 이 작품의 가장 큰 볼거리인데, 손에 든 사자 머리의 강한 힘에 이끌려 키쿠오 야요이는 꽃길에서 대기실의 장막으로, 슌스케 야요이는 임시 꽃길 쪽으로 그야말로 질풍에 흩날리는 듯한 속도로 뛰어가는 장면입니다. 그 속도, 그 아름다움, 그리고 그 자리에서 이는 우아한 바람에 관객들은 무의식중에 자리에서 일어나……

"탄바야!"

"한한 콤비!"

성대한 박수와 환호를 보냅니다.

일단 두 야요이가 꽃길에서 대기실로 물러나면 무대에서 시작되는 것이 두 어린 여자아이의 춤. 하지만 사실 이 아이들은 아까 사자 머리가 뒤쫓던 나비의 정령입니다.

　꼰 이 세상에 꽃향기가 없었더라면
　　나는 과연 어디에 머물러야 하나

그야말로 나비처럼 귀여운 여자아이들. 그들을 평온한 마음으로 바라보고 있으면, 불온한 공기를 무대로 실어 오는 듯한 북소리와 긴장감을 조장하는 샤미센 음색. 거기에 무언가를 알려주는 듯 피리 소리가 소리 높여 울려 퍼집니다.

다음 순간, 찰랑하고 열린 꽃길과 임시 꽃길, 양쪽의 장막에서 천천히 등장하는 것이 가련한 시녀에서 호쾌하게 갈기를 흔드는 하얀 머리에 감색 천에 금색 자수를 넣은 겉옷을 걸친 사자의 정령으로 변신한 키쿠오와 슌스케입니다.

두 사람은 일단 꽃길과 임시 꽃길의 끄트머리 지점에서 멈춰 서더니 뒤를 향한 채로 또 눈이 휘둥그레질 만한 속도로 장막으로 물러가는데, 관객들이 어안이 벙벙해진 틈을 타서 이번엔 씩씩한 모습으로 나타나 무대로 나아가고, 거기서 잠이 들지만…….

131

ㄱ 모란꽃 주위로 춤추는
　　잎 그늘에서 쉬는 나비들의

　그 사자의 정령들을 흔들어 깨우는 것이 귀여운 나비의 정령들.
　순식간에 눈을 뜬 두 사자의 정령은 그 긴 갈기를 미친 듯이 흔
들며 나비의 정령들을 뒤쫓습니다.
　원을 그리듯 흔드는 길고 하얀 갈기. 2단 발판으로 올라서서 펼
치는 넓은 소매에는 금실로 수놓아진 문양. 그 모습은 그야말로 미
쳐 날뛰는 백수의 왕이 되어 무대가 비좁게 느껴질 만큼 정신없이
돌아다닙니다.

　　ㄱ 꽃에 장난치고 가지에 몸을 뒹굴고
　　　과연 더할 나위 없는 사자왕의 기세

　북, 샤미센, 피리, 태고가 사자에게 지지 않을 만큼 요란하게 연
주되고, 그에 응답하듯이 긴 흰머리를 좌로 우로 흔들어대는 두 사
람의 사자왕.
　이건 어떠냐, 이건 어떠냐, 하는 필사적인 갈기 흔들기에 관객들
도 떠나갈 듯한 박수로 화답합니다. 그 박수 소리도 그치지 않는
가운데…….

　　ㄱ 사자의 자리로 다시 돌아가노라

조용히 막이 내리는 것입니다.

무대의 반응이 좋은 날일수록 막이 내려 아무도 없는 극장은 무척 쓸쓸한 느낌을 줍니다. 아까까지만 해도 들려오던 함성이 마치 앙금처럼 남아 무대와 객석 자리에 쌓여 있는 것만 같습니다.

다만 당연히 그런 극장의 모습을 사실 아무도 본 사람은 없습니다. 일단 막이 내려 모든 사람이 사라진 다음의 일이니까요.

자, 이곳은 가부키좌 극장에서 아주 가까운 밤의 긴자 6번가. 검은색의 불법 택시가 골목에서 정체를 일으켰고, 요즘 시대에 택시가 쉽게 잡힐 리도 없어 각 가게에서는 손님을 데리고 나온 긴자의 여자들이 그야말로 밤의 나비들처럼 자기가 부른 불법 택시를 찾아 돌아다닙니다.

그런 차들 사이로 양손을 주머니에 찔러넣고 홀연히 빠져나오는 사람은 토쿠지였고, 키쿠오가 기다리는 클럽 자봉으로 향하는 길이었는데 역시 거리에서는 그를 모르는 사람이 없습니다.

"토쿠짱, 요새 왜 안 와?"

"토쿠짱, 조만간 각오해. 작은 폭탄을 준비해 뒀으니까."

여기저기서 긴자의 여자들이 말을 건넵니다. 그럴 때마다 "그래" "안녕" 하고 인사하던 토쿠지도 역시 폭탄이라는 말은 그냥 넘길 수 없습니다.

"뭔데, 그 폭탄이."

문득 멈춰 서자 좋은 향기를 풍기는 여자가 토쿠지의 귓가에 입을 갖다 댑니다.

"와주면 말할게."

"뭐야, 신종 호객 수법이냐? 너, 머지않아 자기 가게 차리겠다."

토쿠지가 기분 좋게 웃으며 고급 클럽들로 가득 찬 빌딩에 들어서자 추운 하늘 아래서 손님들을 배웅한 드레스 차림의 호스티스들이 몸을 맞댄 채 엘리베이터에 올라탔기에, "자, 자" 하고 그 엉덩이를 밀어줍니다.

"어깨에 닭살 돋았네."

그렇게 말하며 함께 올라타자······.

"토쿠짱, 왜 이제 와. 이미 키쿠오 오빠들은 와 있는데."

그렇게 말하는 사람은 아직 이 세계에 들어온 지 3개월 차의 본직 피아노 교사인 여자였습니다.

마치 꽃다발 속에 둘러싸인 듯한 가게 안은 거의 만석이었고, 살펴보니 안쪽 박스석에선 키쿠오와 벤텐이 모토코 마담을 둘러싸고 입을 크게 벌리며 웃고 있습니다.

"좀 품위 있게 마셔라."

토쿠지가 뛰어들 듯이 합류하면······.

"방금 마침 토쿠짱의 색시 얘기를 하고 있었거든."

그렇게 말하는 사람은 토쿠지의 팬인 마코토 마담. 마흔을 넘긴 지금까지 쭉 독신인 토쿠지를 걱정하고 있는 겁니다.

"우리 가게 애들이라면 누구든 마음에 드는 애로 데려가도 좋아. 다들 토쿠짱 팬이니까."

통 크게 말하는 마담.

"뭐야, 마담. 또 토쿠지만 특별 취급이야?"

그러자 벤텐이 끼어듭니다.

"……밤거리에서 토쿠지가 왜 이렇게 인기가 많은지, 정말 이해가 안 된다니까. 대체 이 녀석의 어디가 나나 여기 있는 천하의 미남 한지로보다 잘생겨 보이는 거야?"

고개를 갸웃거리며 말하자…….

"그걸 잘 설명할 수가 없다니까."

마담의 대답.

"뭐야, 칭찬할 거면 좀 더 구체적으로 해주라고."

정작 토쿠지도 실망하는 표정입니다.

실제로 밤거리에서 토쿠지가 누리는 인기는 젊은 시절부터 똑같았고, 긴자든 기온이든 나카스中洲든 수많은 남자를 봐왔을 밤의 여자들 눈에는 토쿠지가 다르게 보이는 것 같았습니다. 그렇다고 토쿠지가 밤거리에서 얌전하게 노는 것도 아니라서 여기서 흥청망청, 저기서 흥청망청하는데도, 여자들과 그렇게 노는 모습조차 그녀들에겐 호감으로 느껴지는, 정말 부러운 남자입니다.

한편 떠들썩하던 분위기가 잠시 조용해지자 문득 떠올랐다는 듯 벤텐이 입을 열었습니다.

"아, 맞다, 맞아. 이번에 츠루와카 씨라는 가부키 배우가 서바이벌즈라는 개그맨 콤비의 콩트 프로그램에 정식 출연자로 나온다던데."

츠루와카라는 이름이 나온 순간 키쿠오와 토쿠지의 표정이 딱딱하게 굳었지만, 그 사정을 아는 사람은 아무도 없습니다.

"서바이벌즈! 나 그 사람들 제일 좋아하는데."

여자들은 신나서 떠들어 댑니다.

"잠깐만. 츠루와카라면 그 아네카와 츠루와카 씨 말이야?"

츠루와카와 콩트 프로그램이 좀처럼 연결되지 않아 무심결에 끼어든 토쿠지에게…….

"맞아. 너희랑 친해?"

아무리 사정을 모른다지만 벤텐도 느긋한 말투.

"……나도 잘은 모르는데, 그 츠루와카 씨, 돈에 쪼들린다나 봐. 도쿄 어딘가의 빌딩을 산 것까진 좋았는데, 고금리로 대출을 받은 거지. 그래도 지금까지는 1층하고 2층에 슈퍼마켓이 입주해 있어서 그 월세만으로도 큰돈이 나왔다는데, 그 슈퍼가 얼마 전에 망했고 다음 입주자는 안 나타난다는 거야. 월세를 내리면 적자가 되고. 게다가 지금은 그 빌딩 자체의 가치도 급락해서 팔고 싶어도 못 파는 거지. 그러면 뭐, 그 대출이자를 무슨 수로 갚겠어?"

벤텐이 거기까지 단숨에 이야기하고는…….

"아, 이거 내가 이야기했다는 건 비밀이다."

그러고는 다시 여자들과의 음담패설로 돌아갑니다.

그 뒤로도 일단 떠들썩하게 술을 마신 키쿠오와 토쿠지는 이제부터 심야 라디오 방송이 있다는 벤텐과 함께 가게를 빠져나와 술을 깰 겸 긴자의 소란스러움을 피해 히비야 쪽으로 걸어가기 시작했는데, 중간에 자동판매기에서 담배를 사려던 토쿠지가 문득 그 손을 멈추며 말합니다.

"쌤통이네, 츠루와카 씨."

키쿠오가 츠루와카에게 당한 괴롭힘은 일일이 셀 수도 없을 정도라, 당연히 키쿠오도 토쿠지와 똑같은 심정이었지만…….

"괴롭힘이 가장 심했을 무렵에 츠루와카 씨가 갑자기 교통사고를 일으킨 적이 있었잖아."

"아아, 그랬지. 결국 혼자 전봇대에 부딪친 것뿐이었는데, 처음엔 큰 사고라고 소문이 났었지."

"그때 난 순간적으로 '죽어'라고 생각했어. 진심으로 '츠루와카, 죽어'라고."

웬일로 솔직하게 드러내는 키쿠오의 본심에 토쿠지는 말없이 고개를 끄덕여 보입니다.

"정말 오래 걸렸지만, 도련님은 드디어 그 츠루와카한테 이긴 거야."

"그런 걸까?"

키쿠오가 묻자 승자가 패자에 관해 이야기하는 건 멋이 없다는 듯이…….

"도련님, 저기서 라면이나 먹고 가자. 너무 마셨더니 좀 출출하네."

줄 포렴을 드리운 중화국숫집으로 들어갑니다.

하지만 인연이란 건 참 신기한 법입니다. 키쿠오가 이 츠루와카에게 맡겨진 지 얼마 지나지 않았을 무렵입니다. 메이지좌 극장의 〈명문가의 집안 소동〉에서 주인공 마사오카를 만기쿠가, 상대역인 야시오를 츠루와카가 연기한 무대에서 츠루와카의 핏줄인 츠루노스케에게는 대사가 있는 시녀 스미노에 역이 주어졌지만 키쿠오에게는 원래 조연배우가 맡아야 할 일반 시녀 역이 주어졌지요. 하지만 그로부터 세월이 흘러 이번 달에 메이지좌에서 공연되는 것이 바로 그 〈명문가의 집안 소동〉이었는데, 만기쿠가 맡았던 마사오카를 슌스케가, 츠루와카가 맡았던 야시오를 키쿠오가 연기하게 되었습니다. 그리고 무엇보다 그 츠루와카는…….

"어떤 역할이든 좋으니 무대에 서고 싶다."

그렇게 직접 지원해서 놀랍게도 시녀인 스미노에를 연기하고 있었습니다.

하지만 연공서열이 철저한 가부키 세계에서 매일 무대가 시작되기 전과 끝난 뒤에는 반드시 키쿠오가 츠루와카의 분장실로 인사를 가야 합니다.

"잘 부탁드립니다."

"오늘 무대 감사했습니다."

매일 분장실 입구에 무릎을 꿇고 깊이 고개를 숙이며 건네는 이 인사에 츠루와카는 지금까지 한 번도 대꾸하지 않았습니다.

한편 그 서바이벌즈라는 개그맨 콤비가 진행하는 프로그램이 시작된 것은 그로부터 얼마 뒤였습니다.

이 서바이벌즈라는 콤비는 자기보다 높은 사람에게 취하는 무례한 태도가 젊은이들에게 좋은 반응을 얻고 있다고 하는데, 황금 시간대에 방영된 그 프로그램은 첫 회부터 높은 시청률을 기록해서 평소엔 텔레비전을 거의 보지 않는 키쿠오의 귀에도 그 평판이 들려오는 데 그리 오랜 시간이 걸리지 않았습니다. 그런데 그 들려온 평판이라는 게…….

"도저히 못 봐주겠어. 그 츠루와카 씨가 머리에 커다란 솥을 억지로 뒤집어쓰고 '여장 핑크'라고 파워레인저 패러디를 하더라니까."

다만 그런 콩트에 참여하게 된 츠루와카 본인은 그렇게 싫어하는 모습은 아니었다는 소문도 들려오지만, 원래의 콧대 높던 츠루와카를 잘 아는 사람들은 그게 본심일 거라고는 믿기 어려웠습니다. 빚을 갚기 위해서라지만, 안방에서 자기를 보며 웃는 시청자들이나 젊은 출연자들 앞에서 배우로서의 일류 연기로 즐거워하는 척하고 있다고 생각하면 애달프기 그지없습니다.

실제로 키쿠오가 그 프로그램을 본 건 며칠 뒤였고, 소식을 미리 들어서 충격도 덜했다고 말할 수 있다면 좋았겠지만, 그 추악함은 키쿠오의 상상을 훨씬 뛰어넘었습니다. 아무리 콩트라지만 그 츠루와카가 적을 제대로 쓰러뜨리지 못했다는 이유로 젊은 출연자들에게 처벌을 받는데, 양동이로 물을 끼얹고 '와이어 액션'이라면서 공중에 매달아 샤미센 소리에 맞춰 빙글빙글 돌린 끝에, 땅에 내려서자 눈이 빙글빙글 돌며 이쪽으로 비틀비틀, 저쪽으로 비틀비틀 달려가는 모습이었습니다.

솔직히 이게 뭐가 재미있는 건지 키쿠오는 전혀 이해할 수 없었지만, 옆에서 같이 보던 쇼키치는 견딜 수 없을 만큼 웃겼는지 마구 깔깔댔기에…….

"뭐가 그렇게 재밌는 거야?"

키쿠오가 어이가 없다는 듯 묻자 혼내는 줄 알았는지 억지로 웃음을 참고 맙니다.

그래도 지금까지 츠루와카에게 당한 수많은 괴롭힘을 생각하면 억울함, 분노, 원한이 없는 것도 아닙니다. 츠루와카가 이런 식으로 세상의 웃음거리로 전락한 모습을 직접 보면 그런 감정이 조금은 해소될 줄 알았는데, 어째서인지 이때 키쿠오가 느낀 것은 마치 자신이 거기서 양동이 물을 뒤집어쓰고, 와이어에 매달려 젊은 출연자들에게 공격당하는 듯한 기분이었습니다.

키쿠오가 벤텐에게 잠깐 만나자고 연락한 것은 그로부터 얼마 뒤였습니다.

"벤텐한테 말해봐야겠어. 아무래도 츠루와카 씨가 그런 식으로 취급받는 건 차마 못 보겠거든."

그 이유를 토쿠지에게도 설명했지만…….

"그만두는 게 나아. 도련님이 그랬다는 걸 알면, 츠루와카 씨는 그 거야말로 양동이 물을 뒤집어쓴 것보다 훨씬 비참하게 느껴질걸."

돌아오는 건 토쿠지의 그런 대답뿐. 그렇다고 가만히 있을 수는 없어 결국 불러낸 벤텐에게 말을 꺼내자…….

"확실히 그건 심하긴 해."

심정은 똑같은 것 같았습니다.

"……쉽게 말해 그 녀석들은 츠루와카 씨에 대한 존경심이 전혀 없는 거야. 그 츠루와카 씨가 세 살 때부터 초등학교도 못 나오고 무대에만 섰던 사람이라는 걸 궁금해하지도 않지. ……뭐, 너무 무례한 행동은 하지 말라고 그 녀석들에게도 말해둘게. ……하지만 키쿠짱."

거기서 갑자기 목소리를 낮춘 벤텐이…….

"……개그맨들이 세상에서 얕잡아 보이는 것도 사실이야. 물론 키쿠짱은 그런 식으로 생각하진 않지. 그건 오랜 시간 봐왔으니까 나도 잘 알아. 하지만 가부키 배우가 들어갈 수 있는 곳에 개그맨이 들어가지 못하는 경우도 많거든."

아네카와 츠루와카는 1930년에 아버지 4대손 아네카와 츠루와카와 신바시의 게이샤 사이에서 태어난 스루가야의 차남으로, 태어난 직후에 아버지가 집으로 데려왔다고 합니다. 아버지와 본처 사이에는 이미 열 살인 장남이 있었고, 그는 동생인 츠루와카를 매우 귀여워했다고 하는데, 전쟁이 시작되자 1943년에 출정한 중국 땅에서 스물두 살의 젊은 나이로 숨을 거뒀습니다.

츠루와카가 첫 무대에 선 것은 1933년인 세 살 무렵, 가부키의 명문가긴 했어도 아버지가 병약했기에 당시의 스루가야는 몰락해가고 있었고, 그 첫 무대는 아역 중에서도 눈에 띄지 않는 역할이었다고 합니다. 그래도 전쟁 기간과 전쟁 이후를 거의 무대 위에서 살았고 남몰래 기예를 달고 닦아 5대손 츠루와카의 이름을 물려받은 것이 1955년. 고래고래 소리 지르는 듯한 대사 처리에는 품위가 없었고, '연기는 오그라들고 춤은 우둔하다'라는 험담을 들으면서도 무대에서는 누구보다 열심히 노력해 열연을 펼친 끝에, 30년이 넘는 시간 동안 정통파인 만기쿠를 따라잡으며 이 가부키계에서 살아남은 배우였습니다.

이곳 교토의 난젠지南禪寺는 텐주안天授庵에서 내다보이는 단풍이 유명하지만, 사실 오늘처럼 가락 눈이 내리는 가운데 가만히 서 있는 것도 각별한 체험입니다. 조용히 내리 쌓이는 눈과 새까만 절문의 조화는 그야말로 산수화 속으로 들어온 것만 같았고, 눈길에 새겨지는 방문자의 발걸음마저 어딘지 모르게 속세를 초월한 듯 느껴집니다.

자, 이 그윽한 설경 속을 느긋하게 산책하고 있는 건 바로 키쿠오였고, 이번 달은 섣달마다 열리는 교토 미야코좌 극장의 연례 인사 공연에 출연 중이었는데, 〈겐지 이야기〉의 대성공 이후 오랫동안 살인적인 일정을 소화해 온 키쿠오에게 가끔은 한숨 돌리라는 미츠토모의 배려로 이번 달 무대는 저녁 공연에만 서고 있었습니다. 하지만 오히려 남는 시간을 주체할 수 없어 매일같이 이렇게 겨울 교토 곳곳을 돌아다니고 있는 겁니다.

오전 중에 산책하고 점심이 되면 파가 잔뜩 들어간 따뜻한 국수를 차갑게 식은 몸 안으로 흘려보낸 뒤 미야코좌 극장으로 향합니다. 벌써 몇 년이나 만끽하지 못한 느긋한 교토의 겨울이었습니다. 가끔은 후지코마에게도 연락해서 오늘은 난젠지 근처 가게에서 같이 유도후(湯豆腐: 두부를 다시마 등의 국물에 삶은 요리-옮긴이)와 히로스(飛竜頭: 두부와 생선으로 만든 완자-옮긴이)를 점심으로 먹었습니다. 은행과 백합 뿌리가 듬뿍 들어간 이 히로스는 키쿠오가 가장 좋아하는 음식이었는데, 생각해 보면 이것도 아직 10대이던 시절, 후지코마와 이곳 교토에서 데이트하러 돌아다닐 때 알게 된 맛입니다.

이날 후지코마와 헤어지고 분장실로 향하자 그런 느긋한 키쿠오의 태도에 토쿠지가 왜인지 혼자 답답해했고, 그 이유를 묻자…….

"요새 도련님은 뭔가 긴장감이 너무 없어. 난젠지가 아름다웠다느니 히로스가 맛있다느니, 그 이야기를 벌써 30분째 하고 있잖아."

그렇게 한탄합니다.

"그 말, 아까 후지코마한테도 들었는데. '뭐야, 우리도 이제 나이를 먹었나 보네'라고."

웃으며 말하자…….

"아까 미츠토모 직원한테 들었는데, 슌도령이 이번엔 〈땅거미土蜘〉를 여자 배역으로 바꿔서 하기로 해서 잠잘 시간도 아까워하면서 준비한다더라."

참고로 이 〈땅거미〉라는 작품은 가면극의 〈땅거미〉를 토대로 만들어진 무용극이며 주인공은 영웅 미나모토노 라이코를 공격해 일본을 마계로 바꾸려 하는 요괴, 땅거미의 정령입니다. 양손에서 하얀 실을 슉슉 발사해 적을 제압하려는 액션이 화려하며 사악한 분위기를 띤 박력 넘치는 연극입니다.

자, 그 주인공인 히에이잔比叡山의 승려 치츄로 변신한 땅거미의 정령을 놀랍게도 슌스케가 여자 배역으로 바꾸어 연기하려고 하는 것입니다.

"나도 보고 싶네."

무심결에 중얼거리는 키쿠오의 느긋함을 토쿠지가 거듭 나무라지만…….

"……그래도 과연 어떤 식으로 바꾸려나."

흥분을 감추지 못하는 키쿠오가 묻습니다.

"히에이잔의 스님을 비구니로 바꿔서 〈여자 거미女蜘〉로 한다나 봐."

토쿠지도 전혀 관심이 없지는 않았는지, 저도 모르게 "빨리 보고 싶긴 하네" 하고 중얼거리다 말고 타이릅니다.

"그러니까 도련님, 잘 들어. 지금처럼 계속 느긋하게 굴다간 슌도령이 순식간에 저 멀리 치고 나갈 거라고."

하지만 키쿠오도 당연히 〈백로 아가씨〉부터 시작된 일련의 성공에 배우로서 만족할 리가 없었고, 좀 더 높은 곳, 좀 더 먼 곳에 욕심을 내는 건 슌스케와 다르지 않았습니다. 다만 가능하다면 그런 목표를 신작보다는 고전을 통해 실현하고 싶었고, 그런 마음은 이미 파리 오페라 극장에서 〈백로 아가씨〉를 춤출 무렵부터 갖고 있었습니다. 실은 몰래 그 유명한 〈아코야阿古屋〉를 선보이려고 혼자 나름대로 노력도 하고 있었습니다.

〈아코야〉, 정식으로는 〈단노우라 투구 전쟁기壇浦兜軍記〉의 '아코야 현악기 심문'이라고 부릅니다.

용맹하기로 유명한 헤이케(平家: 무사 계급으로는 처음으로 텐노와 귀족들에게서 권력을 빼앗아 조정을 장악했던 타이라平 씨 일당을 말한다-옮긴이)의 잔당 카게키요의 행방을 찾던 겐지(源氏: 헤이케의 정권을 무너뜨리고 쇼군을 중심으로 한 막부 정권을 세운 미나모토源 씨 일당을 가리킨다-옮긴이). 황실 수비대장으로 임명된 하타케야마 시게타다는 카게키요의 애인으로 그 아이까지 임신한 고조사카五条坂의 유녀 아코야를 불러들여 실종된 애인의 행방을 말하라고 취조를 시작합니다.

포졸들에게 둘러싸인 아코야는 최고급 유녀인 오이란花魁답게 휘황찬란하게 꾸민 모습. 포박하여 물고문까지 할 수 있다는 협박에도 아코야는 모르는 건 자백할 수 없다고 버티지만, 이번 심문에 쓰이는 것은 거문고, 샤미센, 호궁(胡弓: 해금처럼 활로 연주하는 일본의 전통 현악기-옮긴이)의 세 현악기. 그것들을 아코야가 연주하고 노래하면서 그 음색에 드러나는 흐트러짐으로 아코야의 거짓말을 간파한다는 화려하고도 현란한 재판극입니다.

이 아코야를 완벽히 연기하기 위해 키쿠오는 몰래 호궁을 배우고 있었고, 샤미센과 거문고는 10대 시절부터 스승에게 교습을 받고 있었으나 그것만으로는 부족한 것이 이 〈아코야〉입니다. 다행히 샤미센과 거문고를 배우면서 현악기에 대한 기초 소양은 갖고 있었기에 스승에게도 소질이 있다고 칭찬받았지만, 이 일흔을 넘긴 고전 호궁의 스승님이 또 완벽주의자라서 입문한 날에 먼저 다짐을 받았던 것이……

"3대손이 여기 오신 건 〈아코야〉 때문이겠죠. 좋습니다. 제가 기초부터 가르쳐드리죠. 다만 한 가지 조건이 있습니다. 내가 '됐다'라고 말하기 전까진 절대 〈아코야〉 무대에 서지 말아주세요. 그걸 받아들인다면 불초 아오노 미츠에가 목숨을 걸고 가르쳐드리겠습니다."

키쿠오가 그렇게 성실히 교습을 받는 사이 해가 바뀌었고, 화려했던 시대에 '버블 경제'라는 호칭이 정식으로 붙여질 무렵, 슌스케가 준비하던 신작 〈여자 거미〉가 드디어 교토 미야코좌에서 첫선을 보였습니다.

그때 미츠토모와 상의하던 중에 이번 〈여자 거미〉를 성공시킨다면 아들인 카즈토요와 함께 동시 예명 세습 준비를 시작하지 않겠느냐는 제안을 받았습니다.

슌스케도 이미 40대, 아무리 애착이 있는 이름이라지만 언제까지고 '한야'로 살 수는 없었고, 그렇다고 '한지로'를 키쿠오에게서 빼앗을 수도 없습니다. 그렇다면 각오를 굳히고 한야를 카즈토요에게 물려주는 대신 본인은 시기상조일지도 모르지만 탄바야의 가장 대표적 이름인 '백호'를 자칭하기로 한 것입니다.

교토 미야코좌 극장의 입구, 그 일각에서 두꺼운 카펫에서 한 걸음 물러나 찾아온 후원자들을 공손하게 맞이하는 건 완전히 하얗게 센 머리를 짧게 자르고, 엷은 주황색 옷감에 매화를 수놓은 나들이용 기모노에 백자수 오비를 단단히 묶은 사치코였습니다. 그 아리따운 자태가 최근엔 극장의 명물이 되어 아까부터 본인은 사양하는데도 손님들이 계속 같이 사진을 찍자며 다가오고 있었습니다. 물론 그 옆에는 하루에도 있었고 여자로서 한창 아름다울 나이지만, 많은 여자 손님에겐 환갑을 넘고서도 여전히 우아한 사치코가 단연 인기입니다.

떠들썩한 단체 손님들과의 촬영을 마쳤을 무렵, 두 귀여운 게이샤를 데리고 들어오는 남자를 발견한 사치코가 다급히 하루에를 잡아끌며 그쪽으로 향합니다.

"아, 니시지마 씨. 이번엔 정말 크게 신세를 졌네요. 오늘도 또 즐거운 연회에 불러주셨다고, 한야도 많이 기대하던데요."

사치코가 먼저 인사를 건넨 이 니시지마라는 남자는 이자카야 체인점을 전국적으로 운영하고 있었는데, 근래의 유흥을 즐길 줄 모르는 신흥 기업 사장들과는 달리 한번 놀기로 마음먹으면 배우들은 물론이고 기온 거리 전체의 게이샤를 동원해서 대연회를 여는 VIP였습니다.

"이번 미야코좌 공연은 탄바야 씨가 처음 맡는 배역이라고 해서 도쿄에서 달려오긴 했는데, 오늘 밤은 기온에서 대연회, 내일부터는 모두를 데리고 기노사키 온천에 가기로 해서 언제 도쿄로 돌아갈 수 있을지 모르겠습니다."

크게 울리는 니시지마의 웃음소리가 시원스럽습니다. 그런 그를 좌석까지 안내한 하루에가 돌아와서 보고합니다.

"아까 분장실 쪽에 니시지마 씨가 보낸 사람이 와서 첫 배역 축의금을 주고 가셨대요."

"얼마나?"

사치코가 무심결에 묻자 하루에도 시치미 떼는 얼굴로 다른 내방객들에게 인사하면서 손가락을 하나 펴 보입니다.

"하루에, 너도 내일부터 간다는 기노사키 온천에 잠깐 얼굴이라도 비춰야겠다."

"네. 기온의 이마사 여사장님도 같이 가신다고 하니까 한번 물어볼게요."

"예명 세습 행사를 하려면 니시지마 씨한테도 이것저것 부탁할 일이 많을 테니까."

자기 입에서 자연스레 나온 예명 세습이라는 단어에 퍼뜩 "앗" 하고 놀라는 사치코. 지금까지는 예명 세습 이야기가 나와도 무의식중에 그 주제를 피했지만, 결국 마음 한구석에선 이미 준비를 시작하고 있었다는 것을 깨닫고 자신의 그 습성이랄지 본능이랄지 하는 것에 스스로도 어이가 없어집니다.

왜냐하면 예명 세습이라는 단어에서 사치코가 제일 먼저 떠올리는 것은 남편인 2대손 한지로가 백호를, 그리고 당시 토이치로였던 키쿠오가 3대손 한지로를 계승했던 그날이었고, 당시의 기쁨을 이번엔 하루에도 느낄 수 있다고 생각하면 기대가 되기도 하지만, 당시에 얼마나 힘들었는지를 떠올리면 며느리가 역시 안쓰러웠기 때문이겠지요. 게다가 무엇보다도, 그 예명 세습 공연 첫날의 인사 자리에서 피를 토하고 쓰러진 백호의 모습이 아직도 눈에 선합니다.

실제로 미츠토모에서 부자 동시 예명 세습 이야기가 나왔다고 슌스케에게 들었을 때, 사치코는 반사적으로 "그렇게 서두를 필요는……" 하는 반응이 나오고 말았는데, 어리둥절한 슌스케에게 뚜렷한 이유를 말할 수도 없었기에…….

"아니, 그냥……."

그렇게 얼버무리면서도 마음속으로는 불길한 예감을 털어낼 수 없는 게 솔직한 심정이었습니다. 지난번 예명 세습 때 벌어진 일이 백호의 죽음과 키쿠오가 겪은 불운의 연속이었던 만큼, 더더욱 그런 말을 꺼낼 수는 없었던 것이죠.

"하루에, 난 이번 예명 세습 전에 쇼코지勝光寺에서 폭포 수행을 하려고 해. 근래에 욕실에서 물 끼얹는 연습도 하고 있단다."

사치코가 그렇게 말하자…….

"폭포 수행이요?"

놀라는 하루에.

"그러면 저도 같이 갈게요. 할 수 있는 일은 뭐든 해야죠."

오늘 밤이라도 욕실에서 물 끼얹는 연습을 할 기세였지만, 그때 공연 시작 5분 전을 알리는 버저가 울립니다. 두 사람은 서둘러 객석으로 향합니다.

"그럼 갈까."

보랏빛 승복을 입은 슌스케, 여자의 생명인 머리카락을 짧게 자른 비구니의 머리에는 순백의 두건을 쓰고 있습니다. 긴 염주를 손에 들고 분장실을 나서면서도, 머릿속으로는 오늘 밤에도 보조로 부대에 나서는 겐키치가 신경 쓰였습니다.

"겐 아저씨, 물 안 마셔도 괜찮겠어? 목을 축여둬야 기침이 안 나올 텐데."

슌스케가 그렇게 말을 건네자…….

"아무리 늙었어도 무대에서 기침하겠어?"

겐키치가 듬직하게 말하지만, 몇 달 전 대장암 수술을 무사히 받았다고는 해도 이미 칠순의 고령이니만큼 소매에서 빠져나온 손은 초췌하기 이를 데 없습니다.

무대는 이미 막이 올랐고, 장면은 병상에 누운 미나모토노 라이코의 저택입니다. 가을의 긴 밤을 밖에서 보내다가 아침에 집에 오던 길, 이슬에 젖은 싸리나무를 바라보다 갑자기 오한이 돌고, 이후 병이 들어 약도 기도도 소용이 없습니다. 그러자 조정에서 보낸 약을 들고 나타나는 시녀 고쵸. 라이코의 요청에 응해 단풍 명소의 풍경을 품위 있는 춤으로 묘사하고 있는데 갑자기 괴로워하는 라이코. 돌아보니 어둠 속에 한 명의 비구니가 서 있습니다. 소리도 없이 나타난 이 여자가 바로 슌스케가 연기하는 땅거미의 화신입니다.

이 비구니가 기도를 위해 라이코에게 다가가자, 등불에 비친 수상한 그림자는 인간의 것이 아닙니다. 그것을 호위무사가 지적한 순간 등불이 꺼지고, 자신이 땅거미의 정령이라는 사실을 넌지시

밝힌 비구니가 라이코에게 거미줄을 던지며 덤벼듭니다.

그 뒤에 무대는 가보인 명검 히자마루를 뽑아 든 라이코와 비구니의 대결 장면. 비구니는 일단 어둠 속으로 모습을 감추지만…….

"겐 아저씨, 괜찮겠어?"

무대 옆으로 달려 나오자마자 슌스케가 어깨를 들썩이며 그렇게 물은 것은, 대결 장면 때 무대 옆에서 겐키치가 비틀거리는 것이 보였기 때문입니다.

"살짝 다리가 엉킨 것뿐이야."

짧게 대화를 나누면서도 비구니의 모습에서 땅거미 정령으로 빠르게 변신하기 시작합니다. 승복을 벗어 던지고 어둑어둑한 무대 뒤 거울 앞에 선 다음, "하아, 하아" 하고 어깨를 들썩이며 요괴임을 나타내는 갈색 얼굴 문양을 그립니다. 바로 몸을 일으켜 의상을 걸치며 손바닥에 천 갈래의 하얀 실을 준비합니다.

"간다!"

만반의 준비가 끝나고 슌스케가 무대로 향하려던 바로 그때였습니다. 의자를 들고 먼저 달려 나간 겐키치의 모습이 갑자기 슌스케의 시야에서 사라지고…….

"앗."

슌스케가 중얼거렸을 때는 이미 바닥에 쓰러진 겐키치를 밟을 뻔한 상황이었습니다. 급하게 몸을 웅크리려 하지만 의상 때문에 무릎이 구부러지지 않습니다.

"겐 아저씨, 겐 아저씨!"

무심결에 소리치는 슌스케에게…….

"무대부터! 슌도령, 빨리!"

올려다보는 겐키치의 얼굴에는 방울져 떨어질 만큼의 진땀이 흐릅니다.

"겐 아저씨……."

"괜찮으니까 빨리 가!"

다시 다그치자 당황하는 슌스케의 등을 제자들이 강하게 떠밉니다.

"아, 알았어. 다녀올게."

무대로 돌아가 땅거미 정령의 거처인 오래된 무덤에 숨었지만, 등장을 기다리는 동안에도 핏기 없는 겐키치의 얼굴이 계속 아른거립니다. 평소보다 등장까지의 시간이 길게 느껴졌고, 이제나저제나 하고 초조해하는 사이, 갑자기 뇌리에 떠오른 것은 아버지 백호 생전부터 탄바야의 연회 때마다 겐키치가 반드시 선보여서 슌스케와 사람들을 웃게 했던 알몸 춤이었습니다. 양손에 부채를 들고 입 반주로 춤추며 급소만 가리던 그 모습, 탄바야 일문이 모두 모인 연회 자리에서는 그 누구보다 뜨겁게 분위기를 띄우던 젊은 겐키치의 모습입니다.

그때 땅거미 퇴치를 명받은 사천왕이 드디어 거처를 찾아내면서 등장하라는 신호를 받습니다.

슌스케는 천 한 장으로 구분된 무덤 속에서 소리 없이 으르렁대며 얼굴을 일그러뜨리고 이형의 괴물이 된 다음, 엄청난 기세로 무대로 뛰쳐나갑니다.

소리 높여 자기 정체를 밝히는 여자 거미. 전국을 마계로 만들기 위한 첫 단계로 노린 것이 미나모토노 라이코. 여자 거미는 천 갈래 거미줄을 내쏘아 사천왕을 혼란에 빠뜨리고, 괴롭히고, 그야말로 무대를 마계로 바꿔버리면서 몸을 내던지는 듯한 격렬한 대결을 펼친 다음, 결국 힘이 다해 사천왕의 칼날에 쓰러지고 맙니다.

막이 내리고 슌스케가 분장실로 급하게 돌아오자 겐키치는 이미 하루에가 병원으로 데려간 뒤였습니다. 상황을 설명해 준 사치코가 말을 이었습니다.

"겐 씨는 한동안 쉬어야 할 것 같다."

"쉰다니, 그게 대체 무슨 소리야?"

슌스케가 평소답지 않게 격한 반응을 보이자 사치코도 놀랍니다.

"그 나이에 격렬한 대결 장면을 거드는 건 힘들잖니."

타이르듯 말하지만, 슌스케는 받아들이지 못하는 표정입니다.

"이번 예명 세습에서 나와 카즈토요뿐만 아니라 겐 아저씨도 같이 나와서 상급 배우로 승급시킬 생각이야. 미츠토모는 내가 설득할게. 겐 아저씨는 아버지 대부터 50년 넘게 탄바야를 위해 살아온 사람이잖아. 만약 미츠토모에 반대하는 녀석이 있으면 맞서 싸울 각오로 교섭해야지."

슌스케처럼 태어날 때부터 상급 배우인 사람과 그들을 50년 넘게 계속 보조하는 사람이 있기에 가부키의 막이 오를 수 있는 겁니다.

"그래. 예명 세습 인사 자리에서는 꼭 겐 씨도 동석해서 당당히 상급 배우 승급 인사를 하게 하자."

사치코의 말을 듣고서야 순순히 고개를 끄덕이는 슌스케였습니다.

병원에 있는 하루에에게서 전화가 걸려온 것은 그로부터 한 시간 뒤였고, 일단 생명에 지장은 없으며 병에서 회복된 지 얼마 안된 만큼 일단 안정을 취하라는 말을 들었다고 전했습니다. 분장실 욕실에서 나와 그 소식을 들은 슌스케는 안도의 한숨을 내쉬며 목욕 수건만 몸에 두른 채로 방석 위에 털썩 앉아 계속 발등을 주물러대기 시작합니다.

"왜 그러니?"

신경 쓰였는지 사치코가 묻자⋯⋯.

"아무것도 아냐. 이상하게 욕탕에 몸을 담그는데도 발끝만 금세 차가워지는 느낌이 드네."

"좀 더 느긋하게 담갔다가 오지."

"이제 곧 니시지마 씨가 여는 연회에도 가야 하고. 맞다, 니시지마 씨한테도 겐 아저씨의 상급 배우 승급 이야기를 해둘게. 아마 기뻐할 거야. 그 사람도 겐 아저씨 팬이니까."

목욕 후에 달아오른 자기 얼굴을 거울로 바라보면서, 이번 예명 세습 인사에서 무대의 말석에 앉아 영광스러워하면서도 자랑스럽게, 당당히 인사하는 겐키치의 모습이 이미 눈에 아른거리는 슌스케였습니다.

달단의 꿈
(韃靼の夢)

차가운 겨울비가 택시 창문을 때립니다. 츠키지築地 시장 앞에서 차를 내린 키쿠오는 우산을 쓰고 기모노 옷자락이 젖지 않도록 살짝 들어 올린 채 타케노와 만나기로 한 요정 '신키라쿠新喜樂'로 서둘러 향합니다. 물웅덩이를 뛰어넘었을 때…….

"야, 키쿠짱."

들려온 목소리에 고개를 돌리자 똑같이 기모노 옷자락을 살짝 집은 이토 쿄노스케가 안짱다리로 물웅덩이를 넘고 있습니다.

"형님도 지금 오셨어요?"

물웅덩이를 나란히 넘어가며 키쿠오가 묻자…….

"비 오는 날에 입는 기모노는 정말 불편하다니까."

두 사람이 입은 예복용 기모노의 어깨와 소매도 이미 흠뻑 젖어 있었습니다.

자, 처음 등장한 이 이토 쿄노스케는 아즈마 센고로와 나란히 에도 가부키의 쌍벽을 이루는 이토 쿄시로의 장남으로 키쿠오보다 일곱 살 정도 많은 인기 미남 주연배우였습니다. 평소 센고로 극단의 무대에 설 때가 많은 키쿠오와는 지금까지 함께 공연할 기회가 거의 없었지만, 같은 업계에서 일하는 동시대 배우다 보니 서로 마음이 잘 통하는 친한 사이입니다.

"키쿠짱, 오늘 연회에 누가 나온댔지?"

눈이 마주치면 오싹해질 만한 미남이면서도 어딘지 모르게 허술한 구석이 있고, 게다가 웃음을 못 참는 병도 있습니다. 무대에서 일단 웃음기가 올라오면 허벅지를 꼬집든 혀를 깨물든 참지 못했고, 선배 배우들은 당연히 그때마다 분장실에서 호되게 꾸짖었지만, 키쿠오 같은 후배 배우들의 눈에는 웃음을 참으며 무대에서 몸을 부르르 떠는 쿄노스케의 모습이 왠지 귀여워 보여서 묘하게 인기가 있습니다.

"타케노가 야구치 건설의 신임 사장 부부를 접대하는 자리예요."

키쿠오가 알려줍니다.

"아, 맞다, 그랬지. 그 신임 사장 부부."

요정에 도착하자 마중 나온 여사장이 진흙에 젖은 두 사람의 버선을 보고 "어머, 큰일이네" 하고 재빨리 새 버선을 준비해 줍니다.

자, 이날 밤 요정의 접객실에 모인 멤버는 이제 미츠토모의 최연소 이사에 취임한 타케노를 필두로 이토 쿄노스케와 키쿠오, 거기에 야구치 건설의 신임 사장 부부와 그 직원 세 명입니다.

이 야구치 건설은 종전 이전 시대부터 역사가 이어지는 대형 종합 건설업체였는데, 아직도 주식시장에 상장되지 않은 가족회사입니다. 이 신임 사장 역시 어릴 때부터 제왕학을 철저히 교육받은 문화계 후원자 중 한 명이었습니다.

"내가 가부키를 좋아하게 된 건, 집사람이 같이 보러 가자고 했던 게 계기였으니까 말이죠."

신임 사장이라 해도 나이는 이미 50대 중반, 그의 아내도 비슷한 또래긴 하지만 그 청초하고 아리따운 모습에 접객실에 앉은 게이샤들도 반할 정도입니다.

타케노가 신임 사장의 말을 받습니다.

"그러고 보니 지난달인가 일본에 방문한 여배우 나타샤 포트를 초대해서 사모님이 프랑스 대사관에서 개최한 환영 파티에 쿄노스케 씨도 초대받았다죠?"

"제가 개최한 건 아니에요. 지난 몇 년 하코네의 미술관을 프랑스 대사관하고 공동으로 운영하고 있잖아요. 그쪽 관계자를 통해 제안을 받은 것뿐이라서요."

"멋진 분위기의 파티였습니다. 사모님의 인품을 엿볼 수 있었다고 할까요? 제가 안뜰 잔디밭에서 즉석 무대를 만들고 잠깐 춤을 췄는데, 다들 너무 좋아해 주시더라고요."

이런 자리에 익숙한 쿄노스케가 붙임성 있게 말하자 이번엔 신임 사장이 익살스럽게 끼어듭니다.

"어쨌든 우리 집사람은 젊은 시절부터 쿄노스케 씨의 광팬 아닙니까. 그 파티도 쿄노스케 씨가 와주지 않았다면 그렇게까지 신경 쓰진 않았을걸요."

나잇값을 못 하고 뺨을 붉히는 부인을 구해주려는 듯이 호칸(幇間: 술자리에서 게이샤를 도와 분위기를 띄우는 남자 접대부-옮긴이)이 말했습니다.

"이쯤에서 술자리 게임이라도 할까요? 오늘은 신바시의 유명인들이 모두 모였으니까요."

"좋네요, 그럼 제가 먼저 시작하도록 하죠. 쿄노스케 씨나 3대손한테 이런 걸 시키면 분위기를 망치거든요."

자진해서 나선 타케노가 게이샤와 함께 '호랑이, 호랑이, 호랑~이, 호랑이'라는 게임을 시작합니다.

보통 '토라토라'라고 불리는 이 술자리 게임은 원래 치카마츠 몬자에몬이 인형 창극을 위해 만들었다가 이후에 가부키 작품으로 변형된 〈국성야 전쟁国姓爺合戦〉에서 유래된 놀이인데, 규칙은 간단합니다. 병풍 뒤에 숨은 두 사람이 '호랑이, 호랑이, 호랑~이, 호랑이'하는 구호와 함께 무사, 할머니, 호랑이 중 하나가 되어 나오는데, 그때 가위바위보의 요령으로 승패가 갈립니다.

사실 그 세 가지는 〈국성야 전쟁〉의 등장인물에서 따온 것이며 그 줄거리를 간단히 설명하자면, 멸망한 명나라의 신하인 아버지와 일본인 어머니 사이에서 태어난 열혈한 와토나이가 중국으로 건너가 명나라 재건을 위해 분투한다는 이야기입니다. 실존 인물인 정성공鄭成功을 모델로 한 이국적이고 스케일이 큰 작품이지요.

그 작품에서 센리가타케千里が竹의 호랑이 퇴치라는 장면이 있는데, 명나라에 상륙한 와토나이가 대나무숲에서 식인 호랑이와 만나 괴력으로 퇴치한 다음, 그 호랑이의 등에 노모를 태우고 시시가

獅子ケ성으로 향하는 데서 유래된 놀이가 '토라토라'입니다. 노모는 호랑이를 이기지 못하지만 와토나이는 호랑이보다 강하고, 노모는 아들인 와토나이를 이길 수 있는 것이죠.

신임 사장 부부도 끼어서 거나하게 취한 상태로 이 놀이를 한 차례 즐기고 나서……

"아— 재밌네요. 집사람은 이토 쿄노스케, 그리고 저는 3대손 한지로. 우리 부부가 가장 좋아하는 배우들과 이렇게 웃으면서 놀 수 있다니, 정말 영광스러운 밤입니다."

정교하게 세공된 유리 술잔에 따른 시원한 술을 신임 사장이 확들이키는데, 오늘 밤 이 정도의 멤버가 모인 것은 당연히 술 마시고 놀기 위해서는 아닙니다. 발단은 타케노와 신임 사장의 술자리에서 나온 이야기였는데, 레이저디스크 등의 고성능 영상 기술이 개발된 지금, 키쿠오 같은 배우들이 활약하는 현대 가부키를 일류 제작 스태프를 고용해 멋진 형태로 후세에 남기는 게 좋지 않겠냐며 의기투합했던 거지요.

그때 신임 사장의 입에서 나온 이야기가, 우선 첫 작품은 자신이 가장 좋아하는 〈국성야 전쟁〉을 이토 쿄노스케가 연기하는 와토나이, 한지로가 연기하는 킨쇼죠로 보고 싶다는 요청이었습니다.

"이야, 정말 이런 연말까지 죄송해서 어떡하죠? 여러분, 정월에도 고향에는 못 돌아가시겠네요."

텔레비전 촬영팀을 뒷좌석에 태우고 시원하게 핸들을 꺾는 하루에였습니다. 이 촬영팀은 드디어 내년 가을로 다가온 슌스케와 카즈토요의 부자 동시 예명 세습 인사를 대대적으로 홍보하기 위한 다큐멘터리 프로그램을 찍고 있었는데, 거의 1년 동안 탄바야를 밀착 취재하는 대형 프로젝트입니다.

물론 핸들을 잡고 젊은 스태프들의 귀성을 걱정하는 하루에의 옆얼굴도 카메라에 담기고 있습니다.

"정말 연례행사긴 하지만, 하필 내일이 섣달그믐날인데 농구부의 친선 시합이라니……."

하루에가 투덜거리자…….

"카즈토요 군은 주전인가요?"

젊은 피디가 묻습니다.

"올해부터요."

"그런데 이거, 사모님들이 입으시는 건가요?"

"그렇죠. 농구부 선수들의 학부모끼리 세트로 맞춘 점퍼예요. 쓸데없이 화려하다고 아이들은 싫어했지만요."

젊은 여성 피디가 펼쳐 보인 분홍색 야구 점퍼는 확실히 화려해서 차 안에 웃음소리가 울려 퍼집니다.

"……배우는 일단 부상만큼은 조심해야 하잖아요? 그래서 카즈토요가 농구를 하고 싶다는 말을 꺼냈을 땐 우리 부부도 어떻게 해야 할지 많이 난감했는데, 학교를 졸업하고 배우가 되면 그럴 기회도 아예 없을 거라고, 남편이 말하더라고요."

"요즘 애들은 다 그렇죠."

"그렇다면 다행이지만……. 자기가 먼저 '이거 하고 싶어'라고 말한 게, 정말 이 농구밖에는 없었거든요."

차가 고등학교에 도착하자 시합은 이미 시작되었을 시간입니다. 분홍색 야구 점퍼를 걸친 하루에가 바로 체육관으로 달려가자, 카메라가 바로 그 뒷모습을 쫓습니다.

이 예명 세습 기념 밀착 다큐멘터리는 원래 당연히 내년에 백호를 이어받는 슌스케와 기존의 하나이 토라스케에서 한야가 되는 카즈토요를 중심으로 하는 영상이 되어야 했지만, 피디가 여성이기도 했고 막상 밀착 취재를 시작하자 일단 정신없이 여기저기를 돌아다니는 하루에와 집안 대소사를 노련하게 지시하는 사치코, 두 여자의 무대 뒷이야기가 훨씬 재미있어서 카메라가 최근에는 이 두 사람만 쫓고 있습니다.

이날도 하루에는 체육관의 응원석에서 농구부 엄마들과 수술을 들고 나란히 서서 연습해 온 치어리더 댄스를 선보여서 카메라에 담기 딱 좋은 장면을 만들어주었고, 시합이 끝난 뒤 촬영팀이 주인공인 카즈토요에게 카메라를 향하자…….

"창피해 죽겠어요. 슛을 하려고 할 때마다 엄마들이 눈에 들어와서 계속 신경 쓰이고. 저런 건 상대 팀을 위한 응원이라고요."

독설을 날리면서도 그 상기된 하얀 얼굴에 떠오른 웃음은 사랑을 듬뿍 받고 자란 가부키 가문 아들의 이상적인 미소였습니다.

촬영은 그 후로도 섣달그믐날과 설날까지 이어질 예정이었고, 전에 만기쿠가 살던 땅에 세워진 새집에서 맞이하는 명가 탄바야의 정월이 영상에 담겼습니다.

자, 슌스케가 조금 무리하면서 세운 이 새집, 그렇게까지 큰 저택은 아니지만 일본 전통 구조로 만들어진 그 외관은 왠지 모르게 오사카의 그리운 저택과 닮았습니다.

이 집의 부엌에서는 큰 사모 사치코의 진두지휘하에 카메라 앞에서 간사이식 떡국의 최종 공정에 돌입하고 있었습니다. 하루에를 필두로 탄바야의 살림을 책임져온 오세이와 제자인 한노, 한유, 한세의 아내들까지 모여 음식 만들기에 여념이 없습니다.

"사모님, 벽에 족자를 걸었는데 괜찮은지 봐주세요."

"사모님, 이 그릇으로 하면 되나요?"

탄바야의 여자들이 모두 모여 떠들썩합니다.

"족자는 저거면 됐어. 그 그릇 말고, 정월용 그릇이 2층에 있으니까 찾아봐."

그렇게 지시하는 하루에의 솜씨도 훌륭합니다.

자, 이렇게 부산한 가운데 맞이한 설날. 도쿄의 하늘은 쾌청하고 예년에 없던 따뜻한 날씨였습니다.

짙은 감색의 예복용 기모노를 차려입은 슌스케, 카즈토요와 함께 카메라 앞에서 방문객을 맞이하는 건, 딱 맞는 사이즈의 기모노를 입은 하루에와 최근에 집에서는 명주실로 짠 기모노를 즐겨 입는 사치코였습니다.

"새해 복 많이 받으십시오."

아침부터 차례차례 몰려드는 예복 차림의 제자들을 반갑게 맞이하면, 탄바야의 연례행사로 일문 전체가 교습장에 모여 먼저 당주 슌스케의 새해 인사를 시작합니다.

"여러분, 새해 복 많이 받으십시오. 드디어 예명 세습의 해를 맞이했습니다. 일단 다 함께 마음을 하나로 모아 정진해 나갑시다.

저는 5대손 하나이 백호를 계승하는 것으로, 그리고 여러분도 각자의 마음으로 올 한 해가 의미 있게 남길 바라겠습니다."

격식을 차리면서도 가정적인 분위기의 인사가 끝나자 카즈토요를 시작으로 한 명 한 명씩 슌스케 앞으로 나와 약술을 받아 마시고, 옆에 앉은 하루에에게서 "낭비하면 안 돼" 하는 당부와 함께 새해 용돈을 받습니다. 이 조금 딱딱한 행사가 끝나갈 무렵에는 일문이외의 손님들도 하나둘씩 나타나고, 접객실에 준비한 탁자에는 화려한 정월 요리, 그리고 사치코가 자랑하는 교토식 된장을 넣은 떡국이 놓입니다.

접객실에 내놓은 탁자는 총 네 개. 사람들이 이리저리 자리를 옮겨 다니는 떠들썩한 연회 자리에 들려오는 기쁜 소식은…….

"겐키치 씨 오셨다."

슌스케가 현관으로 달려 나가자, 아내의 부축을 받으며 입원해 있던 병원에서 외출한 겐키치가 농담합니다.

"슌도령, 용돈 받으러 왔어."

겐키치의 목소리가 안쪽에도 들렸는지, 손님들이 웃음을 터뜨립니다.

탄바야 일문이 모인 신년회도 한창 무르익을 무렵, 술과 요리를 바쁘게 나르던 여자들도 부엌 한쪽에 자리를 잡고 잠시 휴식입니다.

"에미, 그건 나중에 해도 돼. 잠깐 앉아서 우리도 건배하자."

생선알 절임을 접객실로 가져가려던 슌스케의 매니저를 불러세우고, 하루에가 냉장고에서 시원한 캔맥주를 꺼냅니다. 작은 유리잔을 여자들 인원수만큼 늘어놓고…….

"올해는 드디어 예명 세습 행사가 열립니다. 제가 믿을 건 여러분밖에 없네요. 제가 갑자기 시야가 좁아져서 미간을 찡그린다거나 언성을 높인다거나 하면 주저 없이 알려주세요. 어쨌든 올 한 해, 정말 잘 부탁드립니다."

건배한 다음, 잔에 든 맥주를 함께 들이켜는데……

"사모님, 뒷문 쪽에 노다 씨가 와 계신데요."

제자인 한유가 와서 알려주었기에 하루에가 귀찮다는 듯 몸을 일으키고는 촬영을 위해 따라오려 하는 텔레비전 카메라를 제지합니다.

"아, 죄송한데 이건 찍지 말아 주세요."

처음 보는 하루에의 싸늘한 표정에 촬영팀도 바로 걸음을 멈춥니다.

하루에가 혼자 부엌 쪽 뒷문으로 나가자 한 벌뿐인 신사복을 차려입은 노다가 "새해 인사하러……" 하고 쭈뼛거리며 서 있습니다.

"지금 손님들 와 계시니까 내일 다시 오든가 해요."

하루에의 말에 노다가 고개를 푹 숙이지만……

"설날 하루 정도는 괜찮잖아."

그때 등 뒤에서 슌스케의 목소리가 들려왔고, 이제부터 제자들을 데리고 선배 배우들 집으로 인사하러 가야 한다고 알립니다.

"……노다 씨, 들어오세요. 저는 마침 지금 나가봐야 하지만 접객실에 요리랑 술도 있으니까 많이 드시고 가세요."

그 말을 들은 노다는 하루에의 눈치를 보면서도 안으로 들어와 복도 끝으로 조심스레 걸어가서 접객실로 향합니다.

"하루에, 널 키워주신 분이잖아. 설날 하루 정도는……."

"난 저 사람을 부모로 생각한 적 한 번도 없어."

저도 모르게 목소리가 거칠어지는 하루에였습니다.

그건 장남인 토요키를 품에서 잃은 뒤, 살아갈 기력을 완전히 상실한 슌스케를 결국 하루에 혼자서 감당할 수 없게 되었을 때의 일입니다.

약물에 손을 대고 폐인이 되어가는 슌스케를 세상에서 숨기듯 필사적으로 돌봐왔지만, 상태가 심할 때는 오줌까지 지리는 상황이었기에 결국 도움을 요청하기 위해 연락한 사람은 고향 나가사키에 있는 어머니였습니다.

어찌 됐든 간신히 걸을 수만 있는 상태인 슌스케를 데리고 친정집으로 돌아갔더니, 어머니와 다시 살림을 합쳐 살고 있던 사람이 바로 이 노다였던 겁니다.

원래 하루에는 아버지가 누군지도 모르는 채로 태어난 아이였지만, 세 살 때 노다가 어머니와 살림을 차려서 하루에가 초등학교 5학년이 될 때까지 함께 살았습니다.

다만 노다와 생활하면서 좋은 추억 같은 건 당연히 하나도 없었고, 술에 취할 때마다 어머니와 자신을 때렸습니다. 심지어 어머니와 함께 밀쳐져서 하천에 빠졌던 적도 있었습니다.

그 탓에 초등학생 시절엔 몸에 상처가 아물 날이 없어 '빨간약'이라는 별명으로 놀림당했고, 중학교로 올라가서 키쿠오라는 야쿠자 아들과 친해지고서야 자기가 숨을 쉬고 있다는 것을 처음 깨닫게 되는, 그런 인생이었습니다.

그 모든 원흉이 노다였던 겁니다.

게다가 슌스케를 데리고 귀향하면서 재회한 노다는 초라하게 늙어버렸고, 오랫동안 건강을 신경 쓰지 않은 탓에 간도 나빠지고 위는 이미 절반을 제거한 상태인데도 어머니에게 빌붙어 사는 생활은 옛날과 달라진 게 전혀 없습니다.

그래도 발작하는 슌스케를 붙잡을 때 남자가 한 명이라도 있다는 건 분명 다행이었고, 가명으로 무허가 의사에게 치료를 받는 절차를 처리해 준 것도 바로 노다였기에 수치스럽긴 했어도 하루에는 그의 도움이 필요했습니다.

선배 배우의 집으로 외출하는 남자들을 배웅하는 하루에의 기분이 안 좋다는 걸 슌스케가 알아채고 타이릅니다.

"왜 그래. 새해 첫날부터 뾰로통해져서."

"당신이 그렇게 계속 받아주니까 저 사람이 뻔뻔하게 나오는 거잖아."

하루에가 툭 쏘아대자…….

"당신도 이러니저러니 해도 결국 못 본 체하지는 못하면서."

"저런 인간, 빨리 어디서 객사라도 하면 좋겠다고 늘 생각하는걸."

"말은 그렇게 해도 벌써 몇 년 동안 우리 집에 드나들게 했잖아."

"들고양이랑 똑같아. 먹이 받아먹으러 오니까 그냥 주는 것뿐이지."

"뭐, 알았어. 아, 그렇지. 나가사키 어머님, 올해로 13주기 아니던가?"

"거기 있는 절에 부탁해놨어."

"나도 갈게."

"괜찮아. 나 혼자서도."

"괜찮긴 무슨. 카즈토요도 데려가자."

바깥에 택시가 도착했는지 제자들이 부르러 옵니다.

"그럼 다녀올게."

"응, 다녀와. 내일부터 공연 첫날이니까 술 너무 많이 마시지 말고. 올해는 예명 세습 행사도 있으니까 긴장 놓지 마요."

"그래, 그래."

맑게 갠 겨울 하늘 탓인지 느긋하게 손을 흔들며 나가는 슌스케를 보며…….

"설날 날씨 한번 참 좋네."

문득 중얼거린 하루에의 머릿속에서 갑자기 떠오른 것은 나가사키의 화장터에서 어머니의 유골을 수습하던 순간의 광경입니다.

'당신은 약한 인간이었어. 한 번도 딸을 도우려 하지 않았어. 남자한테 의존하다 버림받고, 딸한테도 의존하다 버림받고. 난 절대 당신처럼은 되지 않을 거야.

……엄마. 우리는 한겨울에 내던져졌던 하천에서 이제 빠져나온 걸까? 그 더러운 하천물, 정말로 차가웠는데. 그렇지?'

　　ㄱ 아무리 어진 군주라도 무능한 신하는 돌보지 않는 법
　　　망설이지 말고 참된 길만 나아가리, 적벽산 기슭에서

교습장에 놓인 모니터에서 배 안쪽까지 울리는 듯한 샤미센 곡

166

조와 함께 연주자가 노래하는 〈국성야 전쟁〉의 타령 소리가 울려 퍼집니다.

이 영상은 종전 후 재건된 가부키좌 극장에서 촬영된 것으로, 흑백의 조악한 영상이긴 해도 당시 배우들의 힘찬 호흡과 뜨거운 열정이 그대로 전해져옵니다.

이 교습장은 몇 년 전부터 키쿠오가 자택 근처에 빌린 곳으로, 원래는 에어로빅 교습소였다고 하는데 벽 전체가 거울로 되어 있어 연습 때 사용하기에 딱 좋은 장소였습니다.

"역시 11대손 이토 쿄노스케는 굉장해."

주인공인 와토나이가 꽃길에서 등장하면서 보인 미에 포즈를 보며 키쿠오가 무심결에 중얼거립니다. 그 무모하고 다혈질적인 성격을 이 등장 장면만으로 관객들에게 명확히 전달합니다.

참고로 이 영상에 찍힌 11대손 이토 쿄노스케는 이번에 이 〈국성야 전쟁〉에서 키쿠오와 함께 출연하는 13대손 이토 쿄노스케의 조부인 인기 배우로 〈간진쵸〉의 벤케이나 〈시바라쿠〉의 가마쿠라 곤고로 카게마사 등의 용맹한 배역이 특기였습니다. 그리고 〈시바라쿠〉의 가마쿠라 곤고로야말로 키쿠오의 친아버지가 곤고로라는 이름을 선택한 계기. 아마 당시 곤고로가 본 〈시바라쿠〉에서 해당 배역을 연기했던 배우가 바로 이 11대손 이토 쿄노스케였을 겁니다.

'누각문樓門 장면'을 마지막까지 다 보고 나자…….

"그런데 참 신기한 인연이네. 그 손자인 쿄노스케 형님하고 내가 이번에 〈국성야〉를 공연하게 되다니."

혼잣말처럼 중얼거린 키쿠오가 얼굴을 들자, 거울에서 토쿠지가 보였습니다. 평소 이런 비디오를 마지막까지 보지 않는 토쿠지였기에 키쿠오가 의아해하자…….

"도련님. 잠깐 할 말이 있어."

심각한 얼굴로 그런 말을 꺼냅니다. 아무래도 그것 때문에 기다렸던 것 같습니다.

"뭔데? 그렇게 정색을 하고."

무심결에 비디오 스위치를 끈 키쿠오가 토쿠지 쪽으로 몸을 돌립니다.

"도련님이 작품을 열심히 연구하는 걸 뭐라고 하려는 건 아니지만, 바로 어제까지 무대에 서다가 오늘은 또 옛날 비디오를 보면서 다음 작품을 연습하는 건 너무 무리하는 거 아냐? 하루 정도는 몸을 쉬게 해줘야지. 영원히 20대는 아니잖아."

"억지로 연습을 쉬려고 해도 머릿속에서 연기 생각밖에 안 나니까 그렇지. 그럼 그냥 연습하는 게 몸에 더 나아."

웃어넘기는 키쿠오.

"……굳이 기다린 게 그 말을 하려는 거였어?"

고개를 갸웃거리며 묻자…….

"아, 맞다. 그게 말이지, 난 대륙으로 가기로 했어. 중국. 특별히 아는 사람이 있는 건 아니지만, 뭔가 최근에 이상하게 몸이 근질거려서 어쩔 수가 없어. 나도 이쯤에서 한번 승부수를 띄워보려고. 그래서 이제부턴 도련님하고도 멀리 떨어져 지내야 해. 뭐, 다신 못 보는 것도 아니고. 중국 대륙에서 장사라도 시작해서 큰 부자가 되면, 누구보다 훌륭한 도련님의 후원자가 되어줄게. 분장실에 페르시아 카펫도 깔아주고, 더 성공하면 전용 극장도 만들어줄……. 어라? 이거 어디선가 들었던 말 같은데?"

고개를 갸웃거리는 토쿠지에게…….

"옛날에 그렇게 말하면서 벤텐하고 둘이 홋카이도에 갔었잖아."

어이없다는 듯 대꾸하는 키쿠오. 하지만 토쿠지가 이런 말을 꺼낸다는 건 계속 심사숙고한 끝에 내린 굳은 결심이라는 걸 잘 알고 있기에 이내 당황하고 맙니다.

"자, 잠깐만. 토쿠짱, 대륙에서 장사라니, 그렇게 갑자기……."

"괜찮아. 가면 거기서 어떻게든 되겠지. 도련님 덕분에 밑천은 모아났고."

"아니, 내 통장에 있는 돈도 뻔한데, 토쿠짱 통장에 모인 돈이야 더 뻔하지."

"정말, 도련님은 돈 얘기가 나오면 꼭 오사카 억양이 나와버리네."

"아니, 농담할 때가 아니잖아. 그런 생각은 언제부터 했던 거야."

더욱 다급해진 키쿠오에게…….

"뭐, 서로 멀리 떨어져 있어도 도련님과 나 사이는 변함없을 거야."

이번엔 갑자기 그리운 나가사키 억양으로 토쿠지가 말합니다.

"……나 같은 떠돌이 체질이 이렇게 한곳에 정착할 수 있었던 것도 전부 도련님 덕분이었어. 도련님 덕분에 보통 사람들은 구경도 못 할 풍경을 얼마나 많이 봤는지 몰라. 내가 가부키좌 무대에서 조명을 받으며 공중제비를 돌게 될 거라는 걸, 내 어린 시절을 아는 사람 중에 누가 상상이나 했겠어. 지금까지의 내 인생은 말이지, 정말 도련님 덕분에 최고였어. ……그래도 나는 이쯤에서 한 번 더 도박에 나서고 싶어진 거야. 떠돌이 체질의 숙명이지. 그게 나와 엄마를 버리고 대륙으로 건너간 채 아무 소식도 없는 내 아버지의 피일 테고.”

무슨 말이든 해야 한다는 건 알고 있었지만 뭘 어떻게 이야기해야 자신의 감정이 전해질지 키쿠오는 몰랐습니다. 그저 한마디, 넌 나한테 친형이나 다름없었다고 말할 수 있었다면 좋았을 테지만, 진짜 형제끼리는 그런 말을 하지 않아서인지 역시 입 밖으로 나오지 않습니다.

“나도 좀 생각할 시간을 줘. 그렇게 갑자기 말을 꺼내면 무대 준비도 그렇고…….”

그런 건 아무래도 상관없다는 걸 키쿠오도 이미 알고 있지만, 그렇다고 이 자리에서 ‘알았다’라고 받아들일 수도 없었습니다.

“나도 당장 내일 떠난다는 건 아니야. 다음 〈국성야 전쟁〉의 무대까지는 하고 갈 생각이니까. 일단 화려한 액션이 많은 무대니까 내가 나설 장면이 많을 거 아니야.”

그렇게 말하고는 훌쩍 일어선 토쿠지가 제자리에서 공중제비를 빙글 돌아 보입니다.

“……이 나이에 이 정도 움직임이야. 중국이든 어디든 얼마든지 통할걸.”

큰 소리로 웃으며, 마치 무대 위에서 화려하게 달려 나가는 와토나이처럼 교습장을 떠났습니다.

자, 그로부터 시간이 흘러 대대적인 홍보 속에서 막을 올린 키쿠오와 이토 쿄노스케의 〈국성야 전쟁〉도 호평 속에서 어느새 공연 중간 날을 맞았습니다.

오늘은 마침 그 〈가부키 영상 대전집〉의 촬영 날. 카메라 다섯 대가 만원 관객과 함께 막이 오르기만 기다리고 있습니다.

정식 무대막이 내린 무대에는 이미 위풍당당한 시시가성의 세트가 조립되어 있었고, 개막 3분 전, 아직 여기저기서 무대 담당과 쿠로고들이 돌아다닙니다.

이 시시가성의 누각문 2층에서 성문이 열리기만 기다리는 것은 선명한 빨간색 문에도 뒤지지 않는 중국풍 의상을 입은 키쿠오의 킨쇼죠였고, 좌우로 네 명의 시녀를 거느린 채 우아한 중국식 부채를 들고 있습니다.

키쿠오의 등 뒤에서 몸을 숙인 채 보조 역할을 하는 게 쿠로고인 토쿠지였고, 익숙한 손놀림으로 킨쇼죠의 흐트러진 옷자락을 펴주고 있습니다.

"토쿠짱."

문득 들려온 키쿠오의 목소리.

"왜?"

일어서서 얼굴을 가까이 대자 하얀 분 냄새가 화악 풍겨옵니다.

"내가 아무리 말려도 갈 거지?"

공연 시작까지 앞으로 1분. 평소답지 않게 키쿠오가 먼저 말을 걸어온 겁니다.

"그래. 아마 가겠지."

다른 출연자들에게 들리지 않도록 조용히 속삭이는 두 사람의 목소리가 킨쇼죠의 머리 장식이 딸랑거리는 소리에 묻힙니다.

"이 세계에 들어온 뒤로, 지금까지 내 편은 토쿠지뿐이었어."

"나도 알아. 이제 막 오른다."

막 너머에서는 3대손 하나이 한지로의 등장을 고대하는 관객들의 기대감이 파동처럼 전해집니다.

"출발하는 날은 아야노하고 후지코마도 불러서 성대하게 송별회를 열어줄게."

"됐어, 그런 거. 내가 그런 거 제일 못 견딘다는 건 도련님이 가장 잘 알잖아. 됐어, 됐어. 그 대신 약속 하나만 해줘."

막이 오르는 것을 알리는 피리와 태고 연주가 쿠로미스(黑御簾: 가부키 무대 왼쪽에서 연주자들이 악기를 연주하는 방-옮긴이) 안에서 시작됩니다.

"약속이라니?"

고개를 돌린 키쿠오의 머리에서 장식이 찰랑거립니다.

"도련님은 예술의 길에서 끝까지 정진해 줘. 일본 제일의 여장 배우가 되어줬으면 해."

토쿠지가 그렇게 말하며 키쿠오의 어깨를 툭 치고는…….

"……그리고 난 이제부터 대륙에서 한 번 더 도전해 볼 거야. 아, 그렇지. 그쪽에 무슨 큰 강이 있다고 했는데?"

"큰 강? 창장강 말이야?"

"맞아, 그 창장강. 만약에 도련님이 일본 제일의 여장 배우가 되면, 내가 그 창장강에 하얀 분을 풀어서 새하얗게 만들어줄게. 그게 내가 보내는 축하 신호야."

토쿠지의 말에 무심코 웃어버린 키쿠오가 급하게 입을 틀어막습니다.

"그럼 나도 약속해 줬으면 하는 게 있어. 절대 강을 붉게 물들이지 마."

진지한 얼굴로 말하는 키쿠오.

"알았어. 나도 이제 그렇게 젊진 않으니까."

피리와 태고 소리가 커지면서 막이 오른 것은 바로 그때였고, 일단 꽃길에서 이토 쿄노스케가 연기하는 와토나이가 성대한 박수 속에서 달려 나옵니다.

자, 이 〈국성야 전쟁〉에는 '연지 풀기'라는 유명한 장면이 있습니다. 간단히 설명하면, 킨쇼죠가 남편인 오상군五常軍의 장군 감휘甘輝를 와토나이에게 귀순시키는 데 성공하면 하얀 분을 강에 흘려보내는 것으로 신호하고, 만약 실패하면 연지를 흘려보내는 것으로 신호하겠다고 약속하는데, 이 이야기에서 그 설득은 결국 실패하고 부모님에 대한 효도와 남편에 대한 의리 사이에서 고뇌하다가 결국 자결한 킨쇼죠가 그 피로 강을 적시는 것으로 대신 소식을 전하게 되는 겁니다.

한편, 토쿠지가 미리 말한 대로 누구에게도 알리지 않은 채 자취를 감춘 것은 그달 무대가 무사히 최종일을 맞이한 다음 날이었습니다.

자기 나름대로 떠날 준비는 해왔던 건지 세 들어 살던 아파트도 깨끗이 비워놨고, 모든 게 사라진 그의 집 안에는 무대 뒤를 열심히 뛰어다니느라 바닥이 닳은 나막신 한 켤레만 남아 있었다고 합니다.

"네 입으로 아빠한테 제대로 말씀드려야지."

하루에가 교복 차림의 카즈토요를 데리고 들어온 곳은 메이지좌 극장의 분장실이었습니다. 오후 공연과 저녁 공연 사이에 늦은 점심을 먹던 슌스케 앞에서 두 사람이 나란히 정색한 채 앉습니다.

"무슨 일이야?"

배달시킨 돈가스 덮밥을 먹으며 슌스케가 묻자…….

"아빠. 나, 역시 대학에 갈래."

카즈토요가 말하자마자 하루에가 바로 덧붙입니다.

"내가 시켜서 그런 게 아니라, 네가 직접 결정한 거지?"

"응, 맞아."

불안한 표정이면서도 고개를 끄덕이는 카즈토요.

"왜 그렇게 주눅이 들었어? 예전부터 말했잖아. 배우한테 학문이 필요 없던 시대는 지났으니까 대학에 가도 괜찮아. 다만 네가 아무리 가고 싶어 해도 받아주는 곳이 있어야…….."

"그래서 이제부터 학원이라도 다니면서 필사적으로 공부할 거지?"

또 끼어드는 하루에 옆에서 카즈토요가 이번에도 불안하게 고개를 끄덕입니다.

카즈토요는 하루에가 바라는 대로 입학시험을 봐야 하는 명문 중학교에 들어가서 지금은 대학까지 에스컬레이터식으로 올라가는 사립 고등학교에 다니고 있었는데, 초등학교부터 무리하게 수

험 공부를 시킨 것이 미안하기도 해서 입학 이후부터는 성적에 대해 그렇게 신경 쓰지 않았던 것이 잘못이었는지 성적은 늘 하위권을 유지했고 무대에 서느라 출석 일수도 아슬아슬한 상황. 담임 교사와의 면담에서도 아무래도 대학 진학은 힘들 것 같다는 말을 들었습니다.

슌스케로서는 자기가 가보지 못한 대학에 아들은 보내고 싶다는 마음이 강했습니다.

"대학교에는 전국에서 다양한 출신의 아이들이 모이잖아. 그러니까 카즈토요는 거기서 친구를 잔뜩 만들었으면 좋겠다. 그게 네가 나중에 배우가 되었을 때 가장 큰 자산이 될 거야."

그렇게 타이르지만…….

"친구는 절친 한 명만 있으면 되지."

카즈토요가 건방진 소리를 합니다.

돈가스 덮밥을 다 먹고 나서 하루에가 가져온 학원 팸플릿을 한 번 읽어본 슌스케는…….

"아야노한테 다시 공부를 봐달라고 하는 건 어때? 이런 학원은 무대에 서는 달에는 가기 힘들 텐데, 또 혼자서만 진도를 못 따라가면 힘들 거 아냐."

슌스케의 의견도 당연했지만…….

"아야노도 지금 취직 활동 때문에 바쁘대."

하루에가 알려줍니다.

"아, 아야노도 이제 곧 대학 졸업이구나."

"바로 얼마 전까진 대학 졸업자를 못 모셔가서 안달이었는데, 버블이 터지면서 힘들어졌다던데. 출판사에 들어가고 싶대."

"호오. 우리 집에서도 책만 읽어댔잖아. 그거 아마 토쿠짱 영향 일걸?"

"확실히 그러네. 그래 봬도 토쿠짱은 책벌레였으니까. 읽고 쓰는 걸 늦은 나이에 배워서 그런가, 뭘 읽어도 재밌다고 했어."

"그래도 제일 좋아하는 건 칼싸움 나오는 시대극이었지. 그중에서도 감동적인 장면이 나오는 작품을 제일 좋아했고."

"맞아. 좋아하는 등장인물이 죽어버리면 두어 날은 진심으로 풀이 죽어 있었잖아."

어느새 부모님의 대화가 토쿠지를 추억하는 이야기로 흘러간 틈을 타서 카즈토요가 분장실을 빠져나가려고 일어섰을 때였습니다.

"어, 너희도 와 있었니?"

포럼을 헤치며 사치코가 들어옵니다.

"……그럼 마침 잘됐네."

카즈토요가 앉았던 방석에 바로 자리를 잡은 사치코는…….

"……너, 예명 세습 공연 때 〈소네자키 동반 자살〉을 할 거라면서? 뭐, 네 심정도 모르는 건 아니야. 어찌 보면, 네 아버지가 그때 교통사고로 다치면서 그 대역을 키쿠오에게 맡긴 것 때문에 네가 가출한 거나 마찬가지니까. 그 한을 풀려는 건지는 모르겠다만……."

사치코가 거침없이 말해준 덕분에, 오히려 지금 자신들이 그때로부터 꽤 먼 장소까지 왔다는 게 이상하게 실감이 되는 슌스케였습니다.

"한을 풀려는 게 아니라, 그 반대야. 어떻게 보면 그때 일 덕분에 지금의 내가 있는 거니까."

순스케의 본심을 듣자 사치코도 더는 추궁할 생각이 없는지…….

"뭐, 네가 그렇게 생각한다면 됐고. 2대 동시 예명 세습에 〈소네자키 동반 자살〉까지 20년 전 일이랑 자꾸 겹치니까 이 엄마는 정말 조마조마해서 그래."

요새 사치코가 괜한 걱정으로 마음고생을 하는 건 순스케도 난감해하던 참이라, 일부러 화제를 돌렸습니다.

"맞다, 엄마 친구 중에 어느 출판사 사장이 된 사람이 있다고 하지 않았어? 아야노가 출판사에서 일하고 싶다고 했다는데."

"그래서 나도 아야노한테 소개해 준다고 했는데, 그 애는 원래 그런 일을 싫어하잖니. 아, 그게 언제였지? 그 애가 좋아하는 미국 밴드가 일본 공연했을 때, 티켓 같은 건 아무한테나 부탁해도 되는 걸 오히려 괜찮다고 했잖니."

그쯤 되자 결국 너무 지루해졌는지 카즈토요가 분장실 밖으로 나가려 하기에…….

"카즈 군, 집에 가게? 집에 갈 거면 할머니랑 같이 가자."

"택시로?"

"전철로. 그 대신, 할머니 쇼핑하는 거 같이 가주면, 너 차 사려고 저금하는 통장에 조금 보태주고."

"결국 짐꾼이네."

그렇게 투덜대면서도 용돈에 넘어가는 모습을 보면 아직 어린애라는 게 느껴지지만, 하루에의 말을 들어보면 이미 선배 배우들을 따라 긴자나 교토에서 유흥을 즐기는 것 같다고 합니다. 한 번은 슌스케가 기온 거리의 요정에 카즈토요를 데려갔을 때는 접대하러 나온 게이샤와 이미 아는 사이였고, 같이 영화를 보러 가자고 약속하는 모습을 보니 자신과 키쿠오가 젊은 시절 후쿠하루, 후지코마와 어울려 놀던 모습과 겹쳐 보여서 당시의 풋풋한 감정도 떠오르고 또 위태로워 보이기도 하는 기묘한 기분이었습니다.

"아, 맞다. 티켓 이야기가 나와서 말인데, 이시자키 사장님이랑 타마루 씨 쪽은 부탁해야 할 장수가 많으니까 당신도 같이 가야 할 것 같아."

그런 하루에의 말을 듣고서야 퍼뜩 현실로 돌아오는 슌스케였습니다.

이런 식으로 준비가 척척 진행되어 드디어 맞이한 부자 동시 예명 세습의 해입니다. 사적인 이야기부터 꺼내자면, 우선 카즈토요는 대학 진학을 위해 열심히 공부한 끝에 간신히 진학반으로 들어갈 수 있었고, 염려하던 아야노도 전통 있는 출판사에 자력으로 입사. 이 일에는 역시 키쿠오와 후지코마도 크게 기뻐했고, 아야노가 생활하는 대학 기숙사로 달려가 제국 호텔의 철판구이로 자축했습니다. 백호의 이름을 계승하는 슌스케, 그리고 〈가부키 영상 대전집〉을 위해 연이어 큰 무대에 서고 있는 키쿠오라는 대단한 부모들 못지않은 활약을 그 자식들도 보여주었던 겁니다.

한편, 비슷한 시기에 기쁜 일이 하나 더 있었습니다. 그게 뭐고 하니, 어느 날 키쿠오가 오랜만에 스모 경기를 관전하러 갔을 때의 일입니다. 국기관까지 보러 갈 여유는 좀처럼 나지 않지만, 젊은 시절부터 스모 광팬인 그였기에 이날은 오전 일찍 집을 나서 아직 관객도 거의 없는 객석에서 죠니단(序二段: 스모에서 두 번째로 낮은 계급-옮긴이) 경기부터 보기 시작했습니다. 그런 가운데 아직 완성되지도 않은 스모 실력인데도 왠지 그 맹렬한 동작이 익숙하게 느껴지는 젊은 씨름꾼이 있었고, 그날은 그 기세를 역이용당해 패배하고 말았지만, 집에 돌아온 뒤에도 왠지 계속 생각이 나서 조사해 보니 이 '아라키'라는 약관 열다섯 살의 씨름꾼은 놀랍게도 젊은 시절 친하게 지냈던 그 아라카제의 아들이었습니다.

너무 그리운 느낌이 들어 저도 모르게 옛 지인들을 통해 아키타로 돌아간 아라카제에게 연락하자, 지금은 그쪽에서 작은 이자카야를 운영하고 있다는 아라카제는 여전히 말주변은 없지만 키쿠오의 전화를 무척 기뻐해 주었습니다.

"얼마나 힘든 세계인지 아니까 난 반대했는데, 결국은 아들한테 졌어."

"동작 같은 건 너 옛날일 때랑 똑같더라."

수화기 너머에서 들려오는 건 멋쩍은 웃음소리뿐. 무뚝뚝한 친구끼리 묘하게 죽이 잘 맞는 건 15년 전과 똑같았고, 대화가 그리 길게 이어지진 않았어도 서로 기분 좋은 통화였습니다.

자, 이 아라카제와의 재회에는 또 뒷이야기가 있는데, 키쿠오가 국기관에서 아라카제의 아들을 발견한 것이 마침 아야노의 취직 축하를 앞둔 시점이었습니다. 이 축하 자리에서 자연스레 아라카제와 그 아들에 관한 이야기가 나오자…….

179

"아빠, 아직도 스모 좋아해?"

아야노가 놀라며 묻습니다.

"맞다. 얘도 어릴 때부터 스모 좋아했는데. 이런 것도 유전인가?"

후지코마도 묘하게 감탄하며 말을 잇습니다.

"……초등학생 때는 쥬료(十両: 스모에서 1군급과 2군급의 딱 중간 정도가 되는 계급-옮긴이) 이상의 씨름꾼 이름은 전부 외우고 있었잖아."

정작 아야노는 어린 시절 이야기가 조금 쑥스러운 표정입니다.

"그러고 보니 옛날에 토쿠짱까지 넷이서 오사카 대회를 보러 간 적이 있지 않았어?"

키쿠오가 묻자…….

"미호노우미가 여덟 번째 전승 우승을 했을 때였어."

바로 대답하는 아야노.

그 뒤에 키쿠오가 아라카제의 아들과 그 동료 씨름꾼들에게 언제 한번 밥을 사기로 약속했다는 이야기가 나왔고, 거절당할 것을 각오하고 아야노에게 말했습니다.

"아야노도 잠깐 얼굴이라도 보러 갈래?"

순간 망설이는 눈치긴 해도…….

"어디로 갈 건데?"

전혀 갈 마음이 없는 것 같지도 않습니다.

"고기를 먹고 싶다고 하니까 아사쿠사 근처에서 야키니쿠를 먹어야겠지."

"흐음. 격식 있는 가게만 아니면 갈게."

꼭 가고 싶어 하는 것처럼 보이진 않아도, 같이 간다는 말만으로도 키쿠오는 기쁠 따름입니다.

한편, 그 당일이 되자 아라카제의 아들 외에 그가 데려온 사형 세 명이 인사합니다. 가게 주인에게는 미리 말해두었지만, 마지막에는 가게의 고기가 다 동날 정도였습니다. 그래도 젊은 씨름꾼들의 왕성한 식욕과 누구를 닮은 건지 술이 센 아야노가 시원하게 술잔을 들이키는 걸 보니 기분이 좋아서…….

"사장님! 여기 고기랑 술 좀 더 갖다주세요!"

키쿠오도 오랜만에 취기를 즐길 수 있었습니다.

분장실에서 화장하던 슌스케에게 매니저인 에미가 다가왔습니다.

"선생님. 인쇄된 거 나왔어요."

그런 말과 함께 건네주는 것은 드디어 가까이 다가온 교토 미야코좌 극장에서의 예명 세습 기념 공연의 광고물로, 중앙에 커다랗게 들어간 사진은 전에 카즈토요와 둘이서 탄바야의 '동그라미 안의 광림송光琳松' 문장이 새겨진 무사 예복을 입고 금색 병풍 앞에서 촬영한 것입니다.

하나이 한야에서 5대손 하나이 백호
하나이 토라스케에서 2대손 하나이 한야 예명 세습 인사

당당히 인쇄된 문구 아래로는 간사이 가부키는 우리가 지켜나가겠다고 선언하는 듯한 작품 목록입니다.

오후 공연　　1. 〈토주로藤十郎의 사랑〉

　　　　　　　2. 〈백로 아가씨〉

　　　　　　　3. 〈소네자키 동반 자살〉

저녁 공연　　1. 〈태공기太功記〉 열 번째 단락

　　　　　　　2. 예명 세습 보고 인사

　　　　　　　3. 〈쿠루와분쇼廓文章〉 요시다야

　　　　　　　4. 〈두 사자〉

"그런데 키쿠짱도 제의를 기꺼이 받아들여 줬다는 게 참 고맙네. 예명 세습 기념이라지만 그 〈백로 아가씨〉도 공연해 주고 인사 자리에도 동석해 준다니."

슌스케가 무심결에 중얼거리자…….

"그렇지만 한지로 씨도 탄바야의 일원이잖아요?"

젊은 에미는 자세한 사정은 모르고 있습니다.

"뭐, 그건 그렇지만, 사정이 좀 있거든. 이번 예명 세습 인사에 키쿠짱이 동석해 주느냐 아니냐에 따라서 의미가 전혀 달라지니까."

그렇게 설명해도 알쏭달쏭한 표정의 에미를 바라보던 슌스케가 문득 생각난 듯 묻습니다.

"맞다. 겐 아저씨 상태는 좀 어때?"

"별로 안 좋으시다나 봐요. 본인은 당연히 예명 세습 인사 자리에 나갈 의욕이 넘치는 것 같지만요. 그저께 사모님이 또 병문안 가셨을 거예요."

"하루에가? 꼭 나한테는 아무것도 말을 안 해준다니까."

그렇게 대답한 순간, 슌스케는 겐키치의 상태가 좋지 않다는 걸 직감했습니다.

"이 틈에 화장실 한번 갔다 와야겠다."

그렇게 말하며 일어난 슌스케의 어깨에서 쓱 떨어진 수건을 주워든 에미가 말합니다.

"선생님, 저기에 멍이 드셨는데요. 어디 부딪치셨어요?"

말을 듣고 보니 확실히 발등, 새끼발가락 뿌리 부분이 희미한 보라색을 띠고 있습니다.

"뭐지?"

화장 가루라도 묻었나 싶어 손으로 털어보지만, 색은 지워지지 않습니다.

"······전혀 몰랐는데. 무대에서 대결 장면을 연기하다가 어디 부딪친 건가?"

고개를 갸웃거리면서도 화장실로 가서 일을 보면서 자연스레 그 새끼발가락을 움직여보는데, 아프다기보다는 가려운 느낌이 듭니다.

한편, 이번 달 공연을 무사히 끝낸 무렵부터 예명 세습 행사를 위한 과정이 본격적으로 시작되었습니다.

중요한 곳의 인사 방문은 이미 하루에와 사치코가 다녀왔지만, 슌스케와 카즈토요가 꼭 함께 가야만 하는 곳도 있었기에 제자인 한유가 운전하는 승합차에 네 가족이 타고 하루종일 후원자의 자택과 회사를 방문한 다음, 하루에가 나중에 다시 찾아가서 티켓 구입에 관한 논의를 합니다.

그런 와중에도 텔레비전과 라디오에 출연하여 짧게나마 공연을 홍보했고, 또 슌스케는 마지막까지 내키지 않아 했지만 카즈토요가 꼭 나가고 싶다고 말한 퀴즈 프로그램에 나가기도 하면서 정신없는 하루하루를 보냈습니다.

그중에서도 지금 돌아보면 가출했던 슌스케가 가부키계로 복귀했다는 걸 세상에 알렸다고 해도 과언이 아닌 NHK의 토크 프로그램이야말로 이번 홍보 활동의 핵심이었고, 사회자는 13년 전과 동일하게 NHK 최고 가부키 애호가인 사도 타케시 아나운서. 이제 곧 세 살이 되는 카즈토요를 안은 예복용 기모노 차림의 슌스케와 교토식 무늬가 들어간 연보라색 기모노를 입은 하루에를 바라보며……

"역시 탄바야의 후계자 부부답습니다. 나란히 앉아 계신 것만으로도 너무 아름다워 한숨이 나오는군요."

그런 말로 환영해 주면서 그 자리에서 탄바야의 역사를 세상에 널리 알린 바로 그 사람입니다.

한편, 이번은 그 후속 방송이라 할 수도 있었기에 제작진 측에서 요청한 사항이 슌스케, 카즈토요는 물론이고 하루에와 사치코까지 전부 출연해달라는 것이었습니다. 1년 밀착 다큐멘터리에선 하루에를 내세우며 거의 얼굴을 보여주지 않던 사치코도 무려 1700년대 중반까지 거슬러 올라가는 탄바야의 오랜 역사를 소개해 준다는 데 거절할 이유가 없습니다. 그렇다면 지금이야말로 탄바야의 승부처라는 마음가짐으로 만반의 준비를 해 출연했습니다.

그러는 사이 드디어 맞이한 교토 미야코좌 극장에서의 예명 세습 기념 공연 첫날. 탄바야가 총출동한 홍보 활동 덕분인지 최종일까지의 티켓은 거의 매진이었고, 오랜만에 간사이 가부키 대표 가문의 예명 세습 인사기도 해서 첫날 미야코좌의 맨 위층 좌석은 기온, 본토초, 미야가와초의 게이샤들이 점령했고, 야사카 신사에서 인력거를 타고 출발한 거리 행렬에선 무려 1만 명의 인파가 모여들 만큼 뜨거운 반응이었습니다.

백호라는 간사이 가부키 대표적 이름의 부활에 큰 기대를 내비친 교토시의 배려로 이 행렬은 시조四条 거리 한쪽을 교통 통제할 만큼 대규모로 열렸고, 인력거를 타고 대로 양옆의 관중들에게 손을 흔드는 슌스케와 카즈토요의 모습에 옆에서 따라 걷던 하루에도 역시 눈물을 참지 못할 정도였습니다.

자, 이번 예명 세습 행사의 오후 공연 중 〈소네자키 동반 자살〉에선 슌스케가 유녀 오하츠를 연기하는데, 그녀의 정인인 히라노야 토쿠베이를 연기하는 것은 이쪽도 간사이 가부키의 또 다른 명가, 이즈미야의 이쿠타 쇼자에몬이었습니다.

참고로 이번에 출연하는 건 5대손 쇼자에몬으로, 먼 옛날, 백호의 대역으로 키쿠오가 나왔을 때 엄하게 가르쳤던 사람은 당시 이미 70대였던 4대손 쇼자에몬입니다. 한눈에 봐도 예도 외골수였던 4대손과 비교하면 5대손은 어딘지 모르게 태연하고 여유 넘치는 분위기였는데, 그게 또 간사이 가부키의 우아한 배역에는 딱 맞았고, 이번 〈소네자키 동반 자살〉에서도 어딘가 유머러스한 그 분위기가 오히려 결말의 비극을 강조하는 효과를 낳았습니다.

거기에 관객이 가장 보고 싶어 하는 키쿠오의 〈백로 아가씨〉, 밤

에는 슌스케 부자가 춤추는 〈두 사자〉까지 충실한 작품들로 채워
졌고, 물론 그전에는 그토록 기다리던 예명 세습 인사도 있습니다.

분장실의 전신 거울 앞에 선 슌스케가 몸에 걸친 것은 등과 양
가슴에 탄바야의 문장 '동그라미 안의 광림송'이 들어간 연보라색
기모노였습니다.

옆에는 같은 옷을 입은 카즈토요가 서 있었고…….

"침착하게, 천천히 말해야 한다."

하루에가 당부하자…….

"응, 알았어."

고개를 끄덕이며 대답하는 목소리도 역시 조금 떨리고 있습니다.

"다들, 잠깐 카즈토요랑 단둘이 있게 해주지 않겠어?"

등장 시간이 얼마 남지 않았지만, 슌스케가 그런 말을 꺼내자 중
요한 예명 세습 행사 직전에 아버지가 아들에게 뭔가 하고 싶은 말
이 있는 것으로 생각하며 다들 분장실을 빠져나갑니다.

"카즈토요한테 한 가지 고백할 게 있어."

"어, 어? 뭔데? 이런 순간에."

슌스케의 심각한 말투에 카즈토요는 잔뜩 당황한 모습입니다.

"지난번 장기 100국 대결, 아빠가 이겼잖아?"

"뭐?"

"그때 말이지, 사실은 아빠가 반칙을 썼어. 네가 화장실에 간 사
이 마를 움직인 거야. 사실은 네가 이긴 판이었어."

쓸데없이 심각한 아버지의 고백에…….

"됐어, 그런 건. 하필이면 이럴 때……."

186

저도 모르게 오사카 억양이 나오며 진심으로 짜증을 내는데, 그런 아들의 모습에 슌스케도 소리 내어 웃습니다.

"그럼 갈까?"

그렇게 말하며 등을 두드려주자…….

"뭔가 갑자기 긴장이 확 풀려버렸잖아."

입술을 비죽 내밀면서도 가슴을 쫙 펴고 아버지의 뒤를 따릅니다.

분장실을 나오자 기다리고 있는 건 하루에와 사치코.

"잘하고 오렴."

두 사람이 고개를 끄덕이면, 복도 한쪽에서 한유와 한노의 부축을 받으며 똑같이 탄바야의 기모노를 입은 겐키치의 모습이 보입니다.

"다들, 가자."

슌스케의 말에 탄바야 일문이 모인 좁은 복도에서 박수가 터져 나옵니다.

분장실에서 복도를 빠져나와 어둑어둑한 무대 옆으로 들어가면, 막이 내린 무대 위에는 눈부실 만큼의 금색 병풍.

이번에 무대 우측에 동석해 주는 사람들은 간사이 가부키의 영웅 5대손 이쿠타 쇼자에몬을 필두로 도쿄에서 온 장로급인 아즈마 센고로와 최근엔 거의 무대에 서지 않게 된 오노가와 만기쿠, 좌측에는 키쿠오, 이토 쿄노스케 같은 중견 배우들이 자리했으며 그 쟁쟁한 면면에서 살짝 떨어진 뒷자리에는 이번 기회에 상급 배우로 올라서는 겐키치가 공손하게 앉습니다.

각자 제자들이 옷매무새를 정돈해 주며 분주하게 자리에 앉는 가운데, 비단 소재의 야로보시(野郎帽子: 에도시대의 여장 배우들이 깨끗이 민 윗머리를 가리기 위해 썼던 데서 유래된 모자-옮긴이)를 머리에 쓴 만기쿠가 무대 옆에 나타나자 제일 먼저 슌스케가 다가가 그의 손을 잡습니다.

"와주셔서 감사합니다."

"고개를 오래 숙일 수 있는 몸 상태가 아니라서. 나 혼자만 먼저 고개를 들게 될지도 모르겠네."

말은 그렇게 해도 아무리 고통스럽고 괴롭더라도 만기쿠가 절대 고개를 들지 않을 거라는 걸 슌스케는 잘 알고 있습니다.

한편 센고로를 맞이하는 건 키쿠오였고, 카즈토요를 데려와 제대로 인사시킵니다.

그렇게 모두 자리에 앉자, 각자 앞에 쥘부채가 일직선으로 쭉 놓입니다. 마지막 준비를 끝낸 쿠로고와 가발 담당, 의상 담당이 물러난 순간…….

"여러분, 여러분!"

일문의 제자들이 힘차게 시작 구호를 외치면 막 너머의 객석이 술렁거립니다.

한 번 심호흡한 슌스케가 무의식중에 시선을 키쿠오에게 향하자, 가만히 이쪽을 바라보던 키쿠오가 그저 "응"이라 말하듯 고개를 끄덕입니다.

막이 오르기 직전, 배우들은 헛기침하며 잠깐 옷매무새를 정돈하지만, 막이 오르기 시작한 순간 이마를 바닥에 붙이며 작게 웅크린 몸은 미동조차 하지 않습니다.

그들의 귀에 들려오는 건 폭발하는 듯한 객석의 박수.

"여러분, 여러분!"

탄바야의 부자 동시 예명 세습 인사의 막이 바로 지금 올랐습니다.

자, 쇼자에몬의 인사부터 시작된 예명 세습 보고는 뜨거운 반응 속에서 시원시원한 카즈토요의 인사 뒤, 드디어 5대손 백호, 슌스케의 인사로 이어집니다.

"높은 곳에서 내려다보며 인사드리는 것을 양해 부탁드리며 말씀 올립니다. 오늘, 여러분의 존안을 뵙게 되어 영광스럽기 이를 데 없습니다. 오늘은 이즈미야 형님, 엔슈야 숙부님을 비롯해 동석해 주신 분들의 따뜻한 말씀을 듣게 되어 진심으로 감사드립니다."

거침없는 인사말과 함께 슌스케가 깊이 고개를 숙이자 객석에서는 "탄바야!" "백호!" 하는 환호와 함께 파도와 같은 박수가 밀려옵니다. 그제야 천천히 얼굴을 든 슌스케는 무언가를 목구멍 안쪽에서 꾹 참아내는 것처럼 보였습니다.

"……저는, ……저는 한 번 이 세계에서 도망쳤던 사람입니다. 저의 나약함을 직시하지 못하고, 소리 내어 울면 누군가가 도와줄 거라 믿었던 참으로 한심한 인간이었습니다. 그 탓에 저는 아버지가, 이 탄바야의 가장 큰 이름을 계승하시는 자리에 함께하지 못했습니다. 이런 불효가 또 있을까 하고 지금도 계속 후회하고, 후회하고, 후회하는 마음뿐입니다. 저는 세상에서 가장 큰 불효자입니다. 그리고 실은 저에게는……."

더는 오열을 참을 수 없게 된 슌스케가 필사적으로 목소리를 쥐어 짜냅니다.

"……저에게는 토요키라는 장남이 있었습니다. 저는 그 아이를 제 품 안에서 죽였습니다. 제 품 안에서 잃었던 것이 아닙니다. 나약한 아버지였던 제가 그 아이를 죽인 겁니다. 저는, 그 아이를 이 자리에 서게 해주지 못했습니다. 그런 세상에서 가장 어리석은 아버지가, 이런 화려한 자리에서 따뜻한 박수를 받는 겁니다……."

멈추지 않는 눈물로 화장은 지워지고, 남들 시선도 신경 쓰지 못한 채 흐느끼는 슌스케의 목소리에 객석 여기저기서 훌쩍이는 소리가 들리고, 무대 위에서는 카즈토요까지 어깨를 떨고 있습니다.

"……그 아이가, 토요키가 이 자리에 있었으면 합니다. 그러니 부디 첫날인 오늘만큼은 저와 카즈토요, 그리고 장남인 토요키까지 셋이서 이번 예명 세습 행사를 치르는 것을 허락해 주시기를 바랍니다."

거성이
떨어지다

붉게 칠해진 인왕문에서 관음당으로 이어지는 판석이 깔린 참배 길에서 마치 시간이 멈춘 듯 느껴지는 건 이곳 고코쿠지護国寺의 역사 때문일까요, 아니면 도심의 심한 추위 때문일까요.

차갑게 언 판석을 밟으며 언 손에 하얀 입김을 부는 많은 사람이 향하는 곳은 오늘 밤 이곳 케쇼덴에서 열리는 6대손 오노가와 만기쿠의 장례식장입니다.

인왕문에서 택시를 내린 키쿠오와 슌스케도 보도진의 눈부신 플래시 세례를 빠져나와 갑자기 소리가 사라진 듯한 참배 길에서 코트 옷깃을 여밉니다.

"오시느라 수고하셨습니다."

접수처에는 미츠토모의 젊은 직원들이 서 있었고, 방문록을 쓴 두 사람을 장례식 밤샘 자리로 안내합니다.

수많은 국화로 꾸며진 제단에는 아흔이 넘어서도 안색이 좋아 보이는 영정 사진이 놓여 있는데, 가부키계 중진의 장례치고 다소 간소한 것은 만기쿠가 생전에 가족장을 원했기 때문입니다.

그래도 실제로는 가족장으로 치러지진 않았고 각계각층의 참배객과 헌화를 받으며 중간 규모의 어중간한 장례식이 되어버린 건, 그런 유언을 남긴 만기쿠가 병원이나 자택에서 숨진 게 아니라, 도쿄 산야山谷에 아직도 남아 있는 쪽방촌의 싸구려 여관에서 사망 신고를 받고 출동한 경찰에 의해 발견되었기 때문입니다.

시점을 조금 앞으로 되돌리자면, 만기쿠가 공적인 자리에 모습을 마지막으로 드러냈던 것이 지금으로부터 3년 전쯤, 슌스케의 예명 세습 기념 공연의 인사 자리였습니다.

그달에 교토 미야코좌에서의 공연을 힘겹게 마친 다음, 감기가 악화되어 입원했다는 사실까지는 다들 알고 있었는데, 석 달에 걸친 장기 요양 끝에 일단 자택으로 돌아간 뒤에는 외부와의 연락을 끊었고 미츠토모의 담당자들도 아마 아직 몸 상태가 좋지 않은 거라 여기고 내버려두었습니다. 그런데 어느새 매니저들을 전부 해고해 버리고, 외부는 물론 가족들도 만나지 않게 되어버렸던 겁니다.

해고된 매니저 중 한 명을 슌스케가 받아주는 등 주변에서도 최대한 도우려 했지만, 정작 만기쿠 본인과는 연락이 두절되어 도쿄 치요다구의 자택 맨션에서 지내는 지도 확실치 않은 가운데, 다음으로 들려온 소식이 혼자 지내는 그 고급 맨션에서의 쓰레기 문제였습니다. 어느샌가 만기쿠가 사는 방에서 악취가 풍겨와 관리인이 동태를 살피러 가보자 놀랍게도 목욕조차 하지 않게 된 만기쿠가 쓰레기 더미 속에서 생활하고 있었던 겁니다.

추문을 두려워한 미츠토모가 바로 업자를 불러 만기쿠의 생활 공간을 억지로 청소한 것까지는 좋았는데, 치매를 의심한 미츠토모가 만기쿠를 병원에 데려간 직후, 가재도구는 그대로 둔 채로 만기쿠 본인만 실종되어 버렸습니다.

다행히 치매 검사 결과에서 이상은 발견되지 않았고 신체도 아흔 살 치고는 매우 건강한 편이었습니다. 그렇다면 만기쿠가 자기 의지로 가출한 것은 틀림없으니 실종 신고도 할 수 없어 어쩔 도리가 없는 채로 시간만 흐르고 있었습니다.

잠든 것처럼 보였다는 만기쿠의 유해가 발견된 곳은 나카마츠야中松屋라는 싸구려 여관의 객실이었고, 만기쿠가 지방 공연 등에서 머물던, 방에서 종업원이 엽차를 끓여주는 고급 여관이 아니라 쪽방촌의 여관이었으니 당연히 옆방과는 장지문 하나로만 구분된 1박에 2천 엔도 되지 않는 방입니다. 참고로 이 요금은 생활 보호제도로 받을 수 있는 주거 보조비의 상한으로 설정된 금액입니다. 왜 그 만기쿠 옹이 화려한 가부키 배우 인생의 최후를 그런 변두리 여관에서 마쳤는지 그 이유를 모두가 궁금해했지만, 이것만큼은 본인이 누구에게도 털어놓지 않고 죽어버린 덕분에 수수께끼에 쌓인 채입니다.

그래도 이 여관에서 만기쿠 옹의 마지막 몇 달을 함께 지낸 사람들이 전하는 이야기를 들어보자면…….

"옛날엔 떠돌이 여장 배우를 했다는 것 같던데. 돈은 나름 모아

됐는지, 가끔 우리한테도 술을 사줬어. 같이 술을 마시다 보면 유쾌한 할아버지, 아니, 유쾌한 할머니라 즐거웠다고."

"그 사람, 옛날에는 긴자에서 유행했던 여장 남자 술집을 했다지? 당시엔 연예인 같은 사람들도 많이 왔었다고 들었는데. 그 할머니, 취하면 기모노로 갈아입고 방에서 춤을 춰줬어. 다리가 비틀거려서 엉망이긴 했는데, 아마 옛날 생각이 났던 거겠지. 어쨌든 즐겁게 춤추더군."

"그게 언제였더라? 그 키쿠 씨가 몸져누워서 근처 술집에서 계란주를 만들어달라고 해서 가져간 적이 있었지. 그랬더니 키쿠 씨가 많이 좋아했어. 한동안 누워 있는 옆에서 이런저런 이야기를 하다가 '여기는 참 좋아'라고 하길래 '이런 더러운 여관이 어디가 좋아요' 하고 웃었더니, '그래서 좋은 거지'라는 거야. '……여긴 아름다운 게 하나도 없잖아. 그래서 이상하게 안심이 돼. 왠지 마음이 놓인다고. 이제 괜찮다고, 누군가가 말해주는 것만 같아서'라던데."

평소엔 일용직으로 일하러 나가는 이웃 숙박객들을 배웅하듯이 아침 일찍 세면장으로 나오던 만기쿠가 그날은 오후가 되어서도 얼굴을 비추지 않아서 또 감기라도 걸린 건가 하고 여관 주인이 방문을 열었을 때, 순간 눈을 의심했다고 합니다.

전날 밤에 또 여흥이라도 즐긴 건지 얼굴에는 하얀 분을 바르고 연지도 칠해져 있었는데, 햇볕이 들지 않아 어둑어둑한 방에서 순간적으로 그곳에 마치 묘령의 아름다운 여인이 잠들어 있는 것처럼 보였다는 겁니다.

"키쿠 씨, 키쿠 씨!"

하지만 여관 주인이 아무리 불러도 만기쿠 옹은 눈을 뜨지 않았고, 당황한 주인이 그 몸을 만져봤을 때는 이미 돌처럼 차갑게 굳어 있었다고 합니다.

전쟁 전후의 가부키계를 그 요염한 연기로 지배하던 희대의 여장 배우, 6대손 오노가와 만기쿠의 죽음은 국내외에 대대적으로 보도되었습니다. 다만 그 죽음을 추모하는 기사에서는 쪽방촌의 싸구려 여관이라는 말 대신, 가까운 벗과 일문 제자들이 지켜보는 가운데 마지막 보금자리가 된 자택 맨션에서 아흔세 살의 임종을 맞이했다고 적혔을 뿐입니다.

"아아, 유감이구나, 한자와. 죄인을 포박하지도 않고, 지금 보니 고문에 지친 기색도 보이지 않으니⋯⋯."

"잠깐만."

이곳은 배우들이 유카타 차림으로 연습 중인 가부키좌 극장의 로비였습니다. 이와나가 사에몬 역의 배우가 대사를 하기 시작하자마자 주인공 아코야를 맡은 키쿠오가 혀를 차며 중단시켰습니다.

"⋯⋯연습이라고 대충하면 나도 맞추기 힘들어."

나직이 꺼내는 키쿠오의 말에 이와나가 역 배우도 당황합니다.

"죄송합니다. 대충한 건 아닌데⋯⋯."

"그러면 관객 앞에서도 그렇게 연기할 거야?"

"아니요⋯⋯."

"여기서 이와나가만 인형 몸짓을 하는 데는 명확한 이유가 있어. 이쪽이 죽느냐 사느냐 하는 고문을 받는 옆에서 네가 인형 몸짓으

195

로 재미를 주니까 작품의 색채가 풍부해지잖아? 그걸 지금처럼 해버리면 뭐가 재미있겠냐고."

키쿠오의 힐책에 교습장의 분위기가 팽팽하게 긴장되어 그야말로 숨소리조차 내기 힘들어집니다.

"자, 자, 키쿠짱. 공연 첫날까지는 아직 시간이 있으니까 오늘은 그렇게까지 몰아붙일 필요는 없잖아."

누군가가 이 험악한 분위기를 풀어주지 않으면 연습이 진행될 수 없기에 최연장자인 시게타다 역의 이토 쿄노스케가 나섭니다.

선배인 쿄노스케에게 맞설 수는 없기에 키쿠오가 석연치 않아 하면서도 한 걸음 물러나며 연습이 재개되자, 그 숨 막히는 분위기를 견디지 못한 미츠토모 직원들이 볼일이라도 생각난 것처럼 교습장을 빠져나갔고, 자연스레 복도 재떨이 주위로 몰려듭니다.

"3대손, 기분이 안 좋네."

"만기쿠 씨의 밤샘부터 장례식까지, 한숨도 자지 않고 관 옆을 지켰으니까 수면 부족이겠지."

"뭐, 그것도 있겠지만 최근 들어 연습 때 엄격해진 건 틀림없어."

"그걸 흔히 우등생의 불행이라고 하지. '이걸 왜 못하는 거야?'라는 생각에 누구를 봐도 마음에 안 드는 거거든."

조용히 떠드는 미츠토모 직원들의 목소리가 담배 연기와 함께 가부키좌 극장의 높은 천장으로 피어오릅니다. 조금 떨어진 로비에서는 아코야를 연습하는 키쿠오의 대사가 들립니다.

"나으리…… 모든 걸 꿰뚫어 보는 분이라는 소문은 진작부터 들었사오나, 소매에 넣는 향낭까지 의심하는 게 뭘 꿰뚫어 본다는 건

가 싶어 믿지 않았사온데, 오늘의 말씀을 들으니 진심으로 탄복할
따름입니다."

그의 입에서 흘러나오는 음색은 마치 악기의 현 같고, 대사의 억
양은 그 현을 연주하는 활 같습니다. 이렇게 아름다운 세계 안으로
방금 전 이와나가 역 배우의 어색한 연기가 끼어들면 확실히 모든
게 엉망이 되겠지요. 그렇다고 모두가 키쿠오처럼 연기할 수 있는
건 아니기에, 이런 상황에서 한 무대에서 하나의 세계를 만들어내
기 위해서는 키쿠오가 자기 연기의 수준을 낮추는 방법밖에 없습
니다. 그러니 이렇게 초조해질 수밖에요.

한편, 이날의 연습이 끝나고 분장실에서 키쿠오가 옷을 갈아입
고 있을 때였습니다.

"아야노 아가씨입니다."

쵸키치가 무선 전화기를 건네주었기에 무슨 일인가 하고 받아
보니……

"아빠, 잠깐 시간 낼 수 있어?"

"밤이라면 오늘이든 내일이든 낼 수 있는데, 무슨 일이야?"

"잠깐 만나줬으면 하는 사람이 있거든."

"뭐?"

물론 말뜻은 알아들었지만, 너무 갑작스러운 일이라 "뭐?"라는
말밖에는 나오지 않습니다.

전통 있는 출판사에 입사했던 아야노는 해외 문학을 담당하는
일을 맡았는데, 키쿠오가 가끔 철판구이나 초밥을 미끼로 불러내
면…….

"매일 이리저리 바빠서 편의점 도시락만 먹어."

그렇게 투덜대면서도 하는 일은 재미있는지, 누구누구의 번역본을 담당하게 됐다느니, 어떤 영국 작가를 인터뷰했다느니 떠들어대는 얼굴에는 보람과 만족감이 가득했습니다.

일단 모레 저녁에 그 만나쳤으면 하는 사람과 셋이서 식사라도 하기로 하고 통화를 끝냈는데, 역시 모레까지 기다릴 수 없어 무심결에 전화를 건 대상은 하루에였습니다.

다행히 하루에는 집에 있었고, 혹시 들은 이야기가 없냐고 묻자…….

"그야 알고는 있는데, 내 입으로 말하기는 좀 그래. 그리고 어차피 모레 본인하고 만난다면서."

매정한 대답이지만 맞는 말이기도 해서 일단 이틀을 기다린 끝에, 연습을 끝내고 향한 곳은 아야노가 지정한 니혼바시의 전골집이었습니다.

가게에 들어가자 먼저 놀란 점은 개인실 앞에 여성용 펌프스와 나란히 놓인 신발이 남성용 구두가 아닌 나막신이었다는 점이고, 그 커다란 사이즈에도 한 번 더 놀라게 됩니다.

"아, 왔다."

기척을 느끼고 먼저 장지문을 연 아야노의 어깨 너머로, 이쪽을 등진 채 앉은 뭔가 무척 거대한 존재가 천천히 움직입니다. 그 순간, 머릿기름 냄새가 코에 확 와닿았습니다.

"일단 들어와. 정식으로 소개할게. ……아, 방이 너무 좁으니까 켄짱은 일어서지 않아도 돼."

아야노가 두 남자의 만남을 솜씨 좋게 이끌어갑니다.

그 거구를 움츠린 채 몇 번이고 고개를 꾸벅거리는 씨름꾼 앞에서 일단 키쿠오가 자리에 앉자 아야노가 말을 꺼냅니다.

"이쪽은 오세키인 오이카즈치大雷 세키. 아빠도 잘 알지?"

"잘 알지. 나도 팬인데."

무심결에 대답한 키쿠오가 지금 이곳이 어떤 자리인지를 떠올리고 억지로 미간을 찡그리지만…….

"본명은 와타나베 켄스케 씨야. 지금 우리 사귀고 있어."

그렇게 설명하는 아야노 옆에서 오이카즈치 본인은 그저 "죄송합니다" 하고 송구해 할 뿐입니다.

"그리고 이쪽이 3대손 하나이 한지로. 본명은 타치바나 키쿠오."

거기까지 말한 아야노가 갑자기 웃음을 터뜨립니다.

"참 이상한 첫 만남이네. 본명이 어떻고 예명이 어떻고."

잔뜩 긴장한 두 남자 사이에서 혼자만 즐거워 보입니다.

나중에 들은 이야기로는 놀랍게도 아야노가 이 오이카즈치와 처음 만난 것은 지금으로부터 3년 전쯤, 키쿠오가 아라카제의 아들에게 아사쿠사에서 야키니쿠를 사줄 때였다고 하는데, 그러고 보니 당시 아라카제의 아들이 데려온 사형 중에 오이카즈치가 있었고 그의 자세가 아름답다고 칭찬했던 게 키쿠오도 생각났습니다.

첫 만남 이야기를 하는 사이 전골도 다 익고 술도 한 잔 두 잔 들어가면서 키쿠오와 오이카즈치의 긴장도 조금 풀리는 사이, 키쿠오도 오이카즈치의 행동거지가 아라카제와 어딘가 닮아 있는 게 마음에 들었고, 무엇보다 그 옆에 앉은 아야노가 못 말리는 말괄량

이긴 해도 밝게 빛나던 어린 시절로 돌아간 것만 같아서 자기도 모르게 이 두 젊은이의 교제를 인정하게 되었습니다.

하지만 그런 분위기가 반전된 것은 추가한 고기도 거의 먹어 치웠을 때였습니다.

"아빠, 실은 지금 뱃속에 아이가 있어."

아야노의 당돌한 고백. 오이카즈치도 이때만큼은 방석에서 내려와 그 거대한 몸을 움츠리지만, 너무나 갑작스러운 이야기라 키쿠오는 당황할 뿐입니다.

"……난 낳으려고 해."

"낳는다니, 너…… 이, 일은 어떻게 하고?"

"그만둬야지."

"그만둔다니…… 그렇게 쉽게?"

"둘이서 충분히 고민했어. 난 이 사람을 꼭 요코즈나로 만들어 보일 거야."

"요코즈나라니, 너……."

당사자에게 도움을 요청해 봐야 소용없는 상황이지만, 무심결에 오이카즈치를 돌아보자…….

"죄송합니다, 죄송합니다."

그저 그렇게 사과만 거듭할 뿐.

"그러니까, 오늘은 아빠한테 부탁할 일이 있어서 부른 거야. 가부키랑 똑같이 스모 세계도 여러모로 힘든 부분이 많잖아. 그러니까 결혼식 피로연 때만이라도 좋으니까 내 아빠로서 옆에 서줄 수 있을까? 3대손 하나이 한지로의 딸로서 나를 시집보내줬으면 해."

그날 밤, 아무래도 석연치 않은 기분으로 집에 돌아온 키쿠오는 거실 테이블에서 후원자들에게 답례 편지를 적고 있던 아키코에게 묻지도 않은 이야기를 먼저 꺼내는데, 묵묵히 마지막까지 듣고 있던 아키코가 짧게 대답합니다.

"이제 할아버지네."

그 말을 듣고서야 깨닫는 것도 참 둔감하다고 하겠지만, 그제야 처음으로 그 석연치 않은 기분의 정체가 무엇인지 깨닫는 키쿠오였습니다.

"할아버지라니……."

간신히 한마디를 꺼내자…….

"맞는 말이잖아."

웃으며 말하는 아키코. 하지만 키쿠오가 저항을 시도합니다.

"아직 마흔여섯밖에 안 됐잖아."

"당신은 누구보다 일찍 어른이 됐을 테니까, 할아버지가 되는 것도 누구보다 빠른 거겠지."

농담하듯 꺼낸 말에는 뼈가 있습니다.

키쿠오 본인은 후계자를 갖고 싶은 마음이 그리 크지 않았고, 장인인 센고로도 손자가 생기더라도 꼭 배우로 만들려고 할 사람은 아니었기에 집안에선 아이를 갖는 이야기가 전혀 나오지 않았지만, 정작 아키코는 아즈마 센고로의 딸이자 하나이 한지로의 아내로서 받는 압박감이 엄청났고 빨리 후계자를 낳아야 하지 않느냐고 말하는 후원자도 없진 않았던 것 같습니다.

"아빠로서 아야노를 훌륭히 시집 보내야지."

문득 귀에 들려온 아키코의 말에 "응" 하고 고개를 끄덕이지만, 그때 자기 옆에 서 있을 사람은 아키코가 아닌 후지코마입니다.

"괜찮겠어?"

"뭐가?"

"결혼식이라든가……."

"아야노는 그동안 줄곧 외롭게 지냈잖아. 그런 아야노가 처음으로 아빠한테 부탁한 거야. 그쪽도 규율이 복잡한 스모 세계니까, 절대 아야노가 부끄러울 일은 없게 해야 해."

이번 달에 〈아코야〉 무대가 시작된 것은 그로부터 얼마 뒤였습니다. 3대손 하나이 한지로가 여자 배역 중에서도 가장 어렵다는 아코야에 드디어 도전한다는 것에 대한 세간의 기대감도 엄청났고, 첫날부터 연일 많은 관객을 동원했습니다.

여장 배우는 등장이 생명. 그 짧은 순간에 관객의 마음을 사로잡을 수 있느냐에 달렸다고 흔히 이야기하는데, 이 〈아코야〉 역시 그 등장이 무척 인상적입니다. 포졸 여섯 명에게 앞뒤로 둘러싸였으면서도 오히려 그들을 위압하듯 현란한 자수의 기모노에 공작을 표현한 입체적인 오비를 두르고, 유녀 중에서도 가장 높은 계급인 게이세이傾城로서 꽃길에 등장하는 키쿠오의 모습에 관객들은 이제부터 목숨을 걸고 사랑하는 남자를 지키려 하는 여자의 각오를 바로 느낄 수 있게 되는 겁니다.

함께 주연을 맡은 배우는 이미 뭘 하든 호흡이 척척 맞는 이토 코노스케. 조연을 담당한 젊은 배우들도 키쿠오의 엄격한 지도 덕분에 무대에서는 긴장감을 놓지 않았고, 무엇보다 심문을 받으며 거문고, 샤미센, 호궁을 연주하는 키쿠오의 솜씨가 단순히 뛰어난 것뿐만 아니라 그 음색에서 동요와 두려움, 강한 의지까지 배어 나왔기에 관객은 그 기세에 압도당하며 이것이 만기쿠 사후 하나이백호와 함께 현대의 여장 배우계를 이끌어가는 자의 연기라는 사실에 그저 감탄할 뿐입니다.

관객의 반응도 좋고 평론가들도 근래에 없을 만큼 높은 평가를 했기에 아무리 키쿠오라도 공연 중간 날을 맞이할 즈음엔 안심할 수 있었고, 그제야 뒤늦게나마 자기 딸이 천하의 오세키와 결혼한다는 기쁨이 끓어오르며 그 기분에 몸을 맡긴 채 연일연야의 과음. 원래 술은 센 편이었지만 축하주는 또 각별하기에 이때만큼은 긴자, 신바시, 롯폰기로 취하러 돌아다니고 그 기세로 여자도 꼬셨기에, 좋게 말하면 배우로서도, 남자로서도, 아버지로서도 그야말로 순풍에 돛을 단 듯한 절정기였지만, 조금만 다른 시점에서 본다면…….

"그건 젊은 나이에 첫 손주가 생긴 한 남자의 초조함일 뿐이야."

젊은 시절부터 그를 잘 아는 게이샤 누님들은 그런 키쿠오를 귀엽게 바라보았습니다.

한편 〈여자 거미〉를 성공시킨 슌스케에게도 이때 중요한 사건이 생기는데, 놀랍게도 그 〈여자 거미〉를 텔레비전 연속 시대극으로 제작하고 싶다는 제의가 날아들었던 겁니다.

슌스케는 지금까지 드라마나 영화 쪽에는 그리 관심이 없었지만, 이때 웬일로 의욕을 보이는 타케노가 일단 줄거리라도 읽어보라고 해서 한번 살펴보니 가부키로 공연된 〈여자 거미〉와는 그 스토리가 완전히 달라져서 원래 악역이자 요괴인 여자 거미가 드라마 버전에선 요술로 사람들을 돕는 주인공으로 등장했고, 물론 슌스케는 매회 클라이맥스에서 여자 거미로 변신하는 하급 관리 역할입니다. 여자 배역이 아닌데도 여자 거미로 변신한다는 게 참신했고, 시나리오 담당으로는 지난 분기에 시원한 전개의 청춘 코미디 드라마로 본편뿐 아니라 그 주제가까지 사회현상을 일으킬 만큼 인기를 얻었던 젊은 각본가를 기용할 정도로 공을 들인 기획이었습니다. 그동안 작품 활동에 관해서는 한 번도 조언을 구한 적이 없는 사이였지만, 이때만큼은 불안해진 슌스케가 키쿠오에게 전화를 걸어 물어보자…….

"가부키하고 텔레비전 드라마는 시간이 흐르는 방식이 가장 다르지 않나?"

반대하는 것도 아니지만 찬성하는 것도 아니었기에, 결국 이번 일은 자기 직감을 믿기로 하고 이번 제안을 받아들이게 된 겁니다.

막상 촬영이 시작되자 실제로 키쿠오가 말한 대로였습니다. 슌스케는 연속 드라마 같은 건 첫 출연이지만 드라마 기획에는 이미 체계화된 시스템이 갖춰져 있어서 미팅이니 대본 리딩이니 시키는 대로 참석하다 보니 어느새 첫 회 촬영일입니다. 참고로 시대극이긴 해도 극 중 대사는 전부 현대어. 게다가 치열하게 주고받는 열띤 대사가 이 각본가의 장점이기도 해서 거기에 익숙지 않은 슌스케는 처음에 많은 엔지를 냈지만, 중간부터는 이 엔지 장면을 활용하는 게 더 재밌을 것 같다는 감독의 판단하에 연기인지 리허설인지 모를, 대사인지 애드립인지 모를 묘한 연기가 되어갔습니다.

그런 방식의 시대극은 지금까지 한 번도 없었기에 첫 회의 방송은 시청률도 그리 잘 나오지 않았지만, 요상한 시대극이 나왔다는 소문만큼은 빠르게 퍼져나가서 두 번째 회의 방송에서 시청률이 두 자릿수로 오르고 그 뒤로는 회를 거듭할수록 우상향입니다. 극 중에 슌스케가 손바닥에서 하얀 실을 내쏘는 것이 아이들 사이에서 유행하기 시작하자 드디어 평가는 급상승. 특히 극 중 슌스케를 돕는 사천왕 역의 남자 배우들이 드라마 내에서 결성한 록밴드의 〈여자 거미 록〉이라는 곡은 씨디로 발매되어 에도시대 사람으로 분장한 극 중 모습 그대로 가요 프로그램에 등장하기도 했고 연말 〈홍백가합전〉에서도 출연 제의가 있을 거라는 이야기까지 나올 정도였습니다.

이런 식으로 작게 시작된 소용돌이가 서서히 주변을 휩쓸 만큼 거대해지는 한가운데에 서 있다 보면 본인은 그걸 깨닫기 힘들지만, 당초 계약대로 11회의 녹화가 끝날 무렵에는 슌스케가 잠깐만 거리를 걸어도 여기저기서 사진과 악수, 사인 요청을 받는, 이른바 시대의 아이콘이 되어 있었던 겁니다.

이 정도의 반향을 일으키자 당연히 당장이라도 속편을 제작하자는 이야기가 나왔고, 물론 슌스케도 거절할 이유가 없어서 일단 제안을 받아들였습니다. 한편, 드라마의 흥행에 호응해서 가부키 〈여자 거미〉의 재공연도 확정되었는데 이쪽은 신바시 연무장을 시작으로 주요 도시는 물론이고 지방 공연장까지 빈틈없이 순회하는, 이 작품이라면 어떤 지역에서든 관객이 몰려들 것을 확신한 상업적인 기획이었습니다.

게다가 그 순회공연 틈틈이 교토의 촬영장에서 속편 드라마를 촬영해야 하니 슌스케의 몸이 비명을 지르는 것도 무리가 아니었습니다.

그 일은 규슈 구마모토 문화 홀의 공연에서 일어났습니다.

평소처럼 무대도 후반부에 이르러 여자 거미로 변신한 슌스케가 손바닥에서 하얀 실을 발사하며 화려한 액션을 선보일 때였습니다. 원래는 적에게 쫓기는 여자 거미가 일단 꽃길 중간까지 도망쳤다가 거기서 다시 기세를 되찾아 반격에 나서는 장면이었는데, 힘차게 무대에서 꽃길로 달려 나가던 슌스케의 다리가 마치 무언가에 걸린 것처럼 비틀거렸고, 그렇게 되자 무거운 가발과 의상에 몸의 균형이 무너지는 건 피할 수 없는 일. 그대로 요란하게 나동그라지며 객석으로 떨어지고 맙니다.

다행히 떨어진 곳에 앉아 있던 사람은 체격이 좋은 남자 두 명이라 관객이 부상당하는 일은 없었지만, 이 보기 드문 추락 사고에 만석이던 공연장은 술렁이기 시작하고 당황한 사천왕들이 무대에서 내려와 여자 거미를 끌어 올리는 무척 맥 빠지는 장면을 연출하고 맙니다. 그 뒤에라도 극이 재개된 건 다행이었지만, 슌스케의 오른 다리는 골절이라도 된 건지 심하게 아파져서 이를 악문 채 진땀까지 흘려가며 간신히 연기를 이어 나가는데, 역시 평소처럼 액션 장면도 미에 포즈도 제대로 되지 않습니다.

결국 이변을 알아챈 사천왕들이 슌스케를 보호하듯 움직이느라 동선은 엉망이 되고, 그에 따라 연주자와의 호흡도 흐트러지면서 누가 봐도 형편없는 종막이 되고 말았습니다.

막이 내리자 출연자는 물론이고 제자들까지 달려오는데, 그 자리에서 주저앉아버린 슌스케는 한 걸음도 움직이지 못합니다.

"선생님, 접질리신 겁니까? 부러진 거예요?"

당황하는 제자들에게…….

"미안한데 못 일어나겠다. 들것 좀 가져와."

입술을 깨물며 대답하는 슌스케.

들것으로 분장실에 실려 가서 억지로 뜯어내듯이 의상을 벗고 나자 고통스러운 오른 다리는 접질리거나 골절된 것처럼 보이지는 않았고, 다만 혈색이 심하게 안 좋았습니다. 하지만 발끝의 혈색이 나쁜 건 어제오늘 일도 아니었고, 당황한 공연장 관계자들이 이미 부른 구급차로 시내 병원으로 향하며 잠시 누워 있자 격통激痛은 느껴지지 않았습니다.

"분장실 정리 잘해놓으라고 해."

들것 위에 누운 채로 다음 순회공연을 위한 지시까지 내립니다.

그리고 도착한 큰 병원에서 그를 진찰한 것은 이제 막 대학을 졸업한 듯한 젊은 의사. 검사 후에 휠체어에 탄 채로 이 젊은 의사와 마주했을 때였습니다.

"이런 말씀 드리기 송구하지만, 매우 심각한 상태입니다. 이미 오른쪽 발끝에서 괴사가 진행되고 있습니다."

순간 슌스케는 괴사라는 말을 제대로 못 알아듣고 "회사요?"라고 되묻지만, 젊은 의사는 딱딱하게 굳은 표정으로 괴사라는 게 어떤 상태인지, 이대로 방치하면 어떻게 되는지, 그렇게 되지 않기 위해 어떤 조치를 취할 수 있는지, 아니, 어떤 조치밖에 없는지를 슌스케 앞에서 담담히 설명하는 것이었습니다.

"저기, 선생님."

슌스케가 저도 모르게 끼어들었습니다.

"……그 전에, 왜 이런 상태가 되어버린 겁니까?"

실제로 의사가 이야기하는 건 전부 앞으로의 일뿐이지만, 슌스케는 아직 현재의 상태조차 이해하지 못하고 있었습니다.

쉽게 말해 괴사란 사고나 질병으로 인해 신체 일부의 조직이나 세포가 죽는 것으로, 세균이나 바이러스 등의 감염, 독극물에 의한 파괴, 약제의 부작용, 신경성 장애 등도 원인이 되며 그중에서도 발 쪽의 병변은 당뇨병 등에 의해 발생하기 쉽다고 합니다.

게다가 발 쪽 병변은 중증화되기도 쉬워서 괴사나 괴저 증상으로 다리를 절단해야만 하는 사람이 연간 1만 명 이상인데, 이는 발가락 절단은 제외하고 무릎이나 다리 전체를 절단하는 경우만 포함한 숫자입니다.

젊은 의사의 설명을 마지막까지 가만히 듣고 있던 슌스케의 머릿속에서 떠오른 생각은 세 가지였습니다. 독극물에 의한 파괴. 아버지도 앓았던 당뇨병. 그리고 마지막은 빨리 도쿄로 돌아가 베테랑 의사에게 진찰을 받아야 한다는 것이었습니다.

그렇게 당황하는 하루에의 목소리를 키쿠오가 들은 건 처음이었습니다.

분장실로 걸려 온 전화를 키쿠오가 받은 것은 오후 공연의 휴식 시간에 배달시킨 오리 메밀국수를 먹을 때였습니다.

"미안한데 잠깐 이야기할 수 있어?"

하루에의 목소리는 이미 떨리고 있었고, 키쿠오의 머릿속에 먼저 떠오른 것은 아야노에게 무슨 일이 생겼나 하는 생각이었습니다. 하지만…….

"……지금 우리 남편이 검사에서 오른 다리가 괴사했다는 말을 들었다는데, 그 뭐냐, 나도 잘은 모르겠지만 아무래도 그 오른쪽 다리를 절단해야만 한다는데, 그 뭐냐, 선생님이……."

순회공연장에서 슌스케가 꽃길에서 떨어졌다는 소식은 이미 들었기에 키쿠오는 당연히 그때 생긴 부상 때문인 줄 알고 되묻습니다.

"절단이라니? 골절 같은 거 아니었어?"

하지만 그때부터 하루에의 말은 더욱 두서가 없어져서 알아들을 수가 없었습니다.

"……일단 그쪽으로 갈게. 한 막만 출연하면 저녁 공연까지 두 시간 정도 비니까."

다음 출연까지 앞으로 한 시간 정도 남았고 병원은 츠키지에 있었기에 가부키좌 극장에서는 차로 5분 거리였지만, 아무래도 하얀 분을 바른 상태로 갈 수는 없습니다.

그날 무대를 제대로 마친 키쿠오가 츠키지 병원에 도착한 것은 그로부터 두 시간 뒤였습니다.

안내받은 병실로 향하자 공교롭게도 하루에는 자리를 비웠고 슌스케가 침대에 누워 있습니다.

"무슨 일이야?"

다가가며 묻자…….

"아, 키쿠짱. 일부러 와준 거야? 맞다, 나도 아야노 소식 들었어. 그 애가 장차 스모 도장의 사모님이 된다니. 왠지 아야노한테는 딱 어울리는 것 같기도 하고."

전혀 엉뚱한 말로 키쿠오를 맞이합니다.

"아야노 소식보다, 너 다리를……."

역시 거기서 말을 잇지 못하자, 슌스케가 자기 다리에 감겨 있던 붕대를 스르르 풀어 보여줍니다.

"무릎 밑으로 절단해야 한다더라."

키쿠오 앞에 그 괴사했다는 슌스케의 다리가 있습니다.

"……원래는 이 정도까지 진행되면 훨씬 심한 녹색으로 변색되어야 한다는데, 내 경우는 조금 특수하대. 원래 피부가 두껍기도 하고, 게다가 오랜 세월 다리에까지 하얀 분을 바른 탓인지 일반인보다 색이 엷다고도 하고. ……안 그래? 그냥 보면 염좌 정도인 것 같잖아. 그래서 나도 계속 그냥 내버려둔 거였는데."

키쿠오가 아무 대답도 못 하는 사이, 하루에가 병실로 뛰어 들어옵니다.

"아, 잘됐다. 와줬네. 저기, 키쿠짱, 어쩌면 좋지? 다른 병원으로 데려가 보는 게 나을까? 아예 미국에 있는 병원에라도 가면 최첨단 의학으로 어떻게든 될 수도 있잖아. 안 그래?"

마치 키쿠오가 그 방면의 전문가라도 된다는 듯 하루에가 매달리지만…….

"진정해. 아까 선생님도 말씀하셨잖아. 이제 절단하는 방법밖엔 없다고."

"그래도, 당신…… 다리를 자른다는 건 다리를 잘라낸다는 소리 잖아!"

"나도 알아. 그거 말고 무슨 다른 뜻이 있겠어?"

이 자리에 어울리지 않는 슌스케의 웃음소리만 좁은 병실에서 메아리칩니다.

"……저기, 키쿠짱. 한쪽 다리만으로 할 수 있는 배역이 뭐가 있 을까?"

슌스케의 그 말을 듣고서야, 키쿠오는 지금 눈앞에서 무슨 일이 벌어지고 있는지를 처음 피부로 실감했습니다.

"아니…… 안 돼, 안 되잖아. 다리를 잘라낸다니, 안 돼……."

무의식중에 나온 오사카 억양에…….

"안 되긴 뭐, 의사가 그것밖에 방법이 없다는데 어쩌겠어."

묘한 표준 억양으로 넉살을 부리는 슌스케.

"어쨌든 일단 다 같이 생각해 보자. 분명 무슨 수가 있을 거야."

"그러니까, 그 무슨 수도 없다니까 그러네. 여기까지 진행된 이 상 1분이든 1초든 빨리 수술받는 게 좋대. 그러지 않으면 무릎 밑 으로는 끝나지 않는다잖아."

그 자리에 있던 누구보다도 씩씩한 것이 당사자인 슌스케였지만 그렇다고 그냥 체념해 버릴 수도 없는 노릇입니다. 침묵하는 세 사 람의 귀에 저녁 식사 준비를 알리는 안내 방송이 들려오고, 알루미 늄 냄새가 섞인 저녁밥 냄새가 풍겨왔습니다.

"저기, 키쿠짱. 부탁할 게 하나 있는데."

잠깐의 침묵 뒤에 먼저 입을 연 건 슌스케였습니다.

"……이렇게 된 이상 마음 단단히 먹는 수밖에 없어. 일단 수술을 받고, 선생님 이야기를 들어보면 의족을 달고 재활에 힘쓰면 걷지 못하는 것도 아니라고 하니까. 난 반드시 무대로 복귀할 거야. 다만 그때까지는 시간도 조금 걸릴 테고……."

"카즈토요 이야기지?"

끝까지 듣지 않아도 키쿠오에게 슌스케의 마음이 전해져옵니다.

"……알았어. 카즈토요는 내가 잘 맡을게."

"그래 주면 든든하지."

"내가 할 수 있는 일은 뭐든 할게. 그 대신 반드시 돌아와야 해, 슌도령."

키쿠오의 말에 조용히 고개를 끄덕이던 슌스케가 문득 무언가를 떠올린 듯 미소 짓습니다.

"부활극이라면 처음 해보는 것도 아니니까."

이제부터 자신이 얼마나 큰 괴로움을 견뎌야 하는지, 이미 부활극을 경험해본 슌스케는 잘 알고 있는 거겠지요. 그런데도 다시 부활하겠다고 말한 것입니다.

슌스케가 오른 다리에 절단 수술을 받은 것은 그로부터 얼마 뒤였습니다. 다행히 수술은 성공적이었지만 마취가 풀린 뒤에 절단한 부분이 터져버린 듯한 격통이 느껴진다고 했고, 등 쪽으로 경막외마취를 지속하는데도 콘크리트에 발목이 찌그러지는 듯한 통증은 그대로였습니다. 이것은 사라진 부위에서 고통이 느껴지는 환지통이라고 하는데, 재활 의사가 해준 조언은 그저 다음과 같았습니다.

"현실을 받아들이세요. 반년이 걸리든 1년이 걸리든 간에, 통증은 반드시 조금씩 사라지니까요."

분장실의 가림판 너머에서, 카즈토요가 놀러 온 술친구들과 떠들썩하게 웃어대는 소리가 들렸습니다. 하지만 들으면서 거슬리진 않았고 가림판 너머에서 키쿠오가 무대 준비를 한다는 걸 잘 아는 만큼 목소리가 높아지려고 하면 카즈토요가 주의를 주었지만, 그래도 목에 하얀 분을 바르면서 계속 신경이 쓰이는 것도 사실이었습니다.

키쿠오 역시 가부키 배우인 만큼 분장실에 방문해 주는 팬이나 후원자가 얼마나 소중한지는 잘 압니다. 어찌 보면 그들과의 관계가 그대로 배우의 인기나 흥행을 좌우하기도 하므로 많으면 많을수록, 친밀하면 친밀할수록 좋긴 한데, 카즈토요와 그 술친구들 사이에는 배우와 팬을 나누는 경계선이랄지, 긴장감 같은 것이 전혀 없다는 게 문제입니다.

굳이 말하자면, 무대에서 어떤 예술을 선보이든 무조건 배우를 지지하는 팬일수록 그게 오히려 배우 인생을 끝장내는 독이 되는 겁니다.

이제야 친구들이 돌아갔는지, 가림판 너머에서 바로 카즈토요가 사과했습니다.

"삼촌, 시끄럽게 해서 죄송합니다."

그러자 키쿠오도 자연스레 잔소리할 기회를 잃었고…….

"그러고 보니 이번 아사쿠사 공회당에서 〈처녀 도조지〉를 한다 면서?"

그런 말을 꺼내자 다다미 바닥이 쓸리는 소리와 함께 카즈토요 가 얼굴을 내밉니다.

"삼촌한테 잘 배우래요. 아버지가."

"그야 가르치는 건 얼마든지 가르쳐줄 수 있지만……. 그보다도 아버지는 좀 어떠냐?"

"비명을 지르며 재활 중이시죠."

"의족은?"

"움직이기 편하면 불안정하고, 안정적이면 움직임이 불편해서 좀처럼 고르기 힘드신가 봐요."

"담당자가 붙어 있을 거 아냐?"

"네."

공손하다면 공손하고, 대답만 잘한다면 대답만 잘합니다. 이렇 게 양아버지처럼 같은 분장실을 쓰면서 키쿠오가 느낀 솔직한 감 상이었습니다.

"너, 올해 스무 살이던가?"

"네."

"딱 네 나이 때 나도 네 아버지랑 〈처녀 도조지〉를 했었거든."

단순히 공연하기만 한 게 아니라, 그때 2대손 한지로와 함께 힘 든 지방 순회공연을 돌다가 극 평론가 후지카와의 눈에 띄었던 거 니까 지금의 두 사람을 있게 해준 작품이라고 해도 과언이 아니었습니다.

당연히 카즈토요도 그 정도는 알고 있을 거라 생각한 질문이었지만, 돌아오는 대답은 맥이 빠집니다.

"우와. 삼촌하고 아버지가 〈처녀 도죠지〉를 하셨어요?"

손님도 많지 않은 지방 소극장에서, 아무렇지 않게 도시락을 까먹는 사람이나 갓난아이에게 젖을 물리는 아기 엄마 등을 상대로 공연해야 했지만, 당시 그곳에서 춤추던 그들은 지금 생각해도 숨이 터질 듯한 고양감을 느꼈습니다. 무심코 그런 옛날이야기를 꺼내려 할 때였습니다.

"아, 그런데 삼촌. 아야노 누나 결혼식 때는 아버지도 참석하고 싶다네요. 일단은 그걸 목표로 재활하는 건가 봐요."

"배가 불러오기 전에 한다고 일정을 앞당겼거든."

"왠지 굉장할 것 같은데요. 하객도 그렇고 예식장도 그렇고."

실제로 카즈토요의 말대로인 것이, 작년 아야노와의 약혼을 발표한 뒤로 오이카즈치의 활약은 그야말로 눈부셨습니다. 우승까진 하지 못했어도 매번 우승 경쟁에 끝까지 남았고, 다음 대회에서 우승한다면 말할 것도 없거니와 우승하지 못하더라도 똑같은 활약을 보여준다면 이번 결혼식이 결혼과 요코즈나 승격을 동시에 축하하는 자리가 될지도 몰랐으니까요.

주례는 외무대신도 역임한 적이 있는 전 국회의원. 스모계, 가부키계는 물론이고 연예계와 스포츠계, 정재계에서 초대한 하객 목록은 근년에 보기 드물 만큼 호화로웠고, 아야노가 그런 엄청난 결혼 준비를 솜씨 좋게 주도하는 걸 보면, 이미 스모 도장의 사모님

215

으로 손색이 없어 보였습니다.

사실 키쿠오는 이런 대규모의 결혼식이 그렇게 내키진 않았습니다. 왜냐하면 키쿠오가 아는 아야노는 결코 이런 요란한 행사를 좋아하는 사람이 아니었기에 본인을 위해서라기보다 오이카즈치의 체면을 위한 것임이 명백했기 때문입니다.

한 번 결혼식 문제를 상의하기 위해 아야노가 분장실을 방문했을 때는 이렇게도 말했습니다.

"그냥 너희가 하고 싶은 대로 하면 돼."

"그럴 거면 식 같은 거 할 돈으로 여행 갔다가 나머지는 저금하지."

어이가 없다는 듯 대답하는 아야노를 보고 이미 딸은 자신이 아니라 남편과 곧 태어날 아이를 위해 살아가고 있다는 걸 깨닫습니다. 그런 딸을 일생일대의 무대에서 누구보다 빛나 보이게 해주는 것이 못난 아버지가 해줄 수 있는 유일한 일이겠지요.

자, 이 결혼식은 각 방면에서의 노력 덕분에 호화로운 가운데서도 온화한 분위기가 느껴지는 멋진 행사가 되었습니다. 무엇보다도 걱정했던, 신부인 아야노가 혼외자라는 문제도 제일 먼저 피로연 인사에 나선 벤텐이 젊은 시절 경험한 풋풋한 첫사랑 이야기를 재밌게 풀어내다가 그것을 교묘히 키쿠오, 후지코마의 이야기에 빗댄 덕분에 조금 어색하던 식장 분위기가 풀릴 수 있었습니다.

그리고 무엇보다 하객들을 감동시킨 것이 흘러넘치는 눈물도 닦지 않고 부모님의 축사를 듣던 오이카즈치의 모습이었고, 그걸 본 키쿠오도 아야노의 행복한 결혼생활을 확신했습니다.

사실 이 결혼식에서는 기쁜 일이 한 가지 더 있었습니다. 본인이 선언한 대로 슌스케가 수술 후 처음으로 의족을 달고 공적인 자리에 등장한 것입니다. 얼마나 힘든 재활을 견뎌냈는지 지팡이도 없이, 하루에의 부축도 받지 않고 자기 다리로 선 그 모습에 키쿠오는 물론이고 가부키 관계자들은 그의 부활을 확신할 수 있었습니다.

축하할 일은 겹치는 법이라, 예정일을 앞두고 배가 아파져 온 아야노가 검사를 위해 입원했다가 주위의 걱정을 씻어내듯 3킬로그램이 넘는 건강한 여자아이를 낳았던 것이 감동적인 결혼식으로부터 몇 달 뒤의 일이었습니다.

게다가 만약 이 세상에 신이 있다면 배포가 꽤 큰 분인지, 바로 그날 오이카즈치의 요코즈나 승급이 결정되었던 겁니다.

분장실에서 첫 손주의 탄생과 사위의 요코즈나 승급 소식을 동시에 전해 들은 키쿠오는 기쁨을 주체하지 못하고 분장실을 뛰쳐나갔고, 최근 아침저녁으로 기도를 올리던 가부키이나리歌舞伎稲荷 신사에 가서 흐트러진 유카타 옷깃을 여미며 고개를 깊이 숙였습니다.

"덕분에 무사히 태어났습니다. 감사드립니다. 덕분에 요코즈나가 되었습니다. 감사드립니다."

그날 무대를 마치고 키쿠오가 정신없이 병원으로 향하자, 침대에서 아직 쪼글쪼글한 딸을 안고 있는 아야노와 역시나 기자회견이 끝나자마자 황급히 달려왔다는 예복 차림의 오이카즈치, 그리고 누구보다 안심한 표정의 후지코마를 볼 수 있었습니다.

"저기 할아버지 왔네."

후지코마가 키쿠오를 발견하고 말하지만, 고개를 끄덕이면서도 왠지 발이 떨어지지 않습니다. 그러자 오이카즈치가 아야노의 품에서 손녀딸을 조심스레 받아들고, 푹 잠든 그 아이를 이 세상 무엇보다도 소중한 듯 키쿠오에게 건네주었습니다.

품에 안긴 손녀딸은 아직 정말로 작았고, 세상 모든 것을 믿은 채 푹 잠든 얼굴을 보고 있자니 어느새 키쿠오의 눈시울이 뜨거워집니다.

"할아버지가 우네. 키에야, 참 이상한 할아버지지?"

"키에?"

놀리듯 말하는 후지코마에게 키쿠오가 되묻자, 대신 대답해 준 사람은 아야노였습니다.

"기쁨喜이 겹친다重는 뜻으로 키에喜重. 좋은 이름이지?"

손녀딸을 새삼 내려다보는 키쿠오였습니다.

♪ 멋진 검은 담장 너머 소나무에
　요염한 모습의 젖은 머리칼
　죽었을 거야 오토미 씨

이 경쾌한 곡이 카스가 하치로의 목소리를 타고 크게 히트한 것이 1950년대 중반 무렵인데, 사실 이 곡은 유명한 가부키 작품 〈요와나사케 비뚤어진 사랑与話情浮名横櫛〉에서 탄생한 유행가입니다. 때는 에도시대, 잡화점의 젊은 사장 요사부로는 마음씨 착한 미남으로, 이 미남이 야쿠자의 첩이던 오토미와 사랑에 빠져 밀회를 거듭하다 들켜 칼부림 사태로 발전합니다. 바다에 뛰어들어 도망친 오토미는 요사부로가 죽었다고 생각하고 다른 곳에서 다른 남자의 첩이 되는데, 공갈 협박범으로 전락한 요사부로와 재회하게 됩니다.

이번 달, 이 독특하고 요염한 작품에서 오토미를 연기하는 것이 1년 만에 무대에 복귀하는 슌스케였습니다. 아직 익숙지 않은 의족에 부담이 가는 춤이나 액션이 없는 작품이긴 하지만, 화로 앞에서의 여성스러운 몸짓이 강조되는 배역이기도 해서 움직임이 없는만큼 피가 통하지 않는 의족에 관객들의 눈길이 쏠리지 않을까 불안하기도 했습니다.

그래도 첫날 막이 열리자 하나이 백호의 복귀를 고대하던 관객들로 극장은 만석, 슌스케 본인도 오랜 기다림 끝의 복귀 무대에 여념이 없었고 약간의 어색함이 없진 않아도 요염한 오토미를 훌륭히 연기하여 객석의 갈채를 받습니다. 텔레비전 드라마의 주인공으로 대중에게 널리 알려지기도 했기에, 이 대大부활극은 '기적의 부활' '의족의 명배우'라며 모든 매체에서 칭송받았습니다.

그런 부활 무대와 같은 달에 자신이 젊은 시절부터 계속 개최해온 무도회에 참여하던 키쿠오도 연휴를 이용해 교토에서 도쿄로 슌스케의 무대를 보러 왔습니다. 꽃길 대기실에 있는 작은 창으로 감상했는데, 역시 평판대로 관객들은 슌스케가 연기하는 오토미에게 아낌없는 박수를 보냈습니다.

공연이 끝나고 분장실에 들르자, 관객의 평가가 좋은 것에 자신이 있었는지…….

"어땠어?"

지금까지 한 번도 물어본 적 없던 작품에 대한 감상을 키쿠오에게 요구했습니다.

"뭘 하든 그렇게 다리를 가리면 요염하고 말고 할 것도 없지."

여기서 듣기 좋은 말을 해봐야 소용없는 일. 슌스케도 안색이 확 바뀝니다.

"역시 감추는 게 보였어?"

"억지로 감추려고 하지 말고 그냥 내보이면 돼. 훨씬 요염할걸."

"요사부로가 수건을 집는 장면을 말하는 거지?"

바로 구체적인 장면까지 말하는 걸 보면 자기도 위화감을 느끼긴 했던 거겠지요.

"이렇게?"

유카타 차림의 슌스케가 방석 위에서 자세를 풀며 다리를 살짝 내밀어 보입니다. 다리에는 이미 의족을 빼고 있어서 살에 덮인 잘린 무릎이 유카타 밑으로 슬쩍 드러납니다.

"……잠깐만. 제대로 다리 붙이고 나서 한번 해볼게."

슌스케가 의족을 착용하는 사이, 자연스레 키쿠오의 시선이 향한 화장대 선반에는 진통제라고 적힌 약봉지가 있었고, 옆에는 오늘 먹은 것으로 보이는 캡슐 약의 빈 용기가 아무렇게나 놓여 있습니다.

"이렇게 와서, 이렇게 말이지? 앉을 때 화로가 있으니까 쉽진 않은데, 뭐 일단 이렇게 앉아야 하잖아. 그리고, 맞다. 이렇게. 키쿠짱

220

이 말한 것처럼, 제대로 앉으려고 하면 틈이 안 나. 그래도, 맞다. 이때 이렇게 해서 슬며시 다리를 내밀면 되겠구나. 확실히 이쪽이 더 요염해 보이겠어."

전신 거울 앞에서 누구에게 보여주는 것도 아닌데도 같은 동작을 반복하는 슌스케. 그때 문득 시선을 든 슌스케가 거울을 통해 키쿠오를 바라봅니다.

"……키쿠짱. 이렇게 앉는 연기가 많은 배역이라면 괜찮지만, 춤추는 건 이제 힘들지도 모르겠어."

"겨우 1년 만에 이 정도까지 움직일 수 있게 된 거잖아? 그럼 〈도죠지〉든 〈등나무 아가씨〉든 금세 춤출 수 있게 될걸."

"그런가?"

묘하게 침울해져 있었기에 키쿠오는 분위기를 전환하려는 듯 웃으며 말합니다.

"와, 나도 이거 쓰는데."

그리고 화장대에 놓여 있던 염색약을 들어 보입니다.

핸드폰이 울리면서 옆에서 자던 아키코가 미적미적 몸을 일으키는 기척을 키쿠오는 어렴풋이 느끼고 있었습니다. 깊이 잠들었는데도 전화가 울리기 직전에 눈이 떠진 것이 신기했습니다.

"하루에 씨네……."

핸드폰 화면을 확인했는지 잠이 좀 덜 깬 듯한 아키코의 목소리가 들렸습니다.

문득 불길한 예감이 든 키쿠오가 무심결에 몸을 뒤척였을 때입니다.

"여보세요. ……아뇨. 괜찮아요. ……네. ……네. 있어요. 네? 네."

아키코의 목소리가 계속 들려옵니다.

"……저기, 잠깐 일어나봐. 하루에 씨야. 아무래도 슌스케 오라버니가 집에서 난동을 피운다나 봐."

"뭐?"

이불을 확 뿌리친 키쿠오가 아키코의 손에서 전화를 빼앗아 듭니다.

"여보세요."

"키쿠짱? 이런 시간에 정말로 미안한데, 잠깐 와줄 수 있을까?"

"무슨 일이야?"

"슌짱이 말이지, 조금 흥분했거든."

"그러니까, 왜?"

"응……. 잠깐만이라도 좋으니까 와줄 수 있어?"

하루에가 말을 얼버무리지만, 이런 절박한 전화를 하루에한테서 받는 것도 처음입니다.

키쿠오는 전화를 끊고 유카타를 벗었습니다.

"잠깐 다녀올게."

옷을 갈아입으며 머릿속에 떠오른 것은 좀처럼 무대에서 마음대로 움직여지지 않는 자기 몸 때문에 초조해하던 슌스케의 모습이었습니다.

'초조해할 것 없어. 괜찮다니까.'

마음속으로 그렇게 중얼거린 키쿠오가 택시를 탔지만, 오늘따라

신중하게 운전하는 기사님이라 느릿하게 도착한 슌스케의 집에서
는 키쿠오의 상상을 초월한 사태가 벌어지고 있었습니다.

현관 앞에 도착한 키쿠오를 맞이한 하숙 제자는 얼굴이 새파랗
게 질려 있었고, 부엌에서 난동을 피운 건지 복도에는 깨진 그릇과
유리가 마구 흩어져 있었습니다.

"슌도령!"

이름을 부르며 신발을 신은 채 집 안으로 들어서자 바로 장지문
이 열리며 얼굴을 내민 것은 하루에였습니다.

"정말 미안해."

하루에가 나온 방을 들여다보자 조금 전까지 난동을 피웠다는
걸 분명히 알 수 있을 만큼 어깨를 들썩이는 슌스케가 주저앉아 있
습니다.

"슌도령, 왜 그래?"

그의 등 뒤로 말을 걸었지만, 하루에가 몰래 키쿠오에게 도움을
청했다는 것에 화가 난 건지 대꾸도 하지 않습니다.

"카즈토요하고 사모님은?"

대신 하루에에게 묻자 카즈토요는 대학 동아리 여행을 가서 집
을 비웠고, 사치코는 2층으로 피난시켰다고 합니다.

"저기, 슌도령. 무슨 일이야?"

다시 말을 거는 키쿠오 앞에서, 지금까지 간신히 서 있었던 듯
하루에가 주저앉아버립니다.

"오늘, 병원에서 검사받는 날이었거든. 매일 무대에 서야 하니까
늘 특별히 밤에 진찰을 받아."

223

완전히 지친 목소리인데도 그 손은 바닥에 흩어진 찻잎을 무의식중에 모으고 있습니다.

"……그런데 왼쪽 다리도 잘라야만 한데. ……왼쪽 다리도 괴사하고 있으니까 자르지 않으면 안 된대."

그 순간, 복도 안쪽에서 들려온 오열은 아마 몰래 상황을 살피던 사치코의 목소리였겠지요. 키쿠오는 대답할 말도 생각나지 않아 움직이지 않는 슌스케의 등을 바라본 채로 사치코가 오열하는 소리를 그저 듣고만 있었습니다.

슌스케가 오른 다리를 절단하기로 결심했을 무렵, 〈가정의 의학〉 같은 텔레비전 프로그램을 통해 조사해 본 아키코의 말에 따르면 인공투석 환자가 다리를 절단하면 5년 후의 생존율이 20퍼센트도 되지 않는다고 했습니다. 다만 슌스케의 경우 당뇨병 가족력이 있긴 해도 인공투석을 하는 건 아니니까 낙관하고 있었던 겁니다.

아무 말도 꺼내지 못하는 채로, 키쿠오는 가만히 슌스케의 등을 바라보고 있었습니다. 다다미 바닥의 찻잎을 손바닥에 모으던 하루에가 마치 유골이라도 수습하듯이 그것을 부엌으로 가져갑니다.

방에 두 사람만 남게 되자 슌스케의 등은 더욱 멀게 느껴졌고, 키쿠오는 더욱 할 말이 떠오르지 않았습니다.

부엌에서 복도를 청소해달라고 젊은 제자에게 지시하는 하루에의 목소리가 들려옵니다. "청소기 돌릴까요?"라고 묻는 제자에게 "먼저 유리나 그릇 파편을 줍지 않으면 청소기가 못 빨아들여"라고 대답하는 목소리가 흥분한 것처럼도, 울고 있는 것처럼도 들립니다.

"내가 먼저 빗자루로 쓸 테니까 넌 지난 신문 가져와서 깨진 걸 정리해 줘. 안 다치게 조심하고."

그때 사치코의 목소리까지 들려오자……

키쿠오는 결국 등 뒤의 장지문을 닫았습니다. 청소하는 소리를 지금의 슌스케에게 들려주고 싶지 않았던 거지만, 막상 닫아버리니 더욱 말문이 막히는 듯합니다.

그렇게 둘이서 얼마나 말없이 있었을까요. 먼저 입을 연 것은 슌스케였습니다. 하지만 그 목소리가 너무 작아서 키쿠오의 귀에는 제대로 들리지 않습니다.

"응?"

키쿠오가 되묻자, 이번에는 제대로 들려옵니다.

"키쿠짱, 이제 글렀어……. 분하지만 여기까지야."

'그렇지 않아.'

그렇게 말해주고 싶었습니다. 하지만 지금 그의 눈앞에 있는 건 무릎 밑으로 양다리를 잃어야 하는 가부키 배우입니다.

그때 어째서인지 뇌리에 떠오른 것은 거의 아무것도 보이지 않게 된 선대 백호의 양손을 잡고 분장실에서 무대까지 안내하던 날들이었습니다. 아아, 그래. 그건 선생님이 아들인 슌스케에게 보여주기 위해, 대신 나한테 보여주셨던 배우의 의지였구나, 하는 생각에 이릅니다.

"슌도령. 선생님은 말이지, 정말 마지막의 마지막까지 무대에 서셨어."

키쿠오는 그저 그렇게 말했습니다.

제17장

5대손
하나이 백호

가부키 십팔번 〈스케로쿠 에도의 벚꽃助六由緣江戸桜〉에 등장하는 아게마키는 요시하라의 전성기를 상징하는 듯한 최고급 유녀 역할로, 그 의상의 호화로움도 당대 제일입니다. 최고위 유녀인 게이세이의 품격을 보여주기 위해 몸에 걸친 옷은 정월正月 장식 문양 기모노로 소나무와 나무채羽子板 자수는 물론이고 어깨에서는 금줄 문양이 파도처럼 내려옵니다.

이 의상에 높은 나막신을 신고 남자 하인의 어깨를 빌리며 하느작하느작 무대 옆으로 물러난 것은 키쿠오였고, 조금 전까지 서 있던 무대 위에서는 꽃길에서 교대하듯 등장한 스케로쿠를 향해 관객들의 박수갈채가 쏟아지고 있습니다.

악역인 히게노잇큐 상대로 욕설을 쏟아내는 장면을 연기한 키쿠오는 이제부터 한 시간 정도는 다음 출연까지 여유가 있었기에 먼저 높은 나막신에서 내려와 무거운 기모노를 벗은 다음 가발은 그대로 붙인 채 분장실로 돌아옵니다.

계단을 내려오는 키쿠오를 위해 앞장서서 달려가는 것은 제자인 쵸키치였고…….

"실례합니다, 실례합니다."

좁은 계단에서 복도까지, 사람들 사이로 열심히 길을 엽니다.

"쵸키치, 오늘 나한테 붙어 있던 남자 하인은 누구였어?"

"아, 죄송합니다. 말씀드리는 걸 깜빡했네요. 덴키치 씨가 갑자기 병이 나서 급하게 미쿠니야三國屋의 도련님으로 교체됐어요."

"그렇지? 왠지 어디서 본 것 같다 싶었어."

이제 와서 뒤를 돌아보지만, 이미 무대가 보이는 위치는 아닙니다.

"……덴키치 씨는 무슨 병인데?"

"맹장이래요. 입원하셨다고."

"그건 큰일이네."

분장실로 돌아오자 기다리던 가발 담당이 빗과 비녀가 가득 꽂힌 화려한 가발을 신중히 벗겨줍니다.

갑자기 몸이 가벼워진 키쿠오는 화장대 앞 방석에 책상다리로 앉습니다.

"그럼 그 타케시 녀석, 대학은 이제 졸업한 거야?"

다시 미쿠니야의 아들에 관해 묻자 쵸키치가 웃음을 터뜨립니다.

"결국 학점이 부족해서 유급 처리당하고 중퇴했다나 봐요."

이 미쿠니야는 에도의 아즈마와 이토, 또 간사이의 하나이, 이쿠타 등의 명문가와 비교하면 적통에서는 조금 벗어난 일문이긴 하지만, 그래도 에도시대 후기에 가문이 시작된, 중견급 배역을 대대로 지켜온 중요한 집안입니다. 이 미쿠니야의 당주가 키쿠오와 같은 세대인 9대손 미쿠니야 곤주로고 그 외동아들이 아까부터 언급되고 있는 타케시였습니다.

배우의 아들인 만큼 어린 시절부터 분장실 주변에서 뛰어놀며 컸고, 물론 키쿠오와도 자주 봤습니다. 이쪽 분장실에서 몰래 냉장고 아이스크림을 훔쳐 먹은 다음엔 저쪽 분장실을 방문한 게이샤의 기모노 치마를 들치고 도망치는, 늘 누군가와 추격전을 벌이던 개구쟁이였습니다.

"미쿠니야 도련님은 왜요?"

유카타를 개기 시작한 쵸키치가 묻습니다.

"아니, 그냥."

그렇게 대답하며 키쿠오가 떠올린 것은 아까 어깨에 손을 올리고 걸을 때 보였던 타케시의 목덜미였습니다. 오이란을 인도하는 젊은 하인 역인 만큼 늠름한 게 당연하지만, 그 분위기에 말로 표현하기 힘든 의젓함이 있었고, 그게 또 묘한 요염함을 불러일으켰던 겁니다.

바로 그때 복도에서 시원시원한 웃음소리가 들려왔고, 무슨 일인가 하며 출구 쪽을 돌아보자…….

"키쿠짱, 있어?"

슌스케가 포렴 안으로 얼굴을 내밀었습니다.

"어, 슌도령."

키쿠오가 황급히 일어선 건 양다리를 잃은 슌스케를 부축하려고 무의식중에 몸이 움직였기 때문이었는데, 안으로 들어선 슌스케는 벽에 손을 짚으면서도 의족을 붙인 양다리로 지팡이도 없이 서 있었습니다.

"혼자 왔어?"

키쿠오가 무심결에 묻자…….

"카즈토요한테 데려와달라고 했지. 이젠 혼자서도 여기저기 잘 돌아다닐 수는 있지만 말이야."

정작 카즈토요는 같이 들어오지 않은 건지, 슌스케는 익숙한 동작으로 의족에 신은 슬리퍼를 벗고 분장실로 들어옵니다.

"의족은 좀 어때?"

키쿠오가 방석을 던져주며 스스럼없이 맞이하자…….

"먼저 이쪽을 이렇게 구부리면, 제일 앉기 쉬워."

그렇게 말하며 자세가 무너지듯 엉덩방아를 찧습니다.

"보다시피 이렇긴 하지만, 매일 격투 중이야. 하루에는 '갓 태어난 새끼 사슴 같네' 하고 비웃더라니까. 너무하지 않냐?"

슌스케가 그렇게 말하며 기분 좋게 웃었지만, 슌스케의 다음 출연까지 시간이 많이 남지 않았다는 걸 떠올린 듯합니다.

"……맞다. 오늘은 말이지, 키쿠쨩한테 직접 할 말이 있어서 왔거든."

"할 말?"

"응…… 역시 난 무대에 서고 싶어."

"그건 나도 이해해. 그러니까 최대한 시간을 들여서……."

"응. 나도 그렇게 생각했어. 그런데 이렇게 되어버린 이상, 역시 원래대로 돌아갈 수는 없잖아."

순스케가 그렇게 말하며 피가 통하지 않는 의족을 원망스러운 듯, 또 사랑스러운 듯 때립니다.

'아니, 괜찮아. 재활을 계속하다 보면 다시 원래대로 돌아올 수 있어.'

그렇게 말하기는 쉽지만, 쉬운 말만큼 잔인한 것도 없습니다.

"그래서 뭔데, 할 말이라는 게."

"그게, 이런 상태로 설 수 있는 무대가 없나 여러모로 생각해 봤는데 말이야……. 난 말이지, 〈스미다강〉을 해보고 싶어. 아, 물론 이런 몸으로는 쉽지 않다는 건 잘 알아. 그래도 최대한 할 수 있는 만큼은 해보려고."

문득 기척을 느끼고 키쿠오가 전신거울을 돌아보자, 복도에 몸을 감추듯 이야기를 듣고 있는 카즈토요의 모습이 보였습니다.

절단 수술은 성공적이었지만, 이후 당뇨병 수치가 서서히 나빠지고 있다는 소식은 키쿠오도 들었습니다. 당뇨병 환자가 다리 절단 수술을 받은 경우, 5년 이내 사망률이 60퍼센트를 넘는다는 사실을, 결코 직접 언급하진 않아도 본인은 물론이고 가족들도 잘 알고 있습니다.

솔직히 말하자면 순스케의 지금 상태로 무대에 서는 건 불가능에 가까울 겁니다. 게다가 〈스미다강〉이라면 주인공인 한뇨노마에가 거의 계속 출연하면서 상대역인 뱃사공을 앞에 둔 채 광기의 일인극을 연기해야만 합니다.

"……할 말이라는 건 다름이 아니라, 만약 내가 〈스미다강〉의 한뇨노마에를 하게 되면, 키쿠짱은 뱃사공으로 출연해 줄 수 없을까 하는 거야. 아니, 물론 주인공은 한뇨노마에고 뱃사공은 조연이기도 하니까 원래 키쿠짱에게 부탁할 만한 역할이 아니라는 건 알아. 하지만……."

"할게. 기꺼이 할게."

슌스케의 말을 가로막듯이 키쿠오가 끼어들자 실은 긴장하고 있었는지 슌스케의 어깨가 쓱 내려갑니다.

그 뒤에 들려준 슌스케의 이야기에 따르면 아직 미츠토모의 승인을 얻지도 못했고 무엇보다 일단 자신이 무대에서 움직일 수 있는 상태가 되어야만 합니다. 그렇다면 실현까지 긴 시간이 걸릴 테지만, 다른 쪽의 시간이 확실히 줄어들고 있는 상태에서 가만히 있을 수만은 없습니다.

"꼭 정해진 형태로만 할 필요는 없어."

키쿠오가 무심결에 말했지만, 그게 오히려 상대를 무시하는 말이라는 걸 금세 깨닫습니다.

"……아니 그러니까, 편한 방법으로 하라는 뜻이 아니야. 슌도령만의 한뇨노마에를 보여주면 되는 거잖아."

"저기, 키구짱. 둘이서 만기쿠 씨의 〈스미다강〉 봤던 거 기억해? 그때 우린 아직 열여섯이었는데."

"열여섯밖에 안 됐던 건가. 좀 더 어른이었던 것 같은데."

"그야 기온 거리에서 후쿠하루, 후지코마랑 놀던 시절이니까 당연히 애들은 아니었지."

눈을 감으면 한뇨노마에를 연기하던 만기쿠의 모습이 선명히 떠

231

오릅니다.

행방불명된 자식을 찾아 떠도는 미친 여자.

그때 키쿠오는 "이게 무슨 여자야, 괴물이지"라고 했고, 반면 슌스케는 "확실히 괴물이다. 그런데 아름다운 괴물이야"라고 대답했습니다.

키쿠오의 출연이 임박해 오자 가발 담당과 의상 담당, 쵸키치 등이 들어와서 다음 기모노를 입을 준비를 시작했고, 카즈토요의 어깨를 빌리며 분장실을 빠져나가는 슌스케에게 다급한 작별 인사를 합니다.

"뭐든 할 테니까 꼭 연락해!"

다음 장면에서 키쿠오가 착용하는 건 칠석 소원 종이가 바람에 나부끼는 커다란 기모노로, 소매에 팔을 넣고 옷깃을 여미는 사이 서서히 표정이 온화해진다는 게 신기합니다.

"자, 가자."

총 네 명이 동원된 의상 착용이 끝난 뒤, 좁은 복도 벽에 의상이 쏠리지 않도록 주의하며 무대 옆으로 이동하자 이미 출연이 끝났을 미쿠니야의 타케시가 하인 복장인 채로 악기 연주 방 옆에서 무대를 지켜보고 있습니다.

"야."

키쿠오가 부르자 타케시가 바로 달려옵니다.

"3대손 삼촌, 아까는 죄송했어요. 인사도 제대로 못 드리고."

"너, 대학 그만뒀다면서?"

"뭔가 적성에 안 맞는 것 같아서요."

"미쿠니야 형님, 크게 실망하셨지? 너 입학할 때 얼마나 기뻐하셨다고."

실제로 그랬는지 타케시도 면목 없다는 표정입니다.

"타케시, 너 여장 배우 해라."

"네?"

너무나 갑작스러운 키쿠오의 말에 타케시가 놀라는 것도 당연합니다. 지금까지 아버지의 뒤를 잇기 위해 남자 배역만 해왔고, 아직 젊은 나이긴 해도 첫 무대부터 따지면 20년 가까운 경력이다 보니 키쿠오의 말은 어찌 보면 남자 배역으로는 실격이라는 뜻이기도 했던 겁니다.

하얀 분을 칠한 타케시의 표정에서 키쿠오는 그런 감정을 읽어 냈습니다.

"기초부터 다시 배울 각오로 날 따라와. 미쿠니야 형님한테는 내가 말해둘 테니까."

거기까지 말했을 때 등장하라는 신호가 들렸고, 순식간에 온화한 표정으로 바뀌며 방울이라도 울릴 듯한 걸음걸이로 무대에 나가는 키쿠오였습니다.

사실 키쿠오가 타케시에게 한 제안은 우선 타케시가 최고의 여장 배우에게 필요한 절대적인 위엄 같은 것을 본인도 모르는 사이지니고 있었다는 걸 키쿠오가 꿰뚫어 본 것은 말할 것도 없고, 지난 몇 년 동안 양부모처럼 데리고 있는 카즈토요의 소질이 아무래도 여장 배우보다는 남자 배역에 잘 맞는다는 게 키쿠오가 내린 결론이었습니다. 그렇다면 카즈토요와 상성이 잘 맞는 동 세대의 여장 배우를 찾아주는 것도 양부모의 역할일 테니 그런 키쿠오의 기준에 가장 부합하는 게 타케시였던 겁니다.

여장 배우에게 필요한 절대적인 위엄이라고 말하기는 쉽지만, 그렇다면 그게 실제로 어떤 건지는 키쿠오 본인도 설명하기 어렵습니다. 다만, 예를 들어 타케시가 분장실 복도에 서 있다고 가정해 봅시다. 선배 배우가 들어와도 된다고 허락하는 걸 기다리고 있는지, 아니면 단지 시간을 주체 못 하는 건지, 아무튼 벽에 기댄 채 지루함을 달래려고 다리를 흔들며 그 눈은 더러운 바닥을 향하고 있습니다.

말하자면 텅 빈 상태인 겁니다.

무언가를 보고 있는 것도 아니고 무언가를 생각하는 것도 아닌 텅 빈 몸. 그런데 그 공간의 밑바닥이 흔히 볼 수 있는 밑바닥과는 달리 무서울 만큼 깊다는 것이 누구의 눈에도 명백한 겁니다.

생전에 선대 백호는 자주 이런 말을 했습니다. 여장 배우라는 건 남자가 여자를 흉내 내는 게 아니라, 남자가 일단 여자로 변했다가 그 여자까지 벗어던진 다음에 남는 형태라고요.

그렇다면 변했던 여자를 벗어던진 다음은 그야말로 텅 빈 상태일 겁니다.

한편, 무대 위에서 빨간 펠트를 얹은 나무 접의자에 앉은 키쿠오의 눈앞에서 펼쳐지는 것은 스케로쿠와 그 형, 그리고 친모에 의한 코믹한 재회 장면이었습니다.

난 제대로 텅 빈 상태가 되는 걸까. 문득 키쿠오는 초조해집니다. 눈앞에는 객석을 가득 메운 관객들의 천 개가 넘는 얼굴, 얼굴,

얼굴. 그 하나하나가 눈부실 만큼 밝은 스케로쿠의 무대에서 무서울 만큼 선명히 보이고 있었습니다.

거울 앞에서 아게마키가 되기 위한 화장을 끝낸 키쿠오는 텔레비전으로 손을 뻗어 드디어 우승 결정전이 시작되는 스모 대회 중계의 볼륨을 높였습니다.

"좋아, 힘내자."

자신을 격려하듯 손뼉을 칩니다.

규슈 대회도 오늘로 마지막 날. 우승 결정전에서 맞붙는 것은 양쪽 모두 14승 1패인 동방 요코즈나 와시가하마, 서방 요코즈나 오이카즈치입니다. 드디어 시합 시작 직전인 씨름판 위에서는 두 선수가 서로를 노려보고 있습니다.

사위인 오이카즈치는 요코즈나로 승격한 이후 계속 이 와시가하마에게 우승을 저지당했기에 키쿠오는 그야말로 기도하는 심정으로 관전하고 있습니다.

"오이카즈치, 어깨 쪽에서 땀방울이 반짝거리는군요. 표정에서 기합이 전해져옵니다. 자, 시합 시작됩니다."

아나운서의 조용한 해설과는 반대로 텔레비전에서는 관중들의 파도와 같은 함성이 들려옵니다.

"좋아, 오이카즈치, 가라!"

TV 앞에서 키쿠오가 무릎을 세운 순간, 함성 속에서 두 요코즈나가 격돌했습니다.

"양 선수, 서로 왼쪽 팔이 아래로 오도록 샅바를 잡습니다. 높은 위치를 잡은 오이카즈치! 와시가하마가 뒤집지 못합니다. 오른쪽 팔이 위로 옵니다. 와시가하마, 이대로는 힘듭니다."

"좋아, 좋아, 가라! 가라!"

"아, 오이카즈치가 먼저 공격합니다. 밀어내기! 밀어내기로 오이카즈치! 오이카즈치가 이기고 우승!"

흥분한 아나운서의 목소리와 함께 지금까지 계속 고배를 마셨던 오이카즈치를 축하하는 관중의 함성이 텔레비전을 통해 전해져옵니다.

무심결에 벌떡 일어난 키쿠오도…….

"만세! 만세!"

속기모노의 소매가 흔들리도록 양손을 들었고, 옆에서 지켜보던 쵸키치와 다른 제자들도 키쿠오를 따라 만세삼창을 합니다.

"키쿠짱, 이겼네!"

문득 돌아보니 옆 분장실에서 응원하고 있었는지 이토 쿄노스케가 스케로쿠의 모습으로 들어와 있었고…….

"이야, 이겼어. 잘 이겨줬어."

만감이 교차하는 심정으로 사위를 칭찬하는 키쿠오였습니다.

한편, 숙적 와시가하마와의 맞대결에서 우승한 축하 분위기는 한동안 계속되었고, 우승 퍼레이드를 보여주는 뉴스 영상에서는 수줍어하면서도 진심으로 기뻐 보이는 아야노의 모습도 비쳤습니다. 그런 아야노에게서 손녀딸인 키에의 시치고산(七五三: 가까운 신사나 절에서 아이가 세 살, 다섯 살, 일곱 살이 된 것을 축하하는 행사-옮긴이)에 같이 와줄 수 없냐는 연락을 받았던 게 마침 〈스케로쿠 에도의 벗꽃〉 공연도 슬슬 최종일을 앞두었을 때였습니다.

"그럼 기모노 같은 건 이쪽에서 준비할게."

키쿠오가 바로 승낙했지만, 기모노 등의 준비는 오이카즈치의 부모님이 이미 해주었다고 합니다.

자, 그런 시치고산 당일, 키쿠오도 예복용 기모노 차림으로 신사로 달려가자 그곳에는 분홍색 기모노에 머리를 귀엽게 묶어 올린 키에가 그야말로 사랑스러운 인형처럼 키쿠오에게 달려와 안깁니다.

"할아버지, 할아버지."

그 아이를 안아 올리는 순간, 팔에 느껴지는 무게와 머리카락의 달콤한 향기에 마치 혼자서만 행복을 독점하는 듯한 기분을 느낍니다.

신사에는 오이카즈치의 부모님과 교토에서 올라온 후지코마도 와 있었고 참배가 끝난 뒤에는 햇볕이 내리쬐는 경내에서 기념 촬영도 했는데, 얼마 전 우승한 오이카즈치와 하나이 한지로가 함께 서 있는 걸 본 다른 참배객들에게 순식간에 둘러싸이고 맙니다. 신사가 낯설었던 탓인지, 평소엔 의젓한 키에도 이날은 자신들을 둘러싼 많은 사람에게 겁을 먹어서 촬영도 대충 끝내고 돌아가야 했습니다.

"아빠, 요새 슌스케 삼촌하고는 만나?"

아야노가 깊이 잠든 키에의 앞머리를 쓰다듬으며 그렇게 물었던 건, 신사에서 점심 식사 장소인 호텔로 이동하는 택시 안이었습니다.

"얼마 전 분장실에 와줬는데, 왜?"

"하루에 숙모한테 들었는데, 상당히 무리하고 있나 봐, 재활을. 빨리 무대에 복귀하고 싶은 심정은 이해하지만……."

하루에한테 들었다는 아야노의 이야기에 따르면, 슌스케의 재활 일정은 다소 상식을 벗어난 수준이라고 합니다. 물론 고통을 견디고 있을 슌스케의 모습을 키쿠오도 쉽게 상상할 수 있었고 그게 몸에 좋지 않다는 것도 알지만, 슌스케가 무슨 심정으로 그러는지도 이해가 됐습니다.

"아빠도 너무 무리하지는 말라고 해줘. 계속 그러다간 몸이 마음대로 회복되지 않는 것 때문에 이번엔 정신적으로 힘들어질 거야. 이제 젊은 나이도 아니니까."

하지만 아야노가 아무리 그렇게 말해도 "그럼 무리하지 말라고 이야기할게"라는 대답이 쉽게 나오진 않습니다.

기분이 좋아진 키에와 함께 축하 식사를 끝낸 후, 키쿠오는 자연스레 후지코마와 단둘이 호텔 라운지에 들렀습니다. 주문한 홍차를 한 모금 마시자마자…….

"뭔가 갑자기 노안이 심해져서 말이야."

후지코마의 말에 키쿠오도 대답합니다.

"나도 요새 계속 컨디션이 안 좋아서 아키코의 권유로 아사쿠사의 한약방에 갔어. 거기서 '몸이 무겁고 옛날의 70퍼센트 정도밖에 움직여지지 않는다'라고 증상을 설명했더니 '그야 당연하죠. 언제까지고 20대처럼 움직일 수는 없으니까요'라고 웃더라고. 그런데참 신기하지. 병이 아니라는 걸 알게 되니까 바로 건강해졌어."

"한약은 먹고 있어?"

"일단은. 너는? 몸은 괜찮은 거지?"

"몸 하나는 튼튼하니까. 아직 여자로서의 매력도 있고."

진심인지 농담인지, 후지코마가 스윽 목덜미를 강조합니다.

"남자는?"

키쿠오도 분위기를 타고 물어보자…….

"덕분에 아직 인기 많지."

그렇게 말하며 핸드폰을 꺼낸 후지코마가 아까 신사에서 촬영한 키에의 사진을 보여줍니다.

"여기 이 옆얼굴은 당신하고 꼭 닮았어."

구도는 엉망이고 흔들리기까지 한 사진인데도 손녀딸의 모습을 계속 들여다보는 두 사람이었습니다.

필사적인 재활 노력 끝에 슌스케의 염원이던 〈스미다강〉에서의 무대 복귀가 결정된 것은 그로부터 조금 시간이 흐른 뒤였습니다. 하지만 주최 측인 미츠토모로서도 '억지로 기획하긴 했는데 역시 무리였습니다'라고 변명할 수도 없는 노릇인 만큼, 오디션까지는 아니어도 관계자들 앞에서 한번 공연을 보여달라는 조건을 달았습니다.

그래서 가부키좌 극장을 늦은 시간에 빌려 일단 그 테스트를 위한 연습을 시작했는데, 그 첫날에 슌스케의 움직임을 직접 본 키쿠오의 솔직한 감상은 이렇게 비틀거리는 움직임으로 무대에 서는 건 너무 안타까워 보인다는 사실이었습니다.

ㄱ 뱃사공이여 나를 태워다오
　말하자 뱃사공은 노를 고쳐 잡고

슌스케가 연기하는 한뇨노마에가 뱃사공에게 태워달라고 애원하는 장면인데, 아무래도 자기 움직임이 마음에 들지 않는 슌스케가 거듭 진행을 끊습니다.

밝게 켜진 가부키좌의 조명은 유카타 차림의 두 사람만 비추기엔 너무 강렬했고, 그게 슌스케의 애처로운 움직임을 더욱 선명히 드러내 보이는 듯합니다.

"저기, 슌도령. 일단 마지막까지 쭉 해보자. 한 부분만 계속하면 전체를 파악하기 힘들잖아."

키쿠오의 말이 옳다는 건 알지만 역시 부채를 떨어뜨릴 때의 다리 움직임에 어색한 부분이 있었는지, "그러네"라고 말하면서도 계속 같은 동작을 반복합니다.

자, 이 〈스미다강〉은 가면극에서 가부키로 변형된 작품이며, 전에도 언급했듯이 자식을 인신매매범에게 납치당한 슬픔에 미쳐버리고 그 행방을 쫓아 먼 동쪽 지역까지 찾아온 여자의 이야기입니다. 그 스미다강의 반대쪽 기슭에서는 어째서인지 많은 사람이 염불을 외고 있었고, 뱃사공이 묻자 1년 전 교토에서 인신매매범이 데려온, 여자의 아들로 보이는 소년이 여독을 이기지 못하고 병이 들어 그대로 강가에 버려졌다는 대답을 듣습니다.

슌스케가 편집증적으로 자기 움직임을 확인하는 모습으로부터 키쿠오는 일부러 시선을 피하고 아무도 없는 객석을 둘러보고 있었습니다.

이렇게 쥐 죽은 듯 조용한 가부키좌 무대에 설 때마다 키쿠오는 늘 누군가의 시선을 느꼈습니다.

이곳에 있는 건 자신과 슌스케뿐이고, 물론 무대 뒤에 한두 명의 스태프는 남아 있을 테지만 그들을 말하는 게 아닙니다. 자신들이 서 있는 이곳 가부키좌 무대를 머리 위에서 누군가가 가만히 내려다보고 있고, 물론 올려다본다고 그 누군가와 눈이 마주치는 건 아니지만 거기에 누군가가 있다는 것만은 확실합니다. 예술의 신이 자비로운 시선으로 내려다보는 것 같지도 않고, 그렇다고 무섭게 노려보는 느낌도 아닌, 어딘가 즐겁게 바라보는 듯한 분위기였습니다.

그리고 그 누군가는 키쿠오가 처음 이 무대에 섰을 때부터, 아니, 그보다 훨씬 전부터 계속 그곳에 있었던 것 같습니다. 물론 어찌 설명할 방법은 없지만, 키쿠오에게는 그 기척이 선명히 전해져 왔습니다.

"저기, 슌도령. 가면극 버전의 원래 〈스미다강〉으로 되돌려보는 건 어떨까?"

아무도 없는 객석에서 시선을 돌린 키쿠오가 문득 중얼거리자 동작을 멈춘 슌스케가 바라봅니다.

"가면극 〈스미다강〉으로 되돌린다고?"

그렇게 되물으면서도 키쿠오의 의도를 이미 이해하고 있었는지……

"……미친 설정에 관한 얘기지? 실은 나도 가면극 쪽이 확 와닿

241

거든."

가부키 버전에서 이 한뇨노마에는 납치당한 자식을 찾아 떠도는 사이 미친 여자, 즉 광녀가 되어 동쪽 지역까지 내려갔다고 해석되기 때문에 등장부터 이미 마루야마 오쿄가 그린 오싹한 유령 그림 같은 모습입니다. 하지만 사실 원래의 가면극에서는 이 미치광이라는 뜻이 원래의 의미 그대로 해석되었고, 이 경우 '미치광이'라는 건 기분 좋게 취한 듯이 노래하고 춤추는 도취감을 가리키는 말이 됩니다.

그래서 가면극의 〈스미다강〉에서는 다음과 같은 뱃사공과의 대화가 있습니다.

한뇨노마에: 이보시오, 뱃사공. 나를 배에 태워주시게.
뱃사공: 그대는 떠돌이 광대 같은데, 어디서 와서 어디로 가시는 게요?
한뇨노마에: 나는 교토에서 사람을 찾아 여기까지 왔네.
뱃사공: 설령 교토 사람이라도 광대면 재밌게 춤이라도 춰보시지요. 춤추지 않으면 이 배에는 태워줄 수 없소.

그런데 그것이 가부키로 바뀌면서 처음부터 무시무시한 광녀로 묘사된 것입니다. 물론 가부키 버전에도 그 나름의 정취가 있어서 미쳐 있던 여자가 억울하게 죽은 아들의 목소리를 듣고 갑자기 제정신으로 돌아오는 극적인 연출은 처음부터 미치광이기 때문에 가능한 설정입니다.

"키쿠짱."

잠시 가부키와 가면극에서 〈스미다강〉이 어떻게 달라지는지를 설명하던 슌스케가 문득 모든 걸 이해했다는 듯이 손뼉을 칩니다.

"……나 알았어. 내 움직임이 계속 어색했던 이유를. 난 지금 이런 모습이잖아. 양다리가 없잖아. 하지만 난 절대 이 모습을 구경거리로 만들고 싶지 않아. 하지만 가부키의 〈스미다강〉은 미친 여자 역할이야. 그렇게 되면 미쳤다는 것하고 불구가 된 다리가 같이 보일 수밖에 없어. 난 그게 싫어서 자꾸만 움직임이 어색해졌던 거야. 다리가 없으니까 미친 여자 역할을 맡았다는 소리를 절대 듣고 싶지 않았으니까. 난 지금 내 모습이 추하다고 생각하진 않아. 난 이 모습으로 자식을 사랑하는 어머니를 연기하고 싶어. 아름답고 따뜻한 어머니의 모습을 훌륭히 연기하고 싶어."

키쿠오는 유카타 자락 밑으로 보였다 말았다 하는 슌스케의 의족에서 눈을 뗄 수 없었습니다. 아까와는 달리 그곳에도 피가 통하기 시작한 것처럼 보였기 때문입니다.

연습은 휴식도 없이 그 뒤로도 길게 이어졌고, 드디어 뱃사공을 통해 자기 자식이 이 강기슭에서 죽고 말았다는 사실을 전해 들은 한뇨노마에가……

> 이것은 꿈인가, 너무나 가혹하도다
> 사람들 시선도 아랑곳하지 않고 쓰러져 울면

몸을 떨며 슬픔을 표현하는 장면이 되었을 때, 그 움직임이 너무 격렬했는지 뒤로 젖힌 몸을 지탱하지 못하고 마치 무릎이 툭 부러지듯 자빠진 슌스케가 그대로 바닥에 등을 부딪치고 말았습니다.

당황한 키쿠오가 그 팔을 잡아주려 했지만, 누운 채 어깨를 들썩이며 숨을 몰아쉬는 슌스케가 오히려 키쿠오의 팔을 잡아당겼고, 균형을 잃은 키쿠오도 그 옆에 벌렁 드러눕고 맙니다.

익숙지 않은 의족을 달고 연습한 탓에 슌스케의 가슴은 마치 마라톤이라도 완주한 듯 들썩이고 있습니다. 키쿠오는 그가 숨을 고를 때까지 기다렸다가 입을 열었습니다.

"오늘은 여기까지만 하자."

아직도 숨을 몰아쉬며 천장을 올려다보던 슌스케는…….

"이러고 있으니까 왠지 옛날에 둘이서 아버지한테 배우던 때가 생각나네. 춤이나 동작은 뼈로 기억해야 한다고 하면서……."

"속바지 한 장만 입고서 말이지."

"'이 견갑골로 기억하는 거다!'라면서 먹물로 표시하고."

"온몸이 멍투성이가 되고."

"그래도 그게 이상하게 매일 즐거웠는데."

어느새 두 사람은 똑같이 천장의 조명을 바라보고 있었습니다. 그렇게 눈부시던 조명도 어느새 눈에 익숙해지자 무척 따뜻하게 느껴지는 것이었습니다.

공연 시작 직전에 아슬아슬하게 뛰어 들어온 관객들의 어수선한 분위기도 썰물처럼 빠져나가자 레드 카펫이 깔린 이곳 가부키좌 극장의 입장 홀에도 순간 한가로운 분위기가 흐릅니다.

조금 전까지 후원자에게 인사하느라 바빴던 하루에도 탄바야 스태프에게 오늘의 관객 숫자를 보고받고는 자기처럼 조금 전까지 손님들을 상대하던 아키코에게 말을 걸었습니다.

"저기, 아키코. 잠깐 커피라도 마시러 가지 않을래?"

"언니, 이제 끝나셨어요?"

"우리는 이제 끝났어. 그쪽은? 누구 기다리는 사람 있어?"

"아니요."

"그럼 가자. 가서 뭐 달콤한 거라도 먹자."

"그럼 맛있게 얻어먹을게요."

극장 스태프에게 뒷일을 맡기고 극장 밖으로 나가자 휑뎅그렁한 등 뒤의 홀과는 달리 떠들썩한 긴자 거리의 소음이 일제히 귀에 쏟아져 들어옵니다. 눈앞에서는 긴자의 중심가인 하루미대로가 차들로 꽉 막혀 있고, 극장 앞도 가부키좌 극장의 외관이나 그림 간판 앞에서 기념 촬영하는 국내외의 관광객들로 붐빕니다.

기모노 차림의 두 사람은 역시 눈에 띌 수밖에 없었는지, 금세 해외에서 온 관광객에게 둘러싸이며 즉석 촬영회가 시작되고 맙니다.

잠시 촬영에 협조한 다음 두 사람이 향한 곳은 가부키좌에서 가까운 오래된 제과점으로, 안쪽의 카페 테이블에 자리를 잡고 서로 경쟁하듯 케이크 세트를 주문하고서야 간신히 안도의 한숨을 내쉽니다.

"공연 시작되고 오늘로 닷새째. 이제야 좀 한숨 돌리겠네."

하루에가 핸드폰으로 메일을 확인하면서…….

"……맞다, 아키코는 담배 피우지? 난 괜찮으니까 피워도 돼. 이따가 또 정신없이 바쁠 텐데."

그렇게 말하며 재떨이를 내밉니다.

"고마워요, 언니. 케이크부터 먹고 나서 좀 피울게요."

아키코가 대답하면서 하루에를 물끄러미 바라봅니다.

"왜?"

"아니, 언니는 정말 강한 사람이구나 싶어서요."

"내가? 뭐가?"

"그야 슌스케 오라버니를 이렇게 열심히 도우셨잖아요."

"그거야 당연한 거지. 내 남편인데."

"그래도 저였다면 그렇게 할 수 있었을까 싶어요. 만약에 우리 그이가 오라버니처럼 되었다면, 지금 언니처럼 할 수 있을지…….저였다면 왠지 '이제 그만하자'라고 말해버릴 것만 같거든요."

"아이고, 그런 말을 들으니까 꼭 내가 독한 마누라인 것 같잖아."

물론 아키코의 진심은 하루에에게도 전해졌습니다. 그래서 농담으로 대답할 수밖에 없지요.

점점 회복되어 가는 사람이라면 얼마든지 격려할 수 있습니다. 하지만 슌스케의 상태는 날이 갈수록 눈에 띄게 안 좋아졌고, 그런 사람에게 더 힘내라고 말해야만 하는 괴로움을 아키코도 잘 알고 있기에 이렇게 흔치 않게 단둘이 있게 된 지금, 그녀 나름의 방식으로 위로해 주려는 것일 겁니다.

슌스케의 복귀 공연이 된 이번 〈스미다강〉은, 솔직히 말하자면 정말 힘겹게 첫날 공연을 시작했다고 해도 과언이 아닙니다.

키쿠오와 이인삼각으로 연습할 때와 비교한다면 당연히 슌스케의 움직임은 눈에 띄게 좋아졌지만, 그래도 본인이 원하는 수준에는 한참 못 미치는지 그 답답함에 밤잠도 못 이룰 정도였습니다. 그래도 이미 하기로 마음먹은 이상 그야말로 분골쇄신하는 노력으로 임했고, 그 결과 첫날 막이 오르자 기존에 없던 새로운 해석의 〈스미다강〉은 슌스케의 목표대로 양다리를 잃은 배우의 연기로 동정받거나 평가받는 것이 아닌, 아이 잃은 여자의 슬픔으로 무대를 압도한 것을 극찬하는 박수가 쏟아져 나왔습니다.

다만 연일 극장에 온 관객들이 감동에 휩싸이면 휩싸일수록 막이 내린 직후 슌스케의 피로가 엄청나서 매번 키쿠오는 물론이고 제자들이 안아 들고 분장실로 데려가야 하는 상황이라, 오늘이 닷새째인 것을 생각하면 최종일까지의 여정이 멀게 느껴질 수밖에 없습니다.

하지만 한번 오른 막은 무슨 이유가 있어도 마지막 날까지는 내릴 수 없습니다. 슌스케의 복귀 무대로 기획된 이 〈스미다강〉에서도 본인이 무대에 설 수 없게 된다면 가차 없이 대역이 투입될 것입니다.

덧붙이자면 만일의 사태를 대비한 미츠토모 측도 슌스케가 강판될 경우 이쿠타 쇼자에몬의 제자인 중견 여장 배우를 투입하는 것으로 이야기가 되어 있었습니다. 이건 결코 냉정한 처사가 아닌, 공연을 위해선 어쩔 수 없는 일이었지요. 그래도 슌스케의 필사적인 복귀 무대는 힘겹게나마 계속되어서 드디어 최종일까지 사흘을 앞두고 있었습니다.

뱃사공의 모습이 되어 분장실을 나선 키쿠오는 평소처럼 옆 분장실의 포렴 안을 들여다보며 상태를 살핍니다.

"슌도령, 먼저 간다."

막이 오른 이후로 슌스케의 컨디션이 완벽했던 적은 한 번도 없었지만, 그래도 목소리를 들어보면 상태가 나쁜 정도를 판단할 수 있었던 겁니다.

"키쿠짱, 배에 올라탈 때 말인데……."

오늘은 거울로 시선을 맞추며 슌스케가 먼저 말을 걸었습니다.

"오늘은 부축해 줄까?"

키쿠오가 바로 알아채고 대답합니다.

포렴을 빠져나와 평소처럼 무대로 향하던 키쿠오의 다리가 불길한 예감에 문득 멈춥니다. 순간 다시 슌스케의 분장실로 돌아갈까 하는 생각이 들었는데, 지금 돌아가면 그 예감이 그대로 적중할 것만 같아 오히려 서둘러 그 자리를 떠났습니다. 그렇게 무대 옆까지 온 것까지는 좋았지만, 막상 막이 오를 시간이 되자 아까의 불길한 예감이 되살아나며 가슴이 턱턱 막히는 듯합니다.

"슌도령은 대기실로 들어간 거지?"

직접 보러 갈 수도 없기에 서둘러 쵸키치를 꽃길 쪽 대기실에 보냅니다. 하지만 쵸키치가 돌아오기도 전에 개막을 알리는 태고 소리가 울려 퍼집니다. 그때 무대 위 연주자들의 노래가 시작됩니다.

> ♩ 부모의 마음이란 게 원래 어둠에 속하진 않으련만
> 자식을 너무 아낀 나머지 길을 잃기도 하네

키쿠오는 무심결에 무대 배경 사이로 얼굴을 내밀어 이제 곧 슌스케가 등장해야 할 꽃길을 기도하는 심정으로 바라봅니다.

> ㄱ 직접 겪고 나서야 깨닫는 그 마음
> 누구에게 털어놓고 달래야 하나

다음 순간, 사르르 열린 대기실의 막 너머로 평소와 똑같은 슌스케의 모습이 보입니다. 키쿠오는 괜한 걱정이었나 싶어 맥이 빠지며 그 자리에서 무릎을 꿇었을 정도입니다. 하지만 꽃길을 천천히 걸어오는 슌스케의 상태에 이상함을 느낀 건 바로 그때였고, 몸의 축이 비뚤어졌다고 해야 할지, 시선이 어긋나 있다고 해야 할지, 아무튼 당장이라도 비틀거리며 쓰러질 것처럼 보였습니다.

다만 관객들에겐 그게 연기처럼 보였는지 객석에서는 우레와 같은 박수가 터져 나옵니다.

다음 순간, 원래는 꽃길의 끄트머리까지 도착했을 때 손에 든 대나무 가지로 춤을 춰야 하는데, 곡이 끝날 때까지 거기까지 도달하지 못한 슌스케가 꽃길 중간에서 춤추기 시작했습니다.

"슌도령······."

무심결에 중얼거린 키쿠오의 귀에도 슌스케에게서 어색함을 느낀 예리한 관객들이 술렁이는 목소리가 들려옵니다. 하지만 슌스케는 어떻게든 무대까지 나아가려고 필사적으로 그곳에서 춤을 추고 있습니다.

～ 동쪽 어딘가로 내려갔다는 소식 듣고는
어지러이 흐트러지는 마음과 머리칼

춤추는 중에 무릎을 꿇었다가 원래는 바로 쓱 일어나야 하는 슌스케가 한 번 비틀거리다 그대로 주저앉아버린 건 바로 그때입니다. 본인은 들키지 않으려고 앉은 채 춤을 이어 나가지만 현기증이 일어난 건 분명했고, 이마에 흐르는 엄청난 땀이 강한 조명에 반짝거리고 있습니다.

원래는 꽃길에서 춤을 끝낸 슌스케가 무대까지 도착한 타이밍에 키쿠오가 노를 젓는 배가 등장해야 하지만, 꽃길에서는 슌스케가 몸을 일으키지도 못한 채 어찌할 줄을 모르면서도 열심히 춤을 추고 있었습니다.

"이봐, 지금 나간다. 배를 내보내."

예정과 다른 키쿠오의 다급한 지시에 무대 담당자들이 허둥대며 움직입니다.

키쿠오는 무대 옆에서 배에 올라타자마자 무대 우측으로 내보내라고 눈짓한 다음 손에 든 노를 젓기 시작합니다.

평소와는 다른 뱃사공의 등장이지만, 역시 무대 위 연주자의 샤미센은 흐트러짐이 없었고, 조명도 정확히 뱃사공을 포착합니다.

키쿠오의 등장에 관객들의 시선은 일제히 무대로 집중됩니다. 일부러 큰 동작으로 노를 저어 나만을 바라보라는 듯 객석을 둘러보는 키쿠오의 모습에 관객들은 갈채를 보냅니다.

다만 그의 마음속에서는 '슌스케, 빨리 일어서' 하고 기도하는 마음뿐입니다.

정 안 되면 먼저 배에서 내려 꽃길에서 일어서지 못하는 슌스케를 자연스럽게 맞으러 가려는 생각으로 눈빛을 보내는데, 놀랍게도 돌아오는 것은 '오지 마'라는 슌스케의 강한 시선입니다.

키쿠오는 배에서 내려 무대 중앙으로 나섭니다. 그의 시선 한구석에는 계속 춤을 추며 어떻게든 일어서려는 슌스케의 모습이 들어옵니다.

'일어서. 슌도령, 일어서!'

무심결에 마음속으로 외치며, 소리 내어 말하고 싶은 것을 꾹 참아내면서, 먼 곳을 바라보듯 몸을 비틉니다.

원래라면 이미 한뇨노마에가 배에 태워달라고 부탁하는 장면이지만, 슌스케는 아직도 움직이지 못한 채 태고 소리만 높이 울려퍼지던 그때였습니다. 결국 꽃길에 몸을 던진 슌스케가 움직이지 않는 다리를 질질 끌며 양팔로 기어 오기 시작한 겁니다.

'와. 여기까지만 와.

여기까지만 오면 나머지는 내가 어떻게든 할게. 와, 슌도령.

여기까지만 와!'

객석의 분위기가 바뀝니다. 필사적으로 기어 오는 슌스케의 얼굴이 고통과 강한 의지로 엉망으로 일그러져 있습니다.

꽃길에서 키쿠오가 기다리는 무대까지는 이제 5미터. 키쿠오는 무심결에 눈을 질끈 감고 맙니다. 상황을 알아챈 연주자의 샤미센이 같은 소절을 반복해 줍니다.

객석에서 천천히 박수가 쏟아지기 시작한 건 바로 그때였고, 천천히 눈을 뜬 키쿠오의 발밑에서 슌스케가 연기를 계속 이어 나가고 있었습니다.

"이보시오, 뱃사공. 나를 그 배에 태워주시게."

빈혈로 인한 의식 장애로 슌스케가 구급차에 실려 간 것은 염원하던 복귀 공연 〈스미다강〉을 공연 최종일까지 연기한 다음 날 아침이었습니다.

한 달의 공연으로 그야말로 모든 생명력을 쏟아낸 것이겠지요. 전날 밤, 공연 최종일 무대에서 집으로 돌아온 슌스케는 젓가락도 집지 못할 정도였다고 합니다.

최종일 사흘 전 공연에서 등장하자마자 꽃길에서 일어설 수 없게 되어 무대까지 기어가는 추태를 보이고 말았지만, 그 뒤 신중을 기하자는 미츠토모의 강판 제안을 거절하고 그야말로 기력만으로 나머지 공연을 버텨낸 겁니다.

긴급 입원 뒤에 슌스케는 그대로 장기 요양에 들어갔는데, 두 달 정도 지나 체력도 차츰 회복되자 좁은 병실에만 갇혀 있는 걸 견디기 힘들었는지 병원에서 억지로 퇴원했고, 그 뒤로는 키쿠오가 장인 아즈마 센고로에게서 빌린 가마쿠라의 별장에서 요양을 계속하게 되었습니다.

별장 창문에서 내려다보이는 유이가하마由比ヶ浜의 풍경 덕분인지, 아니면 오랜만에 부부가 오붓한 시간을 보낸 덕분인지 몰라도 슌스케도 병상에서나마 기분은 편안해졌는지 하루에에게 하루종일 농담만 한다는 소식이 키쿠오의 귀에도 들어왔을 무렵, 신도 아

직 슌스케를 버릴 마음은 없었는지 지난번 〈스미다강〉에서 보여준 슌스케의 연기에 대해 일본 예술원 상을 수여한다는 놀라운 소식이 전해졌습니다.

이 일본 예술원 상은 국가 영예 기관인 일본 예술원이 수여하는, 1941년부터 이어져 온 전통 있는 상으로 그 수상식은 텐노 부부까지 행차할 만큼 격식 있는 행사이기도 합니다.

물론 슌스케의 기쁨은 엄청났고, 처음 소식을 들었을 때는 불편한 몸으로나마 침대 위에서 방방 뛰는 바람에 소식을 전한 하루에를 당황하게 했는데, 똑같은 상을 40년 전에 선대 백호도 수상했다는 설명을 듣고는 부부가 기쁨에 손을 맞잡았다고 합니다.

수상 소식은 도쿄 무대에 서고 있던 키쿠오의 귀에도 들어왔고, 일단 직접 만나 축하한다고 말하고 싶어 그날 공연이 끝난 후에 가마쿠라로 차를 운전해 갔습니다. 올 때, 지금 무릎이 안 좋아진 사치코도 같이 태워 모시고 와달라는 하루에의 부탁을 받고 서둘러 세타가야의 집으로 맞이하러 갔습니다.

한산한 수도 고속도로에서 제3케이힌 국도를 빠져나와 가마쿠라까지 도착하는 짧은 여정에서 사치코의 입을 통해 먼저 나오는 건 선대 백호의 옛날이야기입니다. 키쿠오는 별말 없이 사치코의 이야기에 맞장구만 치고 있었는데, 이런 대화가 키쿠오에게는 왠지 그립게 느껴져서 가출한 슌스케를 대신해 이 사람을 친어머니로 생각하고 효도하기로 했던 젊은 날의 마음가짐이 지금 슌스케의 예술원 상 수상이라는 커다란 보상으로 자기 앞에 나타난 듯한 각별한 기쁨을 느꼈습니다.

"이렇게 너랑 드라이브하는 건 이게 마지막일지도 모르겠구나."

문득 사치코가 쓸쓸한 말을 꺼냈기에 키쿠오도 분위기를 전환하려 했습니다.

"드라이브 정도는 언제든 같이해드릴게요."

"무릎이 안 좋아지고 나서 뭔가 철렁해서 말이야. 사람한테는 자기 마지막이 미리 보이는 걸지도 몰라."

그렇게 말하며 무릎을 문지르는 사치코의 몸이, 옛날 못된 장난을 친 키쿠오와 슌스케를 쫓아다니며 이마에 딱밤을 먹이던 시절과 비교하면 훨씬 작아진 것처럼 보였습니다.

"……저기, 키쿠오. 이걸 내 유언이라고 생각하고 들어다오."

차가 가마쿠라역을 지나 눈앞에서 달빛 아래 유이가하마의 풍경이 나타났을 때였습니다.

"……너한테 부탁할 만한 일이라면 하나밖에 없지 않겠니. 슌스케도 저런 상태고. 그래서 난 카즈토요가 너무 걱정돼서 죽어서도 편히 눈을 못 감을 것 같다. 얘, 키쿠오. 내 마지막 부탁이야. 카즈토요를 부디 잘 부탁할게."

조수석에서 깊이 고개를 숙이는 사치코의 백발이 달빛에 반사됩니다.

그런 사치코가 슌스케의 간병만으로도 힘들 하루에를 번거롭게 하기 싫다며 즈시厨子의 양로원에 가기로 결정한 것은 슌스케가 간신히 컨디션을 되찾아 우에노의 일본 예술원에서 거행된 수상식에 휠체어를 타고 참가한 직후였습니다.

물론 하루에는 마지막까지 반대했지만, 한 번 마음 먹은 사치코의 결심은 흔들리지 않았습니다.

"가마쿠라랑 즈시면 엎드리면 코 닿을 거리인데 뭐."

그렇게 반쯤 허세를 부리며 강행해 버렸고, 막상 입소하고 나니 다리가 안 좋다고는 해도 아직 다른 입소자보다는 훨씬 젊은 데다 타고난 밝은 성격과 리더 기질 덕분인지 금세 양로원이 인기인이 되었다고 합니다. 하루에가 면회를 갈 때마다 레크리에이션실에서 많은 친구들에게 둘러싸여 있었다고 하니까요.

"몸만 튼튼하면 원래 가마쿠라에 있는 아들이랑 같이 있고 싶지만, 이런 상태잖아. 거기 가봐야 며느리만 고생시키지. 그래도 이제 시간이 얼마 남지 않은 아들이랑 조금이라도 가까운 곳에 있고 싶어. 그래서 이 즈시 양로원에 온 거야."

하루에가 양로원 직원에게서 몰래 전해 들은 사치코의 말이었습니다.

요양하는 가마쿠라 별장 정원에서 휠체어에 기댄 슌스케의 모습이 사진 주간지에 몰래 찍힌 것은 마침 그 무렵이었습니다. 물론 사진을 찍힐 줄은 상상도 못 했기에 머리는 푸석푸석하고 자다 일어난 파자마는 잔뜩 구겨져 있어서 조금 야윈 그 안쓰러운 골격이 옷 밖으로 그대로 드러나는 듯한 슬픈 사진이었습니다.

물론 미츠토모의 항의가 있었지만, 매스컴의 장난감이 되는 건 인기 배우의 숙명. 그런 모습을 들키는 걸 가엾게 생각하면서도 좀 더 보고 싶어 하는 것도 대중의 본능입니다. 필경 대중이란 잔혹한 법입니다. 그것이 화려하게 피어난 꽃일수록 그 몰락도 보고 싶어 하니까요. 그리고 그걸 보여주는 게 연예인의 의무라고 여깁니다.

몰락해 가는 연예인에 대한 연민은 곧 대중이 느끼는 우월감이기도 한 걸까요.

이 무렵 키쿠오가 서던 무대는 공교롭게도 옛날 선대 백호와 순회공연을 돌 때 슌스케와 함께 춤춰서 갈채를 받았던 〈도조지의 두 사람〉이었고, 그것을 혼자 춤추는 원래 버전인 〈교토풍 처녀 도조지〉로 공연하고 있었습니다. 생각해 보면 이 무대에서 그들의 가부키 인생이 시작되었다고 해도 과언이 아닙니다.

그날 평소처럼 키쿠오가 가부키좌 주차장에 차를 세우자마자, 어떻게 들어온 건지 갑자기 텔레비전 촬영팀의 눈부신 조명을 받았습니다.

"백호 씨의 병환에 관해 뭔가 들은 게 없으십니까?"

기자가 내미는 마이크를 손으로 뿌리치며 아무 대답도 하지 않고 분장실로 향했는데, 중간에 복도에 있던 다른 보도 관계자가 누군가와 핸드폰으로 통화하는 이야기가 들렸습니다.

"……응, 아직인 것 같아. 어젯밤에 병원으로 옮겨진 건 확실하지만. ……아직 더 지나야 하지 않을까? 이삼일 걸릴 거면 계속 여기만 지키고 있을 수도 없는 노릇인데."

무시하고 분장실 문을 열려고 했지만, 문을 열려고 뻗은 손이 도저히 문손잡이를 붙잡지 못합니다.

마음이 시키는 대로 키쿠오가 뒤를 돌아본 것은 바로 그때였습니다.

"이봐! 뭐가 아직인 건데? 너희들, 그렇게 모여들어서 대체 뭘 기다리는 거야!"

멱살을 움켜쥔 손으로 갈 곳 없는 분노를 쏟아냅니다.

일제히 카메라 플래시가 터진 것과 당황한 극장 스태프가 키쿠오를 떼어내는 건 거의 동시였습니다.

극장 스태프들에게 끌려가듯이 분장실로 들어온 키쿠오의 모습을 향해 마지막까지 카메라 플래시가 쏟아집니다.

물론 어젯밤 슌스케가 긴급 입원했다는 소식은 키쿠오도 알고 있었습니다. 지난 몇 달 동안 나름대로 각오는 해두었다고 생각했지만, 슌스케가 사라진다는 게 정확히 어떤 것인지 키쿠오는 아직 아무것도 이해하지 못했는지도 모릅니다.

슌스케의 소식은 이미 각 분장실을 울적한 분위기로 바꾸었고, 기분 탓인지 모두가 귀를 쫑긋 세우고 있는 것 같았습니다. 수양 벚꽃 문양이 들어간 빨간 기모노에 까만 오비를 메고 아름다운 무희 하나코가 된 거울 속 자기 모습에서 이상하게 오늘은 시선을 피하게 되는 키쿠오. 그래도 마음을 다잡으며 꽃길 쪽 대기실로 향합니다.

소품과 의상 상자가 쌓인 나락을 빠져나와 좁은 계단을 올라가 캄캄한 대기실로 들어가자 까만 막이 쳐진 그곳에서도 전신거울이 덩그러니 놓여 있고 천장에 매달린 알전구가 하얗게 화장한 자기 얼굴을 그곳에 드러냅니다.

무대에서는 이미 도죠지의 승려들이 "들었는가 들었는가" "들었도다 들었도다"라고 떠들어대며 화재에 떨어진 종루의 종에 대한 공양이 베풀어진다고 이야기하고 있습니다.

"옛날에, 미야코좌 옥상에서 자주 캐치볼을 했거든."

키쿠오가 갑자기 입을 열자 대기실의 장막 담당은 어안이 벙벙한 표정입니다.

"……슌도령도 나도 유카타만 입고 뛰어다니다가 옥상 밑의 분장실을 쓰는 만기쿠 씨나 다른 선생님들에게 자주 혼났는데…… 이런 걸 마치 어제 일 같다고 하는 거구나."

점점 어찌할 줄 모르게 된 젊은 장막 담당은 눈을 마주치지 않으려 하고 있습니다.

무대에서는 승려들의 대화가 슬슬 끝나고 드디어 무희 하나코가 등장할 시간. 장막 담당이 이제 살았다는 듯 자기 자리로 돌아가려던 바로 그때였습니다. 좁은 계단을 뛰어 올라왔는지 숨을 헐떡거리는 쵸키치가…….

"선생님……."

먼저 불렀으면서도 말을 잇지 못합니다.

키쿠오는 말하라고 눈짓합니다. 쵸키치가 마른침을 꿀꺽 삼킵니다.

"탄바야의 선생님이 방금 돌아가셨답니다……."

전신거울 앞으로 키쿠오가 빨려들 듯 돌아간 것은 바로 그때였습니다. 무희 하나코가 된 자기 얼굴을 잠시 물끄러미 바라보다가, 거울에 비친 그 하나코의 이마에 손가락을 툭 튕겼습니다.

 ♩ 이제 곧 달이 뜨고 밀물이 차면

무대에서는 현란한 샤미센 연주에 맞춰 이야기꾼이 노래를 시작합니다. 출연이 임박하자 초조해진 장막 담당이 "어떻게 할까요?"
하고 막을 움켜쥔 순간.

"좋아."

평소처럼 작게 중얼거린 키쿠오의 얼굴에는 벚꽃잎 한 장이 내
려온 듯한 요염함이 돌아와 있습니다.

찰랑거리며 기세 좋게 열린 장막에서 키쿠오가 꽃길로 나옵니
다. 일제히 돌아본 관객들이 보고 싶어 하는 것은 당대 제일 미모
의 여장 배우, 3대손 하나이 한지로. 그에게는 어떤 변명도 허락되
지 않습니다.

　　ㄱ 흐트러진 이 모습, 아아, 부끄러워라

부채를 입에 물고 소매를 가련하게 흔들며 춤추는 키쿠오의 눈
에 비치는 것은 먼 옛날, 옆에서 똑같이 춤추던 젊은 슌스케의 모
습. 동작을 틀리면 키쿠오만 알 수 있도록 혀를 살짝 내밀던 슌
스케의…… 키쿠오가 움직이기 쉽도록 꽃길을 비켜주던 슌스케
의…… 그런 모습들입니다.

　　ㄱ 사랑에 빠진 나는 물가의 물떼새
　　　밤마다 소매를 눈물로 적시네

펼친 종이를 거울처럼 들여다보며 머리를 정돈하는 두 사람의
호흡은 옛날부터 늘 딱 맞았습니다. 슌스케가 흔든 소매가 키쿠오

의 소매가 되고, 키쿠오가 뻗은 하얀 손가락이 슌스케의 손가락이 되었던 겁니다.

"그러니까, '차렷, 기용례'다. '경례'가 아니라."

"차렷, 경례!"

"아니라니까. '기용례'라고 했다."

"'차렷, 경례!' 맞잖아?"

"아니라고. 키쿠짱이 '경례'라고 하니까 다들 빵 터졌다니까."

귓가에 들려오는 건 만난 지 얼마 되지 않았던 시절, 둘이 타던 자전거의 녹슨 브레이크 소리.

"슌도령, 집에 돌아가면 바로 교토로 출발이지?"

"아니다. 이대로 역으로 직행할 거야. 겐 아저씨가 우리 짐 가져와 준다고 했어."

그 자전거로 두 사람은 여기까지 달려왔던 겁니다.

그때 선대 백호와 함께 간 교토 미야코좌 극장에서 봤던 것이 〈스미다강〉을 연기한 만기쿠의 무대.

그걸 생각하면, 거기서부터 아주 먼 곳까지 온 것 같기도, 계속 거기서 두 사람에게 매달려 있었던 것 같기도 합니다.

승려들을 앞에 둔 무희의 춤이 끝나자 마을 처녀가 되어 공을 튕기고, 장구춤 의상으로 갈아입기 위해 키쿠오가 무대 옆으로 돌아왔을 때입니다.

"선생님. 춤추는 위치가 평소보다 한 사람만큼 왼쪽으로 틀어져 있던데요."

재빨리 의상을 벗기면서 쵸키치가 말합니다.

"나도 알아. 하지만 이제 괜찮아."

힘차게 고개를 끄덕인 키쿠오가 계란색 의상을 걸친 다음, 나중에 빠른 의상 변화로 뱀의 본성을 드러낼 비늘 문양의 의상도 확인합니다.

"좋아."

작게 중얼거리고 요란한 갈채 속에서 다시 무대로 돌아옵니다.

허리에 맨 장구를 치고 춤추다가 빠르게 의상을 바꿉니다. 그 모든 과정이 잘 진행되자 관객들도 더욱 몰입해 극장 안이 더욱 뜨거운 흥분에 휩싸입니다.

여기까지 오면 남은 건 종에 기어올라 마지막 미에 포즈까지 마무리하는 것뿐입니다. 손에 든 방울 태고를 바닥에 내리치면서 모내기 노래에 정신없이 춤을 추는 사이 키쿠오가 연기하는 하나코의 얼굴에서 뱀의 본성이 드러나기 시작합니다.

이것은 한때 사랑했던 남자를 감춘 증오스러운 종. 뱀이 되어 그 종을 다시 휘감으면서 집념을 나타내는 겁니다.

어느새 정신없이 종 위로 기어오른 키쿠오는 승려들을 노려보다가 절정의 미에 포즈를 취합니다.

그 소름 끼치는 키쿠오의 포즈에 객석에서는 더욱 들끓어 오르는 갈채가.

'저기, 슌도령. 여기서 말이야, 오른쪽 다리를 좀 더 앞으로 내미는 게 박력이 느껴질 것 같은데, 어떻게 생각해? ……응? 슌도령.'

고성의 낙일
(孤城落日)

'신춘新春 인기 배우 가부키'라는 이름으로 이곳 아사쿠사 공회당에서 매년 1월에 개최되는 무대는 당대의 젊은 가부키 배우가 한곳에 모여 평소 가부키좌 극장 같은 큰 무대에서는 좀처럼 맡을 수 없는 중요한 배역을 그 젊은 몸과 감성으로 생생히 연기하는 공연입니다. 장래가 촉망되는 배우들의 등용문이기도 하고, 또 미래를 위한 투자라고 할까요? 여기서 후원할 만한 배우를 발견해내는 것을 기대하는 관객도 많으므로 여러모로 활기가 넘치는 공연입니다.

그런 신춘 인기 배우 가부키의 오후 공연에서 〈세 키치사, 세 도둑三人吉三巴白浪〉의 큰형님 격인 오쇼 키치사를 연기하는 것이 바로 하나이 한야의 이름을 물려받은 카즈토요였습니다.

그런 연유로, 잔뜩 붐비는 가미나리몬雷門 거리부터 이곳 아사쿠사 공회당까지 서둘러 달려온 사람은 하루에였습니다. 슬슬 1월도 끝나가는 무렵이지만 지난주 내린 눈이 아직 길 끝에 남아 있는 탓인지, 아니면 센소지浅草寺에서 피우는 향냄새가 풍겨오는 탓인지 몰라도 차가운 공기에서 아직도 정월의 기분이 남아 있는 듯합니다.

잔설을 밟지 않도록 사가 비단 끈으로 된 짚신을 신고 서두르는 하루에. 공회당 입구에 도착하자 문득 멈춰 서서 맑게 갠 겨울 하늘을 올려다봅니다.

올려다본 하늘에 쭉 늘어선 채 펄럭이는 것은 출연자들의 이름이 새겨진 깃발들. 그중 가장 잘 보이는 곳에 세워진 것이 카즈토요의 깃발이었습니다. 하루에는 기도하듯이 그 깃발을 향해 양손을 맞댄 다음, 다시 서둘러 분장실로 향합니다.

젊은 배우들만의 공연이라지만 이번 달 무대는 카즈토요가 간판이나 다름없기에 하루에는 그의 분장실로 향하면서도 중간에 있는 다른 배우들의 분장실에도 일일이 얼굴을 내밀고 정중히 인사했습니다.

그리고 드디어 아들의 분장실에 도착하자, 누가 봐도 숙취 상태인 카즈토요가 속이 안 좋은 듯 신음하며 왼손으로 오른손을 받친 채로 눈썹을 그리고 있었습니다.

"마시지 말라고는 안 하는데, 적당히 자제하면 어디가 덧나니?"

베개로 쓴 듯한 방석을 펴며 하루에가 잔소리하자, 카즈토요 대신 그의 위장이 "우웩" 하고 대답합니다.

"또 타케시 군이랑 마신 거야?"

화장대 주변을 정리하는 하루에에게 카즈토요가 고개를 끄덕여 보이지만, 역시 토할 것 같았는지 다급히 화장실로 달려갔고, 안에서 요란하게 토하는 소리가 납니다.

"잠깐, 에미. 여기 있는 이 사진, 이번《연극계》잡지에 신기로 한 사진이지?"

하루에의 질문에 물수건을 준비하던 매니저 에미가 대답합니다.

"그중에서 8번으로 했다나 봐요."

"8번이면, 이거? 왜 하필 이걸 골랐대. 점프하면서 가발이 붕 떴잖아."

"그래도 그거 말고는 다른 두 사람 표정이 너무 이상하다던데요."

확실히 다른 사진은 오조 키치사나 오보 키치사 중 한 쪽의 눈이 반쯤 감겨 있습니다. 덧붙이자면 이번 달 공연에서 오조 키치사를 맡은 배우는 미쿠니야 타케노스케라는 젊은 배우로, 기억하는 분도 계실 테지만 전에 키쿠오에게 발탁되어 여장 배우가 된 바로 그 타케시입니다.

물론 키쿠오는 자기가 맡겠다고 말한 이상 그 말은 꼭 지키는 사람이라, 그 이후 타케시를 자기 집에 살게 하면서 분장실에 늘 데리고 다녔는데 그걸 본 미쿠니야 일문 배우들이 '우리 후계자를 조연배우처럼 취급하다니 괘씸하다'라며 항의를 하기도 했습니다. 그래도 결국 마지막까지 주장을 굽히지 않고 열심히 가르친 덕분에 이제는 타케시도 젊은 여장 배우 중 최고라는 말을 듣기에 이르렀습니다.

참고로 이때 미쿠니야 일문의 항의를 어떻게든 무마할 수 있었던 건, 같은 시기 동안 키쿠오가 카즈토요를 남자 배역 전문인 이토 쿄노스케에게 맡겨 똑같이 분장실에 데리고 다니게 했기 때문이기도 했는데, 그 덕분인지 두 사람이 함께 신춘 인기 배우 가부키의 간판으로 나서게 된 겁니다.

"너, 조금 배 나오지 않았니?"

아직도 속이 안 좋은 얼굴로 화장실에서 걸어 나오는 카즈토요의 배를 하루에가 툭툭 두드립니다.

"……아직 서른이니까 지금은 괜찮지만, 음식 좀 가려서 먹어. 그러다 순식간에 뚱뚱해진다."

하루에에게서 도망치듯 화장대 앞으로 돌아온 카즈토요가 거의 본능적으로 눈썹 붓을 집어 듭니다.

"……아, 맞다. 할 말이 있어서 온 거였는데. 올해 네 아빠 7주기잖니."

그런 하루에의 말에 눈썹 붓을 내린 카즈토요가 눈을 동그랗게 뜨며 느긋하게 말합니다.

"7주기…… 벌써?"

"그래서 할머니랑 키쿠오 삼촌이랑 상의했는데, 올해는 네 할아버지의 33주기랑 겹치잖아. 모처럼 이렇게 된 거, 같이 치르기로 했어."

"그야 그게 더 편하겠지."

"편하다니, 얘가 못 하는 소리가 없어."

"그게 아니라. 그냥 쑥스러워서 그렇지."

"아버지 제사 지내는데 쑥스러울 게 뭐 있어? ……뭐, 됐다. 아무튼 모처럼의 기회니까 키쿠오 삼촌이 앞장을 서서 두 사람의 추모 공연으로 '백호제白虎祭'라는 행사를 열면 어떠냐는 이야기가 나왔어."

그렇게 되면 가부키좌 극장에서 탄바야가 중심이 되어 활약하는 큰 행사이므로 카즈토요도 술이 확 깰 수밖에 없습니다.

"그런데 할머니는 좀 어떠셔?"

일단 그 압박감에서 벗어나려는 듯이 카즈토요가 화제를 돌립니다.

"오늘은 오전부터 클럽 운동 가셨어."

슌스케가 사망할 무렵에 마침 무릎이 안 좋아졌던 사치코는 자기 의지로 즈시에 있는 양로원에 들어갔습니다. 본인은 그곳에서 생을 마칠 각오였지만, 슌스케의 장례 등이 순조롭게 마무리된 직후 하루에가 그런 사치코를 가만 내버려두지 않았습니다.

"어머님이 계셔야 할 곳은 여기밖에 없어요."

그렇게 말하며 거의 반강제로 세타가야의 자택에 데려왔던 겁니다. 그 덕분인지는 몰라도, 물론 자식 잃은 어머니의 슬픔이 치유될 수는 없겠지만 이번에는 손자를 위해 한 번 더 힘써보자고 각오를 다진 끝에, 지금도 큰 사모님으로서 하루에를 도와 탄바야 일문을 잘 이끌어 나가고 있었습니다.

개장 안내 방송이 흘러나오자, 하루에는 로비로 나가 '신춘 인기 배우 가부키'답게 젊은 팬들을 공손히 맞이합니다.

입구에 선 하루에에게 바로 달려온 것은 카즈토요의 후원회에 가입한 직장 여성들로, 가입비 1만 엔, 연회비 1만 5천 엔을 내주는 데다가 한 해에도 몇 번씩 표를 사주는 우수 고객들입니다. 직장도 나이도 다른 그녀들은 후원회 모임에서 친해졌고, 매년 이 신춘 가부키에서는 화사한 기모노 차림으로 방문해 줍니다.

"이야, 너희 기모노 색을 맞춘 거야? 너무 예쁘네."

그녀들의 기모노에 시선을 빼앗긴 하루에가 무심결에 칭찬하자…….

"셋이서 분발해서 산 거예요. 마침 문양이 다른 게 있었거든요."

"와, 세 사람 다 너무 잘 어울린다."

"사모님께 칭찬받다니, 기뻐요!"

"사실인걸."

마치 자신까지 젊어진 듯한 기분의 하루에 앞으로 다른 후원자가 지나쳐갔기에…….

"유코, 이따 보자."

그렇게 양해를 구하고 바로 뒤를 따라가서, 훌륭한 교토식 무늬가 들어간 기모노를 입은 부인에게 인사했습니다.

"사이키 씨, 매번 감사합니다. 올해도 또 축하하러 와주시고. 정말 감사드려요."

"아니에요, 부끄럽네요."

"무슨 말씀이세요. 사모님께는 백호 시절부터 얼마나 신세를 졌는지 몰라요."

"솔직히 말하면, 슬슬 카즈 군의 결혼 축하도 하고 싶네요."

"그 말, 카즈토요한테 직접 해주세요."

"전 연예 뉴스 같은 건 잘 모르는데, 지금 카즈 군이 사귀는 그 여배우? 전 별로 마음에 안 드는 것 같던데."

"글쎄요, 어떻게 될지……. 이제 서른인데도 아직 동료 배우들이랑 술 마시고 돌아다니는 게 한창 재밌나 봐요. 정말 못 말린다니까요. 아, 맞다. 나중에 분장실에 들려주세요."

그런 대화를 나누며 좌석까지 안내한 다음, 그 길로 다시 로비로 달려가는 것이었습니다.

그 울음소리가 들려온 것은 심야 1시경, 하루에가 가물거리는 눈을 비비며 자택 거실에서 후원회 회보 원고를 확인하고 있을 때였습니다. 순간 하루에는 또 들고양이가 온 줄 알았는데, 흐느껴 우는 목소리는 틀림없이 사람의 것이었기에 등줄기가 오싹해지며 테이블에 놓여 있던 핸드폰을 집어 들었습니다. 그때 집 안에 있는 사람은 2층에서 잠든 사치코뿐이었기에 그 손가락이 110번을 누르다가 멈춰버립니다.

부엌 밖, 뒷마당에서 들려오는 울음소리가 카즈토요의 것이라는 걸 깨달았을 때, 긴장이 풀린 하루에는 온몸의 힘이 빠져나가듯 주저앉고 맙니다.

"뭐야, 진짜……."

손바닥으로 핸드폰을 짝 때리고 어처구니없는 기분으로 부엌 뒷문을 열자, 역시나 커다란 플라스틱 양동이 뒤에 카즈토요가 쪼그려 앉아 있었고, 예전부터 많이 취하면 우는 게 술버릇이었습니다.

"거기서 뭐 하니, 징그럽게."

그렇게 말을 꺼냈지만, 카즈토요의 등이 부르르 떨리는 것을 보

268

고 하루에는 심상치 않은 무언가를 느꼈습니다.

무심결에 맨발인 채 밖으로 나와 그 넓은 등을 쓰다듬자…….

"엄마, 이제 끝났어. 이제 끝났어."

카즈토요가 지독하게 겁을 먹고 머리를 감싸 줍니다.

"왜 그래? 무슨 일이야? 카즈 군, 왜 그러는데?"

다음 순간, 목소리를 낮추면서도 카즈토요의 어깨를 격하게 흔드는 하루에의 귀에 들려온 것은…….

"쳤어……. 사람을 쳤어……."

그런 침통한 목소리였습니다.

"어? 뭐라고?"

더욱 격렬히 어깨를 잡고 흔듭니다.

"저기 공원 뒷길에서 파란불이었는데 갑자기 튀어나와서, 미처 못 피해서……."

"어? 뭐? 어떻게 했는데?"

"……도망쳐 왔어. 무서워서."

"도망쳤다니, 너……."

하루에는 커질 뻔한 목소리를 억누르며 무의식중에 그의 등을 몇 번이고 때립니다. 꼭 이럴 때만 아들의 등이 쓸데없이 넓어 보입니다.

"가보자……. 거기 가보자."

하루에가 그렇게 말하며 일어선 직후, 카즈토요가 어째서인지 그녀의 손을 붙잡습니다.

"죽었으면 어쩌지……. 어쩌지? 이걸로 다 끝이야. 모든 게 끝났어. 망했어……. 아아아, 다 망했어…….”

머리를 쥐어뜯는 아들의 모습을 보고서야 하루에의 몸이 뒤늦게 덜덜 떨리기 시작합니다.

“누구 본 사람은 있었니?”

다음 순간, 하루에의 입에서 나온 것은 그런 말이었습니다.

“뭐?”

“그러니까, 거기 다른 사람이 있었냐고!”

“없어…… 없었어.”

자기도 자기가 무슨 말을 꺼내려는지 아직 모르는 상태였습니다.

“잘 들어. 넌 집에 있어. 알았지?”

몸을 일으킨 하루에가 뒷문에서 짚신을 들고 그대로 달려간 곳은 좁은 골목을 사이에 둔 맞은 편의 싸구려 아파트였고, 그 계단을 뛰어 올라가서 가장 앞에 보이는 문에 입을 가까이 대고 “열어요, 열어요, 열어요” 하고 거듭 말합니다.

안에서 금세 불이 켜지며 문 자물쇠가 열리자마자 안으로 뛰어 들어간 하루에 앞에는 자다 깬 노다가 서 있습니다.

“무슨 일이야?”

놀라면서도 바로 의자에 앉는 노다도 이미 여든이 넘은 나이. 실내에는 퀴퀴한 냄새가 가득합니다.

“난 지금까지 당신을 돌봐왔잖아. 지금까지 내가 돌봐줬잖아. 그러니까 한 번 정도는 날 위해서 행동해 줄 수 있지? 한 번 정도는 딸을 위해서……. 카즈토요가 사람을 쳤대. 그래서…….”

그렇게 말을 이어 나가는 사이 서서히 목소리에 힘이 없어집니다. 하루에도 이런 요구가 받아들여질 거라는 생각은 하지 않았습니다. 그리고 그 순간, 정말로 모든 게 끝장났다는 걸 하루에는 피부로 실감합니다.

하지만…….

"그 차를 운전한 사람은 나다."

그때 노다의 그런 목소리가 들렸습니다.

깜빡이는 지저분한 형광등 밑에서, 노다가 말없이 옷을 갈아입기 시작합니다. 어쩌면 이걸로 카즈토요는 무사할 수 있을지 모른다는 옅은 기대가 고개를 드는 반면에, 카즈토요가 이런 식으로 살아남는 게 무슨 의미가 있느냐는 이성도 하루에에게는 남아 있었습니다.

멍하니 무릎 꿇고 있던 좁은 현관에서, 하루에가 문득 무언가로부터 풀려난 듯이 몸을 일으킨 건 바로 그때였고, 그대로 밖으로 뛰쳐나가 추운 날씨에 얇은 옷으로 뛰어가서 카즈토요가 사람을 쳤다는 공원 뒤로 향했습니다. 골목길을 지나 언덕길을 뛰어 올라가는 사이, 어째서인지 하루에에게는 아무 소리도 들리지 않았습니다. 그저 간절히 "죄송합니다, 죄송합니다" 하고 중얼거리는 자기 목소리만 마음속에서 울려 퍼졌습니다.

구급차의 새빨간 불빛에 시야가 물든 것은 언덕을 다 올라갔을 때였습니다. 가로등도 없고 평소엔 어둑어둑한 길에 모여든 주민들의 얼굴도 빨갛게 물들어 있습니다. 그때 구급차로 옮겨지는 들것이 보였고, 거의 무의식중에 하루에는 주민들을 밀쳐내며 들것으로 향했습니다.

'잘못한 건 저예요! 제 아들한테 비겁한 짓을 시킨 건 저예요!'

그렇게 소리치면서 사람들 앞에 무릎 꿇을 생각이었습니다. 하지만 구급차로 옮겨지는 들것 너머로 경찰관에게 둘러싸인 카즈토요의 모습이 보였습니다.

하루에의 걸음이 멈췄습니다.

고개를 푹 숙인 카즈토요의 얼굴에서는 핏기가 사라진 모습이었고, 벌벌 떨고 있다는 게 멀리서도 보일 정도입니다.

하루에는 다시 구급차로 달려갔습니다. 구급차 안 들것 위에서 괴롭게 얼굴을 찡그린 젊은 남자를 향해……

"죄송합니다, 죄송합니다."

유리창에 이마를 갖다 대는 하루에.

"떨어지세요! 차 출발합니다!"

놀란 구급대원의 손에 뒤로 밀려나면서도 계속 사과했고, 그녀의 모습을 발견한 카즈토요가 그 자리에서 무너져 내리는 모습이 하루에의 시야 끝에 들어왔을 때, 그제야 구급차 사이렌 소리가 귀에 들어오기 시작했습니다.

키쿠오와 아키코의 핸드폰이 거의 동시에 울린 것은 그날 새벽, 아직 해도 뜨기 전인 오전 5시였습니다.

먼저 받은 것은 아키코였고…….

"네?"

그렇게 놀라는 목소리를 키쿠오는 눈을 감은 채 듣고 있었습니다. 이쪽 머리맡에서 자기 핸드폰도 울리고 있었으나 왠지 손을 뻗을 마음이 생기지 않았고, 그러면서도 뭔가 심상치 않은 상황이 벌어졌다는 건 직감하고 있었습니다. 천천히 몸을 일으켜 침대에 걸터앉은 다음, 통화를 계속하는 아키코에게 등을 돌린 채 손을 뻗어 커튼을 열어젖혔습니다.

"카즈 군이 차로 사람을 쳤대⋯⋯."

먼저 들려온 것은 그런 목소리였습니다. 키쿠오는 고개를 숙인 채 눈을 감았습니다.

"⋯⋯지금 경찰에서 조사받고 있나 봐. 차로 친 뒤에 도망쳤대. 아, 잠깐만 기다려보래. ⋯⋯네? 아, 그래도 바로 현장으로 돌아오긴 했는데 뺑소니 혐의로⋯⋯. 아, 잠깐만."

통화 상대의 이야기를 전달하는 아키코의 목소리가 떨리고 있었습니다.

"⋯⋯상대방은?"

무척 작은 목소리였습니다. 차갑게 식은 자기 발가락을 내려다보던 키쿠오가 불쑥 물었습니다.

"응?"

"피해자분은?"

"앗. ⋯⋯저, 저기, 상대방은요? 상대방은 어떻게 됐어요? ⋯⋯응, 응. 공원에서 달리기하던 학생인데 신호를 무시하고 차도로 뛰어나왔대. 응, 그래서? 무사해요? 어? 무사한 거죠? ⋯⋯차에 치인 직후에 기절했는데 생명에 지장은 없대. 생명에 지장은 없대! 응? 그래도 어깨가 골절됐고 이제부터 뇌파 검사도 받는다나 봐. 의식은 멀쩡하대. 풀숲으로 떨어졌다나 봐."

그때 키쿠오의 몸에서 힘이 빠져나갔습니다. 마치 무너져 내리듯 바닥에 쪼그려 앉아 한 번 크게 숨을 몰아쉬었지만 이내 자기 몸에 채찍질하듯 일어섭니다.

그 뒤에 아키코가 준비해 준 양복으로 갈아입고 키쿠오가 향한 곳은 미츠토모 본사입니다. 이른 아침이라지만 이미 사건 소식을 전해 들은 직원들도 모여들어 있었고, 키쿠오가 도착하자 타케노도 곧 도착할 거라 말하며 우선 사장실로 안내해 주었습니다. 그 와중에 최신 정보를 전해주는 사람은 카즈토요에게는 타케노 같은 존재라 할 수 있는 유모토라는 직원이었는데, 그야말로 이제부터 젊은 가부키를 부흥시키려고 의기투합하던 동지였기에 그의 표정은 절망으로 가득합니다.

사장실에 도착하자 유모토가 차를 내오려 했지만 키쿠오는 말없이 고개를 가로저으며 그의 어깨를 토닥여줍니다.

"계속해서 전해드리자면 경찰서에 간 우리 쪽 변호사 말이, 일단 그 자리를 이탈한 것 때문에 역시 석방은 어렵답니다. 그래도 음주운전은 아니었고 바로 돌아와서 자수한 덕분에 악질적이라는 인상은 주지 않은 것 같아요. 보석금으로 보석 청구는 가능할 것 같습니다. 그리고 배우다 보니까 사회적 시선 때문에 합의는 어려울 것 같고요. 재판까지 가면 집행유예가 될 거라고 했습니다."

거기까지 잠자코 듣고 있던 키쿠오가 한 번 살짝 고개를 끄덕였습니다.

"그 학생분은 그 뒤에 어떻게 됐어?"

"아, 저기, 아직까진 상태가 나빠졌다는 이야기는 없습니다. 본인도 의식이 있고 치바에 사는 학생의 부모님도 우리 직원이 데리러 가서 이미 병원에 도착했을 겁니다."

바로 그때 복도가 술렁거렸고, 다음 순간 문을 난폭하게 열며 타케노가 들어옵니다.

"오늘 오전 중에 기자회견을 여는 게 좋겠어. 나랑 3대손이."

그 말을 들은 키쿠오도 조용히 고개를 끄덕입니다.

"……야, 유모토. 바로 기자회견 준비해. 다들 여기 건물 홀에 모이라고 해. 그리고 사고 상황 빨리 정리해서 자료로 만들어놔."

바로 대처에 나선 타케노에게 자리를 양보하듯이, 키쿠오는 사장실 창문 블라인드를 손가락으로 뒤집어 연분홍빛 아침햇살에 물들기 시작한 도쿄 풍경을 바라보았습니다.

몇 시간 뒤, 미츠토모 본사에 모여든 보도 관계자는 300명이 넘었습니다.

빈틈없는 타케노는 현관에서 각 보도 기관의 기자들을 맞이했는데, 역시 그 자리에 키쿠오를 세울 수는 없었기에 회견 시간이 될 때까지는 사장실에서 대기해야 했습니다. 혼자 멍하니 기다리던 키쿠오의 머릿속에서 떠오른 것은 카즈토요가 사람을 친 순간의 상황이었습니다.

세타가야 거리에서 갈라져 나온 내리막길이 왼쪽으로 꺾이는 근처, 왼쪽은 커다란 공원이라 시야가 탁 트였으나 밤이 되면 오히려 아무것도 보이지 않을 만큼 깜깜합니다. 커브를 완전히 돈 곳에 있는 횡단보도 위에서, 달리기를 하며 공원을 빠져나온 대학생이 헤드라이트에 비친 것은 충돌하기 직전이었을 겁니다. 이미 카즈토요와 상대 학생이 증언했듯이 차도의 신호는 파란색, 보행자용 신호는 빨간색입니다. 아마 급브레이크를 밟을 틈도 없었을 테고, 학생을 친 다음, 카즈토요는 차를 멈췄다고 말했습니다. 하지만 갑자기 무서워져서 그 자리에서 도망쳤다는 겁니다.

"3대손, 이제 슬슬 시간이 됐습니다. 사장님은 아래쪽에서 기다리고 계십니다."

문득 들려오는 목소리에 키쿠오는 대답 없이 소파에서 일어나 앞장서는 유모토를 따라 기자회견장으로 향했습니다.

카즈토요는 무엇이 무서웠던 걸까요. 지금의 충실한 인생을 잃는 것? 하지만 누군가의 희생 위에 세워진 인생에 과연 얼마나 큰 가치가 있는 걸까요.

"3대손, 괜찮으십니까?"

엘리베이터에 타자 유모토가 말을 건네옵니다.

키쿠오는 고개를 살짝 끄덕이고 엘리베이터를 내려가서 그대로 타케노와 함께 현기증이 날 정도의 카메라 플래시를 받으며 사죄 회견장에 들어섰는데, 그때까지도 머릿속에선 아까의 질문이 떠나지 않았고, 마이크를 든 타케노의 목소리가 마치 물속에서 들려오는 듯했습니다. 그리고 정신이 들고 보니, 타케노의 인사말도 채 끝나기 전에 자기 혼자 깊이 머리를 숙이고 있었던 겁니다. 그리고 이 어색한 분위기 속에서 카메라 플래시가 연신 터져댔습니다.

한편, 이 사죄 회견의 상황을 유모토 등의 직원들은 다른 사무실에서 모니터하고 있었습니다. 현장을 생중계하는 정보 프로그램을 시청하면서 대중의 반응을 민감하게 읽어내려는 판단이었는데, 그

화면을 통해 일단 전해져오는 인상은…….

"이런 상황에서도 요염해 보인다니. 3대손도 불행하다면 불행하네."

누군가가 불현듯 중얼거린 말 그대로였습니다.

천하의 하나이 한지로도 쉰일곱이 되었고, 카즈토요의 아버지와 한한 콤비로 일본 전체를 들끓게 했던 〈겐지 이야기〉도 벌써 20년 전이니 유모토 같은 젊은 직원에게는 이미 역사상의 이야기가 되어버렸습니다. 그런데도 당시와 비교해 현재의 한지로가 가진 요염함도 전혀 손색이 없다고 할 수 있었고, 거기서 이 희대의 미남 배우의 굉장함이 느껴지긴 하지만, 그런 젊어 보이는 모습이야말로 이런 장면에서는 오히려 경박한 느낌을 주고 맙니다.

그래도 시종일관 피해자 학생을 배려한 사죄 회견은 성공적이라곤 할 수 없어도 여론의 반감을 사진 않았습니다. 미츠토모 측과 후견인인 키쿠오가 이 시점에 내린 결단이 카즈토요의 무기한 근신이었으니까요. 설령 무대 복귀가 이뤄진다 해도 피해자 측의 동의를 우선 조건으로 하겠다고 선언했고, 물론 현장에서 도망쳤다는 사실에 관해 강하게 추궁하는 기자도 있었지만, 그때마다 키쿠오는 깊이 고개를 숙였습니다.

"그 어떤 변명도 할 수 없습니다. 왜 그렇게 어리석은 행동을 한건지, 집안사람으로서 화가 나고, 한심하다는 생각뿐입니다. 피해자분의 분노는 물론이고, 애지중지 키우셨을 그 부모님께도 용서해 주실 때까지 사죄드릴 생각입니다."

그렇게 거듭 말하는 모습이 얄궂게도 대중에게 호감을 얻었다는 것은 확실했습니다.

카즈토요를 걱정하는 키쿠오의 마음과는 별개로, 아마도 이번 기자회견에서 대중은 키쿠오라는 희대의 여장 배우를 용서하는 대신 뺑소니라는 용서할 수 없는 죄를 범한, 미래가 창창한 젊은 배우를 매장시키기로 한 것 같습니다.

'답수조고성낙월沓手鳥孤城落月'이라 쓰고 '두견새 고성의 낙월'이라고 읽습니다. 이것은 《소설신수小説神髄》와 《당대서생기질当世書生気質》 등으로 유명한 근대 일본 문학의 조상 츠보우치 쇼요의 작품으로 가부키로는 1905년에 오사카에서 처음으로 공연된, 눈부신 번영을 자랑하던 토요토미 가문의 오사카성 여름 공성전을 소재로 한 사극입니다.

이 오사카성의 함락 당시 토쿠가와 측의 '인질'인 센히메(千姫: 토요토미 가문을 멸망시키고 에도 막부를 세운 토쿠가와 이에야스의 손녀-옮긴이)의 탈출 소식을 듣고 불길이 격렬하게 솟구치는 성내에서 반쯤 미쳐 날뛰는 요도 부인(淀の方: 토요토미 히데요시의 측실 부인으로 후계자인 토요토미 히데요리를 낳았다-옮긴이)은 지금은 사망한 오노가와 만기쿠의 전문 배역 중 하나였습니다. 이 요도 부인을 키쿠오가 처음으로 맡게 된 것은 카즈토요 사건이 빠르게 대중에게 잊힐 무렵이었고, 다행히 피해자 학생은 젊고 건강한 덕분에 수술 후 경과도 좋아서 석 달의 재활 끝에 지금은 그가 소속된 보트부 연습에도 참가할 수 있을 만큼 회복되었다는 좋은 소식도 전해졌습니다. 덧붙이자면 틈날 때마다 병문안을 갔던 키쿠오는 피해 학생과 그 부모님이 마

주칠 때마다 오히려 미안해할 정도였습니다. 상대측에서 요구하는 액수만큼 보냈던 위로금도 좋게 받아들여졌는지 재판에서는 피해자인 학생 본인이 자기 과실을 인정해 준 덕분에 카즈토요에게는 유죄긴 해도 집행유예가 선고되었습니다.

이런 일련의 사건이 일단 마무리된 이후였기에 이 〈두견새 고성의 낙월〉을 통해 가부키의 이미지 향상을 꾀하는 키쿠오의 의욕은 상당했고, 그 기백이 전해졌는지 무대 연습부터 동료 배우들은 기합이 바싹 들어가 있었습니다. 전에 만기쿠의 무대를 지켜봤던 키쿠오에겐 '나라면 이렇게 했을 텐데' 하는 아이디어가 많았기에 의상은 물론이고 무대 배경에도 의견을 냈는데, 성에 불길이 오를 때 실제로 연기를 피우는 건 어떻겠냐고 물어서 무대 담당과 미술 스태프를 진심으로 당황케 했습니다.

자, 이곳은 그 〈두견새 고성의 낙월〉의 공연 첫날을 맞이한 극장입니다. 분장실을 나와 엘리베이터로 향하는 것은 토요토미 시대의 문양이 새겨진 기모노 차림으로 요도 부인이 된 키쿠오입니다. 그 위엄 넘치는 모습을 보고 복도를 걷던 다른 배우나 쿠로고들이 슬며시 길을 비켜줄 정도였습니다.

그대로 복도를 나아간 키쿠오가 엘리베이터에 올라탔지만, 옆에서 기다리던 다른 배우들은 같이 탈 엄두를 내지 못합니다.

"안 잡아먹으니까 타."

키쿠오가 웃으며 말하는데도 배우들은 어색하게 웃으며 사양했고, 그러는 사이 키쿠오와 그들을 갈라놓듯이 문이 닫힙니다.

"엘리베이터가 여러 대 있는 것도 아니고, 다음부턴 같이 타라고 말 좀 해봐."

키쿠오가 무심결에 불쾌한 듯 중얼거리자…….

"배려하는 거죠. 나쁜 뜻은 없어요."

쵸키치가 익숙하게 대답하자, 키쿠오도 깊이 생각하는 것은 그만두고 모든 사고를 처음 연기하는 요도 부인에만 집중시킵니다.

상대방이 중요한 후원자든 선배 배우든 간에, 이쪽이 즐겁지 않으면 입꼬리를 꿈틀거리지도 않는 무뚝뚝한 성격이 지금까지 키쿠오의 인생을 좋게도 나쁘게도 바꿔왔다는 걸 다들 잘 아실 겁니다. 하지만 그렇다고 이 키쿠오라는 남자가 온종일 무뚝뚝하기만 하냐면 또 그렇지 않다는 것도 잘 아시겠지요. 특히 마음을 연 상대라면 누구보다 친근하게 대하고, 무엇보다 소년 시절부터 토쿠지와 어떻게 지냈는지를 떠올리면 알 수 있듯 이 키쿠오도 천성은 유쾌한 남자입니다.

하지만 이렇게 가까운 사람에게만 보여주는 유쾌함이 세상에는 잘 드러나지 않기 때문에 좋은 의미에서든 나쁜 의미에서든 그런 인상이 키쿠오를 다가서기 힘든 사람처럼 보이게 하는데, 아무래도 같은 업계에서 일하는 배우나 관계자들이라면 매일 얼굴을 마주치면서 그 유쾌함이 전해져오기 때문에 그런 세간의 평가를 의아하게 생각하는 사람도 많았습니다. 하지만 슌스케가 죽은 뒤부터였을까요? 예전에 토쿠지가 함께하던 시절만 해도 자주 들려오던 웃음소리가 키쿠오의 분장실에서 사라지기도 했고, 슌스케 사후의 가부키계를 어떻게든 부흥시키려고 남들보다 몇 배는 노력하는 키쿠오가 조금 겉돌기 시작하면서 문득 언제부턴가 예전처럼 후배 배우들이 편하게 키쿠오의 분장실을 찾아와서 '3대손 삼촌, 저 술 좀 사주세요'라고 어리광을 부리는 일도 사라지고 말았습니다.

그걸 키쿠오도 알아차렸으면 좋았을 테지만, 머릿속에 담긴 생각은 다음 연기에 대한 것뿐. 자기 결혼기념일은 물론이고 아야노와 손녀딸의 생일까지 기억 못 할 정도니, 슌스케 사후 지난 6년 동안 어느 극장에서든 어째서인지 키쿠오의 분장실만 다른 이들과 멀리 떨어져 덩그러니 있는 듯한, 물론 실제로는 같은 복도에 붙어 있습니다만 마치 그의 분장실만 다른 세계인 것 같은 분위기를 자아냈던 겁니다.

한번은 입사한 지 반년쯤 된 신입 가발 담당이 키쿠오의 분장실에 들어왔을 때는…….

"그야 3대손의 분장실은 전날 미리 얘기하지 않으면 못 들어오잖아요?"

진지한 얼굴로 그렇게 말할 정도니까 키쿠오가 젊은 배우들에게 아무리 엘리베이터에 같이 타라고 말해도 순순히 따르는 사람이 있을 리 없었던 겁니다.

하지만 그런 덕분에 드디어 막이 오른 〈두견새 고성의 낙월〉에서는 그야말로 당대 여장 배우로서 정점에 서게 된 키쿠오의 고립을 토요토미 히데요시 사후 어린 아들 히데요리를 지키기 위해 고립되어 가는 요도 부인의 모습과 겹쳐 본 관계자들이 적지 않았을 테고, 그걸 알아차리지 못하는 건 키쿠오 본인뿐입니다. 함락 직전의 오사카성에서 탈출을 시도하는 토쿠가와 이에야스의 손녀 센히

메에게 요도 부인이 미친 듯 창을 휘두르며 분노하는 모습은, 센히
메의 머리카락을 움켜쥐고 끌고 다닌다거나 하는 식으로 관백의
아내로서의 위엄을 잃지 않는 아슬아슬한 연출이었고, 키쿠오 외
의 다른 배우가 연기했다면 히스테릭하게 보였을 장면을 오사카성
함락이라는 현실을 받아들이지 못하는 한 시대의 증언자로서의 시
점도 보여주는 연기로 왕년의 가부키 팬은 물론이고 평소엔 전위
예술 등을 선호하는 연극 팬까지 끌어들이면서…….

"3대손 한지로가 가부키를 초월했다."

그런 기묘한 비유가 세간을 떠들썩하게 했습니다.

덧붙이자면 이때 키쿠오 본인도 무대에 쏟아진 대호평에 매우
기분이 좋아진 터라…….

"내가 가부키를 초월했다고? 왠지 가부키에서 쫓겨났다는 말 같
아서 슬픈데."

말은 그렇게 하면서도 전혀 싫어하는 표정은 아니었습니다.

자동차 한 대가 겨우 드나들 수 있는 골목에서 선물을 들고 나타
난 사람은 아키코였습니다. 이 주변은 자전거나 화분이 처마 밑에
쭉 놓여 있어서 서민 동네의 분위기가 남아 있지만, 가장 안쪽에는
훌륭한 벤츠가 세워진 스모 도장이 있고, 그곳에서 손을 흔들어 보
이는 사람은 이 스모 도장의 사모님이 된 아야노였습니다.

"아키코 아줌마, 여전히 아름다우시네요. 앞에 있으면 내가 초라
해지는 것 같아."

그런 말로 맞이하는 아야노는 어린 제자들의 빨래를 걷는 중이

었는지, 그 민낯에서 하루하루 충실한 생활을 보낸다는 게 선명히 드러나 보입니다.

"그야 인사하고 돌아오는 길이니까 그렇지. 나도 집에선 후줄근하게 입어."

그렇게 말하며 선물을 건네는 아키코가 갑자기 아야노를 찾아온 것은 마침 오늘 찾아갔던 후원자가 이 근처에 살고 있었기 때문이었고, 신기하다는 듯 아무도 없는 씨름판을 들여다보는 그녀에게…….

"이번에 우리 아빠 무대, 굉장히 평가가 좋던데요?"

아야노가 그렇게 말하며 맞은편에 있는 자택으로 안내해 주는데, 현관문을 열자마자 어린 씨름꾼이 다리도 제대로 뻗기 힘들 만큼 좁은 현관에 쪼그려 앉아 있습니다.

"또 이런 좁은 데서 게임이나 하고 있고."

"여기가 제일 전파가 잘 잡히니까 그렇죠."

아야노가 혼내지만 어린 씨름꾼도 붉은 입술을 비죽 내밉니다.

"아야노도 고생이 많겠네."

아키코가 무심결에 중얼거리자…….

"전혀요. 난 담아두지 않고 전부 말해버리는 성격이라 오히려 매일 기분이 편해요."

감탄스러운 대답입니다.

그리 넓지 않은 부엌으로 안내받아 들어가자, 식탁 위에는 제자들을 주려는 건지 큰 접시에 담긴 찐 고구마가 랩으로 싸여 있습니다.

아키코가 의자에 앉아 찻물을 끓이기 시작한 아야노에게 뒤늦게 나마 아까의 대답을 해줍니다.

"맞아, 이번에 네 아빠가 연기한 요도 부인, 굉장히 평가가 좋아."

"얼마 전 일본에 온 프랑스 대통령이 엄청나게 칭찬했다고 들었는데요. EU 회의인가? 거기서도 극찬을 했다고 하고."

"맞아. 원래 일본 문화를 좋아해서 학생 시절에는《만요슈万葉集》를 읽었고 일본에 오면 꼭 슈젠지修善寺의 아사바 여관에 묵는 사람이래. 그 회의 자리에서 '3대손 하나이 한지로가 살아 있는 동안, 배우들은 일본으로 가지 말지어다'라고 말했다지."

"응? 그게 뭔데요?"

"쉽게 말해 한지로가 죽기 전에는 유럽 배우들은 일본에 가도 상대가 안 된다는 뜻이라는데, 이 말은 원래 에도시대의《가무기사시歌舞妓事始》라는 책에서 초대 이치카와 단주로가 간사이의 초대 토주로에 관해 남긴 말이라고 적혀 있어."

"우와."

엽차를 끓이던 아야노도 식탁에 앉아 접시의 랩을 벗깁니다.

"아줌마도 하나 드실래요? 우리 도장에 가고시마가 고향인 애가 있어서 걔 부모님이 보내주신 건데, 정말 달아요."

그렇게 말하며 찐 고구마를 권합니다.

마침 출출하던 아키코도 사양하지 않고 하나 집어 들면서 한동안 둘이 함께 말없이 먹다가…….

"아빠는 건강하시죠?"

"응, 건강해. 아, 오늘 온 건 정말로 아야노 얼굴을 잠깐 보고 싶어서 들른 것뿐이야."

거기까지 말하고 나서 정말로 그런 건지 문득 자문하는 아키코
였지만, 그렇다고 특별히 할 이야기가 있었냐고 하면 그런 것도 아
닙니다.

"얼마 전 밤에……."

그렇게 생각하면서도 어째서인지 입이 멋대로 움직입니다.

"……한밤중에 그 사람이 깨어나서 부엌으로 가는 거야. 목이라
도 마른 건가 싶었는데 아무리 지나도 안 돌아오는 거 있지. 배가
고팠나 생각하면서 잠깐 보러 나갔는데……."

아키코가 부엌에 가자 냉장고 앞에 익숙해야 할 남편의 뒷모습
이 보였습니다. 하지만 어째서인지 그런 그가 무척 멀게 느껴집니
다. 그가 서 있는 곳은 자택의 부엌이지만, 마치 넓은 들판에 혼자
외로이 있는 것만 같았습니다.

"옛날에 우리 엄마도 비슷한 이야길 했던 적이 있어요."

아키코의 말투가 농담처럼 들렸는지, 문득 떠올랐다는 듯 아야
노가 말합니다.

"아줌마한테 우리 엄마 얘길 하는 게 좀 그렇긴 하지만요."

그렇게 서두를 꺼내면서도…….

"……그러니까 아빠가 일직선으로 난 길을 혼자 걸어가고 있었
대요. 그래서 엄마가 불렀더니, 바로 뒤돌아보고 기쁘게 달려왔대
요. 그런데 가까이 오니까 아빠한테는 엄마의 모습이 보이지 않는
것처럼 갑자기 주위를 두리번거리더니, 고개를 갸웃거리면서 왔던
길로 다시 되돌아가더래요. 그래서 엄마는 다시 한번 아빠를 불렀

죠. 그랬더니 아빠는 다시 돌아왔어요. 그리고 그걸 몇 번이나 반복하는 사이에, 두 사람의 간격이 서서히 멀어지더래요. 처음에는 바로 가까이서 뒤돌아보던 게 점점 멀어지고, 그런데도 부르면 아빠는 돌아오고요. 아주 멀리 있는데도 또 기쁘게 달려오더래요."

"저기, 그건 꿈 이야기야?"

아키코가 무심결에 끼어들자…….

"꿈이 아니라, 멍하니 있다가 자기도 모르게 그런 생각을 한 것 같아요."

그때 현관에서 소리가 났고, 초등학교 4학년이 된 키에가 기운차게 부엌에 얼굴을 내밀더니…….

"어, 아키코 아줌마, 안녕하세요!"

등에 멘 책가방에서 내용물이 다 쏟아질 기세로 요란하게 허리를 숙입니다. 그리고 그대로 2층으로 뛰어 올라가 축구공을 들고 밖으로 나가는 모습은 키쿠오의 말에 따르면 어린 시절 아야노와 판박이라고 했습니다.

"……정신없죠?"

자식 때문에 속 썩이는 아야노의 모습이 아키코에게도 사랑스럽게 보입니다.

"……요새 좀 반항기예요. 학교에서 쟈니즈 아이돌이 인기라는데, 우리 집은 뚱뚱한 남자애들뿐이잖아요. 그래서 안 멋있다고."

그렇게 말하면서도 아야노의 표정은 온화했고, 이런 그녀가 한때 키쿠오의 부축을 받아 도쿄에 왔던 그 신경질적인 소녀였다고 생각하면, 그저 시간의 흐름이라는 게 얼마나 관대한지를 따뜻하게 실감할 뿐이었습니다.

"사부님. 다음 주 〈악동 벤텐〉 녹화 말인데, 게스트가 요네다 총리로 결정됐다는 얘기, 들으셨어요?"

도심으로 향하는 꽉 막힌 토메이東名 고속도로, 까만 승합차의 뒷좌석에서 열심히 잡지를 읽던 벤텐에게 조수석의 매니저가 말을 건넵니다.

"그랬어? 그건 또 쉽지 않겠네."

벤텐이 가볍게 흘려넘기고…….

"……그보다도 이 기사, 좀 너무하지 않냐? '살아 있는 피를 갈구하는 희대의 여장 배우'라니, 무슨 흡혈귀도 아니고."

벤텐이 매니저에게 내민 잡지에 적힌 기사는 키쿠오의 데뷔부터 현재까지를 소개하는 알찬 내용이었지만 그 논조가 너무 악의적이었는데, 지금 키쿠오가 거둔 성공은 전부 가까운 사람의 불행을 제물로 손에 넣었다고 적혀 있었던 겁니다.

〈도죠지의 두 사람〉, 〈소네자키 동반 자살〉, 〈백로 아가씨〉, 〈아코야〉는 물론이고 최근의 〈요도 부인〉에 이르기까지 지금까지 극찬받았던 키쿠오의 무대가 순서대로 언급된 건 좋았지만, 그 무대의 전후로 일어난 수많은 비극을 언급했습니다. 선대 백호의 교통 사고부터 시작해 당뇨병에 의한 실명, 예명 세습 인사에서의 토혈부터 죽음에 이르는 흐름이 있고, 한편 슌스케의 가출, 복귀 후 양쪽 다리의 괴사, 그가 사망한 뒤에는 마치 그 저주가 아들인 카즈토요에게 옮겨갔다는 듯이 〈요도 부인〉의 세계적 극찬과 뺑소니 사건을 같은 선상에 놓은 것입니다.

"다음 나들목에서 빠져줘. 잠깐 들를 데가 있거든."

벤텐이 그렇게 말한 곳이 마침 요가用賀 나들목 근처였고, 운전사가 핸들을 꺾자 벤텐은 하루에가 사는 탄바야로 가라고 지시합니다.

자, 이 당시의 벤텐에 대해 말하자면 부동의 지위를 구축한 예능계의 일인자가 되어 그야말로 '모든 길을 벤텐으로 통한다'라고 할 정도의 시대였습니다. 앞서 언급한 대로 젊은 개그맨이나 배우들은 물론이고 국민의 대표인 정치가까지 호감도를 높이기 위해 저자세로 출연을 부탁하는 간판 프로그램을 일주일에 몇 개나 갖고 있었으니까요.

사실 슌스케 사후 벤텐과 키쿠오의 교우 관계도 한동안 끊어졌습니다. 그건 그 둘 사이를 연결해 온 토쿠지가 없기 때문이기도 하지만 슌스케의 장례식으로부터 시간이 조금 지났을 무렵, 단둘이 슌스케를 추모하자는 벤텐의 제안으로 만났을 때, 벤텐이 예전부터 광팬이던 메이저리거 노모 히데오 이야기를 한참 늘어놓은 직후에 키쿠오가 문득……

"우리처럼 입만 산 놈들이 잘나가는 세상 따위, 난 딱 질색이야. ……난 전혀 재미없더라도 말주변이 없는 녀석을 더 믿어."

그렇게 중얼거렸고, 물론 그 자리에서는 금세 다른 화제로 넘어갔지만, 어째서인지 이 말이 그 후 벤텐 마음속에 계속 남아 있었던 겁니다.

중간에 미리 연락해 두었기에 탄바야 현관에서는 하루에가 기다리고 있었습니다. 익숙한 솜씨로 반지하 주차장으로 유도해 준 다

288

음 벤텐을 데리고 집 안으로 들어가면서 차에 남겨진 매니저들을 위해 커피를 가져다주라고 가사 도우미에게 지시하는 빠릿빠릿함은 여전했습니다.

벤텐은 먼저 슌스케의 제단 앞에서 양손을 맞댔습니다.

"그래서, 요즘은 좀 어때?"

하루에가 무심결에 묻자…….

"어떻긴, 아주 죽겠지."

슬쩍 시계를 돌아본 하루에가…….

"아직 저녁 먹을 시간은 아니네. 차 내줄게."

그렇게 말하며 벤텐을 거실로 안내합니다.

"아들은?"

"지금 위층에."

"복귀 가능성은 생겼나?"

"1년 뒤면 만만세, 2년 뒤라도 감지덕지하지."

"그거 무섭겠네. 나 같으면 그렇게 오래 텔레비전에 못 나오면 죽어버릴걸."

벤텐은 농담으로 한 말이지만, 당사자인 하루에는 전혀 웃을 수 없는 모양입니다.

"정말 탄바야의 위기라니까."

한숨을 쉬고는…….

"……그런데 넌 텔레비전에 정말 많이 나오더라. 감탄스럽다니까."

"하루짱이니까 솔직히 말하는 건데, 난 사실 1년은커녕 사흘만 텔레비전에 못 나가도 세상에 잊힐까 봐 무서워져."

"누가 그렇게 빨리 잊겠어?"

"아니, 정말이야. 매일 나오지 않으면 자다가도 불안해서 진짜 벌떡벌떡 일어난다고."

"뭐 어때. 방송국에서 계속 나와달라고 하잖아."

"실제로 그렇지도 않아. 이미 내가 그렇게 재미있지 않다는 건 나도 알고 있는걸. 그래서 항상 주변에 내 똘마니들을 앉혀놓고 요란하게 웃으라고 시키면서 방송국 사람들 눈치만 보고 산다니까."

"그래도 계속 텔레비전에 나오고 싶은 거잖아?"

"그게, 나가고 싶단 말이지. 그런데 최근에 문득 스승님들 생각이 나더라고."

그가 떠올린 것은 당시 2층짜리 건물이던 오사카 방송국 풍경으로, 그때 세이요 사부는 인생의 중요한 갈림길이었는데도 불구하고 가진 재주를 5분 안에 다 보여주라고 요구하는 젊은 피디 앞에서…….

"네가 태어나기도 전부터 해온 공연이다. 그걸 네 맘대로 이렇게 잘라먹으려고 하면 누가 한다고 하겠냐!"

그렇게 소리치며 나비넥타이를 쥐어뜯고는 엄포를 놓은 겁니다.

"내가 뭐, 텔레비전에 나오고 싶어서 여기 온 줄 아냐고! 내 공연을 보여주고 싶어서 온 거지!"

"……하루쨩, 요즘 시대엔 이제 그런 녀석이 없어. 나도 포함해서 그저 다들 텔레비전에 나가고 싶어 해. 텔레비전에 나갈 수만 있으면 정치가든, 뉴스 진행자든 뭐든 되려고 한다고. 하지만 이런 시대가 얼마나 가겠어. 이런 엉터리 세상이 얼마나 이어지겠냐고. ……

그런데 하루짱. 나도 그걸 잘 알면서도 다음 날 아침이 되면 역시 텔레비전에 나가고 싶어져. 나가지 않으면 숨을 쉴 수가 없어."

젊은 시절처럼 열변을 토하는 벤텐을 그럽게 바라보던 하루에가 홍차를 더 따라주자, 한 모금 마신 벤텐이 아직도 할 말이 많이 남았다는 듯이…….

"……이젠 내가 하는 일들, 해낸 일들이 전부 정답이 되어버렸어. 호랑이가 사라져서 왕이 된 여우도 아니고. 난 개그맨이야. 오답투성이인 인간이니까 가치가 있는 거 아니냐고. 그렇잖아? 하루짱도 잘 알 거 아니야."

"맞아. 하는 일도, 해내는 일도 전부 오답이었지."

하루에도 무심결에 웃고 맙니다.

"그래도 재밌었잖아?"

"그래도 재밌었어."

"그런데 지금은 뭘 하든 정답이 됐어. 다양한 곳에 불려가서 내 의견을 말해야 한다고. 내가 보기엔 인간쓰레기나 다름없는데 말이야."

그렇게 말하면서 결국 견딜 수 없었는지, 벤텐의 눈에는 희미하게 눈물이 고여 있습니다.

하루에는 그걸 못 본 체하며 구운 과자 하나를 벤텐이 마시는 홍차의 잔 받침에 올려놓아 주었습니다.

순순히 그걸 집어 먹은 벤텐이…….

"뭐야, 이거. 맛있는데."

"피낭시에라는 과자야. 프랑스어로 금융가나 부자라는 뜻이래."

"헤에, 나도 사 가야겠다."

"오래 놔둬도 안 상하니까 다음에 보내줄게."

화제가 바뀌면서 조금 기분이 진정되었는지…….

"뭔가 미안하네. 하루짱이 잘 지내나 보러 온 건데, 결국 또 내 얘기만 떠들어대서."

그렇게 언제나처럼 사과하는 벤텐입니다.

"미안해할 거 없어. 나이를 먹으면 그렇게 솔직한 이야기를 할 수 있는 상대가 점점 줄어들잖아. 남편 죽고 나니까 그게 실감이 나."

"그럼 이제 키쿠짱한테는 아무도 없겠네. 슌도령도, 토쿠지도 없으니까."

"그러네."

하루에는 한 번 더 구운 과자를 비닐 포장에서 꺼내 벤텐의 잔 받침에 올려놓아 주는 것이었습니다.

동궁어소東宮御所의 숲이 보이는 아오야마 도로 한 편에서 애스 턴마틴 엔진이 시원시원한 소리를 냅니다. 방금 인계받은 신차 운 전석에서 핸들을 쥔 키쿠오는 아까부터 질리지도 않고 액셀을 밟 으며 배기구의 진동에 입술을 핥습니다.

이미 차량 인계 절차는 끝났지만, 깜빡 잊고 못 전한 서류가 있다 는 걸 깨달은 담당자가 돌아오기를 기다리고 있는데, 마음만 급해 서 이미 머릿속으로는 아오야마 도로를 질주하고 있습니다.

덧붙이자면 이 스포츠카는 007의 본드카로도 유명했고, 어머니 마츠가 보내준 돈으로 산 중고 재규어부터 이것저것 갈아타다가 키쿠오의 아홉 번째 파트너가 된 차량입니다.

담당자에게서 서류를 받고 차창을 닫은 키쿠오가 액셀에 가볍게 발을 올려놓는 것만으로도 새가 날아오르는 듯한 차의 가속에 무심결에 전율하고 맙니다. 아오야마 거리의 차량 사이를 바람처럼 빠져나가는 속도감과 코끝에 느껴지는 가죽시트 냄새. 키쿠오는 노면에서 올라오는 듯한 기분 좋은 진동에 핸들을 강하게 고쳐 잡습니다.

이번 신차 구매를 아키코는 당연히 강하게 반대했습니다. 왜냐하면 카즈토요가 뺑소니라는 중대 사건을 일으키고 언제 끝날지 모를 근신 중인 시기에 그 후견인인 키쿠오가 느긋하게 새 차를 산다는 건 아내인 아키코가 아니라 누가 봐도 경솔한 행동이었으니까요.

사실 상식적으로 보면 그게 맞는 말이었고 키쿠오 역시 카즈토요의 사건을 누구보다 무겁게 받아들이고는 있었지만, 아무래도 그 일 때문에 자신의 새 차 구매를 연기해야 하는 이유를 도저히 이해하지 못하는 것 같았습니다. 나중엔 아키코가 울면서 조금만 더 기다려달라고 부탁하는데도 키쿠오는 들으려 하지 않았습니다.

"그럼 마음대로 해! 하지만 난 절대 그 차에는 안 탈 거야!"

지금까지 키쿠오가 제멋대로 행동하는 것을 눈감아주던 아키코도 이번만큼은 용서가 안 됐던 겁니다.

키쿠오의 자동차 애호는 물론 어제오늘 일이 아니었지만, 자동차 애호가도 여러 종류가 있어서 키쿠오의 경우 친구들을 모아 이런저런 일을 하기보다 혼자 운전하는 게 가장 행복한 타입인 것 같습니다. 또 그때의 기분을 누군가에게 말하는 일도 없지만, 과거에 딱 한 번 잡지 인터뷰에서 자동차에 관해 떠든 적이 있었는데 당시 슌스케가 가출 중이었던 것을 의식했는지 이런 질문이 나왔을 때였습니다.

"마음이 잘 맞는 동료 배우는 누가 있나요?"

"선배님들이 많이 아껴주시고 후배들과 술을 마시는 것도 좋아하는데, 마음이 잘 맞는 것하고는 뉘앙스가 조금 다른 것 같네요. ……아, 맞다. 마음이 잘 맞는다고 하니까 바로 생각나는 건 속도예요. 차를 달리고 있으면 정말 마음이 잘 맞는다는 생각이 들거든요. 주위 풍경은 확확 뒤로 지나가 버리고, 우물쭈물하는 차가 있으면 확 추월하기도 하고요. 말이나 대화 같은 건 하나도 필요 없죠. 그런데도 확실히 서로 마음이 잘 통한다는 기분이 들어요."

한편, 공연 중의 짧은 휴식 시간이었는데도 키쿠오가 공연 최종일까지 기다리지 않고 새 차를 인계받으러 간 이번 달에, 가부키좌 극장에서는 〈등나무 아가씨〉가 공연되고 있었습니다.

지난 몇 년, 어떤 무대에 서도 키쿠오의 존재감만 돌출된다는 건 마니아뿐만 아니라 일반 관객들의 눈으로도 알 수 있을 정도였고, 키쿠오가 조금 힘을 빼지 않으면 도저히 조화를 이룰 수 없었습니다. 다만 그렇다고 키쿠오가 공연을 대강한다는 건 있을 수 없는 일이라, 결국 〈등나무 아가씨〉처럼 혼자서만 춤추는 작품을 맡을 때가 많아질 수밖에 없었습니다. 물론 자신만의 세계관에 흠뻑 빠져들 수 있는 이런 작품에 키쿠오도 불만은 없었고 실제로 키쿠오가 이 〈등나무 아가씨〉의 여심을 가련하게 연기하면 그야말로 관

294

객을 포로로 만든 것처럼 황홀해하는 천 개의 시선이 무대에 집중되었습니다.

자, 그 〈등나무 아가씨〉의 무대에서 어떤 사건이 발생한 것은 바로 키쿠오가 새 차를 인계한 그날 벌어졌습니다.

이 〈등나무 아가씨〉는 특별한 스토리는 없지만, 남자의 바람기를 사랑스럽게 질투하는 삿갓 춤으로 시작됩니다.

이날도 평소와 다를 것 없이 등나무의 정령인 처녀로 분장한 키쿠오가 무대에 나타나자 그 기품과 사랑스러움에 맨 앞줄 관객들의 뺨이 확 붉게 물들고, 그것이 마치 전염되어 가듯 뒷줄 관객에게 전파됩니다.

그런 관객들의 표정 변화가 체온이 담긴 따뜻한 바람이 되어 무대로 되돌아와 키쿠오의 뺨을 간지럽히는 것은 늘 겪는 과정이었는데, 그 순간 객석과의 간격이 확 멀어지는 듯한, 자기 몸만 또 다른 세계에 있는 듯한 형용하기 힘든 감각을 맛보는 것입니다.

제1장을 끝냈을 때도 그런 감각에 휩싸여 있었습니다. 평소처럼 관객들의 얼굴은 한 명 한 명 선명히 보였고, 그중에서도 다섯 번째 줄 통로 쪽에 앉은 젊은 남자 관객이 인생 첫 가부키 관람이기라도 한 건지 넋 나간 듯한 표정으로 무대에 눈을 못 떼는 모습은 배우로서 느낄 수 있는 가장 큰 기쁨이었습니다.

무대 뒤에서 빠르게 다음을 준비하여 제2장을 춤추기 시작했을 때도 어째서인지 그 남자 관객이 눈에 띄었는데, 무대의 세계에 어지간히 몰입했는지, 마치 등나무 아가씨를 취하게 만든 사람이 자신인 듯한 표정입니다. 기분이 좋아진 키쿠오는 그 관객만을 상대하듯 춤추기 시작했는데, 이변이 발생한 건 바로 그때였습니다.

일련의 춤의 흐름에서 기모노를 팔에 휘감은 채 키쿠오가 잠깐 객석에 등을 돌리다가 바로 뒤를 돌았을 때였습니다. 그 관객의 모습이 객석에 없었습니다. 순간 초조해졌지만, 관객이 잠깐 자리를 비우고 화장실에 가는 건 드문 일도 아니기에 마음을 다잡고 다시 춤을 추기 시작합니다.

↘ 세월이라는 이름의 미움이여

천천히 애태우듯 객석에 등을 돌리고 다시 뒤를 돌았을 때였습니다. 놀랍게도 그 남자가 키쿠오의 눈앞에 서 있었던 겁니다. 무언가에 홀린 사람처럼 키쿠오를 바라보고 있었습니다.

객석에서 비명 같기도 하고 술렁임 같기도 한 목소리가 들려왔고, 소리꾼들의 목소리가 흐트러지는 동시에 피리와 샤미센 연주가 딱 멈춰버립니다.

키쿠오의 눈앞에는 무대로 올라온 남자가 서 있습니다. 초점이 안 맞는 눈빛으로 키쿠오를 바라보고 있습니다.

원근감이 망가진 건 바로 그때로, 무대와 객석 사이에 있어야 하는 무언가를 남자가 부숴버리고 무대로 올라온 것만은 분명합니다.

거기에 무엇이 있었는지, 이미 부서진 이상 키쿠오에게도 보이지 않았고, 떠올릴 수도 없습니다.

하지만 그곳에는 무언가가 있었습니다. 계속 있었습니다. 처음 키쿠오가 무대에 섰을 때부터, 아니, 그보다 훨씬 옛날 이 가부키라는 공연이 세상에 생겨났을 때부터 존재하던 무언가가 지금 자기 눈앞에서 부서지고 무너져 내렸다는 감각만 선명히 느껴질 뿐입니다.

남자의 얼굴이 시야에서 스윽 사라지고, 그 너머로 만원 객석이 돌아온 것은 바로 그때였고, 그 직후 무대 위에서 성난 목소리가 울려 퍼집니다.

"붙잡아! 붙잡아!"

쿠로고와 무대 담당 스태프들의 손에 무대에서 끌려 나가는 남자의 모습을 키쿠오는 멍하니 바라보고 있었습니다.

"선생님, 괜찮으세요?"

귓가에서 문득 목소리가 들리고…….

"어, 어어."

고개를 돌리자 그곳에 창백해진 쵸키치의 모습이 있습니다. 키쿠오는 객석으로 눈을 돌렸습니다. 관객들의 표정 역시 공포에 휩싸여 있었고, 그중에는 충격으로 떨림이 멈추지 않게 된 나이 든 여성도 보였습니다.

그래도 어떻게든 이 상황을 수습하려는 소리꾼들이…….

ㄱ 세월이라는 이름의 미움이여

노래를 부르기 시작하고 거기에 샤미센과 피리, 태고 연주가 이어지자 쵸키치와 스태프들도 황급히 무대 옆으로 물러났는데, 그 무대에서 단 한 명 키쿠오만이 언제까지고 마치 실이 끊어져 버린

297

꼭두각시 인형처럼 춤을 시작하지도 못하고 무대 옆으로 물러나지도 못한 채 덩그러니 남겨져 있었습니다.

비단
잉어

"허, 뭐가 두려워 그렇게 두리번거리는가?"

"누가…… 누가 좀 와주시옵소서!"

> ↘ 한 번의 비명, 두 번째는 기다리지 않고
> 뛰어들어 푹 찌르네
> 찔린 채로 발광, 팔다리를 버둥거리고

"지금 죽으면 어린아이가 떠돌이가 되는데. 죽고 싶지 않아…….
살려주시오……. 요헤이 씨……."

"그대가 딸을 귀여워하는 것만큼, 나도 날 귀여워하는 아버지를
사랑하오. 돈을 내서 체면을 차려야 하니…… 단념하고 죽어주시
오. 입으로 말하면 사람들이 들을 테니, 마음속으로 염불을…….."

ㄱ 나무아미타불을 외우며 다가가
　　　　오른쪽에서 왼쪽 배로
　　　　찌르고 도려내고 뽑아서 벤다
　　　　오키치를 맞이하는 저승의 밤바람
　　　　등불이 꺼지며 암흑으로

"아, 아아— 아—아아—, 아아아아—."
　요헤이가 휘두르는 칼로부터 도망치던 오키치가 기름통을 걷어
찹니다. 기름투성이가 된 암흑 속에서 울려 퍼지는 오키치의 단말
마. 그 목소리를 뒤쫓는 악마 같은 얼굴의 요헤이.

　　　　ㄱ 쏟아지는 기름, 흐르는 피

　기름투성이가 된 오키치의 까만 머리카락을 움켜쥔 요헤이의 팔
과 칼에서 뚝뚝 떨어지는 기름. 도망치는 오키치의 오비를 잡아당
기며 기름 위에서 몸부림치는 두 사람.

　　　　ㄱ 처마 밑 창포에 맺힌
　　　　　이슬방울도 숨이 끊기네

"아, 아아————."
　몸을 뒤로 젖힌 채 죽은 오키치의 눈알이 마치 눈구멍에서 바닥
에 툭 떨어져 무대 위로 굴러다닐 것만 같은 섬뜩한 분위기가 싸늘

한 바람이 되어 객석 사이로 불어닥칩니다.

극장 밖에서는 초여름 햇살이 눈부시게 내리쬐는 가운데, 이번 달 국립극장 무대에서 공연된 작품은 에도시대 오사카에서 실제로 발생한 기름 장수의 유부녀 살해를 소재로 치카마츠 몬자에몬이 쓴 〈안주인 살해 기름 지옥女殺油地獄〉이었습니다. 빚을 갚지 못해 궁지에 몰린 요헤이를 이토 쿄노스케가, 참살당하는 기름집 안주인을 키쿠오가 연기했고, 그 기름투성이의 처참한 클라이맥스에서 관객들의 등줄기를 연일 오싹하게 했습니다.

오늘도 관객들이 벌벌 떠는 가운데 막이 내리자 기름과 땀으로 범벅이 된 두 사람을 제자들이 부축하여 무대 옆으로 서두릅니다.

제자들이 기름투성이 발을 닦아주는 가운데서도 숨을 크게 헐떡이는 건 키쿠오도 쿄노스케도 마찬가지. 무대에서는 매력적인 남녀를 연기했지만 서로 환갑을 넘은 나이인 만큼 흐트러진 호흡은 쉽게 가라앉지 않습니다.

먼저 키쿠오가 목욕 가운을 걸치고 분장실로 돌아가려는데, 키쿠오를 돕던 유카타 차림의 카즈토요의 팔을 쿄노스케가 문득 붙잡습니다. 덧붙이자면 지난 몇 년 동안 카즈토요는 시간이 날 때마다 자진해서 키쿠오를 따라다니며 그 무대를 지켜보고 있습니다.

"야, 카즈토요. 키쿠짱, 컨디션이 좀 안 좋은 거야?"

키쿠오가 사라지는 것을 기다렸다가 쿄노스케가 묻자……

"삼촌이요? 무슨 일 있으셨어요?"

"아니, 뭔가 다른 사람이랑 하는 것 같은 느낌이 들어서 말이야. 그래도 뭐, 옆에 늘 붙어 있는 네가 느끼지 못했다면, 별일은 아니겠지…….”

“오늘 말이에요?”

“응? 오늘이랄지, 뭐, 요새 말이야. 아키코도 별말 없었지?”

고개를 갸웃거리면서도 특별히 심각하게 여기진 않으면서 그 대화는 그걸로 끝났지만, 쿄노스케의 찜찜함은 사라지지 않은 채였습니다. 카즈토요에게는 누군가 다른 사람하고 공연하는 것 같다는 말이 나와버렸는데, 좀 더 자세히 설명하자면 함께 무대에 선 사람은 틀림없는 키쿠오였지만, 같은 무대에 서면서도 자신이 보는 광경과 옆에서 키쿠오가 보는 광경이 완전히 다르다는 걸 알 수 있었습니다. 단순히 그런 느낌이 든다는 수준이 아니라, 예를 들어 암흑 속에서 두 사람이 몸부림치는 장면에서는 무대 위니까 실제로는 아무것도 보이지 않을 리가 없습니다. 그런데도 키쿠오의 눈 앞에는 진짜 암흑이 펼쳐져 있고 정말 아무것도 보이지 않아서 당연히 보여야 할 문지방에 걸려 넘어졌던 것입니다.

그렇다고 키쿠오의 눈에 병이 생긴 것은 아니라서 막이 내리면 안 보이기는커녕 안경조차 필요 없을 만큼 시력이 좋아 걱정하는 쿄노스케가 맥이 빠질 정도입니다.

다만 키쿠오에 대한 배려인지 쿄노스케처럼 직접 언급하지만 않았을 뿐, 사실 이 무렵 같은 무대에 서는 다른 배우 중엔 키쿠오의 그런 변화를 알아채는 사람도 적지 않았습니다.

다시 말해 암흑이 진짜 암흑으로 보인다거나, 무대 위에 흩날리는 벚꽃잎이 실제보다 많게 보인다거나, 그 의상이 실제보다 호화롭다거나 하는 식입니다. 원래의 풍경에 더 생생한 색이 입혀져 있는 듯한, 원래 무대에 더욱 현실감이 부여된 듯한, 말하자면 실제보다도 풍요로운 세계를 키쿠오가 보고 있다는 뜻이기도 했기에 배우의 눈에 비치는 풍요로운 세계는 그대로 관객이 보는 무대의 풍요로움으로도 이어지는 것이지요.

지금으로부터 3년 전쯤부터 키쿠오는 가부키 무대 이외의 연예활동을 전부 중단했습니다. 그 계기는 40대 중반부터 오랜 세월 광고 모델로 출연한 일본주 회사와의 전속 계약이 원만히 종료된 것이었고, 그 후 텔레비전이나 라디오는 물론이고 공연 홍보용 잡지 취재조차 사양하게 되어 머지않아 세쓰분(節分: 입춘 전날의 일본 명절-옮긴이)의 콩 뿌리기 행사나 오사카 마쓰타케좌 공연에서의 배 타기 행사 등 분기별 연례행사에도 참여하지 않게 되었습니다.

하지만 키쿠오의 이런 독단적인 행동에 같은 배우들이나 미쓰토모 직원, 나아가 언론에서도 불평이나 비난을 하지 않았던 건, 이미 이 당시 키쿠오가 당대 제일의 여장 배우인 것은 말할 것도 없고, 가부키 무대에서만 볼 수 있는 환상의 배우라는 이미지가 현대의 밋밋한 연극계에서 일종의 야릇한 판타지를 만들어내면서, 그게 그대로 흥행 성공으로 이어졌기 때문입니다.

암흑이나 벚꽃잎을 다른 사람보다 어둡게, 또 현란하게 바라보면서 무대에 서는 키쿠오의 모습이 관객은 물론이고 한 무대에 선 배우들의 눈에까지 신성하게 보이는 것도 당연하다면 당연한 일. 그렇게 되자 키쿠오의 존재 자체가 신격화되는 데까지 그리 긴 시간이 걸리지는 않았습니다.

"키쿠짱, 아직 있어? 잠깐 들어갈게."

분장실에서 목욕한 후, 어깨에 붙인 파스 냄새를 맡으며 분장실 포렴을 걷어 올린 것은 쿄노스케였습니다.

"선생님, 쿄노스케 씨입니다."

욕실 입구에서 쵸키치가 말해주자…….

"어머, 오라버니. 들어와요, 들어와요."

안쪽 방에서 얼굴을 내민 사람은 아키코였고, 세월을 이기지 못하는 건 누구나 마찬가지인지 그녀의 손에는 키쿠오가 무대에서 차고 있던 무릎보호대가 들려 있습니다.

성큼성큼 안으로 들어가자, 키쿠오 본인은 줄지어 놓은 방석 위에 엎드린 채로 전속 안마사에게 시술을 받고 있었는데, 다급히 몸을 일으키려 하는 걸 보고…….

"됐어, 됐어. 그 상태로도 이야기는 할 수 있잖아."

쿄노스케가 등을 누르며 옆에 앉습니다.

"……그게, 잠깐 키쿠짱한테 할 말이 있어서 말이야. 이번에 우리 아버지 추모 공연에서 키쿠짱이 〈등나무 아가씨〉를 해주면 좋을 것 같거든."

그 말을 들은 키쿠오가 다시 몸을 일으키려 했기에…….

"그대로 있어도 괜찮다니까."

쿄노스케가 등을 누릅니다.

"……아니, 물론 키쿠짱이 그때 일…… 그게 벌써 6년은 됐으려나? 관객이 갑자기 무대 위로 올라온 이후로 〈등나무 아가씨〉를 하지 않았다는 건 나도 아는데. 이번 추모 공연의 작품 목록을 할아버지 추모 공연 때랑 똑같이 하고 싶거든. 그렇다면 〈등나무 아가씨)는 키쿠짱 말고 다른 사람에게 맡길 수는 없잖아."

쿄노스케가 일방적으로 거기까지 말했을 때 마침 안마의 한 과정이 끝났는지, 몸을 일으킨 키쿠오가 흐트러진 유카타 옷깃을 바로 합니다.

"형님 부탁이면 기꺼이 해야죠."

"정말이야? 그래도 그동안은 쭉 안 했었잖아?"

"뭐, 제가 하기 싫었다기보다 주위에서 신경 써준 측면도 있어요."

"무대 위로 관객이 올라온다니. 불길하달지, 영 재수가 없잖아."

"아직도 그때 일이 꿈에 나와서 퍼뜩 깨어나기도 해요."

"그렇겠지."

안마사가 눈치껏 옆방으로 물러났고, 아키코도 더러워진 수건을 둥글게 뭉쳐 분장실을 나가려는데……

"아, 맞다. 아키코. 우리 집 아키코가 너한테 선물하고 싶은 오비가 있다나 봐. 언제 한번 집에 들러."

"정말요? 그럼 언니한테 전화해 볼게요."

"응, 그렇게 해."

쿄노스케가 입구 쪽으로 뻗었던 고개를 다시 키쿠오 쪽으로 돌리자, 눈앞에서 뭔가 오래된 예술 관련 책을 키쿠오가 펼쳐 보입니다.

"형님, 이건 옛날에 슌도령한테 받았던 책인데요, 여기에 1826년이라고 적혀 있으니까 에도시대 후기겠죠? 〈등나무 아가씨〉의 첫 공연에 관해 자세히 적혀 있어요. 이게 너무 재미있는데, 원래는 민속화인 〈젊어진 처녀〉를 소재로 한 작품이었잖아요. 첫 공연에

서는 바로 그 그림에서 튀어나온 처녀가 춤추는 고헨케五変化무용
이었죠. 마지막에 처녀의 가발과 의상이 벗겨지면서 극단주의 모
습으로 바뀌는 건 허무하지만, 흔히 말하는 가부키의 재미는 있어
요. 봐봐요, 여기."

건네받은 두꺼운 책 표지를 강하게 누르는 키쿠오의 손가락을
바라보자, 그와 슌스케가 이런 식으로 가부키 이야기에 열중하던
시절이 떠올랐고, 이제 그런 이야기를 할 상대가 없어진 키쿠오가
조금 불쌍하게 느껴지기도 하는 쿄노스케였습니다.

"뭐, 〈등나무 아가씨〉를 맡아준다면 방식은 키쿠짱에게 맡길게."

"네? 아."

바로 대화가 중단되자 맥이 빠진 키쿠오의 표정을 보는 것도 괴
로워져서 자연스레 화장대 쪽으로 손을 뻗은 쿄노스케가 펼쳐본
것은 현재 기록적인 인기를 이어가고 있다는, 무려 《3대손》이라는
제목의 키쿠오 사진집이었습니다. 한 장 한 장 넘겨보면 토이치로
시절부터의 무대 사진은 물론이고 젊은 시절의 분장실 스냅 사진
등도 담겨 있습니다.

"옛날 생각나네. 이거, 미야코좌 옥상이지?"

사진 속에선 키쿠오와 슌스케가 유카타 자락을 걸어 올린 채 캐
치볼을 하고 있습니다.

"……저기, 키쿠짱. 가끔은 술자리에도 좀 나와. 그야 연기도 물론
중요하지만 그렇게 아침부터 밤까지 가부키 생각만 하면 어떡해."

사진집을 탁 닫은 쿄노스케의 입에서 저도 모르게 그런 말이 흘
러나옵니다.

"아니, 저도 그걸 모르는 건 아닌데요, 요새 들어 계속 뭔가를 찾고 있는데도 그게 안 찾아진달까, 억지로 다른 일을 해도 그게 신경 쓰여서 어쩔 수가 없는 거예요."

"그 찾는다는 게 뭔데?"

"글쎄요, 정말 뭘까요."

"어? 자기도 뭘 찾는지 모르는 거야?"

"풍경 같은 거긴 한데 말이죠."

"풍경?"

"네, 풍경. ……정말로 아름다운 풍경인데요. 이 세상의 것이라는 게 믿기지 않을 만큼. 그걸 무대 위에서 펼쳐 보이고 싶어요. 그 안에서 춤출 수 있다면 난 배우를 은퇴해도 괜찮을 것 같거든요."

"그래서, 그게 어떤 풍경인데?"

"아, 그걸 몰라서 저도 곤란해하는 거잖아요."

키쿠오가 껄껄 웃음을 터뜨리자 따라 웃을 수밖에 없는 쿄노스케였습니다.

일단 키쿠오에게 〈등나무 아가씨〉에 관한 승낙 언질은 받았으니 그의 어깨를 툭 토닥이고 자리에서 일어나자 바로 안마사가 돌아와 시술을 재개합니다.

"키쿠짱, 가볼게."

나막신을 신고 포렴을 지났을 때였습니다. 복도에 서 있던 아키코와 쵸키치의 몸이 스윽 떨어집니다. 손을 잡았다거나 하는 건 아니고 단지 가까이 붙어 있던 것뿐이지만, 젊은 시절부터 질릴 만큼 놀았던 쿄노스케가 이 두 사람 사이에 묘한 공기가 흐른다는 걸 모를 리 없습니다.

"아키코, 정말로 다음에 꼭 우리 집 들러. 좋은 오비라고 하니까."

그렇게 말하고 나서 쿄노스케의 뇌리에 떠오른 것은 오래된 예술 책을 펼쳐놓고 안마사 앞에 혼자 엎드린 키쿠오의 등이었습니다.

자, 키쿠오가 이번 달 〈안주인 살해 기름 지옥〉에서 연일 만원 관객을 열광시킬 무렵, 또 다른 장소에선 커다란 프로젝트 한 가지 가 진행되고 있었습니다. 통칭 '인간 국보', 정식 명칭은 '중요 무형 문화재 보유자'의 심사입니다.

1950년, 폐허만 남은 나가사키에서 키쿠오가 태어난 바로 그해 에 생긴 '문화재 보호법'에 근거하여 창설된 제도로 가면극과 가부 키, 인형극, 엔게이(演芸: 대중 앞에서 다양한 예능을 선보이는 공연-옮긴이) 등의 기예 계열과 도예와 염색, 칠기, 금속 가공 등의 공예 기술 계 열로 크게 나뉘며 분야는 현재 열네 가지입니다.

가부키에 관해 설명하자면 중요 무형 문화재로 지정된 가부키 를 고도로 체현하는 '기술'을 가진 자로 인정되는 것이며 불상 등 의 유형 문화재뿐만 아니라 무형의 '기술'도 후세로 전하자는, 실 로 일본적인 발상이 엿보이는 제도입니다.

이 '인간 국보'는 물론 실제로 선정될 때까지 길고 신중한 조사 와 토론의 장이 마련되며 선정에 있어 가장 중요한 인물들은 실무 를 담당하는 문화청 전통문화과의 문화재 조사관들입니다. 전문가 들과 협력하여 문부과학 장관의 자문안을 만들어야 하는데, 그 후 국립 사립 대학의 학장, 전 문화청 장관, 신문사 사장, 예대 학장급의 인물들과 현장을 잘 아는 각 기예 연구가, 평론가 등 각 방면에 걸친 지식인들에 의해 엄정한 심사를 거듭한 다음에야 정식으로 내정됩니다. 그리고 드디어 그 도마 위에 3대손 하나이 한지로라는 이름이 올라가게 된 것입니다.

참고로 슌스케 사후 최고 여장 배우로 고군분투해 온 키쿠오는 지금까지 수많은 기예상을 수상했으며 재작년에는 이미 문화 공로자 훈장도 수여 받았습니다. 하지만 아직도 키쿠오의 출신을 좋게 생각하지 않는 지식인도 있고 젊은 시절의 소행을 이제 와 걸고넘어지는 멤버도 나오면서 아슬아슬했던 문화 공로자 결정보다도 이번 인간 국보는 더욱 험난한 길이 되고 있었습니다.

재작년, 문화 공로자의 영예를 안았을 때도 상당한 축하 분위기였는데 키쿠오는 매체에 그 모습을 거의 드러내지 않았고, 유일하게 출연했던 것이 NHK의 짧은 인터뷰 방송이었습니다.

"정말로 감사한 이야기입니다. 이제부터 더욱 예도에 정진해 나가고 싶습니다."

질문에 짧게 대답하자 희대의 여장 배우와의 인터뷰에서 잔뜩 긴장한 아나운서가, 자기 딴에는 좋은 의도로 키쿠오의 고난 가득한 인생을 언급하고 맙니다. 그걸 그저 가만히 듣고 있는 모습은 지독하게 쓸쓸해 보였습니다.

"이번 문화 공로자로 선정된 3대손 하나이 한지로 씨는 에도, 간사이의 경계를 초월해 양쪽 작품에서 수많은 전문 배역을 갖고 계시고, 또한 현재의 가부키계를 대표하는 여장 배우십니다. 아직 원폭의 상흔이 남은 나가사키에서 태어나 금세 생모를 잃으시고,

그 뒤에 아버지까지 잃는 비극을 겪으셨지만 무슨 인연인지 간사이 가부키의 명가 2대손 하나이 한지로의 양자가 된 것이 이 세계에 들어온 계기였죠. 젊은 시절엔 고난의 연속이었고, 쇠퇴한 간사이 가부키에서 배역도 받지 못해 친형제처럼 자란 故 5대손 하나이 백호 씨와 함께 지방 순회공연을 돌아야 했죠. 그 후에 자립하여 거점을 옮긴 도쿄에서 전환점을 찾아 영화계에 진출한 것도 지금은 좋은 추억이라고 말씀하셨습니다. 고 백호 씨와 함께 연기한 〈겐지 이야기〉로 공전의 히트를 기록했고, 세간에 '한한 붐'을 일으켰던 것을 기억하는 분도 많으실 겁니다…….'

아나운서가 키쿠오를 위해 그의 인생을 사전 조사해 준 것은 진심으로 고마웠지만, 길게 이어지는 자기 인생 이야기를 듣고 있자니 그 안에 언급되지 않은 일들만 떠오르면서, 그런 소중한 추억이 손안에서 빠져나가는 듯한 쓸쓸함이 가슴을 옥죄어옵니다.

"제가 이렇게 무대에 설 수 있는 것도 그저 여러분 덕분입니다. 이번 상은 '아직 긴장을 풀지 마라'라는 여러분의 엄한 격려라는 사실을 늘 명심하겠습니다."

희미하게 빛나는 사방 등, 무대에는 보라색의 옅은 어둠이 펼쳐져 있습니다. 아직 오르지 않은 막 너머에서는 〈안주인 살해 기름지옥〉의 최종막, 처참한 살해 장면인 '테시마 기름 가게 장면'을 기다리는 관객들의 술렁임이 들립니다.

손전등으로 발밑을 비춰주는 쵸키치의 도움을 받으며 무대 옆에서 무대 위로 올라온 것은 기름 가게의 안주인으로 분장한 키쿠오였습니다. 오늘 밤이 공연 최종일이었는데도 막이 오른 직후부터 연기해야 하는 가게 앞 대화를······.

"자, 여기 370전입니다. 한번 확인해 보세요."

"그래, 확실히 받았습니다. 그럼 수고하시오."

"조심히 돌아가세요."

젊은 상대 배우와 한 번 더 맞춰보는 사이, 무대 배경 뒤쪽에서 뭔가 절박한 목소리로 "3대손한테 알려야지" "아니, 이제 곧 막이 열려" 하는 대화가 들려옵니다.

"무슨 일이야?"

키쿠오가 반사적으로 묻자 미츠토모 직원이 무대로 뛰어 들어오는데, 창백하게 질린 얼굴에 핸드폰을 쥔 손이 떨리고 있습니다.

"뭔데? 말해봐."

"네, 죄송합니다. 방금 본사에서 연락이 왔는데, 3대손의 따님댁에 화재가······. 스모 도장 쪽이 아니라 자택 쪽이시라고······."

"아야노는! 무사해?"

"어, 네. 아니, 그게······."

"말하라고, 빨리!"

"네, 아야노 씨는 무사합니다. 그런데 손녀분인 키에 양이 제때 나오지 못하고 화상을 입어 지금 병원으로······."

"뭐?!"

젊은 직원에게 덤벼들 기세였던 키쿠오의 귀에, 막이 오르는 것을 알리는 박자목 소리가 들립니다.

"끝나면 바로 가겠다고 아야노한테 전해."

그렇게 말하자마자 키쿠오는 직원을 무대 옆으로 밀쳐내고 흐트러진 의상 옷깃을 편 다음, 잔뜩 동요해서 벌벌 떠는 심부름꾼 역의 젊은 배우에게 낮게 중얼거렸습니다.

"침착해. 막 오른다."

연주와 함께 천천히 막이 오르자 객석에서는 성대한 박수가 나옵니다. 솟구치는 불길의 이미지가 눈앞에서 계속 아른거리는 것을 키쿠오가 필사적으로 떨쳐냅니다.

"자, 여기 370전입니다. 한번 확인해 보세요."

아까 맞춰본 대사로 연기를 시작하지만 역시 정신은 집중이 안 되고 키에를 덮친 불길이 그대로 자기 살을 태우는 것만 같습니다.

"그래, 확실히 받았습니다. 그럼 수고하시오."

"조심히 돌아가세요."

하지만 무대 위의 시간은 무정하기만 합니다. 몸이 타들어 가면서도 대사는 계속되고, 현관 앞에서 심부름꾼을 떠나보낸 뒤에 방에서 들려오는 것은 사랑하는 딸 오미츠의 목소리.

"엄마. 저기, 엄마. 빗살이 부러졌어."

키쿠오는 비틀거리는 다리에 힘을 주며 일어섭니다.

"뭐, 빗살이 부러졌다고? 불길하게시리."

딸에게 가며 말하는 대사에서 핏기가 쏙 사라집니다.

불운하게도 이 세 번째 막이 열리면 키쿠오가 연기하는 오키치는 요헤이와 기름투성이로 뒤얽히는 아수라장의 대단원까지 계속 무대에 나와야 합니다. 그러니 키에의 소식을 전해 들을 수 없는 건 물론이고 오늘의 무대를 기대했을 관객들을 위해 연기가 흐트러지지 않도록 궁금한 마음까지 억누를 수밖에 없습니다. 그런 와중에도 드디어 맞이한 대단원.

〽 쏟아지는 기름, 흐르는 피
  눈앞 기름의, 지옥 같은 고통

기름투성이가 된 오키치의 까만 머리카락을 움켜쥔 요헤이의 팔과 칼에서 뚝뚝 떨어지는 기름. 도망치는 오키치의 오비를 잡아당기며……

"아, 아아————."

단말마의 비명을 지르며 무대에서 몸부림치는 그 모습은 마치 불길에 삼켜진 손녀딸 같습니다. 그 뜨거움, 그 고통, 그 괴로움에……

'키에!'

참지 못하고 그 이름을 부를 뻔한 키쿠오는 기름 범벅인 자기 손으로 다급히 입을 틀어막았습니다.

막이 내리자 젖은 수건으로 화장을 지울 시간도 아깝다는 듯이 준비된 차량에 올라타서 키에가 옮겨졌다는 츠키지의 병원으로 향했습니다.

차 안에서 갈아입은 옷의 매무새를 신경 쓸 여유도 없이, 병원 지하 주차장에서 멈춘 자동차에서 내리자마자 슌스케가 다리를 절단하고 그 인생을 마친 장소가 바로 여기였다는 사실이 새삼 떠올랐습니다. 갑자기 화가 난 나머지, 아무리 기다려도 열리지 않는

313

엘리베이터 문을 때리고 말았습니다.

"제발 무사해 줘. 제발 무사해 줘."

자기도 모르는 사이, 무대에 설 때부터 계속 가슴 속에서 중얼거린 기도가 입을 통해 나옵니다.

대기실을 빠져나오려는데 사람들이 술렁였고, 그런 걸 신경 쓸 틈도 없이 집중 치료실로 향하는 긴 복도를 달려가다가 벽에 걸린 거울에 슬쩍 비치는 것은 아직 화장도 지우지 않은 자기 얼굴이었습니다.

복도 끝, 벤치에서 일어서는 아야노의 모습이 보였습니다. 키에를 구하려고 불 속으로 뛰어들려 했다는 머리카락은 불에 그슬렸고, 울어서 퉁퉁 부은 눈에서는 마치 피눈물이 흐르는 듯합니다.

"아야노!"

무심결에 딸의 이름을 부르며 키쿠오가 달려가려던 바로 그때였습니다.

"오지 마! 아빠는 여기 오지 마!"

양팔을 옆으로 펼친 아야노가 그렇게 소리쳤습니다.

키쿠오의 다리가 무심코 멈춥니다.

"아야노……."

그 이름을 힘없이 부르지만, 아야노는 마치 자기 딸을 집어삼키려는 불길을 막아서는 듯합니다.

"싫어! 오지 마! 더는 다가오지 마! 왜? 아니, 왜 그런 거야? 왜 우리만 이런 일을 당해야 해? 왜 아빠한테만 좋은 일이 생기는 건데? 아빠한테 좋은 일이 생길 때마다 우리는 불행해지잖아! 누가

314

순순히 불행해질 줄 알고! 이제 싫어! 이제 더는 싫어! 아빠, 제발 부탁이야. 나한테서 키에를 빼앗지 마! 아니, 이 정도면 충분하잖아……!"

그때 자신을 노려보는 아야노의 눈빛에서, 오랫동안 잊고 있었던 광경 하나가 떠올랐습니다.

그래, 이 아이는 계속 날 미워했던 거야. 그리고 난 그걸 알면서도 계속 모른 척했던 거야.

그건 〈태양의 카라바조〉라는 영화에 출연해 가혹한 촬영 후 몸 상태가 안 좋아진 키쿠오가 교토에 있는 후지코마의 집으로 요양을 왔을 때의 일입니다.

어느 날 밤, 아직 초등학교 2학년이던 아야노와 동네 목욕탕에 다녀오는 길에 시라카와白川 근처 이나리稲荷 신사에 들러 둘이 나란히 서서 양손을 맞댔습니다.

"아빠는 신한테 빌 소원이 엄청 많은가 보네."

키쿠오가 유독 오래 기도를 하는 걸 보고 옆에서 아야노가 웃으며 말합니다.

"아빠는 지금 신하고 이야기한 게 아니야. 악마하고 거래한 거지."

"여기에 악마도 있어?"

"그래, 있고말고."

"그 악마하고 무슨 거래를 했는데?"

"가부키를 잘하게 해달라고 부탁했어. '일본 제일의 가부키 배우가 되게 해주세요'라고. 그 대신 다른 건 아무것도 필요 없다고."

그 순간, 아야노의 눈빛이 생기를 잃었습니다.

"……악마가…… 뭐랬는데?"

"알았다고 했어. 거래가 성립된 거야."

그리고 돌아오는 길에, 키쿠오는 손을 맞잡고 걸어가는 아야노의 얼굴을 한 번도 돌아보지 않았습니다. 아니, 사실은 봤을 겁니다. 그 표정이 슬퍼 보였던 기억이 남아 있었으니까요. 하지만 키쿠오는 보면서도 못 본 척을 했습니다. 사랑하는 딸의 슬픔보다도 악마와의 유치한 계약이 먼저였던 겁니다.

양팔을 벌린 아야노의 등 뒤에서 집중 치료실 문이 열린 건 바로 그때였습니다. 결과를 물으며 매달리는 아야노에게, 젊은 담당의가 생명에 지장은 없으며 어깨에 남은 화상도 시간을 들여 이식 수술 등을 받으면 두드러지지 않을 거라고 말하는 것을 키쿠오는 멀리서 듣고 있었습니다. 벽에 걸린 거울에 비친 것은, 악마처럼 얼굴의 절반을 하얗게 칠한 남자의 모습이었습니다.

이날 병원에서 벌어진 일을 사과하는 아야노의 편지가 키쿠오에게 전달된 것은 그해 가을, 쿄노스케 아버지의 추모 공연이 떠들썩하게 막을 올렸을 무렵이었습니다.

편지에는 너무 흥분한 나머지 자기도 모르게 떠들어댄 말을 후회하고 있으며 결코 진심이 아니었다는 뜻이 성심성의껏 적혀 있었습니다. 키쿠오로서도 무슨 일이 있었든 간에 친딸을 미워할 수 있을 리 없었고, 이렇게 사과하는 기특한 딸은 물론이거니와 그날 자기 자식을 지키기 위해 병원에서 양팔을 벌리고 막아서던 아야노까지도 밉기는커녕 미안하기만 할 뿐입니다.

자주 병원에 찾아갔던 아키코가 알려주기를, 다행히 키에의 화상은 경과가 좋았고 몇 년에 걸친 피부 이식 수술에 관한 논의도 시작되었다고 합니다. 얼굴이 아니라고 해도 한창나이의 여자아이가 어깨에 흉터가 남는 화상을 입은 것이니 본인의 마음은 또 어떻겠습니까만, 키에는 씩씩하게 웃어 보이면서…….

"그 유명한 하나이 한지로의 손녀지만, 이제 여배우는 힘들겠네."

그런 농담으로 주위를 웃게 한다고 하는데, 그 사실을 전하는 아키코의 눈에 희미하게 고이는 눈물을 보며 키쿠오는 아무 말도 할 수 없었습니다.

그런 가운데 막이 오른 쿄노스케 가문의 추모 공연에서는 키쿠오가 6년 만에 〈등나무 아가씨〉를 공연합니다. 이 세상 모든 아름다움을 갈아 넣은 듯한 세계관을 더욱 세련되게 갈고닦은 모습은, 설마 아야노의 말이 맞진 않겠지만, 그 완벽한 예술의 밑바닥에 얼핏 고통스러워하는 산 제물들의 모습이 보이는 듯했습니다. 이렇듯 이 무렵 키쿠오가 추구하는 예술은 타의 추종을 불허하는 것은 물론이거니와, 고고하다는 말도 감히 쓸 수 없을 만한 장엄함으로 가득해서 손가락을 움직이면 방울 소리가 울리고, 머리카락을 흔들면 폭풍이 불어닥칠 정도의 신들린 모습. 관객 한 명을 홀려 무대 위로 올라오게 했던 6년 전이 완벽한 완성도였다고 한다면, 지금은 그 완벽까지 훨씬 초월해 버린 것입니다.

완벽을 초월한 완벽한 예술.

하지만 이것이 무엇을 의미하는지 생각해 보면, 사태는 조금 복잡해집니다. 완벽이라는 것은 결국 사람이 만들어낸 영역이니까요.

317

사람.

그것은 무대에 선 배우인 동시에 그 배우에게 박수를 보내는 관객들이기도 합니다.

"완벽한 예술을 갈구하는 관객이 있고, 완벽한 예술을 선보이는 배우가 나타난다."

하지만 키쿠오의 예술은 그 완벽을 초월하고 말았습니다. 그 순간, 완벽을 갈구하는 관객에게는 키쿠오가 보이지 않게 되고, 똑같이 키쿠오에게는 관객이 보이지 않게 되는 게 아닐까요.

쉽게 말해 예술을 위해서라면 관객 따윈 필요 없다는 본말전도가 벌어질 수 있다는 뜻입니다.

그렇게 되면 비싼 돈을 내고 독선적인 예술을 감상하는 건 견딜 수 없다며 화를 내는 관객도 나올 수 있습니다. 조금 건방진 말을 하자면, 이런 종류의 관객들은 애초에 높은 수준의 예술보다는 공감을 선호하기 때문에 그런 분노를 달래주기 위해서는 그 배우가 텔레비전 같은 곳에 나와서 허술하고 귀여운 모습을 보여준다거나 무대 위에서 대본에 없는 농담 등을 해서 웃음을 유발하거나 하면 의외로 쉽게 그 분노도 가라앉고, 잘난 체하는 듯 보이던 이 배우에게도 친근감을 가질 수 있게 됩니다. 하지만 아시다시피 키쿠오라는 남자는 그게 전혀 안 됩니다. 그러다 보니 어쩔 수 없이 당대의 인기 배우로는 실격이라는 평가를 받게 되는 것이겠지요.

물론 그런 서툰 부분까지 3대손 하나이 한지로의 일부라는 걸 이해해 주는 기존의 가부키 팬도 아직 많았기에 키쿠오 역시 그런 관객분들께 내일은 오늘보다 반드시 더 훌륭한 예술을 보여드리려는 노력을 거듭하고 있는 걸 겁니다.

자, 여기서 개막을 알리는 경쾌한 박자목 소리가 울립니다. 오늘도 이곳 가부키좌 극장 무대에서는 〈등나무 아가씨〉가 시작되려 하고 있습니다. 재미없는 예술론은 이쯤 해두고, 오늘 밤은 키쿠오가 추구하는 최고의 예술, 〈등나무 아가씨〉에 취해보도록 하시지요.

하지만 관람하실 때 한 가지 주의 사항을 말씀드립니다. 절대 무대 위의 키쿠오와 눈을 마주치면 안 됩니다. 그 시선에 한번 홀리면 결국 6년 전 자기도 모르게 무대로 올라온 관객처럼 즉시 무대에 빨려 들어가 배우의 발치로 몸을 던지게 될 테니까요.

　　♩ 봄도 언젠가 저물어 자취도
　　　하얀 파도를 일으키는 바람도 없는 비와호琵琶湖 물가

암전된 채 무대에 울리기 시작하는 건 북과 타령의 간결한 울림.

　　♩ 옛날부터 피는 꽃의 계절에
　　　오미近江가 기다리는 등꽃의 물결

깜깜하던 무대가 여기서 조명을 받으며 확 밝아집니다. 눈부신 빛 아래 드러난 것은 무대를 뒤덮을 듯한 큰 소나무와 눈을 뗄 수 없을 만큼 화려하게 핀 꽃을 드리운 등나무. 쭉 늘어선 소리꾼들을 거느린 채 이 아름다운 세계를 지배하는 것은 무쌍의 여장 배우…….

"3대손!"

쏟아지는 환호를 한 몸에 받으며, 까만 기모노에 까만 삿갓을 쓰고 진보랏빛 등나무 가지를 어깨에 기댄 채로 계속 애를 태우다가 돌아보는 그 모습이야말로 모두가 잘 아시는 하나이 한지로입니다.

"어머님, 저 이제부터 연무장에서 공연하는 카즈토요 씨 분장실에 가려고 하는데, 오는 길에 할머님 병원에 차로 들를까요?"

현관에서 기모노에 어울리는 짚신을 찾던 하루에에게 다가온 것은 카즈토요의 부인인 미오였고, 까치발로 선 하루에 옆에서 가볍게 손을 뻗어 짚신 상자를 꺼내 주었습니다.

"오늘은 괜찮아. 병문안 갔다가 잠깐 들를 데가 있으니까."

하루에가 이렇게 서두르는 건 버스 시간이 얼마 안 남았기 때문입니다.

"맞다, 미오. 연무장에 갈 거면……."

"돈봉투 말이죠? 이미 이름도 적어서 준비해 뒀어요."

"그럼 안심이고. 잘 부탁할게."

발이 미끄러지지 않도록 조심하며 짧은 돌계단을 뛰어 내려가서 맞은 편의 버스 정류장에 도착하자 때마침 역 앞으로 가는 버스가 옵니다. 하루에는 가쁜 숨을 고르듯이 손에 든 손수건을 흔들어 버스 기사에게 태워달라는 신호를 보냅니다.

자, 알아차렸겠지만 이곳 탄바야 본가에서도 많은 시간이 흘렀습니다. 카즈토요가 모델로 활동하던 미오와 결혼한 것은, 결국 3년에 걸친 근신 기간이 끝난 뒤 심기일전하며 재기를 위해 단역으로나마 무대에 복귀한 직후였습니다. 복귀는 몰라도 혼사는 아직 이른 게 아니냐는 의견도 있었지만, 모델이라는 화려한 직업이긴 해도 이 미오라는 여성은 요리도 잘하고 서민적인 소박한 성격이었고 전국구라고 할 순 없어도 나름 인기를 끌고 있었기에 그녀와의 결혼이라면 카즈토요의 복귀에도 도움이 될 거라 판단했던 겁니다.

공교롭게도 주위에서 기대한 것만큼 화제가 되진 않았지만, 그래도 카즈토요의 복귀를 대중이 허락되는 계기가 되었는데, 다만 복귀 후 카즈토요의 배우 경력이 잘 풀렸다고 하기는 힘들었습니다. 근신 중에 키쿠오에게 엄격한 지도를 받으면서 예술에 대한 욕심이 생기고 기술적인 향상을 이룩했다는 건 틀림없지만, 배우라는 것은 무엇보다 인기를 먹고 사는 직업인지라 젊은 배우에게 3년이라는 공백은 너무 치명적이어서 아직 탄바야 계승에 어울릴 만한 배역은 들어오지 않았습니다.

그래도 이번 근신을 통해 카즈토요가 기예에 정진하는 기쁨을 알게 됐다는 것만은 불행 중 다행이라 할 수 있었고, 하루에는 일단 장기적인 시각을 갖고 아들을 지원하기로 마음먹으며 요즘 세대다운 감각을 지닌 미오와 함께, 무대의 맨 앞 조명, 이른바 얼굴 조명부터 이쪽 객석까지는 전부 여자들의 역할이라는 사치코의 가르침에 열심히 따르고 있습니다.

한편, 탄바야의 큰 사모님 사치코는 다리와 허리가 많이 안 좋아지긴 했어도 머리는 아직 명석함 그 자체. 평소엔 자택 2층에서 집안 대소사를 때로는 따뜻하게, 때로는 엄하게 지켜보는데, 보름 전쯤 발목을 삐는 바람에 지금도 만약을 위해 병원에 입원 중입니다.

그 병원에서 하루에가 가져온 반찬통의 내용물을 설명하고 간호사에게 줄 선물 등을 포장지로 싸고 있을 때였습니다.

"하루에. 너 혹시 뭐 숨기는 거 있니?"

직감이 예리한 사치코가 물었습니다.

"네? 아니에요."

하루에가 천연덕스럽게 고개를 갸웃거리면서도, 사치코가 자신을 스스럼없이 대하게 된 것과 자신이 사치코의 눈치를 보지 않게 된 것 중 어느 쪽이 먼저일지를 생각합니다. 그러다 문득 떠오르는 것이 아직 카즈토요의 근신이 풀리기 전, 한밤중의 부엌에서 하루에가 잠 못 들고 있을 때 잠옷 차림의 사치코가 내려와 자연스레 차를 끓여 마시며 나누던 대화입니다.

"난 말이지, 이 탄바야에 시집와서 딱 하나 사람들한테 자랑할 수 있는 게 있어. 바로 널 가부키 배우 가문의 안주인으로 키워낸 거야."

그 말을 들었던 밤이 그 계기였던 기분이 듭니다.

"뭐, 됐다. 네 입 무거운 건 옛날부터 알아줬잖니."

추궁해 봐야 하루에가 말해주지 않는다는 걸 알고 포기한 사치코가 반찬통에서 후만쥬(麩饅頭: 밀 글루텐으로 만든 만쥬-옮긴이)를 하나 꺼내 먹습니다.

"어머님 목 막히시겠네. 지금 차를 타드릴게요."

하루에가 만쥬를 삼키는 사치코의 가냘픈 목을 걱정하면서 사기 주전자로 뜨거운 물을 붓습니다.

이날 병원에서 나온 하루에가 향한 곳은 미츠토모 본사입니다.

회장실로 들어가자, 지난 몇 년 사이 또 10킬로 정도 살이 찐 타케노가 의자에서 일어나는 것도 힘들어합니다.

"앉아요, 앉아."

손짓하고는 하루에가 자리에 채 앉기도 전에 말을 꺼냅니다.

"……필요한 서류는 전부 여기 있긴 한데, 정말로 괜찮겠어요? 지난번에도 말했지만, 세타가야 저택을 억지로 지킬 필요 없이 그냥 단념하는 게 편할 것 같은데. 물론 슌스케 씨의 의지를 이어 나가려는 하루에 씨의 마음은 훌륭하지만, 냉정히 말하자면 그 부담이 전부 카즈토요한테 가게 되잖아요."

타케노가 단숨에 말을 쏟아내자…….

"정말 그렇긴 해요. 타케노 씨가 하는 말, 저도 120퍼센트 이해하거든요."

온화하게 대답하면서도 하루에의 결심이 바뀌지는 않습니다.

"……상식적으로 생각하면 타케노 씨의 말이 맞겠죠. 그래도 저희는 천하의 탄바야예요. 아버님과 저희 남편이 무리해 가면서 얼마나 대단한 인기 배우가 됐는지는 타케노 씨도 잘 아실 텐데요."

"카즈토요는 압니까? 자택이 담보에 들어간다는 걸."

"배우한테 돈 걱정을 하게 하면 안 되니까요."

하루에가 허세를 부리지만…….

"이미 그런 시대는 지났다고요."

그렇게 웃어넘기는 타케노도 그 사소한 차이가 배우를 살릴 수도, 죽일 수도 있다는 걸 잘 알고 있습니다.

하루에가 준비한 서류를 읽을 때였습니다.

"역시 3대손한테는 털어놓을 수 없는 거예요?"

지금까지 몇 번이나 들었던 타케노의 질문에 하루에가 고개를 가로젓습니다.

"……그 사람한테 더는 부탁할 수는 없어요."

눈을 내리깔자…….

"저도 제 입장이 있다 보니 카즈토요만 편애할 수도 없어서 말이죠."

그렇게 대답하는 타케노.

"됐어요, 타케노 씨. 이쪽 세계에선 편애받는 게 당연한 건데. 아직 카즈토요에겐 그럴 만한 매력이 없다는 얘기잖아요."

하루에의 직설적인 말에 쓴웃음을 짓고 마는 타케노였습니다.

올해 도쿄에 내린 첫눈은 밤 동안 조용히 쌓여 무기질적인 콘크리트와 아스팔트를 전부 뒤덮었습니다. 덕분에 평소엔 눈에 띄지 않던 도심의 가로수가 얼음 나무로 변해 거리 풍경의 주인공 자리를 되찾고 있었습니다.

이곳 가부키좌 극장 앞도 한밤중이 되어 인적이 끊긴 대로 위에는 여러 갈래의 바퀴자국만 남아 있을 뿐입니다. 극장 지붕에 쌓인 흰 눈과 함께 보면, 마치 내일 공연 첫날인 〈기온 제례 신앙기祇園祭礼信仰記〉에서 유키히메를 연기할 키쿠오를 하늘이 축복해 주는 광경 같습니다.

자, 가부키에는 흔히 '세 공주'로 불리는 유명하면서도 어려운 공주 배역이 있는데, 그중 하나는 〈가마쿠라 삼대기鎌倉三代記〉로

부모보다 연인을 선택한다는 당시로서는 획기적인 여성상을 그려
낸 토키히메가 그 주인공입니다. 키쿠오도 지금까지 두 번 연기한
적이 있는데, 다소 수수한 배역이라 키쿠오와는 맞지 않아서 전문
배역은 되지 못했습니다. 그리고 다음 공주는 〈일본 이십사효〉의
야에가키히메로 이쪽은 예전에 키쿠오가 신파, 슌스케가 가부키로
연극계를 양분하여 그 기예를 겨루던 당시, 같은 달에 이 야에가키
히메를 함께 연기하여 동시에 예술선장을 수상했던 기념비적인 배
역입니다. 더 거슬러 올라가면 가출 중이던 슌스케가 갓 태어난 토
요키를 안고 선대 백호에게 용서를 빌러 갔을 때 오사카의 요정에
서 춤춰보라고 했던 것이 이 야에가키히메의 인형 몸짓이었으므로
지금 생각하면 슌스케의 인생과 떼려야 뗄 수 없는 배역이었습니
다. 그리고 마지막 공주가 바로 이번 달 키쿠오가 연기하는 〈기온
제례 신앙기〉의 유키히메입니다.

이 〈기온 제례 신앙기〉는 곳곳에 들어간 새디스틱한 연출이 그
볼거리라 해도 될 만큼 도착적인 미를 추구한 작품입니다. 금각사
에서 인질을 잡고 농성하는 반역자가 인질 중 한 명인 유키히메에
게 수청을 들라고 강요하지만, 절대 받아들이지 않습니다. 결국엔
벚꽃잎이 휘날리는 벚나무 밑에서 밧줄에 묶이는 학대를 당하는
데, 화가 셋슈의 손녀인 유키히메는 분노에 몸을 떨면서 손끝으로
벚꽃잎을 모아 쥐를 그립니다. 그러자 놀랍게도 그림인 쥐가 움직
여 밧줄을 갉아 먹어주는 기적이 일어납니다.

가부키좌 극장 주변이 하얗게 물들어 기계적으로 점멸하는 신호
등이 차도를 녹색과 적색으로 물들이고 있을 때, 도심에서 조금 떨

어진 주택가의 눈길을 키쿠오가 혼자 걸어가고 있었습니다. 도심과 마찬가지로 이 주변에도 눈이 조용히 내리 쌓였는데, 가로등이 비추는 눈길 위에는 키쿠오가 걸어온 발자국뿐이지만 이따금 바람에 흔들리는 전선에서 후두둑 떨어지는 눈이 그 발자국마저 감춰 버립니다.

키쿠오가 이 눈 풍경에 매료되어 홀쩍 집을 나온 것은 한 시간 전쯤. 내리기 시작한 눈이 먼저 가로수 잎을 물들이고, 담벼락 위에 쌓이고, 집들의 지붕을 하얗게 물들이는 모습을 꽤 오랫동안 바라보고 있었는데, 결국 참을 수 없게 된 겁니다.

"감기 걸려."

아키코가 어처구니없다는 듯 말리는 것도 듣지 않고 털모자를 쓰고 어린애처럼 뛰쳐나갔을 때가 이미 새벽 1시였습니다. 거리에는 아무도 없었고 그 후 한 시간 동안 키쿠오는 자기 발이 눈길을 밟는 감촉을 음미하듯이 뽀득, 뽀드득, 하고 한 걸음씩 계속 걷고 있었습니다. 이따금 얼굴을 들면 밤하늘이 찢어진 것처럼 춤추며 내리는 가랑눈에 감탄의 한숨이 새어 나옵니다.

물론 내일은 공연 첫날. 넘어져서 다치기라도 하면 안 됐기에 자연스레 발은 어느 정도 걸어간 곳에서 멈추고 그대로 왔던 길을 되돌아가지만, 그 거리는 뻔했고, 길에 남겨진 키쿠오의 발자국은 자택 맨션 앞을 그저 왔다 갔다 할 뿐입니다. 그래도 새로 쌓인 눈을 뽀드득, 뽀드득, 하고 아끼듯 밟을수록 머릿속이 확 맑아지는 것만 같아서, '이제 돌아가자' '이제 집 앞으로 돌아가면 들어가자'라고 머리로는 생각하면서도 몸이 좀처럼 그만두려고 하지 않습니다.

그런 가운데 키쿠오가 문득 멈춰 선 건 바로 그때였고, 무서울 만큼 맑은 그 눈동자가 서서히 주변을 둘러봅니다.

"아름답네……."

그렇게 중얼거리며 밤하늘에서 내리는 가랑눈을 받아내려는 듯이 하늘을 향해 팔을 뻗었습니다.

하룻밤이 지나 아침부터 날이 개긴 했어도 대륙에서 건너온 심한 한파는 아직 물러가지 않았고, 도쿄는 아름다운 잔설에 뒤덮여 있습니다. 오늘 공연 첫날을 맞이한 가부키좌 극장은 바닥이 미끄러운 가운데서도 많은 사람으로 북적였는데, 그 모든 이들이 바깥의 냉기를 끌고 왔는지 공연 시작 5분 전의 버저가 울리고 마지막 관객까지 공연장 안으로 뛰어 들어가자 갑자기 조용해진 로비가 급격하게 뼛속까지 추워집니다.

박자목 소리가 울리는 가운데, 막이 오른 무대에서 시작된 것은 그토록 고대하던 〈기온 제례 신앙기〉. 금각사에서 농성하는 반역자, 마츠나가 다이젠을 연기하는 이토 쿄노스케의 등장에 객석의 열기가 빠르게 달아오릅니다.

오늘은 구성을 조금 바꿔서, 평소에 안내해드리는 1층 석이 아니라 극장 안이 한눈에 보이는 3층 석으로 안내해드리려고 합니다. 먼저 로비에서 빨간 카펫이 깔린 계단을 오르면 눈에 들어오는 것은 층계참에 당당히 장식된 일본화, 카와바타 류시의 〈푸른 사자〉입니다. 이 푸른 사자는 커다란 흰 모란을 입에 물고 사납게 노려보는 모습인데도 왠지 모를 애교가 느껴져서 부르면 당장이라도 그림에서 튀어나와 "나도 가끔 가부키를 보고 싶다"라며 뒤를 따라올 것만 같습니다.

3층으로 뛰어올라 설레는 마음을 억누르며 무거운 문을 열면 가부키의 향기가 물씬 풍겨오는데, 그 향기에 취해 마치 와이어 액션처럼 천장으로 붕 날아오르면, 내려다보이는 것은 용궁 같은 무대입니다. 바로 지금 큰 갈채 속에서 연분홍빛 기모노에 은색 머리장식이 화려한 키쿠오의 유키히메가 등장합니다.

ᒣ 다이젠은 온화한 말씨로

"유키히메. 그대의 지아비 나오노부가 감방에서 괴로워하는 것도 이 천장에 수묵화로 용을 그리지 못했기 때문. 지아비를 대신해 용 수묵화를 그리든가, 아니면 내 뜻에 따르든가. 어서 선택하시오."

ᒣ 그렇게 다그치자 히메는 천천히 고개를 들고

"생각지도 못한 어려운 과제를 주시는군요……."

반역자 다이젠은 이 금각의 천장에 수묵화로 용을 그리라고 유키히메에게 명령하고, 그 명령을 거부하는 유키히메.

화가의 손녀딸로서의 지성과 유폐된 히메의 우아함을 그 고개 숙인 시선만으로 표현해내는 키쿠오의 솜씨는 얼마나 훌륭한지요.

무대에서는 휘황찬란한 금각사가 바닥 장치로 높이 솟아올라 있습니다. 정원에서 만개한 벗나무에서는 꽃잎이 하늘하늘 춤추듯 떨어지는 가운데, 반역자 다이젠이 자기 뜻에 따르지 않는 유키히메를 밧줄로 꽁꽁 묶는 횡포를 부립니다. 비참하게 밧줄에 묶이는 유키히메의 한탄, 체념, 그 수치심이 어찌나 요염한지. 마치 살을 파고드는 밧줄의 고통까지 관객들에게 전해지는 것만 같습니다.

밧줄 끝을 벚나무에 묶인 채 정원에 내던져지는 유키히메.

"아아, 아아아아아아."

낮게, 높게, 혼자 탄식하는 그 목소리의 허망한 울림.

팔을 뒤로 묶인 채 도망치려는 히메를 팽팽해진 밧줄이 다시 잡아당기고, 그래도 잠시나마 남편과 만나고 싶어 도망치려는 그 모습, 그 마음이 아플 만큼 잘 전해집니다.

'할 수만 있다면 여기서 도망치게 해주고 싶다. 잠깐이라도 남편과 만나게 해주고 싶다.'

키쿠오가 연기에 몰입하면 할수록 그런 마음이 강해지는 것이었습니다.

무대에서는 하늘하늘 춤추는 벚꽃 눈보라가 점차 보는 사람을 미치게 할 정도의 양이 되어 도망치고 싶어 괴로워하는 유키히메의 모습마저 가려버릴 정도가 됩니다. 원래는 이렇게 쌓인 꽃잎을 주워 모은 유키히메가 그 위에 손끝으로 쥐 그림을 그려야 하는 장면이었습니다.

이곳 3층 석에 많이 모인 가부키 마니아들은 그 순간을 놓치지 않았겠지요. 그 순간 유키히메의 움직임이 멈추더니, 마치 거기서 키쿠오 본인이 튀어나온 듯 무대에 서서 정말 신기해하는 얼굴로 가만히 이 천장을 올려다보는 것이었습니다.

'……당신, 누구야?'

이쪽을 올려다보는 키쿠오의 입이 그렇게 움직인 것처럼 보인 것과 유키히메의 움직임이 돌아온 것은 거의 동시였습니다. 손끝으로 쥐를 그리는 클라이맥스에 장내의 관객들이 뜨거운 갈채를 보냅니다.

"3대손!"

"한지로!"

날아드는 환호를 한 몸에 받는 건 이미 키쿠오가 아닌, 역시 틀림없는 유키히메였습니다.

이 무대를 우연히 지켜보던 타케노가 막이 내리자마자 키쿠오의 분장실로 향했던 것은, 그 역시 불길한 가슴 떨림을 느꼈기 때문입니다. 급히 뛰어간 키쿠오의 분장실 앞에는 인사하러 기다리는 후배 배우들이 줄을 서고 있었지만, 상관하지 않고 끼어들어 안으로 들어가자…….

"어, 별일이네."

타케노를 맞이한 키쿠오는 화장대 앞에서 화장을 지우고 있습니다.

"3대손, 괜찮아?"

일단 말을 건네보지만…….

"뭐가?"

"뭐겠어, '손끝 쥐'에서 잠깐 멈추는 것 같았으니까…….""

"그랬나? 오늘 공연 첫날이었으니까."

화장을 지우는 키쿠오의 모습을 그대로 거울을 통해 바라보면,

천하의 하나이 한지로라지만 역시 세월의 풍파는 이기지 못하는 건지, 유카타를 걸친 그의 어깨가 너무 야윈 것이 보여 무심결에 시선을 돌리고 마는 타케노였습니다.

생각해 보면 키쿠오와도 꽤 오래된 인연입니다.

먼 옛날, 타케노가 아직 혈기 왕성한 신입사원이던 시절. 시코쿠 고토히라의 소극장에서 "가부키 같은 건, 그냥 세습이잖아? 지금은 나란히 서 있지만, 마지막엔 너만 억울한 일을 당하고 인생을 끝내게 될 거다"라고 시비를 걸다 그대로 몸싸움까지 벌였던 상대가 아직 스무 살 무렵이던 키쿠오였다는 걸 생각하면, 서로 적이 되기도 하고 아군이 되기도 하면서 결국 40년 넘게 이 길을 함께 걸어온 셈입니다. 지난번 하루에의 말처럼, 이러니저러니 해도 지난 40년 동안 자신이 계속 이 키쿠오라는 배우를 편애해 왔다는 걸 새삼스레 깨달았고, 그렇다면 훨씬 전부터 키쿠오의 성장을 지켜봤던 팬들이라면 방금 무대에서 타케노의 가슴에 맺혔던 불길함을 훨씬 일찍부터 느꼈을 거라는 생각에 왠지 무척이나 미안한 마음이 드는 것입니다.

그도 그럴 것이, 타케노의 귀에 최근 들어왔던 이야기가 '아무래도 요새 3대손은 답답하고 괴로워 보인다'라는 것이었습니다.

키쿠오가 유키히메를 연기하면 유키히메의 독무대처럼 되어버리는 것은 다른 작품에서도 마찬가지. 마치 비단잉어를 작은 수조 안에서 기르는 거나 마찬가지였고, 자신들이 키쿠오를 그 비단잉어로 키워냈고 키쿠오 본인도 그것을 바란 결과였다고는 해도 이 비단잉어가 아름다우면 아름다울수록, 답답해 보이는 그 모습은 차마 눈 뜨고 보기 힘들 정도입니다.

이런 마음은 키쿠오를 오랜 세월 지지해 준 팬들도 마찬가지였을 테고, 그야말로 오늘 무대에서 밧줄에 꽁꽁 묶인 유키히메의 모습은 수조 안의 비단잉어가 된 키쿠오의 모습과 그대로 겹쳐 보였을 겁니다. 그래서 '할 수만 있다면 여기서 도망치게 해주고 싶다'라는 유키히메를 향한 마음이, 자기도 모르는 사이 키쿠오 본인에게도 향했던 건지도 모릅니다.

화장대 거울을 통해 문득 눈이 마주친 키쿠오가 '뭐야'라는 듯이 쳐다봅니다.

"아니, 3대손하고도 참 오랜 인연이다 싶어서 말이야."

솔직히 그렇게 이야기하자…….

"확실히 오래되긴 했지."

그의 마음이 전해진 건지 전해지지 않은 건지, 그 담백한 말투는 먼 옛날 몸싸움을 벌였던 그 소년 그대로입니다. 그렇다면 이 남자는 그때부터 계속 이 가부키 세계에 혼자 덩그러니 서 있었을 거라는 생각에 가슴이 찢어집니다.

"슬슬 가볼게."

올챙이배에 다리가 걸리면서 몸을 일으키자 묘하게 쓸쓸하게 올려다보는 키쿠오가…….

"뭐야. 벌써 가게?"

"그래, 잠깐 얼굴만 보러 온 거라."

"흐음, 그럼 또 와."

"그건 사양할게. 아무리 시간이 지나도 이 분장실이란 곳은 영

불편해서.”

“그럼, 회장실 의자에서 계속 거만하게 앉아 계시든가.”

키쿠오의 웃음소리에 한쪽 손을 들어 보이며 분장실을 나서는 타케노였습니다.

복도로 나가자 이토 쿄노스케를 비롯해 쭉 늘어선 상급 배우들의 분장실 포렴이 바람이 없는데도 흔들리는 게 보입니다. 사이즈가 맞지 않는 슬리퍼를 신고 돌아가려던 타케노의 발이 딱 멈춰버린 건 바로 그때였고, 등 뒤에는 이번 달에도 키쿠오를 따르는 유카타 차림의 카즈토요가 서 있습니다.

“……언제부터 저런 상태야?”

불쑥 중얼거린 타케노의 목소리는 심하게 지친 것 같기도, 화를 내는 것 같기도 했습니다.

그리고 등 뒤의 카즈토요가 그 질문의 의미를 바로 이해한 듯한 기척이 타케노를 한층 더 절망케 했습니다.

“……언제부터 3대손은 저런 상태냐고.”

쥐어 짜내는 듯한 목소리로 다시 묻자 돌아온 것은…….

“계속 저렇진 않아요…….”

기어들어 가는 듯한 카즈토요의 대답.

“……가끔, 정말로 가끔 저렇게 됩니다.”

그 대답을 듣고 떠오른 것은 방금 봤던 키쿠오의 마치 유리구슬 같은 눈빛이었습니다.

“그건 제정신인 사람의 눈이 아니었어……. 이봐, 언제부터…….”

“〈등나무 아가씨〉였어요……. 무대에 관객이 올라왔던…… 그때부터요."

"그때부터면, 벌써 6년이나……. 그, 그렇다면 왜 좀 더 빨리 말하지 않았던 거냐."

바로 그 순간, 타케노의 얼굴에서 핏기가 싹 가셨습니다.

"너 혼자만 알고 있는 게 아니로군?"

카즈토요가 묵묵히 눈을 내리깝니다.

"아키코 씨도, 네 어머니도 알고 있는 거지?"

"……네."

"그 밖에는 누가……."

쭉 늘어선 상급 배우들의 분장실 포렴이 또 바람도 없이 크게 흔들렸습니다.

"자, 잠깐만……. 다들……. 설마 다들 알면서 가만 내버려둔 건 아니겠지……."

경악하는 타케노 앞에서 카즈토요는 계속 양손을 주먹 쥐고 있습니다.

"필요합니다. 다들, 삼촌이 필요하다고요! 우리 가문에도, 지금의 가부키계에도……."

카즈토요의 말을 이해하기까지 긴 시간은 걸리지 않았습니다. 그의 뇌리에 떠오른 것은 산야의 쪽방촌에서 죽은 만기쿠의 추문을 감추기 위해 분주히 뛰어다니던 자신의 모습입니다. 그와 겹쳐 보이는 것이 공적인 자리에 일절 나서지 않게 된 키쿠오를 어째서인지 필요 이상으로 두둔하던 가부키계의 모습이었습니다. 축 늘어진 꼭두각시 인형의 끈을 다 함께 모여들어 조종하는 잔혹한 풍경입니다.

타케노도 키쿠오가 사라지면 지금의 가부키계가 어떻게 될지 상상하기 어렵지 않았습니다. 하지만 그렇다 해도, 그렇다고 해도…….

"그래도 삼촌은 행복하세요……."

문득 귀에 들려온 카즈토요의 말에 타케노가 잘못 들었나 생각한 순간…….

"……돌아오지 않아도 괜찮습니다. 지금의 삼촌은 계속 가부키 무대에 서 계신 거예요. 벚꽃잎과 눈발이 춤추는 아름다운 세계에 계속 계신 거라고요. 그건 삼촌이 바라셨던 일이에요. 그러니까 삼촌은…… 지금 행복하신 거예요."

무슨 이유든 광인이 행복하다는 헛소리를 어떻게 믿을 수 있느냐고 타케노는 생각했습니다. 하지만 그런 이유를 거부하려고 하면 할수록 먼 옛날 몸싸움을 벌인 그 소년이 나타나서…….

"난 좀 더 할 수 있어. 난 좀 더 춤출 수 있어. 그러니까 좀 더 좋은 무대에, 훨씬 아름다운 세계에 설 수 있게 해줘!"

그렇게 말하며 눈을 빛내는 것이었습니다.

광인의 눈에 보이는 것이 만약 완벽한 세계라고 한다면, 키쿠오는 이제야 그토록 원하던 세계에 서 있는 거겠지요. 연기만으로 살아온 남자가 결코 막이 내리지 않는 무대에 서 있는 겁니다. 그렇다면 누가 일반인의 가치관을 그에게 강요하고, 제정신으로 돌아와 그가 이해할 수 없는 세계에서 살아가라고 말할 수 있을까요.

지금 타케노의 뇌리에서 작은 수조에 들어간 비단잉어가 다시 떠올랐습니다.

'꺼내줘, 꺼내줘' 하고 꼬리지느러미를 흔들며 몸부림을 치는데 모두가 알아채지 못하고, 아니, 모두가 모르는 척을 하고 가만 내버려두었던 그 잉어는, 어느새 그 작은 수조 속에서 맑은 강물을 상상하기 시작했던 거겠지요. 맑은 그 강물에서 마음껏 헤엄치기 시작했던 거겠지요.

국보
(国宝)

오랫동안 밝은 화젯거리가 없던 탄바야에 기쁜 소식이 날아든 것은 하루에의 분주한 노력으로 간신히 유지되던 탄바야의 저택에서 연례행사인 분주한 연말을 맞았을 때였습니다.

새해 가부키좌 극장의 '초봄 축하 대大 가부키'에서도 아직 카즈토요에게 큰 배역이 주어지지 않는 위기 사태라 탄바야에 모인 일동도 어딘지 모르게 어두운 표정이었는데, 그런 와중에도 집 안을 바쁘게 돌아다니던 하루에를 카즈토요가 부릅니다.

"엄마, 잠깐 얘기 좀 할 수 있어?"

그렇게 말하며 위층으로 올라가기에 이번엔 또 얼마나 안 좋은 소식인가 하며 가슴을 졸이며 따라갔더니, 2층에서는 며느리인 미오도 기다리고 있었습니다.

"엄마, 우리한테 아들이 생겼어. 탄바야의 장손이 태어나는 거야."

갑작스러운 보고를 듣자 기쁘기도 하고 놀랍기도 하고, 왜 지금까지 잠자코 있었는지 화도 나고 하면서 하루에의 눈앞이 빙빙 돕니다.

"어머님, 미리 말씀 안 드려서 죄송해요. 전에도 유산된 적이 있다보니까……. 그래서 안정기에 들어갈 때까지는 말할 수 없었어요."

며느리인 미오가 사과합니다.

"네가 사과할 일은 아니잖니. 여러모로 힘들었을 텐데. ……고마워. 고맙다."

미오의 손을 잡아주고 나서, 서두르지 않으면 이 행운이 연기가 되어 사라지기라도 한다는 듯이 자기 방에서 쉬고 있던 사치코에게 달려갔습니다.

"어머님, 탄바야에 장손이 태어난대요. 어머님이 증조할머니가 된다고요!"

귀에 대고 큰 소리로 보고하자…….

"그래, 잘됐구나."

사치코도 눈물지으며 대답했습니다.

이날은 마침 탄바야 일문이 모두 모여 저택과 교습장을 대청소하는 날이었기에 한자리에 모인 이들에게 이 소식을 알려주자, 최근의 어두운 분위기가 확 바뀌며 고참 제자의 입에서 20년도 더 된 슌스케와 카즈토요의 동시 예명 세습 인사 이야기가 나왔습니다.

"이번엔 선생님이 백호로, 곧 태어날 아드님이 한야로 동시 예명 세습이다!"

그런 성급한 환호까지 터져 나올 정도였습니다.

하루에가 다마多摩에 있는 슌스케의 묘소에 첫 손주 임신을 알리러 간 것은 그다음 날이었습니다. 공동묘지 앞에서 버스를 내려 겨울 하늘 아래서 서둘러 걸어가자, 꽃이 피려면 아직 먼 매화나무 아래서 묘비 앞에 양손을 맞대는 선객이 있었고, 자세히 보니 잔술을 올리는 타케노였습니다.

"타케노 씨."

무심결에 달려가자…….

"어, 하루에 씨. 연말에 성묘하러 왔어요? ……아니, 나는 그, 잠깐 탄바야 씨하고 이야기가 하고 싶어져서 말입니다."

유독 쑥스러워하는 것이었습니다.

"남자끼리 비밀 이야기면 자리 좀 비켜드려요?"

하루에가 놀리자 어딘지 모르게 쓸쓸하게 미소 짓는 타케노가 불쑥 말합니다.

"3대손의 인간 국보 이야기 말인데, 역시 어려울 것 같아요."

그 순간, 마치 안심한 듯한 표정을 억지로 숨기는 하루에를 타케노는 놓치지 않습니다.

"그래, 역시 하루에 씨도 그렇게 생각하는군요? 3대손을 더는 묶어두는 건 잔인하다고."

물론 타케노도 마음속으로는 키쿠오의 인간 국보 선정을 바라고 있습니다. 사실 아슬아슬하게 결정되었던 문화 공로자 때도 누구보다 기뻐했던 게 타케노였으니까요.

"……그래도 마음속 어딘가에선 3대손이 인간 국보가 되길 바라는 것도 사실입니다. 그래서 이런 마음을 공유할 수 있는 사람이 누가 있을까 하다가, 저도 모르게 여기 오게 됐네요."

그렇게 말하며 묘비를 어루만지는 타케노 앞에서…….

"미안하지만, 저는 타케노 씨가 듣고 싶어 하는 말을 해줄 수 없어요."

하루에가 시선을 내리깐 것은 바로 그때였습니다.

"하지만 그런 상태는 이상하잖아요……."

무심결에 속내를 털어놓는 타케노였지만, 하루에는 씩씩하게도 이렇게 대답했습니다.

"타케노 씨. 뭘 이제야. 이 세계에 들어온 지 몇 년이나 됐어요? 저는 말이죠, 이제 뼛속까지 배우 아내예요. 남편이 고열이 나든, 양다리를 잃든, ……설령 미쳐버렸다고 해도 울면서 등을 밀어 무대에 세울 거예요. 지독한 이야기죠. 지독한 아내고요. 하지만 그래도 배우라면 무대에서 박수를 받았으면 좋겠는걸요."

하루에와 타케노가 슌스케의 묘 앞에서 이런 대화를 나누고 있던 바로 그때, 다마의 공동묘지에서 그리 멀지 않은 무사시노武蔵野의 종합 병원을 향해 택시 한 대가 달리고 있었습니다. 그 택시 안에는 갑자기 불려 나와 수행하게 된 카즈토요와 키쿠오가 타고 있었지요.

"역시 미츠토모에 먼저 이야기하는 편이 좋지 않겠어요?"

그렇게 걱정하는 카즈토요 옆에서 키쿠오는 낯선 풍경을 신기하다는 듯 보고 있습니다.

자신을 아이코회 츠지무라 마사키의 딸이라고 밝힌 여성에게서 전화를 받은 건 두 시간쯤 전입니다. 이야기를 들어보니 오랫동안

투병하던 츠지무라의 용태가 결국 나빠졌고, '키쿠오와 만나고 싶다'라는 말을 꺼냈다고 했습니다.

"바로 가겠습니다."

키쿠오는 그렇게 말하고 전화를 끊었지만, 곁에 있던 아키코가 애원하듯 말리는 건 당연했습니다. 츠지무라와 다신 엮이지 않는 조건으로 키쿠오가 배우로서 살아올 수 있었던 거니까요.

덧붙이자면 츠지무라에 관한 소식은 키쿠오의 귀에도 이따금 들려왔습니다. 단풍이 지는 가을날 츠지무라가 체포된 것이 지금으로부터 벌써 30여 년 전. 그 뒤 츠지무라는 8년에 이르는 형기를 마치고 출소해서 특유의 끈질긴 근성으로 부활에 멋지게 성공했고, 한번은 쫓겨났던 후쿠오카 땅에서 거의 맨손으로 시작한 토목 건축 사업을 10년 만에 어엿한 기업으로 성장시켰습니다. 하지만 그 무렵 고락을 함께한 아내와 사별하고 본인도 암이 발병하면서 회사를 아이코회 시절부터 자신을 따랐던 부하에게 물려주고 도쿄에 시집온 외동딸에게 신세를 지며 이곳 무사시노의 병원에 입원했던 겁니다. 그리고 지난 3년여 동안 츠지무라는 키쿠오에게 한 번도 연락하지 않았습니다. 연락하면 키쿠오가 자신을 도울 거라는 걸 알았기 때문이겠지요.

병실로 향하는 키쿠오의 발걸음이 딱 멈춘 것은, 병원 엘리베이터에서 내려섰을 때였습니다. 눈앞에는 긴 복도가 뻗어 있습니다.

"왠지 여기, 이상하게 그리운 느낌이 드는데."

키쿠오가 중얼거리자…….

"어, 여기는 새롭게 지어진 병원일 텐데……."

대답하다 말고 입을 닫아버리는 카즈토요.

복도 끝에서 백발의 여성이 고개를 숙이는 게 보였습니다. 카즈토요가 살짝 떠밀자 키쿠오가 퍼뜩 걸어갔고, 츠지무라의 딸로 보이는 그 여성이 미안해하며 말합니다.

"바쁘실 텐데, 무리한 부탁을 드렸네요."

"아닙니다."

문틈 사이로 들여다보이는 것은 패기가 전부 빠져나간 듯한, 거친 남자의 마지막 모습. 병실은 커튼으로 구분된 4인실이고 얇은 커튼 너머에선 차를 홀짝거리는 소리와 기침 소리가 들려옵니다. 츠지무라 정도의 남자가 최후를 맞이하는 곳이 여기라고 생각하니, 계속 고생만 시켰을 외동딸의 애증 섞인 마음도 짐작이 가서 입술을 깨무는 키쿠오였습니다.

"삼촌."

키쿠오가 혼자 병실에 들어가 그를 부르며 아직 딸의 체온이 남은 파이프 의자에 앉고는, 아무 말 없이 츠지무라의 야윈 손을 잡습니다. 정작 츠지무라에게는 키쿠오의 모습이 보이는 건지 안 보이는 건지, 그 탁한 눈빛은 천장만 향하고 있었지만…….

"저 왔어요. 키쿠오입니다."

그렇게 말을 걸자 츠지무라의 눈에서 감정과는 상관없는 눈물이 뺨을 타고 흐릅니다.

"……드디어 날 데리러 왔구나. 그래도 후회는 전혀 없다. 좋은 인생이었어."

중얼거리는 츠지무라의 눈빛에 거짓은 없었고 그 메마른 손가락이 키쿠오의 손을 맞잡습니다.

다음 순간, 츠지무라가 일생일대의 고백을 한 것과 키쿠오의 눈앞이 화악 새하얗게 변한 것 중에 과연 어느 쪽이 먼저였을까요.

"……키쿠오. 네 아버지를 죽인 건 바로 나다. 난 네 아버지의 목을 물어뜯었다."

50년 동안 숨겨 온 이 진실이 아마 지금의 키쿠오를 만들어 냈다고 할 수 있을 겁니다. 하지만 지금 그 진실을 알게 된 키쿠오의 눈에 보이는 것은, 어째서인지 웃고 있는 토쿠지의 얼굴이었습니다.

"토쿠짱……."

무의식중에 그를 부르자, 그곳은 그 옛날 타치바나파 신년회에서 토쿠지와 둘이 〈쌓이는 사랑 눈 세키노토〉를 공연했던 추억의 요정 '하나마루'의 하얀 나무 목욕통이 있던 욕실입니다.

반투명 유리가 끼워진 미닫이문을 열면 바깥은 눈이 쌓인 일본식 정원. 짙은 수증기가 밖으로 빠져나갑니다.

"그런데 도련님, 아까 나 좀 잘하지 않았어?"

어푸어푸, 하고 오토모노 쿠로누시의 화장을 지우는 토쿠지에게…….

"네, 저는 저 멀리 슈모쿠 마을에서 왔어요."

키쿠오가 장난을 치며 최고급 유녀 스미조메를 흉내 내자 함께 웃는 두 사람 사이로 피어오르는 김까지 즐거웠고, 두두두두두, 하고 큰북 소리처럼 울리는 미야지파 조직원들의 발소리가 들려온 것은 바로 그때. 황급히 목욕물에서 뛰쳐나온 키쿠오와 토쿠지의 몸에서는 하얀 김이 모락모락 피어오르고, 연회실에서 들려오는 종업원들의 비명을 듣고 다급히 달려가려는 두 사람 앞을, 까만 예복 기모노를 게이샤처럼 차려입은 마츠가 양팔을 벌리며 막아섭니다.

그래도 유카타 옷자락을 움켜쥔 키쿠오가 마츠를 밀쳐내며 복도로 달려 나가자, 눈 쌓인 안뜰은 도망치는 종업원들로 아비규환. 흐트러진 옷자락 밑으로 드러난 맨발에선 핏기가 사라졌고, 그때 연회장의 투명 장지문을 걷어차며 나동그라져 떨어진 것이 아까까지 반라로 갓포레 춤을 추던 타치바나파의 젊은 조직원입니다. 칼로 공격해 오는 미야지파 조직원에게서 눈밭 위를 기어 도망치려 하지만, 그 옆구리에 푹 박히는 일본도. 배에 두른 새하얀 천에 퍼지는 선혈에서 피어오르던, 야만스러운 김. 흰 눈을 붉게 물들이며 쓰러진 젊은 조직원의 뜨거운 등에 새겨진 한냐(般若: 질투와 증오에 얼굴이 무섭게 변한 여자 귀신-옮긴이) 문신으로 녹아내리는 흰 눈의 아름다움.

멍하니 멈춰 선 키쿠오의 귀에 들려오는 것은 남자들의 고함도, 하물며 눈의 정적도 아닙니다. 둥둥둥둥, 하고 더욱 크게 울려 퍼지는 큰북 소리. 그와 동시에 2층 기와지붕에 나타난 것이 분노로 머리에서 김이 피어오르며 커다란 장지문을 머리 위로 들어 올린 아버지 곤고로입니다. 그가 좌우를 노려보면서…….

"키쿠오! 잘 봐둬! 그 눈으로 똑똑히 봐둬라!"

그렇게 소리치자마자, 상의를 반쯤 벗은 그 가슴에서 뿜어져 나온 피보라가 정원에 쌓인 눈을, 얼어붙은 연못을, 그리고 키쿠오의 하얀 뺨을 확 붉게 물들였습니다.

마치 화장을 지우듯 뺨에 묻은 피를 닦아낸 키쿠오의 눈에, 침대에 누운 츠지무라의 모습이 다시 나타납니다.

"키쿠오…… 나는 너한테……."

사과하려다 기침을 하는 츠지무라의 손을, 키쿠오는 어느새 다시 잡고 있었습니다.

"삼촌, 이제 됐어요. 아버지를 죽인 건 나일지도 모르니까."

"키쿠오……."

츠지무라가 당황하지만 이미 몸을 일으킬 기력은 없었고, 그 어깨를 잡아주는 키쿠오.

"전 오랫동안 삼촌 도움을 받아왔어요. ……정말 고맙습니다."

부모의 원수 앞에서 자연스레 흘러나온 것은 그런 말이었습니다.

키쿠오가 병실을 빠져나오자 조금 떨어진 복도 벤치에 앉아 있던 카즈토요가 다가옵니다.

"이야기는 다 하셨어요? 지금 아주머니가 차를 끓여주신다고 탕비실에……."

불러 세우는데도 키쿠오의 걸음은 멈추지 않았고, 대신 조용히 중얼거리는 목소리에 카즈토요가 귀를 기울이자…….

"얼마나 아름다웠는지 몰라. 카즈토요도 보면 깜짝 놀라 자지러질걸. ……난 말이지, 거기에 서고 싶어. 그런 무대 위에서 춤추고 싶어."

복도를 나아가는 키쿠오의 발걸음은 힘이 넘쳤고, 마치 그 무대라는 곳까지 그대로 걸어가 버릴 기세입니다.

"……삼촌? 잠시만요, 거기가 어딘데요?"

무심결에 어깨를 붙잡는 카즈토요를, 온화한 표정으로 바라보는 키쿠오가 어이없다는 듯 웃습니다.

"아프잖아, 카즈토요. 누가 뭐 지금 당장 간다는 것도 아니고. 너도 참."

"아니, 삼촌……. 어쨌든 좀 진정하세요. 다들 기다리고 있잖아요. 다들 삼촌의 무대를 기다리고 있잖아요."

카즈토요의 말이 그의 마음에 확 와닿았는지…….

"……그래, 나도 알아."

중얼거린 키쿠오의 목소리는 쓸쓸하기도 하고 듬직하기도 한 울림이었습니다.

이곳 모토아자부元麻布에서도 노른자 땅에 세워진 벤텐의 저택은 주위에 늘어선 특권층 사람들의 집에도 뒤지지 않을 만한 '백아의 궁전白亜の御殿'입니다.

천천히 열린 그 철문을 통해 마당으로 들어가는 건 하루에였고, 현관으로 이어지는 계단을 올라가자…….

"하루짱!"

반갑게 맞이하는 것은 벤텐의 아내로, 젊은 시절 텐노지의 광대 골목에 있는 식당에서 처음 만나 그 뒤로 꽤나 고생하면서도 결국 오늘까지 함께한 마사코였습니다.

"이야, 마코짱. 이게 얼마만이야."

하루에가 계단을 뛰어 올라갑니다.

"하루짱, 너 토끼처럼 뛰는 게 기운이 넘치네—."

"이렇게 오래 사는 토끼도 있어?"

반가운 나머지 떠들썩하게 떠들어대고 서로의 어깨를 토닥이며 안으로 들어가자, 스웨터 차림의 벤텐이 자다 일어난 듯 눌린 머리카락으로 맞이합니다.

"뭐야? 간곡히 부탁할 게 있다면서."

거실에 편히 앉을 틈도 없이 물어보는 벤텐도 성급하지만……

"그래. 조금 부탁할 일이 있어서 온 거야."

바로 본론으로 들어가는 하루에도 성격이 급하다고 하겠습니다.

"……그게, 네가 진행하는 리얼 예능 프로그램 있잖아?"

"〈벤텐의 위기일발〉 말이야?"

"그래. 그 프로그램에 나를 출연시켜 줄 수 없나 해서."

"출연시켜달라니……. 그건 젊은 출연자들도 열심히 몸을 던져서 웃기는 방송인데."

"수조에 들어가서 보디랭귀지 하거나 무단 주차하는 무서운 아저씨한테 훈계하는 방송이잖아. 평소에도 보고 있는걸."

"평소에 봤으면 알 거 아니야. 그건 하루짱처럼 환갑이 넘은 아줌마가 나오는 데가 아니라고."

"나 같은 아줌마가 한 명 있어도 재미있지 않겠어?"

"아니, 아니. 재미도 없고 내가 신경 쓰여서 그래."

"저기, 벤짱. 내가 지금까지 너한테 한 번이라도 부탁한 적 있었어? 없었잖아? 내 평생 딱 한 번뿐인 부탁이야."

당돌하다면 너무 당돌한 하루에의 부탁. 그 열의를 보자 벤텐도 마냥 거절하긴 힘들었는데, 생각해 보면 하루에가 단지 유명해지

347

고 싶어서 텔레비전에 나오겠다고 할 리는 없습니다. 아마 지금 탄바야가 처한 곤궁한 상황 때문이겠지요.

"기분 나빠하지 말고 들어줘. 혹시 돈 때문에 그러는 거면 얼마든 도와줄게."

오래 알고 지낸 사이일수록 하기 힘든 말이었지만, 하루에는 고개를 가로젓습니다.

"카즈토요한테 아이가 생겼어. 탄바야의 장손이야. 카즈토요도 그동안 많은 일을 겪었지만, 필사적으로 연습에 힘쓰고 있어. 그래도 그걸 아직 세상에 인정받으려면 시간이 필요할 거야."

"뭐, 하루짱의 심정도 이해는 가. 그래도 그렇게 만만한 세계는 아니라고. 요즘의 텔레비전은 설령 한 시간 동안 웃긴 얘길 해도 방송에 나가는 건 어쩌다 콧물을 흘린 장면뿐이라고. 그게 제일 웃긴다면서 다음 방송에도 불러주는 거야. 이제 개인이 가진 재주 같은 건 아무 상관 없어. 자기의 추한 모습을 드러낼 수 있느냐 없느냐, 딱 그것만 보게 되어버린 거야."

또 푸념을 늘어놓는 벤텐에게…….

"……잠깐, 여보."

말을 꺼낸 것은 그의 조강지처 마사코였습니다.

"……당신은 모르겠어? 하루짱이 그럴 각오를 하고 왔다는 걸."

실제로 마사코의 말대로였습니다. 여기에 오기까지 하루에가 수도 없이 고민한 끝에, 유일하게 의논한 상대였던 사치코의 대답은…….

"그랬다간 탄바야의 수치라는 소리를 듣겠지. ……하지만 그런

348

수치심을 견디는 게 우리 배우의 아내가 해야 할 일인지도 모르겠구나. ……하루에. 만약에 널 비웃는 사람이 있다면, 여기 있는 내가 용서하지 않을 거다. 넌 가슴 당당히 펴고 물이든 밀가루든 뒤집어쓰면 돼."

그런 말로 등을 밀어주지 않았더라면 여기까지 올 용기는 나지 않았을 겁니다.

"……하루짱, 텔레비전에서 콧물 흘릴 각오로 온 거야?"

벤텐이 무심결에 묻자…….

"콧물이야 우리 어릴 때부터 계속 흘려왔잖아."

하루에의 대답.

"맞네. ……우린 계속 흘려왔었지."

묘하게 후련한 기분이 드는 벤텐이었습니다.

이날, 도쿄는 뼛속까지 추운 아침을 맞았고, 새벽에 내린 눈발 섞인 비가 지면을 차갑게 적셨습니다.

대륙에서 건너온 한랭기단은 벌써 사흘 동안 머물렀고, 이곳 가부키좌 극장의 지붕은 물론이고 앞 도로에서 정체된 차들과 거리를 걸어가는 사람들까지, 모든 것이 얼어붙은 것처럼 보였습니다.

추위에 곱은 손을 하얀 입김으로 데우는 경비원의 유도를 받아 지하 주차장에 카즈토요가 운전하는 차가 도착하자 조수석에서 내리는 키쿠오를 쵸키치와 다른 제자들이 맞이합니다.

"실례합니다! 실례할게요!"

주차장에서부터 분장실 입구, 그 분장실 입구에선 신줏단지에 잠시 기도한 다음, 복도를 빠져나와 분장실 안까지 들어가는 동안, 쵸키치가 큰 목소리로 사람들 사이에서 길을 냈기에 키쿠오가 나아가는 길은 마치 홍해가 갈라지는 듯했습니다. 하지만 분장실에 들어가 유카타로 갈아입은 뒤에도 키쿠오는 언제나처럼 한동안은 아무것도 하지 않고 마치 그곳에 다른 사람의 얼굴이라도 있는 것처럼 화장대 거울에 비친 자기 얼굴을 바라보고 있습니다. 그래도 그쯤 되면 몸에 각인이 된 건지, 정확히 출연 50분 전이 되자…….

"카즈토요."

그렇게 이름을 부르며 하얀 분을 바르고 유카타 옷깃을 스윽 내린 다음, 익숙한 동작으로 화장 붓을 움직이면서…….

> ヽ 귀한 침실에서 나란히 베개 베고
> 익숙한 이불 덮어 밤을 보내네

이제부터 연기할 〈아코야〉의 타령 한 구절을 기분 좋게 입으로 흥얼거립니다.

화장이 끝날 무렵에 아키코가 도착하는 것도 최근 몇 년째 정해진 순서입니다. 이날도 시간에 맞춰 들어와서 특별히 키쿠오와 대화를 나누지 않으면서 전신거울 앞에서 속기모노를 입히고 오비를 둘러 카즈토요와 둘이서 묵묵히 유녀 아코야를 만들어갑니다. 원래 아내가 할 역할은 아니지만, 언제부턴가 아키코가 자발적으로 돕게 되었고, 키쿠오도 언제부터인가 아키코 외엔 곁을 허락하지 않게 되었습니다.

"어때요?"

"조금만 더 오비를 당겨봐."

"이 정도요?"

"응, 됐어."

거울 속에서만 눈을 맞추는 두 사람입니다.

자, 이날 키쿠오가 분장실에서 〈아코야〉 공연을 준비할 무렵, 한 통의 서류가 타케노에게 보내졌습니다. 공교롭게도 타케노는 외출 중이라 대신 받은 비서가 책상에 올려놓은 통지서에 적힌 내용은 다음과 같은 결과입니다.

이번에 문화 심의회는 별지의 내용대로 중요 무형 문화재의 지정 및 보유자 선정을 문부과학 대신에게 답신했으므로 알려드립니다.

가부키 여장 배우, 타치바나 키쿠오(예명: 하나이 한지로)

1. 중요 무형 문화재 가부키 여장 배우에 관해

가부키는 에도시대 초기에 창시된 연극으로 기존의 공연 문화를 받아들이면서 독자적인 무대 예술로 발전을 이룩했으며 연기 연출 면에서 수많은 뛰어난 특색을 가지는 등 예술상의 가치가 특히 높아 공연 예술사에서 특히 중요한 위치를 차지하고 있다. 가부키 여장 배우는 가부키에서 여자 배역을 연기하는 것으로 마을 처녀, 공주, 부인 등 폭넓은 배역을 포함하여 가부키를 성립시키는 데 있어 빼놓을 수 없는 기술이다.

2. 보유자의 특징

위 사람은 간사이 가부키의 연애물 등에서의 연기부터 에도 가부키, 신가부키의 다양한 배역에 이르기까지 가부키 여장 배우의 폭넓은 배역을 뛰어나게 소화하고 전통적인 가부키 여장 배우의 기법을 고도로 체현해냈다.

3. 보유자의 개요

위 사람은 1950년에 타치바나 요시미의 장남으로 나가사키에서 태어났다. 1965년 2대손 하나이 한지로 밑에서 수행을 시작해 1967년에 하나이 토이치로의 이름을 받아 첫 무대. 이후 간사이 지역을 중심으로 가부키 무대 경험을 쌓아 1973년부터는 도쿄에서의 출연도 늘어나서 아네카와 츠루와카, 오노가와 만기쿠 등 여러 선배의 가르침을 받으며 더욱 열심히 수행에 힘써 가부키 여장 배우의 전통적 기법을 체득했다. 위 사람은 〈처녀 도죠지〉〈백로 아가씨〉 등의 가부키 무용에 그치지 않고 인형 창극, 가면극에서 유래된 작품에서 대사를 통해 복잡한 내면 심리를 표현해야 하는 연기에도 뛰어나서 특히 〈겐지 이야기〉와 〈아코야〉 등 그 양식미의 기법과 계승에 있어 지금은 가부키를 대표하는 여장 배우이며, 또한 〈소네자키 동반 자살〉의 오하츠 등 간사이 굴지의 공연 예술 가문인 탄바야의 기예를 고도로 체현하고 있다. 따라서 위 사람을 '중요무형문화재보유자'로 선정하는 바이다.

"슬슬 시간 됐나?"

평소엔 정확히 출연 15분 전에 키쿠오가 꺼내는 말이 오늘만큼 은 5분 정도 빨랐습니다.

"지금 일찍 나갈까요?"

카즈토요가 눈치껏 말하자…….

"카즈토요, 미안한데 잠깐만 아키코랑 단둘이 있게 해주겠어?"

평소에 안 하던 부탁을 합니다.

"무슨 일인데요?"

바로 다가온 아키코와 교대하듯이 카즈토요가 분장실을 나갑니다.

"아니, 특별한 건 아니고. 그냥 요새 당신하고 제대로 이야기한 적이 없는 것 같아서 말이야."

키쿠오가 그렇게 말하자 놀란 아키코가 그의 눈을 들여다보는 데, 평소보다 멀쩡한 정도였습니다.

"무슨 일 있어요?"

"아니, 그러니까 특별한 건 아니래도…… 늘 미안하다는 생각이 들어서 말이야."

"미안하다니, 이렇게 갑자기…….'"

쑥스럽다는 듯이 도망치려는 아키코의 손을 키쿠오가 꽉 붙잡습 니다.

"저기, 배우를 그만둘 수 있는 배우가 있는 걸까?"

배우가 단순한 직업이라면 얼마든지 그만둘 수는 있겠지요. 하 지만 만약 그 사람의 근본에 관해 말하는 거라면, 자기 근본을 바 꿀 수 있는 사람이 대체 어디에 있을까요.

"그만두고 싶어요?"

아키코가 조용히 질문하는 상대는 눈앞에 있는 키쿠오가 아니라 거울에 비친 아코야였습니다.

"아니, 그 반대겠지. 그만두고 싶지 않아. 하지만 그래도 언젠가는 막이 내릴 거 아냐. 그게 너무 무서워서 견딜 수가 없어. 그래서……."

"그래서요?"

의자에서 일어나려는 키쿠오의 팔을 아키코가 무심결에 붙잡자…….

"……아니, 그러니까. 언제까지나 무대에 서고 싶어. 막을 내리지 말아줘."

"삼촌…… 이제 슬슬……."

그때 들려온 것은 카즈토요의 목소리. 포렴에 숨어 눈물을 닦는 모습이 얼핏 보입니다.

"자, 갈까."

키쿠오가 말하자 포렴 너머에서 코를 훌쩍이던 카즈토요가 입구에서 키쿠오의 짚신을 나란히 놓습니다.

"다녀올게."

평소엔 하지 않던 말을 아키코에게 건네고…….

"잘하고 와요."

그런 말로 배웅을 받으며, 오늘 처음 이 한지로를 보러 온 관객도 있을 텐데 그 관객 앞에서 어중간한 기예를 보일 수는 없다고, 지난 50년 동안 무대에 오를 때마다 스스로에게 되뇌었던 말이 가슴을 채웁니다. 모란에 나비, 현란한 자수가 들어간 기모노에 오비는 공작 날개 장식, 당대 제일 유녀의 품격을 나타내는 화려한 가발과 머리 장식을 붙이면, 분장실 안에서 아무리 칙칙한 대화를 나누든 간에 그곳은 이미 〈아코야〉의 세계. 무대로 향하는 것이 아니라, 그 무대 자체가 이쪽으로 끌어당겨지는 듯한 위엄을 보이며 키쿠오가 가부키좌 복도를 나아가는 것입니다.

마침 그 무렵, 미츠토모 본사로 돌아온 타케노가 뜯은 봉투 안에는 문화청에서 보낸 키쿠오의 중요무형문화재보유자 선정 통지서가 들어 있었습니다.

반쯤 포기하고 있었고 만에 하나 선정되더라도 그게 지금의 키쿠오에게 좋은 일일 거라는 확신이 없었지만, 막상 소식을 들으니 지금의 키쿠오가 아닌, 옛날 지방 소극장의 무대 뒤에서 슌스케와 둘이서 뛰어다니던 시절의 모습이 떠오르며 연기가 너무 좋아서 견딜 수 없다는 그 소년에게 한시라도 빨리 이 소식을 전하고 싶어지는 것이었습니다.

시계를 확인하니 가부키좌 극장에선 곧 〈아코야〉 무대가 시작될 시간입니다. 지금 출발하면 무대 옆에서 종막까지 기다렸다가 막이 내린 무대 위에서 이 좋은 소식을 알려줄 수 있다고 생각하니, 소년 시절 키쿠오가 어떤 느낌으로 웃었는지, 그 얼굴이 선명히 눈에 보이는 듯합니다. 그리고……

'그래도 이젠 됐어. 3대손, 이제 이걸로 충분하잖아. 넌 잘했어. 정말로 잘했다고. 지난 50년 동안, 네가 싸워온 그 모습은 나뿐만 아니라 모든 사람이 잊지 않을 거다.'

그런 진심이 가슴을 가득 채웠습니다.

　한편, 〈아코야〉의 개막을 기다리는 가부키좌 로비에서는 조금 전까지 공연되던 젊은 인기 극작가가 쓴 신작 가부키의 화려한 와 이어 액션과 감동적인 결말의 여운이 아직 남아 있었습니다. 이번 달은 카즈토요가 출연하고 있기도 해서 로비에 자리 잡은 하루에 와 미오는 오늘도 후원자들에게 인사하느라 여념이 없습니다. 그런 두 사람에게 어딘지 모르게 날이 서 있는 부인 일행이 다가온 건 바로 그때였고, 그들의 분위기를 피부로 감지한 하루에는…….

　"미오, 넌 먼저 좌석에 가 있어."

　그녀의 등을 반강제로 떠밀어 보내자 다가온 부인 무리는 마치 우연이라는 듯 하루에 앞에 멈춰 섭니다.

　"텔레비전 잘 봤어요. 당신, 너무 재밌던데요."

　노골적인 비아냥거림이지만 하루에도 그걸 어떻게 상대해야 할 지 잘 알고 있습니다.

　"감사합니다."

　마치 칭찬받은 듯 행동하자 최근에 하루에가 벤텐의 프로그램에 출연한다는 사실이 어지간히 마음에 들지 않는 건지, 옆에 선 다른 여성들에게 자기는 텔레비전의 예능 프로그램 같은 건 평소 보지 않지만 지난번 우연히 보게 됐는데 가부키 배우의 어머니인 하루에가 벤텐과 함께 마치 여자 개그맨처럼 천박한 콩트를 하더라는 이야기를 마치 하루에가 보이지 않는다는 듯이 시작하는 것이었습니다.

분하기는 했지만 여기서 주눅이 들면 지는 거라 생각하며 하루에도 그 자리에 태연히 계속 서 있었습니다.

부인들의 악랄한 대화가, 그래서 작금의 가부키에도 품격이 사라졌다는 경박한 이야기로 흐를 무렵…….

"하루에 씨, 잠깐 이 전단지용 사진 좀 봐줄래요?"

다가와서 그렇게 말해준 사람은 이토 쿄노스케의 아내입니다. 지금까지 일부러 하루에의 텔레비전 출연에 관해 언급하지는 않았는데, 그 출연 자체가 옳든 그르든 간에 고결한 척하는 것만으로는 살아남을 수 없는 세계라는 걸 잘 알기에 내민 도움의 손길이었겠지요.

그러다 공연 시작 5분 전을 알리는 버저가 울렸고, 극장 입구에서 문이 열리며 차가운 바람에 몸을 움츠린 하루에의 눈에 그 문을 통해 뛰어 들어오는 아야노의 모습이 들어왔습니다.

"아야노!"

버저가 울리는 가운데 서둘러 좌석으로 향하는 관객들 사이로 하루에가 다가가자…….

"어, 하루에 숙모."

바로 알아보면서도 누군가를 찾고 있는지 계속 주위를 둘러봅니다.

"무슨 일이니?"

"숙모, 토쿠짱 못 봤어요?"

"토쿠짱이라니, 그 토쿠짱 말이야?"

놀라며 되묻자…….

"……아까 이게 퀵서비스로 와서 급하게 온 거예요."

아야노가 내민 것은 오늘 공연의 티켓이었고, 클립으로 함께 묶인 메모지에는 이렇게 적혀 있습니다.

'아가씨에게, 텐구가.'

일단 객석으로 향하는 아야노의 뒤를 하루에도 따라가 보니 지정된 좌석 옆은 비어 있습니다.

"실례합니다. 혹시 이 자리에 앉아 있던 사람이 있었나요?"

아야노가 반대쪽에 앉은 관객에게 물어보지만, 처음부터 두 자리가 쭉 비어 있었다는 대답만 돌아옵니다.

"일단 앉아. 곧 막이 열리니까."

아야노를 자리에 앉히고 서둘러 출입구 근처에 있는 자기 좌석에 앉는 하루에도 눈으로 이리저리 토쿠지의 모습을 찾고 있습니다.

다시 앞쪽을 보니 아직도 고개를 뻗어 토쿠지를 찾는 아야노가 앉은 곳은 토치리석(とちりの席: 맨 앞에서 일곱 번째부터 열 번째 줄의 좌석을 가리킨다-옮긴이)이라 불리는 무대가 가장 잘 보이는 좌석이었는데…….

"정말로 토쿠짱이……?"

하루에가 무심결에 중얼거립니다.

대륙에 건너가 크게 성공해 보겠다며 토쿠지가 갑자기 키쿠오의 곁을 떠난 것이 어느새 20년 전입니다. 지금 생각해 보면, 토쿠지는 대학 수험을 위해 하루에의 집에서 야간 학원에 다니던 아야노를 밤길은 위험하다며 매일같이 데려다주다가, 그녀가 대학에 입학하여 즐거운 학교생활을 보내는 모습을 확인하고 나서 자취를 감추었다는 걸 알 수 있습니다. 그리고 그 뒤에 일절 연락이 없다는 건 당연히 하루에도 알고 있었는데, 그런 토쿠지가 갑자기 아야노에게 티켓을 보내다니……? 부자연스럽지만, 그럴수록 더 토쿠지답다는 생각도 듭니다.

자, 이곳 가부키좌 극장의 지붕 위에 서 보면 극장 앞의 최고 번화가 '하루미대로'가 한눈에 내려다보입니다.

편도 3차선의 대로에서 오른쪽으로 꺾으면 미츠코시와 와코가 있는 긴자 4번가 교차로, 왼쪽으로 꺾으면 도쿄의 부엌이라 불리는 츠키지 시장입니다.

1889년, 문명개화를 부르짖으면서도 아직 에도시대의 풍경도 남아 있던 시절, 이곳 교바시京橋구 고비키木挽초에 외관은 서양식, 내부는 전부 일본식, 무대의 폭이 24미터라고 하니 당시 가장 큰 연극 소극장이던 신토미좌新富座보다 9미터나 넓은 최신 극장으로 탄생한 것이 이 가부키좌입니다.

이후에는 누전에 의한 화재, 관동대지진, 태평양전쟁으로 소실과 재건을 반복하게 됩니다. 메이지 가부키의 황금시대를 계기로 기존에 천시받던 연극 소극장과 대비되는 권위 있는 대극장으로 군림했고, 종전 후에는 맥아더의 부관 바워스의 도움으로 궁지를 벗어났다고 하며 가부키 침체기에는 가극단의 재공연이나 가요 쇼 등에 쓰이기도 했지만, 다섯 번의 재건축을 거친 오늘까지도 그 당당한 위용으로 이곳 긴자 거리를 지키고 있습니다.

이 극장 주변이 아직 포장도 되지 않아서 돌아다니는 마차가 흙

먼지를 피워 올리던 무렵, 이곳에 가부키좌를 창설한 사람이 후쿠치 겐이치로라는 남자입니다. 에도시대 말기에 태어나 메이지유신 후에는 저널리즘 세계에 발을 담그면서도 희곡 등을 번역했는데, 시부사와 에이이치의 소개로 이토 히로부미와 의기투합하여 재무성에 들어가는 등 유신 전후를 살아간 인물답게 활동 범위가 넓은 남자였습니다. 가부키좌를 창설할 무렵엔 드디어 소설 등에도 손을 대기 시작했으며, 개장 후 불치병에 걸리자 전속 작가가 되어 활력물이나 신무용 등의 극본을 집필한 별종이었습니다.

이 후쿠치 겐이치로가 태어난 고향이 나가사키의 신시츠쿠이마치新石灰町였다고 하니까, 지금으로 따지면 나가사키시 아부라야마치油屋町입니다. 이 아부라야마치는 종전 직후의 유행가 가사로도 유명해진 '시안바시思案橋'라는 작은 다리를 사이에 두고 한 마을과 마주 보고 있습니다.

그 맞은편 마을이야말로 에도의 요시하라, 교토의 시마하라와 함께 3대 유곽으로 불린 나가사키 마루야마. 맞습니다, 지금부터 50여 년 전, 키쿠오가 타치바나파의 신년회에서 〈쌓이는 사랑 눈 세키노토〉를 공연한 요정 하나마루가 있는 마을입니다.

자, 이곳 가부키좌의 지붕 위에서 꽉 막힌 하루미대로를 내려보고 있는 사이, 아래의 무대에서는 드디어 관객들이 그토록 기대하던 〈아코야〉 무대가 시작되는 것 같습니다.

날이 저물면서 더욱 추워졌지만, 아침에 내린 눈 섞인 비도 다행히 그쳤고 오늘 밤만큼은 도쿄의 밤하늘에도 여기저기 별들이 반짝이고 있습니다. 밝은 밤하늘일수록 거기서 빛나는 별들은 그 한 몸을 불태우고 있는 거겠지요.

자, 이제 들려오기 시작했습니다. 3대손 하나이 한지로의 〈아코야〉가 드디어 막을 올립니다.

"유녀 아코야를 끌고 오거라!"

"네."

　　ㄱ 관아 문에 도착한 형틀 수레
　　　발을 올려 끌어내면

"빨리 걸어가라!"

　　ㄱ 화려한 의상 차려입은 모습으로
　　　오라에 묶여

흐느끼듯 이어지는 이야기꾼의 노래 속에서 차르륵 열린 꽃길의 막에 만원 관객이 돌아보면, 포졸 여섯 명에게 앞뒤로 둘러싸이면서도 오히려 그들을 위압하듯 오른발을 한 걸음, 왼발을 한 걸음, 천천히 꽃길에서 무대로 향하는 최고급 유녀 아코야. 이 앞에 어떤 고문이 기다리고 있어도 사랑하는 남자를 지키기 위해 버티기로 결심한 그 기세.

"3대손!"

쏟아지는 환호를 등으로 받아내며 오른발을 한 걸음, 왼발을 한 걸음 천천히 내딛고, 이제부터 심문당할 무대로 향하는 그 시선에 깃드는 것은 어딘가 슬픔을 띤 눈빛. 비유하자면 사랑하는 이를 잃은 슬픔이 깃든 호수면 같은, 잃은 사람이 많으면 많아질수록 호수면은 그 색이 진해지며 마치 흑진주처럼 무겁게 반짝이는 것입니다.

이윽고 관아에 끌려 나온 아코야, 그럼에도 위엄을 잃지 않고 있으면…….

　　⌐ 한자와 로쿠로 관아에 나와

"분부에 따라 오라를 묶고 다양한 통제를 가하며 거듭 물었사오나, 계속 카게키요의 행방은 모른다고 할 뿐. 따로 보고드릴 것이 없어, 이렇게 데려왔사옵니다."

교통정체에서 겨우 벗어난 타케노의 차가 가부키좌 지하 주차장에 도착한 것은 바로 그 무렵이었습니다. 부하와 통화 중이던 타케노는 전화를 끊기 직전 문득 깨닫습니다.

"내일 3대손의 인간 국보 선정으로 긴급 기자회견을 열어야 할지도 모르니까, 홍보실에 그렇게 전달해 둬. 그리고 회견에는 본인도 참여할 거지만 질문은 사전에 제출하라고 해."

전화를 끊으려는데 부하가 묻습니다.

"아까 말씀드린 건은 어떻게 하시겠습니까?"

"아아, 야구치 건설 사장 부부의……."

"네, 회식 제안이요."

"그 두 사람의 제안이면 거절할 수도 없잖아. 조만간 쿄노스케 씨의 예명 세습으로 또 신세를 져야 하는데."

"소개하고 싶은 사람이 있다면서 가능하다면 다음 주 일정으로 맞춰달라고 하던데요."

"다음 주에 비는 날이 있냐?"

"수, 목요일이면요."

"그러면 그렇게 답변해. 그것보다 소개하고 싶은 사람이 누군데 그래?"

"백하집단공사白河集团公司라는 회사의 사장이랬어요."

"중국 회사냐? 뭐 하는 곳인데?"

"쉽게 말해 중국판 아마존 같은 회사로 중국 국내에서는 업계 제 3위니까 제법 큰 회사입니다. 본사는 싱가포르에 있다고 하고요."

컴퓨터로 검색하면서 답변하는 것 같았기에 타케노는 나중에 제대로 보고하라고 말하면서 전화를 끊었습니다. 분장실로 향하는 계단을 올라가기 시작하자 키쿠오의 기예에 쥐 죽은 듯이 조용해진 객석의 긴장감이 여기까지 전해져옵니다.

손목시계를 보면 무대는 아직 중반일 터. 아마 거문고, 샤미센, 호궁으로 이어지는 심문 중 첫 번째 '거문고 심문' 장면이겠지요. 그때 타케노의 귀에도 들려오는 것은 조용히 거문고를 튕기며 구슬프게 노래하는 키쿠오의 목소리입니다.

♩ 카게(景: 그늘-옮긴이)라 하는 것도 달과 얽이고

키요(淸: 깨끗함-옮긴이)라 하는 것도 달과 엮이네

그늘지고 깨끗한 이름뿐이라

간직하려 해도 여기 머물지 않네

애인의 행방을 말하라며 붙잡힌 유녀 아코야가 심문을 위해 켜라고 명 받은 거문고를 앞에 두고, 부끄러운 듯 소매로 가리며 손끝에 붙인 가조각(琴爪: 악기를 켤 때 손톱에 끼는 깍지-옮긴이)을 살짝 촉촉하게 만들기 위해 입김을 부는데, 그 숨결의 향기마저 널리 퍼지는 듯합니다.

많은 관객의 시선을 한 몸에 받으며…….

"디링……, 디링……."

키쿠오가 튕기는 거문고 소리는 유녀로 전락한 여자의 한숨 같기도 하고…….

"디링…… 디리링……."

하지만 이어지는 음색은 사랑하는 남자를 지키려는 여자의 이악문 의지가 되고, 관객들은 단숨에 무대로 빨려 들어갑니다.

빨려 들어간 관객들의 코에 희미하게 느껴지는 것은 고귀한 느낌의 향냄새. 거문고를 켜는 아코야의 소매가 흔들릴 때마다, 아코야의 머리 장식이 기울 때마다, 그 우아한 향기가 객석까지 풍겨옵니다.

이 향기를 키쿠오가 처음 맡았던 것은 지금도 잊을 수 없는, 키쿠오가 아직 열일곱 살일 때 하나이 토이치로의 이름으로 밟았던 첫 무대였습니다. 교토 미야코좌 극장의 〈명문가의 집안 소동〉에서 시녀 중 한 명을 연기했을 때였고, 그야말로 태어나서 처음으로 관객들 앞에서 꽃길로 나선 순간, 이루 말로 표현할 수 없는 심정이 되었습니다. 마치 구름 위를 걷는 듯한, 군이 그걸 표현하려고 한다면 행복이라는 단어밖에 떠오르지 않는, 그런 것에 감싸인 채 정신없이 무대를 마치고 분장실로 돌아온 뒤에 희미하게 풍겨왔던 게 이 고귀한 향기였던 겁니다.

다시 말해, 50년이라는 긴 세월 동안 키쿠오는 이 향기에 휩싸여 살았던 거겠지요. 그리고 어느샌가 이 향기가 키쿠오의 것이 되어 소매를 한 번 흔들기만 해도 사방으로 풍기게 된 것입니다.

키쿠오가 거문고 연주를 끝내자 객석에서는 갑자기 현실로 되돌아온 듯한 술렁임이 일어납니다. 그 술렁임이 가라앉기도 전에 애인 카게키요와의 첫 만남을 말하라는 명을 받은 아코야의 입에서 흘러나오는, 귀를 매료시키는 칠오조七五調의 운율.

"……오는 길이나 가는 길이나 똑같이 지나는 고조五条 언덕. 서로 얼굴만 익히게 되어. 언제 누가 먼저 다가왔다고 할 것도 없이. 옷소매가 뜯어졌다 말해주고. 소나기에 자기는 괜찮다며 우산을 건네기도 하고."

하네다 공항에서 도심으로 이어지는 정체는 아직도 끝날 기미가 보이지 않아서, 시바우라芝浦의 빌딩 숲 사이로 난 수도 고속도로에는 빨간 후미등이 쭉 늘어서 있습니다.

"사장님. 일본에는 몇 년 만이시죠?"

조수석에서 묻는 젊은 비서에게, 창밖을 바라보던 남자가…….

"20년 만이다."

별일 아니라는 듯 대답하며 방금 건너온 레인보우 브리지를 돌아봅니다.

"긴자까지 멀지 않다지만 역시 헬기를 빌리는 게 맞았네요. 죄송합니다."

사과하는 비서에게 말없이 고개를 저어 보인 남자가…….

"첸, 너 가부키 본 적 있냐?"

"네, 딱 한 번요. 일본에서 유학할 때 대학 과제 때문에. 5분 만에 잠들었습니다."

젊은 비서의 솔직함에 남자도 신이 나서 떠들어댑니다.

"〈국성야 전쟁〉이라는 연극에 '연지 풀기'라는 유명한 장면이 있어. 작전이 실패하면 강에 연지를 풀고, 성공하면 강에 하얀 분을 푼다고 약속하는 장면이야."

"강을 하얗게……. 백하집단공사白河集團公司. 우리 회사 이름이잖아요?"

조수석에서 뒤돌아보는 비서의 어깨너머로 보이는 것은 조명을 받아 드러난 도쿄 타워입니다.

"……그건 그렇고 왜 그렇게 갑자기, 그것도 리 총리와의 식사 자리까지 거절하고 일본에 오신 거예요?"

비서가 묻자…….

"어떤 사람이 말이지. 일본의 보물이 된다잖아. 그게 결정되면 바로 알려달라고 내가 가진 모든 인맥을 동원해서 부탁해 뒀었거든."

"어떤 사람이라뇨?"

"내가 옛날부터 쭉 팬이었던 배우다."

1990년대 초반, 이 남자가 건너간 대륙은 아직 현대적인 빌딩보다는 빨간 모래 먼지가 더 눈에 띄는 곳이었고, 아무것도 없었기에 오히려 모든 게 있는, 그런 곳이었습니다. 일단 몸뚱이 하나만 믿고 시작한 일이 운송업이었는데, 거기서 알게 된 비쩍 마른 타향살이 청년이 똑똑하다 싶어 대학 등록금을 지원해 주면서부터 운이 트이기 시작했습니다.

"대형, 인터넷이라고 아십니까? 같이 회사를 만들어서 전자 상거래를 해보죠."

그가 제안하는 대로 사업을 시작한 것이, 일본에서도 아직 '윈도우'가 뭔지 모르는 사람이 많던 시절이었습니다.

이왕 시작하기로 한 거, 죽이 되든 밥이 되든 일생일대의 승부를 걸어보기로 하고 전 재산을 쏟아부어 상하이에서 만든 회사가 '백하공사'.

말도 거의 통하지 않는 외국에서의 분투는 그야말로 〈국성야 전쟁〉의 와토나이가 이랬을까 싶을 만큼 고난의 연속이었습니다. 그런데 이 남자에게 새끼손가락이 없고 등에는 '대나무와 호랑이' 문신이 있는 걸 보고, 사실 그는 일본 거대 야쿠자 조직이 보낸 사람이라는 소문이 퍼졌고, 그렇다면 엄청난 자본을 갖고 있을 거라는 묘한 소문이 개혁개방으로 들떠 있던 나라에 퍼졌던 겁니다. 게다가 얼마나 운이 좋았던지, 그가 눈여겨본 비쩍 마른 타향살이 청년이 힘도 돈도 없는 전형적인 미남이었는데, 무려 당 간부의 외동딸과 결혼하게 되었습니다. 그렇게 되자 그때부터는 그야말로 파죽

지세, 시대의 흐름에 제대로 올라탔던 것이지요.

"사장님, 슬슬 긴자 출구인데, 이 앞에도 아직 막히는 것 같습니다."

비서가 말하자, 이제 슬슬 신바시 연무장 근처인가 하며 남자가 몸을 내밉니다.

"그러고 보니 사장님은 일본에 계실 때 무슨 일을 하셨어요? 지금까지 전혀 공개하지 않으셨죠?"

"나? 난 계속 벤케이였지."

"벤케이요?"

비서가 바로 스마트폰을 꺼내 검색하며 묻습니다.

"……이번에 일본의 보물이 된다는 그 가부키 배우는 어떤 사람인가요?"

"그런 걸 한마디로 대답할 수 있겠냐. 그 배우의 연기를 보면 새해를 맞은 것 같은 기분이 들어. 마음을 확 다잡게 되고, 이제부터 뭔가 좋은 일이 생길 것만 같은, 그런 기분이 든다고. 그런 배우가 또 있겠냐?"

젊은 비서는 남자가 말하려는 의도를 알아들었는지, 아니면 못 알아들었는지 스마트폰으로 '벤케이'의 검색 결과를 들여다보고 있습니다.

"무사시보 벤케이를 말씀하신 건가요? ……설마 라면집 '벤케이'에서 일하셨다는 건 아니겠죠?"

바로 앞에 수도 고속도로의 긴자 출구가 가까워집니다.

남자의 눈에는 가부키좌 무대에 선 그 배우의 모습이 눈에 선명히 보이는 듯했습니다.

　　〽 귀한 침실에서 나란히 베개 베고
　　　익숙한 이불 덮어 밤을 보내네
　　　통금 지나 밤새 나눈 시간은 자취도 없고

　화려하게 꾸며진 규방에 나란히 베개를 베고 누운 두 사람의 이불. 성문이 닫힌 뒤부터 날이 샐 때까지 사랑했던 추억도 지금은 흔적도 없이 사라지고 말았으니…….
　샤미센을 연주하면서 허공을 헤매는 아코야의 눈빛이 말하는 것은 그리운 사람과의 뜨거운 정사.
　단지 아코야의 시선이 바닥을 향한 것만으로, 단지 아코야의 샤미센이 한 번 높은 음을 낸 것만으로도, 단지 그것만으로 무대를 지켜보는 관객들의 눈앞에 흐트러진 이불과 여자가 내는 기쁨의 교성이 선명히 보이고 확실히 들려옵니다.

　　〽 하지만 내 지아비의
　　　가을 전에 꼭 온다는 원망스러운 말
　　　그대가 저쪽에 있을까, 하늘 올려다봐도
　　　돌아와 주는 이는 아무도 없네

　작별의 순간, 다음엔 언제 또 만날 수 있냐고 묻는 내게 가을이 되기 전에는 반드시 돌아온다고 그 사람은 말했지만, 지금쯤 저기

어디 있을까 하며 먼 하늘을 올려다봐도, 그 마음에 답해주며 찾아오는 사람은 없습니다.

문득 뺨을 타고 뜨거운 것이 흐르자, 자기도 놀라며 황급히 닦아낸 것은 맨 뒷줄에서 무대를 지켜보던 하루에였습니다.

아무리 불러도, 아무리 기다려도 돌아오지 않는다는 가사에 자신이 누굴 떠올리고 있었는지 생각하려다가, 당황하며 멈칫했다가, 다시 '아니, 괜찮아' 하고 하루에가 떠올린 그 얼굴은…….

"난 도망치는 게 아냐. ……진짜 배우가 되고 싶어."

기타신치의 아파트 문 앞에서 퇴근하고 돌아온 하루에를 기다리고 있던 그리운 슌스케의 얼굴입니다.

'……슌짱, 보고 있어? 당신이 그렇게 좋아하던 키쿠짱은 결국 이런 엄청난 배우가 됐어. 분명 당신도 거기서 응원해 주고 있는 거겠지? 당신은 세상 물정 모르는 도련님이지만, 그런 너그러운 마음을 갖고 있었잖아. ……나가사키에서 혼자 떠나온 날 가장 소중히 대해준 건 당신이었잖아. ……슌짱, 보고 싶어. 당신을 너무 보고 싶어서 못 견디겠어.'

> 요시노吉野 타츠타龍田의 꽃과 단풍, 사라시나更科 코시지
> 越路의 달과 구름도
> 꿈에서 깨고 나니 흔적도 없고

요시노산의 벚꽃, 타츠타강의 단풍, 사라시나산에서 바라보던 가을 달, 그리고 코시지의 눈 풍경…….

거문고로도 샤미센으로도 아코야의 혐의는 밝혀지지 않고, 드디어 목숨을 걸고 호궁을 연주하는 키쿠오의 눈에도 요시노의 벚꽃과 타츠타의 단풍이 타오르듯 보이는 거겠지요. 그곳에서는 싸우러 간 연인을 염려하는 한 여자의 집념이 조용히 호궁을 연주하고 있습니다.

만나러 오지 않는 것은 죽었기 때문인가, 아니면 마음이 변했기 때문인가…….

　ヽ 원망스러운 들판의 이슬
　　토리베노鳥辺野의 연기는 그칠 줄을 모르니
　　이것이 현세의 진실이라

그런데도 토리베노의 화장터 연기는 그치지 않는다. 이 세상의 무상함…….

키쿠오가 연주하는 호궁에서는 이 무상함이 울려 퍼지고 있습니다. 가만히 바닥의 한 점을 응시하며 일심불란하게 켜는 그 활로 유구한 시간의 흐름을 보여주는 것입니다.

이 〈아코야〉라는 연극은 거문고, 샤미센, 호궁의 심문을 버텨낸 아코야가…….

"카게키요의 행방을 모른다는 말에 거짓이 없음을 확인했도다. 앞으로는 그냥 내버려두거라!"

그런 선고와 함께 무죄 방면되는 장면에서 막이 내리는데, 이것은 아코야가 증언한 내용의 진위가 판명되었다는 뜻이 아닙니다.

싸우러 간 사랑하는 남자의 생사를 염려하고, 만나지 못하는 괴로움에 눈물까지 흘리는 한 명의 유녀가, 그래도 이 세상은 계속 흘러가고 사람의 마음은 변하며 언젠가 인생에 마지막 순간이 온다고 해도, 그 아름다운 추억만은 누구도 빼앗을 수 없다는 걸 깨달았기 때문에, 밧줄뿐만 아니라 그 집착에서도 해방된다는 정신적인 이야기입니다.

바로 그런 이유에서 거문고와 샤미센을 아무리 잘 연주해도, 호궁을 아무리 연습해서 연기를 갈고닦아도, 가장 중요한 그 아름다운 추억을 이해하지 못하는 배우는 결코 아코야가 되지 못합니다.

> ㄱ 진심을 나타내는 곡조에
> 시게타다는 거의 감정을 억누르며

"아코야의 심문은 여기까지다. 카게키요의 행방을 모른다는 말에 거짓 없음을 확인했노라. 앞으로는 내버려두거라!"

호궁 음색을 듣고 있던 객석에 울려 퍼지는 무죄 방면의 목소리입니다.

객석에서 간간이 들려오는 박수는 방금 멈춘 호궁 연주를 향한 것이자, 눈앞에 떠오른 요시노의 벚꽃과 타츠타의 단풍을 향한 것이자, 무엇보다도 이 세상의 무상함을 온몸으로 표현해낸 3대손 하나이 한지로를 향한 것이었는데, 관객 대부분은 키쿠오가 보여준 그 압도적인 세계관에 입을 멍하니 벌리고 있을 뿐입니다.

ㄱ 그 말에 아코야는 고마운 눈물
  엎드리며 연신 감사를 표하니

  해방된 아코야의 기쁨이, 그녀를 연기하는 키쿠오의 몸을 지배
합니다.
  바로 이곳이야말로…….
  "언제까지나 무대에 서고 싶어. 막을 내리지 말아줘."
  키쿠오가 그토록 바라던 장소였던 거겠지요.
  "하지만 그래도 언젠가는 막이 내릴 거 아냐. 그게 너무 무서워
서 견딜 수가 없어."
  그렇게 두려워했던 장소기도 할 테고요.
  아주 짧은 순간이었지만, 키쿠오의 얼굴에 어딘가 안심한 듯한
미소가 떠오른 것은 그때였습니다.
  객석 앞줄에서 그걸 알아챈 사람은 그 작은 미소가 지금까지의
연기를 훌륭히 완수해낸 배우의 안도감이라고 생각했겠지요. 하지
만 단 한 사람, 가슴을 꿰뚫린 듯 퍼뜩 놀란 사람은 가만히 무대를
지켜보던 아야노였습니다.
  무대에 선 아코야가, 무대에 선 하나이 한지로가, 무대에 선 아
버지가 다른 누구에게도 보이지 않는 무언가를 보며 그곳에 서 있
다는 것을 피부로 느꼈던 겁니다.
  연극은 그 후 명백한 결론이 나지 않은 재판에 대해 이와나가 사
에몬이 항의를 하고, 그것을 시게타다가 진정시키면서 결국 무죄
방면. 모란에 나비, 휘황찬란한 자수가 들어간 기모노를 최고급 유

녀의 품격을 보여준 아코야가 대담하게 몸에 걸치며 이야기꾼의 해설과 박자목 소리가 울려 퍼지는 가운데서 멋지게 막을 내리지만, 이쯤 되면 키쿠오의 움직임이 원래의 움직임과 다르다는 건 아마추어의 눈에도 명백히 보입니다.

그래도 기모노를 대담하게 몸에 걸치는 키쿠오의 모습에 객석에서 터져 나온 박수가 퍼뜩 숨을 삼키듯 멈춘 것은 막이 내리려는 그 순간이었습니다.

물을 끼얹은 듯한 정적 속에서 키쿠오의 오른발이 앞으로 스윽 나아갑니다. 박자목 소리는 멈췄어도 막은 내리지 않고, 관객뿐 아니라 출연자들도 미동조차 하지 못한 채 키쿠오의 움직임을 바라볼 뿐입니다.

무대 중앙에 서서 왼쪽부터 오른쪽, 1층에서 3층까지 둘러보는 키쿠오의 얼굴에 또 천천히 미소가 피어오릅니다.

"아름답네……."

그렇게 중얼거린 다음 순간, 마치 구름 위라도 걷는 것처럼, 놀랍게도 키쿠오가 무대 아래로 내려온 것입니다.

그러자 객석은 술렁이거나 숨을 멈추고, 당황한 시게타다 역의 이토 쿄노스케가 그 뒤를 쫓으려 하지만, 객석 통로를 천천히 걸어가는 키쿠오의 발걸음에 망설임은 없습니다. 그것은 배우 한 명이 무대에서 내려온 모습이라기보다, 조금 전까지 배우가 서 있던 무대가 그 한걸음마다 바깥으로 확장되어 가는 듯한 광경이었습니다.

키쿠오는 만족스러운 표정으로 관객들 사이를 당당히 걸어감니다.

작은 박수가 일어난 것은 그때였고, 돌아보니 혼자 자리에서 일어난 아야노가 넘치는 눈물을 닦을 생각도 하지 못한 채 손뼉을 치고 있습니다.

하지만 다른 관객들은 그저 넋을 놓고 있을 뿐. 다급히 터져 나온……

"3대손!"

그런 환호조차 극장 안에 허무하게 빨려 들어갑니다.

동요하는 객석 사이로 똑바로 걸어 나간 키쿠오가 하루에 쪽으로 다가온 것은 바로 그때였고, 무심결에 일어난 하루에가 옆에 앉은 미오를 일으켜 세우고는 그 배를 쓰다듬으며 말합니다.

"잘 봐둬라. 이게 네 할아버지하고 경쟁했던 사람이란다."

걸어가는 키쿠오의 박력에 극장 스태프가 얼떨결에 문을 열어젖혔고, 그 순간 열린 문 너머를 바라본 키쿠오가 마치 절경이라도 바라보듯 미소 짓습니다.

키쿠오가 빨간 카펫의 로비로 나오자 그곳에서 숨을 헐떡이며 서 있는 것은 카즈토요였고, 말리려는 그에게 "넌 남아 있어"라는 듯이 키쿠오가 고개를 끄덕여 보이고는 그대로 행복한 얼굴로 극장 밖으로 나갑니다.

그 큰 문에서 갑자기 나타난 오이란의 모습에 가부키좌 극장 밖에서는 행인들의 걸음이 멈추고, 순간적으로 누군가가 셔터를 누른 카메라의 플래시가 반짝이면서 무슨 일인가 하고 금세 많은 인파가 모여듭니다. 그런데도 키쿠오는 만족스러운 표정으로 긴자의

375

밤하늘을 올려다보고는 기모노 옷자락을 끌고 머리 장식을 흔들며 걸어갑니다.

꽉 막힌 차도로 슬며시 내려선 그 맨발이 얼마나 하얀지요. 젖은 노면에 비친 그 자태가 얼마나 아름다운지요.

정체된 차량 사이를 빠져나오듯, 키쿠오가 걸친 기모노 옷자락이 흘러갑니다.

지금 키쿠오의 눈에 비친 것은 긴자 거리의 네온사인일까요, 아니면 세차게 내리는 눈보라의 세계일까요. 그의 귀에 들리는 것은 긴자 거리의 소음일까요, 아니면 그치지 않는 피리와 태고 소리일까요.

신호가 바뀐 대각선 횡단보도로 키쿠오가 비틀거리며 달려 나간 것은 바로 그때였습니다.

보도에서 비명이 울려 퍼지는 동시에 무수한 경적이 울립니다.

날카롭게 파고드는 차의 전조등이 아코야의 얼굴을 하얗게 비춘 그때, 키쿠오는 언제나처럼……

"좋아."

살짝 고개를 끄덕이며 혼자만의 등장 신호를 합니다.

♩ 요시노 타츠타의 꽃과 단풍, 사라시나 코시지의 달과 구름도

한 소절을 부르기 시작하면 나머진 이미 몸이 기억하고 있습니다. 우는 부분도, 웃는 계기도, 화내는 방식도, 기뻐하는 몸짓까지

도, 전부 이 몸이 기억하고 있습니다. 나머지는 눈부실 만큼의 조명과 그치지 않는 박수. 그것만 받을 수 있다면 배우는 어디에든 설 수 있는 겁니다. 기예를 보고 싶어 하는 관객이 그곳에 한 명이라도 있다면, 그것 말고는 아무것도 필요 없습니다.

억지웃음 한 번 짓지 못하는 융통성 없는 배우입니다. 자기 길밖에 보이지 않아 많은 관객분에게 질책도 받았습니다. 아마 당대의 인기 배우로는 실격이겠지요. 하지만 그런데도 이 가부키좌 극장의 지붕에서 내려다보이는 그 융통성 없는 배우의 모습이, 아버지의 원수를 갚기 위해 조회 시간에 달려 나갔던 그 한결같은 소년의 모습과 서서히 겹칩니다.

그러니 부디 말을 걸어주십시오. 그러니 부디 조명을 비춰주십시오. 그러니 부디 박수를 보내주십시오.

일본 제일의 여장 배우, 3대손 하나이 한지로는 지금 이렇게 여기 서 있습니다.

해설

타키 하루미

《국보》는 세차게 내리는 눈에서 시작해 눈으로 끝난다. 막이 오를 때의 '마치 무대에 흩날리는 종이 눈발 같은' 함박눈은 현실의 눈이다. 한편 막이 내릴 때 네온사인과 착각하는 '눈보라'는 키쿠오의 눈에만 보이는 환상 속 눈일지도 모른다.

현실의 눈은 소리도 없이 내리지만, 가부키에서는 조용히 내려 쌓이는 눈을 큰 태고를 부드럽게 때리는 소리로 표현한다. '눈 소리雪音'라고 불리는 이 효과음은 눈 내리는 날의 정적을 소리로 표현하는 가부키 특유의 연출이다. 이 소리가 들려올 때면 곧 예기치 못한 방문객이 찾아올 거라는 약속이자, 불길한 전조를 느끼게 하는 소리기도 하다. 그리고 이 '눈 소리'와 떼려야 뗄 수 없는 작품을 꼽자면 〈가나데혼 츄신구라〉의 열한 번째 단락, 습격이다.

〈가나데혼 츄신구라仮名手本忠臣蔵〉 열한 번째 단락 습격

다시 말해,《국보》제1장 〈하나마루 요정의 터〉에서 키쿠오의 아버지이자 타치바나파의 두목인 곤고로가 의형님인 미야지파의 회장님을 신년회에 불러 말석에 앉히는 무례한 짓을 하다가 분개한 미야지파 부하들이 쳐들어와 요정 안뜰에서 난투극을 벌이게 된다. 한편, 가부키 〈가나데혼 츄신구라〉에서는 코노 모로나오(실제 역사에선 키라 코즈케노스케)가 엔야 판관(실제 역사에선 아사노 타쿠미노카미)를 끌어내려 소나무 복도에서 칼부림을 벌였고, 가문은 단절된다. 오보시 유라노스케(실제 역사에선 오이시 쿠라노스케)가 이끄는 낭인 무사들이 주군의 복수를 갚기 위해 안뜰에 쳐들어간다. 이 두 장면은 훌륭히 공명하고 있다.

가부키의 액션 장면은 대결이라기보다 무용에 가까운 양식미를 보여주는 경우가 많은데, 〈가나데혼 츄신구라〉의 열한 번째 단락에서는 마치 활극 영화에서처럼 실제 싸움 같은 빠르고 격렬한 난투극이 벌어진다. 수많은 가부키 액션 장면 중에서도 그런 의미에서 이색적인 단락이라고 할 수 있다. 《국보》의 제1장에서 남자들의 피보라가 새하얀 눈을 붉게 물들이는, 그 처참해야 할 풍경이 왠지 모르게 목판화처럼 강렬하고 아름다운 것은 이 열한 번째 단락의 설정과 무대 장치를 탁월하게 모방하면서 마치 가부키의 한 장면처럼 화려하게 묘사했기 때문일 것이다.

요시다 슈이치가 《국보》를 위해 만들어낸 문체가 그것을 가능케 한다. 눈앞의 정경을 리듬감 있게 묘사하는 이야기꾼 같은 문체는 실로 가부키스럽다. 가부키는 현실을 변형시켜 보여줌으로써 어떤 처절한 사건에서도 압도적인 아름다움을 끌어내기 때문이다. 죽고 죽이는 장면이 클라이맥스로 설정되었는데도 거기에 박수가 쏟아지는 수수께끼를 과연 어떻게 설명할 수 있을까.

죽음이야말로 가부키의 최대 볼거리라고 해도 좋다. 좀 더 설명하자면, 죽음이란 가부키에서 삶의 극한을 나타낸다. 삶과 죽음이라는 원래 양극단에 있는 상반된 개념을 압도적인 솜씨로 변형시켜 동등한 빛으로 바꾸어버린다. 가부키만의 연금술이 이 소설에도 깃들어 있다.

그리고 그것은 제1장뿐만이 아니다. 《국보》에서는 가부키의 다양한 작품의 명장면이 곳곳에 삽입되어 있고, 그것이 이 소설에 한층 깊은 색채를 부여해 준다. 너무 깊게 파고드는 것일지도 모르겠지만, 각 장에 등장한 작품을 몇 개 짚어보면서 가부키와 어디서 어떤 방식으로 공명하는지 검토해 보고자 한다.

〈쌓이는 사랑 눈 세키노토積恋雪関扉〉

제1장에서 또 한 가지 빼놓을 수 없는 작품이 신년회 여흥으로 공연되는 〈쌓이는 사랑 눈 세키노토〉다. 이 소설의 주인공인 열네 살의 미소년 키쿠오가 요염한 최고급 기생 스미조메로 등장하는 중요한 단락이다. 단짝인 토쿠지는 관문지기 세키베이를 연기한다. 어디선가 나타난 아름다운 스미조메가 '정인이 되어주시옵소서'라고 세키베이를 유혹한다. 가부키에서 말하는 '정체 드러내기', 그때까지 정체를 감추던 인물이 본성을 드러내는 장면이다. 세키베이는 사실 천하를 노리는 반역자 오토모노 쿠로누시고, 스미조메는 사실 벚나무의 정령. 쿠로누시에게 연인을 살해당한 복수를 위해 나타난 것이다.

영화 애호가인 독자라면 바로 알아챘을지도 모르지만, 미조구치 켄지 감독의 영화 〈마지막 국화 이야기残菊物語〉에서도 〈쌓이는 사랑 눈 세키노토〉가 중요한 장면으로 등장한다. 그리고 〈마지막 국화 이야기〉야말로, 바로 요시다 슈이치가 가부키를 주제로 한 소설에 도전하는 계기가 된 작품이다. 인기에 취해 거만해진 2대손 오노에 키쿠노스케가 연인 오토쿠와 가출하여 고생한 끝에 다시 무대에서 부활하는 과정을 그려낸 이 영화에서, 긴 유랑 생활에서 복귀하기 위해 도전하는 작품이 〈쌓이는 사랑 눈 세키노토〉였다.

소설을 다 읽은 뒤에 되짚어보면, 〈마지막 국화 이야기〉의 이런 전개는 마치 슌스케와 하루에의 운명을 암시하는 듯하다. 영화는 슬픈 결말로 끝나지만, 소설에서 하루에는 당당히 가부키 배우의 아내가 되어 슌스케를 평생 내조한다. 인연이란 예측할 수 없다고 말하지만, 원래 키쿠오의 애인이던 하루에에게 그런 파란만장한 인생이 기다리고 있었을 줄이야. 아니, 애초에 〈세키노토〉라는 작품은 주변이 눈에 뒤덮여 있는데도 수상한 벚나무가 만개한 장면부터 시작하므로 키쿠오의 이후 인생을 암시한다고 할 수 있다.

〈가나데혼 츄신구라〉 일곱 번째 단락 기온 이치리키 요정

자, 제2장의 제목은 〈키쿠오의 녹슨 칼〉. 가부키에서 '녹슨 칼'이라고 하면 〈가나데혼 츄신구라〉 일곱 번째 단락, 〈기온 이치리키 요정〉에서 방탕한 생활에 젖은 오보시 유라노스케의 칼을 가리킨다. 복수의 진의를 가늠하러 온 오노쿠 다유는 술에 취한 유라노스케가 아무렇게나 버려둔 칼에 빨간 녹이 잔뜩 슨 것을 보고 "녹슨 것이 꼭 빨간 정어리 같군", 즉 정어리의 등 무늬처럼 녹이 슬었다며 고양이가 없어서 다행이라고 놀리고는 안심한다.

그리고 소설에서도 나가사키 제일의 환락가, 시안바시에서 키쿠오가 비통하게 죽은 아버지 곤고로의 원수를 갚을 마음이 있는지에 초점이 맞춰진다. 그야말로 중요한 관건이 되는 것이다. 하루에의 집에서 게으르게 지내는 키쿠오에게는 아무래도 그럴 마음이 없는 것 같아 토쿠지는 실망하지만, 상황이 반전되면서 키쿠오는 본심을 드러내며 단도를 쥐고 미야지 회장에게 단신으로 돌격한다. "그 아이가 들고 온 건 단도가 아니라 대나무를 깎아 만든 칼이었던 걸로 하죠." 복수는 비참하게 실패하고 키쿠오는 오사카의 2대손 한지로에게 맡겨지게 되지만, 독자들은 진짜 원수가 따로 있다는 걸 알고 있다.

덧붙이자면 가부키에서 곤고로라고 하면 영웅극荒事의 대표적 작품 〈시바라쿠暫〉의 주인공 가마쿠라 곤고로를 가리킨다. 악인들의 손에 무고한 사람들이 몰살당할 위기일발의 상황에서 "시바라쿠, 시바라쿠(기다려라, 기다려라)" 하면서 나타나는 초인적인 영웅. 얼굴에는 빨간 불꽃 문양을 그리고 소매가 비정상적으로 큰 무사 예복을 입은, 그야말로 가부키라는 이미지에 딱 들어맞는 캐릭터로 도쿄 올림픽의 개회식에서 이치카와 에비조가 연기한 그것이다. 우와, 가부키를 그리는 소설의 초반부에서 갑자기 살해당하는 남자에게 가부키 십팔번의 무적 히어로의 이름을 붙이다니, 실로 대담무쌍하지 않은가.

〈스가와라 전수 배움의 귀감菅原伝授手習鑑〉 세 번째 단락 수레 끌기

긴 작품을 통째로 공연하지 않고 한 막만 단독으로 상연하는 것도 가부키 특유의 문화다. 제4장 〈오사카 2단〉에서 키쿠오와 슌스케가 열심히 연습하는 〈수레 끌기〉도 가끔 상연되는 인기 막 중 하나다.

우메오마루와 사쿠라마루는 은인인 스가와라 승상(스가와라노 미치자네)을 실각시킨 원수 후지와라노 시헤이의 행렬을 저지하기 위해 우차 앞으로 뛰쳐나간다. 그것을 막으려고 나서는 것이 마츠오마루다. 〈스가와라 전수 배움의 귀감〉에서는 소나무(松: 마츠), 매화나무(梅: 우메), 벚나무(桜: 사쿠라)의 이름을 가진 세 형제가 적과 아군으로 나뉘는 데서 생겨나는 비극이 그려진다. 하지만 이 단락 〈수레 끌기〉의 볼거리는 일단 미에 포즈, 또 미에 포즈다. 영웅극의 양식미로 관객을 매료시키는 화려한 작품이므로 가부키의 매력을 이야기하려면 무엇보다 배우의 신체 능력, 형태의 아름다움을 봐야만 한다.

키쿠오도 슌스케도 유카타도 입지 않고 속바지 한 장만 입고 연습을 하는데, 춤의 명수였던, 지금은 고인이 된 10대손 반도 미츠고로의 저서 《춤의 슬픔》을 보면 당시의 젊은 배우들은 다들 알몸으로 연습했다고 한다. 왜냐하면 명배우로 이름 높은 6대손 키쿠고로가 스스로 알몸이 되어 훈도시 한 장만 걸치고 춤을 추는 사람이었고, 그래야 몸의 선과 동작이 잘 보였기 때문이다. NHK 다큐멘터리 〈경사자 3대~칸쿠로의 도전〉에서도 18대손 나카무라 칸자부로(당시는 칸쿠로)가 조부인 6대손 키쿠고로에게서 직접 가르침을 받은 아버지에게서 〈경사자〉를 전수받기 위해 팬티 한 장만 걸치고 땀범벅이 되어 연습하는 장면이 나온다. 막상 무대에 설 수 있게 되어도 그달의 공연이 끝나고 며칠 뒤에는 다음 달 공연이 시작되는 가혹한 세계다. "가부키 배우라는 건 말이죠, 기타유 발성과 춤에 대해 알지 못하면 한 사람 몫은커녕 반 사람 몫도 못 합니다." 소설에서 기타유 스승인 츠루타유가 지금 시기에 몸으로 익혀둬야 한다고 다그치는 것도 당연한 셈이다.

〈스미다강隅田川〉

제4장에서는 드디어 최고의 여장 배우 오노가와 만기쿠가 등장한다. 최고의 여장 배우는 '다테온나가타立女型'라 불리며 여장 배우 중에서도 가장 높은 비중의 배역을 맡게 된다. 그렇다면 〈스케로쿠〉의 최고급 기생 아게마키를 연기하면서 호화롭게 등장해도 좋았을 테지만, 아게마키나 마사오카도 아니고, 오하츠도 아니고, 그렇다고 '세 공주'도 아닌 〈스미다강〉을 굳이 가져왔다는 게 정말 절묘하다. 여장 배우가 보여주는 아름다움의 진수는 겉모습의 아름다움에 있지 않다는 의미니까.

〈스미다강〉은 원래 가면극인 노能에서 유래한 작품이다. 행방불명이 된 어린 아들 우메오카마루를 찾아 교토에서 에도까지 오게 된 한뇨노마에의 전설을 모티브로 하고 있다. 슬픔에 잠식되어 정신 착란 상태로 스미다 강기슭에 도착하자 나룻배의 사공에게서 인신매매범에게 끌려왔던 소년이 이 근처에서 죽었다는 말을 듣게 된다. 이 장면에서 섬뜩한 느낌이 드는 건, 사실 누구나 이 세상과 저 세상의 경계에 서 있다는 진실을 상기시키기 때문일 것이다. 사랑하는 사람의 죽음은 그런 진실을 마주하게 한다. 다시 말해 결정적인 상실을 깨닫고서야 처음으로 그 사람만의 인생, 그 사람만의 표현이 시작된다는 의미기도 할 것이다.

"이게 무슨 여자야, 괴물이지"라고 키쿠오가 말하면 "확실히 괴물이다. 그런데 아름다운 괴물이야"라고 슌스케가 대답한다. 여장 배우는 곧 겉모습의 아름다움이라는 선입견을 갑자기 파괴당한 키쿠오는 이윽고 〈아코야〉라는 마음속에 깃든 아름다움에 도달하고, 실제로 자식을 잃는 슬픔을 경험한 슌스케의 도달점은 혼신을 다한 〈스미다강〉으로 귀결된다.

〈교토풍 처녀 도죠지京鹿子娘道成寺〉와 〈도죠지의 두 사람〉

가부키에서는 같은 작품을 평생에 걸쳐 반복해서 연기하면서 그 경지를 높여 나간다. 수많은 작품 중에서도 무용극 대작인 〈교토풍 처녀 도죠지〉는 여장 배우 무용의 집대성이라 일컬어진다. '미치유키道行'로 시작되어 가면극의 흔적이 남은 '중계(中啓: 쥘부채를 반쯤만 접은 상태-옮긴이)의 춤', 맨손 춤, 공놀이 노래, 꽃 삿갓 춤, 수건 춤, 장구, 방울 태고, 무당 방울 등 사용하는 도구도 가지각색이고, 의상과 구성도 다양하게 바꾸면서 사랑에 빠진 여심을 춤으로 표현해야만 한다.

줄거리를 보자면 기슈紀州의 절 도죠지에 전해지는 안친키요히메 전설의 후일담으로, 종을 공양하는 날 하나코라고 이름을 밝힌 무희가 나타난다. 춤을 시주하면 종을 보여주겠다는 말을 들은 하나코는 차례차례로 화려한 춤을 선보인다. 하나코의 정체는 부부가 되자는 약속을 어기고 도망친 승려 안친을 추적한 키요히메. 사

랑의 집념으로 뱀이 되어 종 안에 숨겨진 안친을 태워죽였다고 하
니, 참 섬뜩하지 않을 수 없다.

이것을 두 사람이 춤출 수 있게 연출한 것이 〈도죠지의 두 사람〉
이며, 제5장 〈스타 탄생〉에서는 키쿠오와 슌스케가 지방 순회공연
에서 선보여 비평가의 극찬을 받아 인기의 발판을 마련한다. 이때
나이 스무 살. 견습생인 키쿠오와 정식 후계자인 슌스케는 첫 무대
를 밟은 이후의 대우가 전혀 달랐지만, 그때부터 어깨를 나란히 하
게 된 셈이다. 숙명의 라이벌이 된 두 사람이 한 무대에서 춤추다
보면, 호흡이 딱 맞을수록 각자의 실력과 장점이 선명히 드러날 수
밖에 없으니 슌스케는 전전긍긍할 수밖에.

하필 사고로 공연을 할 수 없게 된 한지로가 친아들인 슌스케 대
신 키쿠오를 〈소네자키 동반 자살〉의 대역으로 선택했을 때, 동시
상연된 게 이 〈도죠지의 두 사람〉의 재공연이다. 그야말로 둘을 비
교해 달라는 듯한 잔혹한 운명. 공연 최종일까지 간신히 마친 다음
날, 슌스케는 하루에와 함께 자취를 감춘다.

인연은 돌고 도는 법. 그로부터 또 10년 뒤에 긴 여정 끝에 멋지
게 복귀한 슌스케는 만기쿠와 함께 〈도죠지의 두 사람〉을 공연한
다. 한지로 사망 후 뒷배를 잃고 슌스케의 발전한 예술 경지를 직
접 보며 초조해지는 건, 이번엔 키쿠오 쪽이다. 그리고 우여곡절
끝에 드디어 최고의 여장 배우로 올라선 키쿠오가 혼자 〈교토풍
처녀 도죠지〉를 춤추려는 그때, 병상에 누워 있던 슌스케의 사망
소식을 듣는다.

함께 공연했던 〈도죠지〉는 흘러간 세월에 새겨진 두 사람의 상

징 그 자체였다. 혼자 춤추면서도 슌스케의 모습이 스치는 건 동작 하나하나마다 〈도죠지〉의 기억이 되살아나기 때문일 것이다. 예술의 극치를 추구하면서 고독한 신세가 된 뒤에도 〈도죠지〉를 출 때만큼은 키쿠오도 몇 번이든 시작의 장소로 돌아가 결코 혼자가 아니었을 게 틀림없다. 가장 잊기 힘든 추억이 무대 위가 아닌 미야코좌 극장 옥상에서 하던 캐치볼이었다는 것도, 그게 얼마나 따뜻한 청춘의 기억이었는지 잘 느껴져서 너무 애달프다. 사람은 꼭 시간이 지난 뒤에야 깨닫는 법이다. 그때가 험난한 예술의 길에 드디어 처음 발을 내디딘 시작의 순간이자, 천진난만한 소년 시절의 마지막이었다는 것을.

〈소네자키 동반 자살曽根崎心中〉

실제로 벌어진 사건을 토대로 치카마츠 몬자에몬이 창작한 첫 동반 자살물. 간사이 가부키를 대표하는 명작이 키쿠오와 슌스케의 명암을 가르게 되었다.

텐마야의 유녀 오하츠는 간장 가게 히라노야의 지배인 토쿠베이와 서로 사랑하는 사이가 되지만 토쿠베이에게는 오하츠를 데려올 만한 돈이 없다. 그런 와중에 히라노야의 주인인 숙부 큐에몬은 지참금을 조건으로 자신의 딸과 토쿠베이를 결혼시키려 한다. 계모가 멋대로 받은 지참금을 간신히 되찾은 토쿠베이였지만, 친구 쿠헤이지에게 이 돈을 빌려주었다가 돌려받지 못하는 것은 물론이고 증서를 위조한 것이 토쿠베이라는 누명까지 쓰게 된다. 궁지에 몰린 토쿠베이를 오하츠가 몰래 툇마루 밑에 숨겨준다. 그런 줄도 모르고 뻔뻔하게 토쿠베이의 악담을 늘어놓는 쿠헤이지에게 "토쿠님은 죽어야만 합니다"라고 말하면서 함께 죽을 각오를 묻는 오하츠의 발을 토쿠베이는 칼날처럼 목에 갖다 댄다. 오하츠는 그 심정을 발로 말하는 여자인 것이다. 기모노 옷자락 밑으로 드러난 하얀 맨발이 슬프면서도 요염한 명장면이다.

발에 관해 말하자면, 에도시대 말기에 인기를 구가한 가부키 배우 3대손 사와무라 타노스케는 괴저로 사지를 절단하고서도 의족을 단 상태로 계속 무대에 섰던 미모의 여장 배우로 유명하다. 미나가와 히로코의 〈꽃 어둠〉부터 근년에는 세미타니 메구미 작품 〈괴물 동반 자살〉까지, 소설의 모델이 되기도 한 실존 가부키 배우다. 명문가 도련님으로 부족함 없이 자라난 슌스케도 〈소네자키 동반 자살〉을 연상시키는 동반 도피 이후 타노스케 같은 가혹한 운명을 겪게 된다.

오하츠와 토쿠베이는 만약 하루만 자살을 미뤘다면 그들을 맺어주고 싶어 하는 사람도 있었고, 사기로 빼앗겼던 돈도 되찾을 수 있었다. 젊은 두 사람은 그 하루를 기다릴 수 없었던 것이다. 이는 요시다 슈이치의 소설 《악인》을 연상시킨다. 가부키는 무언가에 쫓기는 듯한 인간을 묘사할 때가 무척 많다. 요시다 슈이치 역시 갈 곳 잃은 인간을 반복해서 묘사해 왔다. 그런 작가가 가부키의 세계를 그리게 된 것은 어찌 보면 필연이라는 생각까지 든다.

〈기온 제례 신앙기〉 네 번째 단락 금각사와 등나무 아가씨

유부녀의 몸으로 반역자 마츠나가 다이젠의 연모를 받아 감금당하게 된 유키히메는 금각사 천장에 용 그림을 그리거나 자기 여자가 되라는 선택을 강요받는다. 아버지의 원수 다이젠에게 반항한 유키히메는 벚나무에 밧줄로 묶이고 만다. 눈물로 쥐를 그려냈다는 할아버지 셋슈의 고사를 떠올리고 꽃잎을 모아 손끝으로 쥐를 그려내자 하얀 쥐가 나타나 밧줄을 갉아 먹는 기적이 일어난다―.

〈금각사〉의 가장 큰 볼거리는 마지막에 일어나는 기적이 아닌, '밧줄에 묶인 유키히메 위로 쏟아지는 벚꽃잎'이라는 도착적인 아름다움이라는 점은 의심의 여지가 없다. 아니, 그 벚꽃잎이 쏟아지는 방식 자체가 심상치 않다. 하늘하늘 떨어지는 어중간한 게 아니라, 유키히메의 모습이 꽃잎에 지워져 보이지 않게 될 만큼 가차 없이 쏟아져 내린다. 시야 전체가 벚꽃 눈보라로 뒤덮인다. 그 안에서 뭔가 심상치 않은 일이 벌어지고 있다는 걸 눈앞 '광경'으로 납득하게 된다. 내리는 눈을 향해 무심결에 손을 뻗은 키쿠오의 마음이 이해될 것도 같다. 키쿠오가 찾는 '풍경'이란 예를 들자면 이런 몽환적인 세계를 말하는 게 아닐까.

〈등나무 아가씨〉에서는 관객 한 명이 무대와 객석의 경계선을 넘고 올라온다. 결계가 무너지면서 키쿠오가 드디어 광기의 늪으로 빠지는 계기가 된 사건인데, 민속화에 그려진 등나무의 정령이 그림에서 튀어나와 춤추는 〈등나무 아가씨〉도 허와 실의 경계선이 무너진 '풍경'을 그려낸 작품이라 할 수 있을지도 모른다. 배우 역시 허와 실의 경계를 살아간다. 무대 위에서 살고, 또 죽었다가 나락 밑에서 되살아난다.

〈단노우라 투구 전쟁기壇浦兜軍記〉 세 번째 단락 아코야

〈아코야〉가 여장 배우의 최고봉이라고 일컬어지는 이유는 거문고, 샤미센, 호궁의 세 악기를 연주해야 하기 때문으로, 이 배역을 연기하는 데 성공한 여장 배우는 종전 이후 나카무라 우타에몬과 반도 타마사부로뿐이었다. 2018년이 되어서야 나카무라 코타로와 나카무라 바이시가 그 계보를 이었으니, 이것만 봐도 얼마나 연기하기 힘든 작품인지 알 수 있을 것이다.

헤이케의 잔당 카게키요의 행방을 자백시키려고 애인인 아코야를 심문하는 재판극. 심문관 중 한 명인 이와나가는 불고문, 물고문으로 입을 열게 하자고 주장하지만, 아코야는 조금도 동요하지 않은 채 "모르는 건 대답할 수 없다"라고 버틴다. 또 한 명의 심문관인 시게타다는 악기 세 개를 완벽히 연주해 낸다면 그 말을 믿겠다고 말한다. 통칭 '현악기 심문'이다. 즉, 단순히 솜씨 좋게 연주하는 것만으로는 안 된다. 자기 심정을 음악 소리를 통해 말함으로써, 심문관들을 설득하고 납득시켜야만 한다.

아코야는 사실 카게키요의 아이를 배고 있다. 다시 말해 이건 단순한 심리전이 아니라 목숨이 달린 싸움이기도 한 것이다. 삶을 이야기하기 위해 죽음을 이야기할 수밖에 없었던 가부키가, 이번엔 정면 돌파로 긍지 높은 삶을 이야기하려 한 작품이기도 할 것이다. 그것도 말이 아닌 음악으로 말이다.

살아가다 보면 소중한 사람들이 이 세상을 하나둘씩 떠나간다. 그렇게 나이를 먹을수록 나 혼자만 이 세상에 남겨진 듯한 기분이 된다. 가족도, 친구도, 사랑했던 사람, 미워했던 사람조차도, 모두,

모두 언젠가는 사라져 버린다. 마치 모든 게 꿈이었던 것처럼, 흔적도 없이. 그리고 언젠가는 나조차도.

아코야의 말처럼 기억만이 아무도 빼앗을 수 없는 보물인 것이다. 그리고 그것이야말로 영원히 누군가와 공유할 수 있는 보물이기도 하다. 그걸 생각하면 키쿠오가 도달한 허와 실이 하나로 융합되는 위험한 경지를 '광기'로 정의할 수만은 없다.

흘러가는 물방울에 떠오른 덧없는 생명. 모두가 언젠가는 분명 그곳에 도달할 것이다. 이를 슬프다고 한탄할 필요는 없다.

《악인》으로부터 10년. 가부키에 일생을 건 한 인간의 모습을 그려낸 《국보》는 이 작가의 새로운 경지를 보여준다. 가부키의 시선으로 이 세상을 바라보면 '삶과 죽음', '허와 실', 그리고 '남과 여'가 하나로 녹아드는 몽환의 세계가 나타난다. 가부키를 감상할 때, 한 인간이 긴 시간의 흐름을 이어받아 그 몸으로 구현하는 걸 목격할 때가 있다. 그게 '국보'로 불리는 사람이라면 더 말할 것도 없거니와 동작 하나, 대사 하나에 이 사람, 저 사람의 흔적이 살아 숨쉰다. 그것 역시 가부키만의 매력일 것이다. 맑고 탁한 것을 전부 집어삼키며 흘러가는, 큰 강 같은 이 소설에 몸을 담글 때, 우리 역시 커다란 시간의 흐름 속에서 살아가고 있음을 새삼 느낀다. 사람은 계속 상실한다. 그래도 이 몸 안에서는 아름다운 음악이 흐르고 있어서 덧없는 몽환에 계속 손을 뻗을 수밖에 없다.

국보 하◈화도편

1판 1쇄 발행	2025년 11월 21일
1판 3쇄 발행	2026년 1월 20일
지은이	요시다 슈이치
옮긴이	김진환
발행인	황민호
본부장	박정훈
책임편집	신주식
편집기획	김선림 최경민 윤혜림
마케팅	이승아
국제판권	이주은 김연
제작	최택순 성시원
발행처	대원씨아이㈜
주소	서울특별시 용산구 한강대로15길 9-12
전화	(02)2071-2095
팩스	(02)749-2105
등록	제3-563호
등록일자	1992년 5월 11일

www.dwci.co.kr

ISBN	979-11-423-3430-6 (04830)
	979-11-423-3428-3 (Set)